Edith Kneifl
Der Wolf auf meiner Couch

Ein Wien-Krimi

Edith Kneifl
Der Wolf auf meiner Couch

für Manuel

„Die Aufgabe des Therapeuten ist aber die nämliche wie die des Untersuchungsrichters; wir sollen das verborgene Psychische aufdecken und haben zu diesem Zwecke eine Reihe von Detektivkünsten erfunden, von denen uns also jetzt die Herren Juristen einige nachahmen werden."

Dr. Sigmund Freud

TEIL I

November

Er war ihr gefolgt. Nicht zum ersten Mal. Seit Tagen behielt er sie im Auge. Als das automatische Gartentor aufging, wartete er exakt fünfundzwanzig Sekunden. Dann stieg er aus seinem Wagen und huschte durch das sich langsam schließende Tor.

Sie war bereits in die Garage gefahren.

Ohne Scheinwerferlicht war es stockdunkel. Kein Mond, keine Sterne. Zwischen den Ästen der hohen Nadelbäume drang nur vage die schwache Außenbeleuchtung des Hauses hindurch. Die Dunkelheit ringsum wurde durch den schwachen Lichtschein betont.

Er riskierte es, die Taschenlampenfunktion seines Telefons einzuschalten, um nicht über die Baumwurzeln, die aus dem Kiesweg ragten, zu stolpern, bis er so nahe am Haus war, dass er sie nicht mehr brauchte.

Es nieselte. Die Feuchtigkeit kroch unter seinen dünnen Trenchcoat. Er fröstelte. Die Aussicht, bei diesem nasskalten Wetter einige Stunden auf seinem Beobachtungsposten im Freien ausharren zu müssen, missfiel ihm. Wieder einmal verfluchte er seinen Job.

Er sehnte sich nach einer Zigarette, wagte es aber nicht, sich eine anzuzünden. Wenn sie bereits im Haus war, könnte sie bei der Finsternis durch ein Fenster die kleine Flamme sehen.

Zitternd trat er von einem Bein aufs andere.

Der Regen war stärker geworden. Er hatte dieses Sauwetter gründlich satt.

Sie musste längst drinnen sein.

Als endlich das Licht im Erdgeschoss anging, entspannte er sich ein bisschen. Die Rollos waren nicht heruntergelassen. Wenigstens würde er eine gute Sicht haben.

Er ging ein paar Schritte, um sich aufzuwärmen. Unter einer Trauerweide holte er ein Zigarettenpäckchen aus seiner Manteltasche, stellte den Kragen hoch, hielt ihn schützend vor das Feuerzeug und zündete sich eine an.

Gierig machte er einen tiefen Lungenzug. Die dunkel gekleidete Gestalt, die sich ihm von hinten näherte, bemerkte er nicht.

Plötzlich vernahm er ein leises Rascheln.

Erschrocken drehte er sich um und blickte in den Lauf einer Flinte.

Das metallische Klicken war nicht zu überhören.

Die Überraschung in seinen Augen wich blankem Entsetzen. Ein kaum hörbarer Schrei entkam seinem Mund, als die Schrotladung sein Gesicht und seinen Schädel zerfetzte.

Heftige Böen machten der kleinen Maschine schwer zu schaffen. Ich klammerte mich an die Lehnen meines Sitzes, schloss die Augen und malte mir den Aufprall des Fliegers neben der Landebahn und die darauffolgende Explosion aus.

Der Wiener Flughafen war vergrößert worden. Durch nicht enden wollende Gänge gelangte ich zum Ausgang.

Der persische Taxifahrer schien mich für einen Touristen zu halten.

Ich war nach wie vor sehr nervös. Um mich abzulenken, plauderte ich mit ihm über das verheerende Novemberwetter.

Er versuchte, mich zu beruhigen.

„Angeblich wird es nur noch morgen kalt und stürmisch sein, danach soll es wärmer werden. Sie hätten lieber im Frühjahr kommen sollen. Im Frühling ist Wien am schönsten."

Dann wechselte der alte Mann das Thema, erzählte mir von seiner Flucht vor dem brutalen Schah-Regime im Jahre 1974.

Ich besitze die Fähigkeit, gut zuhören zu können. Und aufmerksame Zuhörer sind eben ideale Opfer für Leute, die sich ihr persönliches Elend von der Seele reden wollen.

Als wir uns der Stadt näherten und der Verkehr dichter wurde, begann er sich über die Unfreundlichkeit der Wiener zu beklagen. Automatisch pflichtete ich ihm bei.

Mich überfiel eine gewisse Schwere. Ich fühlte mich erdrückt und niedergeschlagen angesichts der zahlreichen Neubauten und Kräne, die vor uns in den dunklen Himmel ragten.

„Rund um den neuen Hauptbahnhof wird viel gebaut", informierte mich mein Fahrer und versicherte mir, dass die Wohnungen hier ein Vermögen kosteten und daher nur für die Slim-Fit-Generation erschwinglich wären.

Erst als wir die Prinz-Eugen-Straße hinunterfuhren und die Statue des Rotarmisten am Schwarzenbergplatz in Sicht kam, erkannte ich die Stadt, in der ich geboren und aufgewachsen war, wieder.

Kolossale Gebäude aus weißem Stein mit riesigen Portalen und goldenen Türbeschlägen, imposante Stiegenaufgänge, protzige Denkmäler, Najadenbrunnen und neoklassizistische Paläste. Was für eine schwülstige Architektur! Ich bildete mir ein, helle Knabenstimmen zu hören, und sah vor meinen Augen weiße Pferde im Dreivierteltakt tanzen.

Ich war fünfundzwanzig Jahre lang weg gewesen, und von dem neuen Hauptbahnhof abgesehen, schien sich nicht viel verändert zu haben, obwohl sich alles anders anfühlte.

* * *

Um sechs Uhr früh erwachte ich in einem Hotelzimmer. Das Licht der Straßenbeleuchtung sickerte durch die Vorhänge. Durch das gekippte Fenster drang Verkehrslärm von der stark befahrenen Landesgerichtsstraße.

Ich hatte Kopfschmerzen. Der Schmerz meldete sich zuerst hinter meiner rechten Augenhöhle. Er verstärkte sich, strahlte bald über die ganze Stirn aus. Ich massierte mir sanft die Schläfen. Es half nichts. Das monotone Pochen ließ nicht nach. Vielleicht lag es an den beiden Beruhigungstabletten, die ich vor dem Flug genommen hatte?

Meine Flugangst war allerdings nicht der Grund, warum ich meine Heimatstadt über zwanzig Jahre lang nicht besucht hatte. Von Berlin aus hätte ich genauso gut mit dem Auto oder mit der Bahn öfter nach Wien fahren können.

Mein Zimmer hatte zwei große französische Fenster. Eines ging nach vorn auf die vierspurige Straße hinaus. Ich schob den Vorhang ein Stück beiseite und sah hinunter.

Menschenleere Straßen. Im Schein der Lampen malten sich die Kanten der Gehsteige deutlich von der Fahrbahn ab. Die Schatten der Hausdächer zitterten auf dem nassen Asphalt. Immer wieder blitzten Lichtstrahlen vorbeirasender Autos zwischen den Blättern der Bäume auf.

Ich ging zum anderen Fenster, schaute auf eine schmale düstere Gasse.

Hier waren die Männer der MA 48 bereits bei der Arbeit. Wortlos und ohne überflüssige Bewegungen entsorgten sie den Abfall der Stadt.

Der Parkettboden meines Zimmers war glattpoliert und erinnerte mich an die Böden in der Wohnung meiner Eltern.

Auf einmal schlug mir mein Puls bis zum Hals. Ich bekam kaum mehr Luft. Typische Vorzeichen einer Panikattacke.

Ich holte den Beutel für Erbrochenes, den ich im Flieger sicherheitshalber an mich genommen hatte, und atmete hinein. Zweimal. Dreimal. Viermal. Fünfmal. Sogleich fühlte ich mich besser.

Meine Muskeln entspannten sich, mein Brustkorb weitete sich. Ich schnäuzte mich in eine Serviette und öffnete beide Fenster.

Erleichtert sog ich die frische Luft ein und beschloss, auf das Hotelfrühstück zu verzichten. Unterwegs würde ich sicherlich irgendwo einen Kaffee bekommen. Appetit hatte ich ohnehin keinen.

Ich spazierte zum Parlament und dann den Ring entlang. Vor dem Palais, in dem ich meine Kindheit und Jugend verbracht hatte, verschnaufte ich kurz.

Die Wohnung hatte meinen Großeltern mütterlicherseits gehört. Mein Großvater war ein berühmter Arzt und überzeugter Nazi gewesen. Er hatte meinem Vater, also seinem Schwiegersohn, lange nach dem Krieg beruflich alle Wege geebnet.

Rasch ging ich weiter bis zur Oper. Der Anblick des altehrwürdigen Gebäudes, in dem ich mir als Student stundenlang die Beine in den Bauch gestanden hatte, rührte mich an. Meine Augen wurden feucht, als ich mich an die grandiose Tosca erinnerte, die ich als Achtzehnjähriger hier gehört hatte. Tja, Oper ist eben Gefühl pur!

Dieser Anfall von Sentimentalität ging vorüber, als ich die neuen Hotels und die Ringstraßengalerien erblickte. Anscheinend war die Wiener Innenstadt, die früher einem Freilichtmuseum geähnelt hatte, richtig elegant geworden. Die mondänen neuen Häuser passten perfekt zu dem alten imperialen Prunk.

Der äußere Schein war in Wien schon zu Zeiten der Monarchie sehr wichtig gewesen. Glänzende Fassaden, hinter denen sich das übliche psychische Elend verbarg. Was das betraf, kannte ich mich aus. Schließlich war ich in einer riesengroßen Altbauwohnung in einem der weniger grandiosen Ringstraßenpalais aufgewachsen.

Als ich das Hotel Imperial erreichte, beschloss ich, doch zu frühstücken. Mein Kreislauf spielte verrückt.

Vielleicht war es keine so gute Idee gewesen, mich nüchtern auf den Weg zu machen?

War im Imperial eine Krawatte erforderlich? Ich war noch nie in diesem berühmten Hotel. Und ich trug prinzipiell keine Krawatten. Der schwarze Anzug, der graue Trenchcoat und der neue dunkelgraue Hut mit dem schwarzen Seidenband, den ich mir in einem Duty-Free-Shop am Berliner Flughafen besorgt hatte, mussten genügen.

Nach einem Blick auf die jungen, sehr sportlich gekleideten Gäste, die an der Rezeption herumalberten, entkam mir ein Lächeln. Offensichtlich hatten sich auch in Wien die Zeiten geändert.

Im Café entschied ich mich für einen Tisch beim Fenster und amüsierte mich über die neugierigen und neidischen Blicke der ersten Passanten, die geschäftig vorbeieilten. Fast fühlte ich mich wohl, als ich meinen Großen Braunen trank und ein Ei im Glas löffelte. Für eine Weile vergaß ich sogar den wahren Grund für meinen Wienbesuch.

Auf dem Ring staute sich mittlerweile der Verkehr. Viele Busse mit ausländischen Kennzeichen. Wien schien sich als Reiseziel großer Beliebtheit zu erfreuen.

Als ich das Hotel Imperial verließ, nieselte es. Ich war froh über meinen neuen Hut und den wasserabweisenden Trenchcoat und verzichtete darauf, ein Taxi zu nehmen. Nicht aus Sparsamkeit. Geld interessierte mich nicht besonders. Aber ich wollte wieder ein Gefühl für meine Heimatstadt bekommen, wofür sich eine Taxifahrt nicht besonders eignete.

Am liebsten wäre ich zu Fuß zum Zentralfriedhof gegangen.

Es war weit bis zu dieser Stadt der Toten, in der mehr Menschen ihre letzte Ruhestätte gefunden hatten, als heute in Wien lebten. Außerdem war der Weg entlang des Rennwegs und der Simmeringer Hauptstraße nicht sehr verlockend, wenn ich mich richtig erinnerte. Daher fuhr ich mit der Straßenbahn bis zum zweiten Tor des Zentralfriedhofs.

* * *

In der schönen Jugendstilkirche hatte der Trauergottesdienst für meinen verstorbenen Vater bereits begonnen. Mein Herr Papa schien sehr beliebt gewesen zu sein. Die Friedhofskirche war überfüllt. Ich wunderte mich, dass so viele Menschen zum Begräbnis eines längst pensionierten Primarius gekommen waren. Wie hatte es seine zweite Frau bloß geschafft, den Alten hier und nicht in einer der Aufbahrungshallen verabschieden zu lassen?

Ich entdeckte sie nicht gleich, obwohl sie ganz vorne stand. Ein Witwenschleier bedeckte ihr Haar und ihr Gesicht. Aus der Ferne wirkte sie klein und sehr zart, fast schon zerbrechlich. War das tatsächlich die ehemals wohlgerundete, hübsche Frau Doktor Nadine Lang?

Unwillkürlich entkam mir ein Lächeln. Wir trugen den gleichen Nachnamen. Nicht ich hatte ihn ihr gegeben, sondern mein Vater.

Ich hörte nicht richtig zu, während diverse Honoratioren der Stadt meinen verstorbenen Vater, den Herrn Primar und Klinikvorstand, lobpriesen und seine Verdienste als Orthopäde hervorhoben.

Mein Vater hatte Macht ausgestrahlt. Macht wirkt nicht nur auf Frauen anziehend. Dennoch flogen vor allem die Frauen auf ihn, schwärmten von seiner einnehmenden Art, seinem umwerfenden Charme, hielten ihn für eine faszinierende Persönlichkeit.

Als Kind war er mir nie besonders großartig erschienen. Er mochte seine Qualitäten gehabt haben, für mich war er der strenge, furchterregende Vater gewesen, den ich aus tiefster Seele gehasst hatte. Eine ungesunde Vater-Sohn-Beziehung nannte man das. Ich wusste Bescheid, hatte genug Freud gelesen.

Ich musste an die vielen Nächte denken, in denen ich aus lauter Angst vor ihm beinahe ins Bett gemacht hatte. Seine brutalen Überfälle kamen oft unvorhergesehen. Wenn er abends spät heimkam, damals arbeitete er als Oberarzt in einem Spital, reagierte er nicht selten all seine aufgestauten Aggressionen an mir ab.

Aus heutiger Sicht war das nicht das Schlimmste. Wesentlich schlimmer als die körperlichen Übergriffe empfand ich den Psychoterror, den er über zwanzig Jahre lang auf mich ausgeübt hatte. Er stellte sehr hohe, ja unerfüllbare Ansprüche an mich, war ein Kontrollfreak und Tyrann. Jahrzehntelang ließ er meine Mutter und mich nach seiner Pfeife tanzen. Bis ich eines Tages die attraktive Nadine kennenlernte.

***

Der Priester beendete die Zeremonie. Die Trauergemeinde folgte den mit Arztkitteln bekleideten Sargträgern hinaus auf den Vorplatz. Der Sarg wurde in einem Leichenwagen verstaut. Nadine stieg in einen zweiten bereitstehenden Wagen. In ihren High Heels hätte sie den weiten Weg bis zu Vaters Grab nicht zu Fuß geschafft.

Ich reihte mich in den mittleren Reihen des Trauerzuges ein, kannte weder die Leute links noch rechts von mir. Sie unterhielten sich leise miteinander. Ich bekam mit, dass es um den Leichenschmaus ging, der, angeblich auf Wunsch des Verstorbenen, bei einem berühmten Heurigen in Grinzing stattfand und zu dem nur die Crème de la Crème der Stadt eingeladen war. Ich hatte nicht vor, am Totenessen teilzunehmen. Oder sollte ich aus reiner Bosheit dort erscheinen?

Während des langen Marsches dachte ich daran, wie ich Nadine kennengelernt hatte. Wir studierten beide Medizin und saßen in einer Vorlesung zufällig nebeneinander. Es war Liebe auf den ersten Blick. Zumindest meinerseits. Bald schon stellte ich sie meinen Eltern vor. Und das war der Anfang vom Ende.

Ein Jahr danach starb meine Mutter an einer Überdosis Schlaftabletten. Unfall oder Selbstmord? Diese Frage wurde nie geklärt. Ich hatte nicht gewusst, dass sie depressiv gewesen war, wie man danach spekulierte. Eine offizielle Diagnose hatte es nie gegeben. Als Ärztegattin weigerte sie sich, andere Ärzte zu konsultieren.

Noch bevor meine Mutter von uns ging, hatte ich meinen Vater überredet, Nadine einen Turnusplatz in seinem Krankenhaus zu verschaffen. Es wunderte mich, dass er meine Bitte so bereitwillig erfüllte. Von dem Verhältnis meines Vaters mit meiner Freundin hatte ich keine Ahnung. Auch als meine Mutter starb, ahnte ich noch nichts. Ich hielt ihren Tod damals für einen Unfall, da sie ständig Schlaftabletten geschluckt hatte. Mittlerweile war ich mir sicher, dass sie vom Verhältnis meines Vaters mit Nadine gewusst und deshalb den Freitod gewählt hatte. Bis heute gab ich ihm die Schuld an ihrem Tod.

Als ich dieses Arschloch, kurz nachdem meine Mutter gestorben war, dabei überraschte, wie er es am Küchentisch in unserer Wohnung mit Nadine trieb, rastete ich aus. Nur innerlich. Anstatt mit einem scharfen

Fleischmesser auf die beiden loszugehen, ergriff ich die Flucht, fuhr mit dem Nachtzug nach Berlin.

In meinem Koffer befanden sich, außer ein paar persönlichen Sachen, der Schmuck meiner Mutter und zwei kleine Zeichnungen von Egon Schiele, die mein Nazi-Großvater kurz nach dem Krieg billigst erstanden hatte.

Eigentlich hatte ich vorgehabt, zu Beginn des darauffolgenden Semesters nach Wien zurückzukehren, doch ich blieb in Berlin.

Die Berliner Luft war in den späten 1990er Jahren nicht mehr von Verbrüderungs- und Freiheitsgeschrei erfüllt. Die große Depression machte sich breit. Berlin löste Wien als Hauptstadt der Melancholie ab. Dennoch genoss ich dort von Anfang an meine Anonymität.

Ich schrieb meinem Vater einen kurzen Brief. Verlangte mein Erbe. Mir standen nach dem Tod meiner Mutter zwei Drittel ihres Vermögens zu. Er antwortete nicht, schaltete einen Anwalt ein. Schließlich musste er nachgeben. Sobald das Geld auf meinem Konto eingelangt war, teilte ich ihm mit, dass ich wünschte, fortan von ihm in Frieden gelassen zu werden.

Anfangs hielt er sich nicht daran, hetzte mir sogar einen Privatdetektiv auf den Hals. Irgendwann gab er auf. Und irgendwann beendete ich meine Ausbildung zum Facharzt für Psychiatrie und Neurologie in Berlin. Dank des Erbes meiner Mutter.

Bereits während des Studiums stürzte ich mich in diverse psychotherapeutische Ausbildungen. Ich ertrug keine Autoritäten mehr, plante eine Praxis aufzumachen, mein eigener Herr zu werden. Jahrelang war ich mit mir und meinem Vaterkomplex beschäftigt, versuchte es mit Psychodrama und Katathymem Bilderleben, landete immer wieder bei meiner Kindheit.

Im Zuge meiner Ausbildungen begann ich dann mit einer Lehranalyse und experimentierte gleichzeitig mit Kokain, LSD und Magic Mushrooms. Meine Lehranalyse dauerte eine kleine Ewigkeit und kostete mich ein Vermögen. Meinem Analytiker bin ich bis heute treu ergeben. Bis zu meinem Umzug nach Wien war ich bei ihm in Supervision. Drogenexperimente hingegen interessierten mich schon lange nicht mehr.

Meine Panikattacken wurden im Laufe der Jahre seltener und hörten schließlich ganz auf. Andere Ängste und Phobien sind geblieben, wie eben Flugangst und Höhenangst. Wenn alles zu viel wurde und die Sehnsucht nach Ruhe im Kopf sehr groß war, schluckte ich gelegentlich noch ein Xanor, ein Beruhigungsmittel aus der Gruppe der Benzodiazepine. Mittlerweile konnte ich das Haus aber ohne eine Pille in meiner Hosentasche verlassen, was früher nicht möglich gewesen war.

Als Psychoanalytiker war ich in Berlin ziemlich begehrt. Ich hatte den Wien-Bonus. Analytiker aus Wien sind in Deutschland sehr gefragt, egal, ob sie Freudianer sind oder nicht. Die Arbeit schien damals eine Art Rettungsring für mich zu sein, denn meine wenigen Beziehungen waren alle gescheitert. Was mir blieb, war die Arbeit.

* * *

Die Sonne verabschiedete sich. Schneidender Wind kam auf. Eiskalter Regen prasselte auf die Trauergäste nieder, die dem Sarg folgten. Einige Leute machten sich aus dem Staub.

Ich nahm mir vor, bis zum bitteren Ende auszuharren. Selbst mein damaliger Lehranalytiker hatte mir indirekt empfohlen, der Konfrontation mit der einzigen Liebe meines Lebens nicht auszuweichen.

Ich hielt mich abseits, suchte mir einen Weg zwischen den Gräbern. Im Schutz der hohen Bäume entfernte ich mich etwas von dem Trauerzug.

Eichhörnchen huschten an mir vorbei. Ich blieb kurz stehen, sah zu, wie eines der niedlichen Tierchen eine Nuss in einem Astloch versteckte. Ob es die Nuss wiederfinden wird? Ich hatte mal gelesen, dass Eichhörnchen zu einfältig waren, um sich die Verstecke für ihre Vorräte zu merken.

Keine dreißig Meter vor mir tauchte plötzlich ein großer Hund auf. Sein Fell hob sich kaum vom grauen Himmel ab. War es nicht strengstens verboten, Hunde auf Friedhöfe mitzunehmen? Hunde sind gefräßiger als Ratten, was menschliche Überreste betrifft.

Ich wollte weitergehen. Irgendetwas hielt mich zurück.

Mit zusammengekniffenen Augen beobachtete ich das große Tier, das wie eine Friedhofsstatue auf einem aufgeschütteten Erdhügel stand.

Gänsehaut überzog meinen Körper, als ich merkte, dass es sich nicht um einen Hund handelte.

Sehe ich statt weißer Mäuse graue Wölfe? Ich hatte nichts getrunken und war auch nicht anderweitig benebelt. Obwohl ich Wölfe bisher nur im Zoo oder im Fernsehen gesehen hatte, war ich mir sicher, dass es sich bei dem Tier um einen Wolf handeln musste.

Er starrte mich unverwandt an.

Nach ein paar Schrecksekunden, in denen ich wie angewurzelt dagestanden war, drehte ich mich um und entfernte mich betont langsam. Er würde mich schon nicht anfallen, am Friedhof gab es schließlich genug Aas.

Bald erreichte ich das hintere Ende des Trauerzugs. Erst jetzt sah ich mich noch einmal nach dem Wolf um. Er war verschwunden.

Sollte ich jemanden ansprechen und ihm von dieser surrealen Begegnung erzählen? Man würde mich für verrückt halten. Wölfe im Wienerwald – das hätte ich mir noch einreden lassen. Aber Wölfe in der Stadt? Völlig absurd! Hatten mich meine Augen doch getäuscht?

Als ich endlich an der ausgehobenen Grube angelangt war, verdrängte ich das unheimliche Erlebnis und stellte mich so hin, dass ich Nadine im Auge behalten konnte. Sie hatte mich noch nicht erblickt.

Meine ehemalige große Liebe hatte ihren Gesichtsschleier abgenommen.

Trotz Hilfe plastischer Chirurgie wirkte sie alt und verhärmt. Ihre aufgespritzten Lippen waren bestimmt zu keinem Lächeln mehr fähig. Ihr schulterlanges blondiertes Haar wirkte schütter. Sie war so dünn, dass man sie von hinten für einen unterentwickelten Teenie halten konnte, obwohl sie gleich alt war wie ich, also demnächst fünfzig wurde.

Nadine hatte auf eine große Karriere als Ärztin gehofft. Nach ihrer Heirat durfte sie meinem Vater in seiner Privatpraxis eine Zeit lang assistieren. Die Informationen über sie stammten hauptsächlich von meinem Jugendfreund Oswald. Nach meiner Flucht aus Wien hatten wir losen Kontakt miteinander gehalten.

Nadine gab die Zusammenarbeit mit meinem Vater bald auf und konzentrierte sich fortan auf ihre Rolle als Gattin des berühmten Herrn Primar. Ich verfolgte ihre gesellschaftlichen Aktivitäten, vor allem ihre Auftritte bei Charity-Events, manchmal im Internet.

Vom Tod meines Vaters hatte ich ebenfalls im Internet erfahren. Am Tag danach rief mich allerdings sein Anwalt an. Merkwürdigerweise hinterließ der Alte kein Testament. Sein Anwalt teilte mir mit, dass ich der Haupterbe war und Nadine sich mit dem Pflichtteil begnügen musste. Ich war zwar nicht scharf auf sein Vermögen, wollte es aber keinesfalls ihr überlassen.

***

Der Pfarrer machte nicht viel Aufhebens. „Gott sei seiner armen Seele gnädig", nuschelte er. Hatte mein Vater an Gott geglaubt? Wohl eher nicht. Aber ich wusste es nicht. Ich wusste wenig über den Mann, der mich gezeugt hatte. In Gedanken starrte ich in seine dunklen, leeren Augenhöhlen, die einst eisblau waren und mir tödliche Angst eingejagt hatten.

Verzweiflung ergriff von mir Besitz, wie ich so dastand im Regen und mir seine Verwesung ausmalte, seinen blanken Totenschädel, seinen von Würmern angefressenen Körper ...

Ich befürchtete, den Rest des Tages nicht ohne Xanor zu überstehen, atmete ein paar Mal tief durch, war aber nach wie vor völlig durcheinander, musste an den Tod und die Liebe zugleich denken.

Mir wurde bewusst, wie traurig mein eigenes Leben bisher verlaufen war. Ein Leben voller Unzufriedenheit, unterdrückter Wut und verrückter Rachepläne. Ich hatte ohne Liebe gelebt. Frauen hatten in meinem Leben keine große Rolle gespielt. Einige kurze Beziehungen, keine hielt länger als zwei Jahre, ein paar One-Night-Stands. Selbst in dieser Hinsicht schien ich das genaue Gegenteil meines virilen Vaters zu sein. Auch wenn mich meine Arbeit immer wieder über mein enttäuschendes Liebesleben hinweggerettet hatte, ging ich nie in ihr auf. Solange mein Vater gelebt hatte, war ich das Gefühl, nicht mein eigenes Leben leben zu können, selbst wenn mehr als sechshundert Kilometer zwischen uns lagen, nicht losgeworden. Einer von uns beiden hatte weichen müssen. Die Frage, wer, war nun entschieden.

Ein schneidender Wind kam auf. Rasch lockerten die Totengräber die Riemen, die unter dem Sarg hindurchliefen, und die schwere Kiste verschwand in dem dunklen Erdloch.

„Er möge in Frieden ruhen", ertönte die Stimme des Pfarrers.

Das dumpfe Hämmern in meinem Kopf ließ nach. Auf einmal konnte ich wieder normal atmen. Weder spürte ich eine besondere Traurigkeit, die ich angesichts meines armseligen Daseins fühlen hätte müssen, noch verbitterte mich die Erinnerung an meine Kindheit, noch bereute ich all die Jahre, die ich vergeudet hatte. Alle Niederlagen erschienen mir jetzt, wo der Sarg im Grab verschwunden war, plötzlich nichtig und klein.

Solange mein Vater gelebt hatte, war in dieser Stadt kein Platz für mich gewesen. Nun war meine Zeit gekommen.

Die Trauernden warfen dem Toten Erde oder Blumen nach und kondolierten der Witwe, die knapp neben dem Grab stand.

Steif, mit unbewegter Miene und mit der großen dunklen Sonnenbrille auf der Nase, nahm Nadine die Beileidwünsche entgegen.

Ihr Anblick verursachte mir nach wie vor leichtes Unbehagen. Ich beobachtete sie aus ein paar Metern Entfernung.

Ich liebte sie nicht mehr, hasste sie nicht mehr, wusste jedoch nicht, wie ich mich ihr gegenüber verhalten sollte.

Zögernd streckte ich ihr meine Hand entgegen, als ich an der Reihe war.

Sie zuckte zusammen, ergriff meine Hand nicht, nahm aber ihre schwarze Sonnenbrille ab und starrte mich an, als wäre ich ein Außerirdischer.

Ihr Mund öffnete und schloss sich. Kleine Zuckungen liefen über ihr offensichtlich geliftetes Gesicht und den vergleichsweise faltigen Hals, der ihr tatsächliches Alter verriet.

Als sie einen Schritt zurückwich, geriet sie auf dem nassen Boden ins Rutschen. Hektisch ruderte sie mit den Armen, fand aber ihr Gleichgewicht nicht wieder und stürzte in die Grube. Mit einem lauten Krach landete sie auf dem hölzernen Sarg. Ihr dumpfer Schrei scheuchte die Kolkraben in den kahlen Bäumen auf. Ihr Gekreische übertönte die aufgeregten Stimmen der Trauergäste.

Während ich überlegte, ob ich hinunterklettern sollte, um Erste Hilfe zu leisten, zerrten die Totengräber Nadine bereits aus der Grube.

Sie stieg zwar nicht aus dem Grab wie Phönix aus der Asche, aber an ihr schien alles heil geblieben zu sein. Das schwarze Kostüm war verdreckt und ihre Strümpfe zerrissen. Doch sie war anscheinend mit ein paar blauen Flecken davongekommen.

Ihr empörter Gesichtsausdruck brachte mich zum Lachen.

Schluss mit all den Ängsten, Depressionen und Selbstzweifeln! In Zukunft werde ich weder einen Psychoanalytiker noch Xanor brauchen.

Lauthals lachend und begleitet vom Geschrei der Todesvögel, verließ ich die Grabstätte meines Vaters. Hunderte Augenpaare sahen mir empört nach.

Es störte mich nicht.

TEIL II

März

1.

Nachdem mein Vater unter der Erde war, gab es für mich keinen Grund mehr, nach Berlin zurückzukehren. Ich beschloss, die Erbschaft anzutreten, meine Wohnung und meine psychoanalytische Praxis in Berlin aufzugeben und fortan in Wien zu leben. Konkrete Pläne hatte ich noch keine, aber es fühlte sich richtig an, meine Heimatstadt zurückzuerobern.

In Berlin war ich nie glücklich gewesen. Wobei, was heißt Glück? Ich verwendete diesen unbestimmten Begriff normalerweise nicht.

Die Stadt war zu groß, zu chaotisch, zu protzig und zu heruntergekommen zugleich. Die deutsche Regierung war 1999 von Bonn nach Berlin gezogen und mit ihr zogen viele mit.

Der Kontrast zwischen Arm und Reich war in Berlin deutlicher sichtbar als in Wien. Die Gegensätze zwischen West und Ost irritierten mich. Vor allem stieß ich mich an der Überheblichkeit der Wessis gegenüber den Ossis. Allerdings ging mir auch die ständige Jammerei der Deutschen aus den neuen Bundesländern auf die Nerven. Alle blieben für sich in ihrem Teil von Berlin, obwohl die Mauer längst gefallen war. Ich überlegte damals kurz, mir im ehemaligen Osten der Stadt Arbeit zu suchen. Meine Bekannten rieten mir davon ab.

Anfangs wohnte ich in einer Wohngemeinschaft. Bevor die Mieten unerschwinglich wurden, fand ich eine relativ günstige Altbauwohnung für mich allein in Kreuzberg.

In der psychiatrischen Klinik, in der ich arbeitete, hatte ich häufig mit Süchtigen zu tun. Junkies und Alkoholkranke gaben sich bei uns die Türklinke in die Hand.

In Österreich herrschten um die Jahrtausendwende ebenfalls traurige Zeiten. Ein konservativer Wahlverlierer wurde mit Hilfe einer Rechtsaußenpartei Bundeskanzler. Im Ausland wurde Österreich geächtet. Ich schämte mich für meine Landsleute.

Als ich im November nach Wien zurückkehrte, hatte sich politisch seit meiner Flucht nicht viel verändert. Ich beschloss, mich nicht mehr um Politik zu kümmern. Ich hatte andere Sorgen.

Die Erbschaftsgeschichte war rasch erledigt. Allerdings fiel es mir schwer, mich in Wien wieder einzugewöhnen. Berlin war mir zu groß gewesen, Wien zu klein. Manchmal dachte ich daran, mich irgendwo im Süden niederzulassen, denn am wohlsten fühlte ich mich in Ländern, in denen ich die Sprache der Menschen nicht verstand.

Ich war ein vermögender Mann. Mein Vater hatte bei seiner zweiten Eheschließung auf Gütertrennung bestanden. Sowohl die riesige Altbauwohnung im Ringstraßenpalais am Opernring als auch das Haus an der Alten Donau hatten meiner Mutter gehört und waren wegen eines ungünstigen Testaments zunächst an meinen Vater gefallen. Jetzt ging beides in meinen Besitz über.

Der Rest von Vaters Vermögen wurde zwischen Nadine und mir aufgeteilt. Ich bekam zwei Drittel. Nadine musste sich mit einem Drittel zufriedengeben. Aber mit ihrer Witwenrente und der Ärztekammerpension hatte sie ein gutes Auskommen. Im Grunde konnte sie sich nicht beklagen.

Ich gab ihr Zeit bis zum nächsten Sommer, um sich eine neue Bleibe zu suchen. Bis dahin konnte sie im Haus an der Alten Donau kostenlos wohnen bleiben. Sie musste nur die Instandhaltungs- und Betriebskosten bezahlen.

Laut meinem Freund Oswald fand Nadine, dass sie sehr schlecht weggekommen war. Angeblich hatte mein Vater ihr versichert, dass er mich enterben würde. Bestimmt hatte er das auch vorgehabt. So wie ich ihn einschätzte, dachte er aber mit siebenundsiebzig noch nicht ans Sterben und daher auch nicht an ein Testament.

Oswald hatte versucht, zwischen Nadine und mir zu vermitteln. Aber all seine Fähigkeiten als selbsternannter Mediator fruchteten nicht. Das Verhältnis zwischen meiner Ex-Verlobten und mir blieb, trotz der Gleichgültigkeit, die sich bei mir am Begräbnis eingestellt hatte, vor allem bei persönlichen Aufeinandertreffen angespannt.

Oswald war seit der Kindheit mein bester Freund. Er war ebenfalls beim Begräbnis meines Vaters. Ich hatte ihn nicht bemerkt. Er mich sehr wohl.

Als ich nach dem Eklat am Grab den Zentralfriedhof verließ, lief er mir nach. Vor dem Tor holte er mich ein. Oswald war immer schon der Sportlichere von uns beiden gewesen.

Mein Freund stammte aus kleinbürgerlichen Verhältnissen. Bis heute genierte er sich für seine Herkunft. Sein Vater war Eigentümer eines kleinen Lebensmittelladens in der Nibelungenstraße. Die Mutter arbeitete im Geschäft mit. Nachdem sie Konkurs anmelden mussten, suchte sie sich einen Job als Kassiererin in einem Supermarkt. Abends putzte sie Büros, um ihren alkoholkranken Mann und ihren Sohn durchzubringen.

Oswalds Vater war ebenso gewalttätig wie meiner. In dieser Hinsicht waren mein Freund und ich Leidensgenossen. Herr Pabst prügelte nicht nur seinen Sohn halbtot, sondern auch seine Ehefrau. Kein Wunder, dass Oswald gerne in die Schule ging und Klassenbester war.

Später studierten wir gemeinsam Medizin. Im Gegensatz zu mir war Oswald sehr ehrgeizig. Bis zu meiner Flucht nach Deutschland wohnten wir sogar gemeinsam in einer WG. Oswald besuchte mich anfangs ein paar Mal in Berlin. Mit den Jahren wurde der Kontakt loser und in letzter Zeit telefonierten wir nur mehr zu Weihnachten und anlässlich unserer Geburtstage. Da wir beide keine großen Mail-Schreiber waren, hörten wir nicht oft voneinander.

Oswald war als Student ebenfalls in Nadine verliebt gewesen. Ich erinnere mich bis heute mit Schaudern an unseren missglückten Dreier. Als Nadine mit ihm herumzumachen begann, lief ich davon. Angeblich war nichts passiert, beteuerten beide am nächsten Tag.

Kurz danach verlobte ich mich mit Nadine. Mein Freund erwies sich als guter Verlierer. Er tröstete sich bald mit einer anderen Kommilitonin.

Ich musste grinsen, als ich an all die Frauen dachte, die Oswald früher abgeschleppt hatte. Mein Freund war ein richtiger Womanizer gewesen. Keine hatte seinem jungenhaften Lächeln und seinen schönen dunklen Augen widerstehen können.

Er sah heute noch gut aus. Sein braunes Haar war zwar grau geworden, doch sein bubenhaftes Gesicht hatte sich kaum verändert. Er war einige Zentimeter größer als ich, gut gebaut und wirkte sehr fit und durchtrainiert.

Meine Gedanken kehrten zurück zu den letzten Tagen vor meiner Abreise nach Berlin.

Das Bild von Nadine, wie sie mit weit gespreizten Beinen am Küchentisch lag und sich von meinem Vater vögeln ließ, sehe ich bis heute deutlich vor meinem geistigen Auge. Ihr gelangweilter Gesichtsausdruck, dann der erschrockene Blick, als sie mich an der Türschwelle bemerkte ... Zwei Tage später fuhr ich, wie gesagt, mit dem Nachtzug nach Berlin.

Gleich nach dem Ende meiner Facharztausbildung an der Charité stürzte ich in ein tiefes schwarzes Loch. Meine damalige Freundin verließ mich, weil mit mir offenbar nichts anzufangen war. Ich tat mir selbst unheimlich leid. Einsam und verlassen in einer Stadt, die ich nicht besonders mochte, tröstete ich mich mit Alkohol, Drogen und schlechter Gesellschaft. Anstatt mir einen Job zu suchen, verbrachte ich die Abende in den angesagten Bars von Kreuzberg, warf das Geld mit beiden Händen raus, haute mir die Nächte um die Ohren und schlief bis in den Nachmittag hinein.

Eines Nachts baute ich mit dem Auto eines Freundes einen Unfall und landete mit einer Gehirnerschütterung und zwei gebrochenen Rippen in der Notaufnahme eines Krankenhauses.

Die resolute Ärztin, die mich behandelte, empfand Mitleid mit mir. Nach meiner Entlassung aus dem Spital und einem eindringlichen Gespräch verhalf sie mir zu einem Job als Psychiater in einem kleineren Krankenhaus.

In dieser Zeit hatte ich mich, wie gesagt, auf verschiedene Therapieausbildungen eingelassen, die mich dann zur Psychoanalyse führten.

Oswald schien sich über meine Rückkehr im November des vorigen Jahres sehr zu freuen. Letzte Weihnachten, die ich mit ihm gemeinsam in einem Hotel in der Steiermark verbracht hatte, redete er mir gut zu, mich in Wien als Psychiater und Psychoanalytiker niederzulassen.

Ich hätte nicht gleich arbeiten müssen, doch ich hatte irgendwie Lust, im Land, in dem die Neurosen blühen, zu praktizieren.

Mitte Jänner eröffnete ich die Praxis. Anfang März war mein Terminkalender voll. Die meisten Patienten hatte mir Oswald überwiesen. Ich arbeitete höchstens fünf Stunden pro Tag. Da ich kein Morgenmensch war, begann ich immer erst am späteren Vormittag.

Oswald war Allgemeinmediziner und betrieb eine florierende Wahlarztpraxis in Hietzing. Er bemühte sich gar nicht erst um einen Kassenvertrag, da seine betuchten Patienten und Patientinnen ohnehin lieber bar bezahlten. Vor einigen Jahren hatte er sich auf Lifestyle-Medizin spezialisiert, bot seither Ernährungsumstellungen und Diätberatung an sowie dauerhafte Haarentfernung oder intravenöse Laserbehandlung bei Schmerzen, Allergien und anderen Beschwerden. Er empfahl die Lasertherapie auch bei Depressionen und posttraumatischen Belastungsstörungen, was mich dann doch wunderte.

Vor Kurzem hatte er mir stolz erzählt, dass er seine Patienten auch mit Hypnose behandelte. Soviel ich wusste, hatte er weder das Diplom, das Ärzte berechtigt, psychotherapeutisch zu arbeiten, noch eine Hypnosetherapieausbildung. Für die zwanzigminütigen Sitzungen verlangte er ein Vermögen. Mich störte, dass er sich ständig über sich und seine reichen Patienten lustig machte. Er nahm diesen Psychokram, wie er es nannte, nicht ernst.

***

Mein Vater hatte mir ein Medizinstudium nicht zugetraut und mir geraten, Musiklehrer zu werden. Dafür reiche meine Intelligenz gerade aus, hatte er wörtlich gesagt.

Als ich mich doch für Medizin entschied, ermutigte er mich nie, sondern prüfte mich beim Abendessen ab, stellte mir im ersten Semester Fragen, die wahrscheinlich nicht einmal seine Oberärzte beantworten hätten können.

Es störte ihn, dass ich mich nicht für sein Fach, die Orthopädie, interessierte. Ich war bereits damals fasziniert von der Psyche des Menschen. Während fast alle berühmten Sportler des Landes, von der Skifahrerin bis zum Fußballer, bei ihm unter dem Messer lagen und er auch an anderen Berühmtheiten herumschnipselte, lag ich auf meinem Bett und verschlang die Werke von Sigmund Freud.

Das große Praxisschild aus Messing am Eingang des Ringstraßenpalais tauschte ich aus. Jetzt hing ein kleineres dort, auf dem stand schlicht und einfach: „Dr. Arthur Lang, Psychoanalytiker und Facharzt für Psychiatrie und Neurologie. Termine gegen Voranmeldung" und daneben meine Telefonnummer.

Ich arbeitete vorwiegend als Psychoanalytiker. Meine Analysepatienten lagen drei- bis viermal in der Woche bei mir auf der Couch. Patienten, die nur psychiatrische Hilfe suchten, empfing ich meistens nach den Analysestunden im Halbstundentakt.

Meine Ordination, in der mein Vater bis zu seinem Tod praktiziert hatte, besaß neben einem eigenen Eingang auch einen Zugang zur danebenliegenden Wohnung, in die ich ebenfalls im Jänner eingezogen war.

Der kleinere Raum der Ordination, die meine Eltern damals als Wohnung erworben und umgebaut hatten, diente als Wartezimmer. Hinter einer verglasten Front befand sich das Reich der Sprechstundenhilfe. Im Bad gab es eine behindertengerechte Toilette und ein Waschbecken für die Patienten. Die Dusche hatte mein Vater herausreißen lassen. Die Küche war mit Bücherschränken vollgeräumt. Außer einer Kaffeemaschine, einem Wasserkocher und einem Kühlschrank erinnerte nichts mehr an die ehemalige Nutzung dieses Raumes.

2.

„Ich bin eine Mörderin."

Ihre schrille Stimme ließ mich aufschrecken.

Ich war eingenickt. Meine Ordination war überheizt, mein Ohrensessel am Kopfende der Couch sehr bequem.

Vielleicht sollte ich mir einen unbequemeren Stuhl zulegen? In letzter Zeit nickte ich öfters ein, vor allem in den psychoanalytischen Sitzungen am frühen Abend, wenn es draußen dämmerte und die Straßenbeleuchtung auf der Ringstraße meinen Behandlungsraum in ein anheimelndes Licht tauchte.

Ich reagierte nicht, fürchtete, meine Stimme könnte verraten, dass ich ein Schläfchen gehalten hatte. Was hatte ich verpasst? Worüber hatte sie gesprochen, als ich kurz weggetreten war?

Anna Maria war eine schwer neurotische Frau Anfang vierzig. Der Ursprung ihrer seelischen Qualen dürfte, wie so oft, in der Kindheit liegen. In Fällen wie ihrem lag die Vermutung nahe, dass sie einem traumatisierenden Sexualerlebnis ausgesetzt gewesen war. Bisher war aber nichts dergleichen zur Sprache gekommen. Auch schwere Vernachlässigung konnte eine Rolle gespielt haben.

Immer wieder fragte ich mich, was ihr tatsächlich widerfahren sein mochte. Manchmal ertappte ich mich dabei, in Frage zu stellen, ob sie überhaupt ein furchtbares Trauma erlebt hatte. Vielleicht waren es doch recht gewöhnliche Ereignisse, die durch ihre außergewöhnliche Empfindsamkeit verstärkt worden waren.

Als sie aufgeregt weitersprach, hörte ich aufmerksam zu.

„Wir sind ausnahmsweise mit der U-Bahn gefahren. Mein Mann meinte, wir wären so schneller als mit einem Taxi. Um diese Zeit sind vor allem die Ausfahrtsstraßen von Wien verstopft. Eugens Wagen war in der Werkstatt ... Ich sage nur U4! Gestank nach Schweiß und billigem Aftershave, primitive heruntergekommene Gestalten, kreischende Kleinkinder. Es herrschte ein fürchterliches Gedränge. Montagabend. Sie verstehen?"

Ich verstand nichts, hoffte, sie würde bald auf den Punkt kommen.

„Er hat mich aus der Galerie abgeholt. Wir mussten zu einem Abendessen mit Freunden."

„Wer hat Sie abgeholt?"

„Hören Sie mir nicht zu?", kreischte sie. „Mein Mann natürlich! Von wem reden wir die ganze Zeit?"

Ich war an ihre Stimmungswechsel gewöhnt, dennoch überraschte mich ihr aggressiver Ton.

„Möchten Sie nicht wissen, wie ich ihn umgebracht habe?"

Ich unterließ es lieber, sie zu fragen, ob sie von ihrem Mann sprach, stattdessen sagte ich: „Sie glauben einen Menschen umgebracht zu haben?"

„Nein, ich glaube es nicht. Ich weiß, dass ich ihn getötet habe. Er hat den Tod verdient."

Es erschien mir angebrachter, zu schweigen und sie weiter toben zu lassen.

„Wir sind am Ende des Bahnsteigs gestanden. Die Meute hinter uns hat zu drängeln begonnen, als die Ankunft der U4 über den Lautsprecher angekündigt wurde. Wir waren ganz vorne. Plötzlich habe ich ein monströses, hartes Ding an meinem ... Sie wissen schon ... gespürt." Sie schluchzte heftig.

„Und dieser Schlappschwanz von Eugen hat keinen Finger gerührt. Ich war so wütend und enttäuscht von diesem Arsch."

Mir fiel auf, dass sie es meistens vermied, ihre eigenen Sexualorgane zu benennen, gleichzeitig aber zu einer sexualisierten Ausdrucksweise neigte.

„Und dann ging alles sehr schnell. Die Lichter der einfahrenden U-Bahn haben mich geblendet. Ich habe einen Schritt zurück gemacht, bin dann knapp neben statt vor ihm gestanden."

Oh mein Gott! Sie wird doch nicht ihren Mann vor die U-Bahn ...?

„Ich habe ihm einen kräftigen Stoß versetzt. Der Typ ist ins Taumeln geraten und auf die Geleise gestürzt. Der einfahrende Zug war nicht schnell, trotzdem hat der Fahrer nicht mehr bremsen können. Von dem Schwein hat man nur mehr die abgetrennten Beine gesehen. Sein Kopf ist wahrscheinlich zwischen den Gleisen gelegen und sein Körper zermalmt worden. Der Mann hat weiße Socken zu schwarzen Schuhen getragen. Stellen Sie sich das vor! Als die ersten Leute zu schreien begonnen haben, bin ich in ihr Geschrei mit eingefallen und habe mich durch die Menge Richtung Ausgang gezwängt. Eugen ist hinter mir her gelaufen. Er dürfte nicht mitgekriegt haben, was ich getan habe, denn er hat kein Wort darüber verloren, als wir endlich in einem Taxi gesessen sind."

Ich verdrehte die Augen, hielt ihre Geschichte für eine ihrer Rachefantasien.

„Sein Körper war zerstückelt und überall war Blut", flüsterte sie aufgeregt.

„Verzeihung, was haben Sie gesagt? Ihre letzten Worte habe ich nicht verstanden."

„Sie verstehen nie etwas. Sie glauben mir nicht, denken, ich habe diese Geschichte erfunden. Kaufen Sie sich eine Zeitung!"

Wütend sprang sie auf. Die Le-Corbusier-Liege drohte zu kippen. Ehe ich Stift und Block zur Seite legen konnte, baute sie sich mit hochrotem Gesicht, die Hände in ihre breiten Hüften gestemmt, vor mir auf und funkelte mich zornig an.

„Wenn Sie mir nicht vertrauen, ist der ganze Zirkus hier sinnlos."

Sie knallte hundertfünfzig Euro auf meinen Schreibtisch und verließ grußlos, zehn Minuten vor dem Ende ihrer Sitzung, die Ordination. Die vorbereitete Quittung ließ sie auf meinem Schreibtisch liegen.

„Auf Wiedersehen, Frau Mayerbach", rief ich ihr nach.

Meine Patientin war mit einem deutschen Adeligen verheiratet und legte großen Wert auf das Wörtchen „von". In Österreich waren die Adelstitel 1919 abgeschafft worden. Ich dachte nicht im Traum daran, das kleine „von" zu benützen.

Kaum war die Tür hinter ihr ins Schloss gefallen, griff ich nach meinem Handy, schaltete es ein und informierte mich über die aktuellen Neuigkeiten im Internet.

Es hatte tatsächlich einen Zwischenfall in der U-Bahn gegeben. Angeblich war der Betrieb der U4 wegen eines technischen Gebrechens eine Weile eingestellt gewesen.

Ich vermutete, dass sich jemand vor die U-Bahn geworfen hatte, und fragte mich nicht zum ersten Mal, warum die Wiener Verkehrsbetriebe Suizide nicht öffentlich bekanntgaben.

Um keine Nachahmungstäter zu animieren, du Dummkopf, sagte die Stimme meines Vaters.

Ich ignorierte sie.

Entweder hatte meine Patientin diesen Selbstmord mitangesehen oder davon gehört oder gelesen und ihn nun für ihre Fantasiegeschichte verwendet.

Sie litt unter Mythomanie oder auch Pseudologia phantastica, dem zwanghaften Erzählen von unwahren Geschichten, meist über sich selbst oder über etwas, das sie angeblich erlebt hatte. Um Beachtung und Anerkennung zu erreichen, war ihr jedes Mittel recht.

Anna Maria war eine zwanghafte Lügnerin, schien ihre Lügen selbst manchmal zu glauben und schmückte sie aus, wenn sie meine Zweifel spürte. Sie war nicht wahnhaft, im Grunde wusste sie, dass sie scheinbar grundlos die Unwahrheit sagte.

Vor ein paar Jahren hatte ich in Berlin einen Patienten behandelt, der unter dem Münchhausen-Syndrom litt. Er verbreitete ständig Lügen über seinen angeblich schlechten gesundheitlichen Zustand, um beachtet zu werden.

Anna Maria war ein anderes Kaliber. Obwohl sie unter Schlafstörungen litt und ständig Beruhigungsmittel schluckte, klagte sie fast nie über irgendwelche Beschwerden, sondern erzählte mir die abenteuerlichsten und verrücktesten Geschichten.

Ich erinnerte mich an eine andere Verfolgungsstory, die sie mir gleich zu Beginn ihrer Analyse aufgetischt hatte. Damals hatte sie behauptet, ihr Mann hätte ihr einen Privatdetektiv auf den Hals gehetzt.

Sie fühlte sich tagelang von einem dunklen Wagen verfolgt. Und eines Abends, als sie in die Garage fuhr, sah sie eine Gestalt, die sich auf ihrem Grundstück herumtrieb. Da diese Person plötzlich wieder verschwand, vermutete sie selbst, sich alles nur eingebildet zu haben.

Dieser Meinung war damals auch ich.

Sigmund Freud hätte seine helle Freude an dieser Patientin gehabt.

Sie litt unter einer histrionisch-narzisstischen Persönlichkeitsstörung. Mein Freund Oswald, bei dem Frau Mayerbach wegen ihrer Schlafprobleme früher in Behandlung war, diagnostizierte sie mit einer Borderline-Persönlichkeitsstörung. Diesen Begriff fand ich zu verwaschen.

Oswald warnte mich vor ihr, riet mir, sie weiterzuschicken. Ich hörte nicht auf ihn.

Wie sich später herausgestellt hatte, war ich von Anna Maria Mayerbach selbst auserwählt worden. Sie war ebenfalls beim Begräbnis meines Vaters. Mein peinlicher Auftritt damals hatte ihr imponiert, wie sie mir später gestand. Also verdankte ich diese Patientin im Grunde meinem Vater. Sie hatte ihn gekannt, hatte ihn wegen ihrer Knieschmerzen mehrmals aufgesucht.

Da Frau Mayerbach nicht den Anspruch erhob, meine Honorare mit der Krankenkasse zu verrechnen, blieb es mir erspart, eine eindeutige Diagnose stellen zu müssen.

Ihr bühnenreifer Abgang beschäftigte mich nicht lange. Ich machte mir nur ein paar Notizen.

Anna Maria war ein gutes Beispiel dafür, dass die Vergangenheit unser Verhalten bestimmt. Auch wenn mir noch unklar war, welche konkreten Traumata ihrer Störung zugrunde lagen, wusste ich inzwischen ein bisschen über ihre schwierige Kindheit Bescheid. Als Pubertierende litt sie unter Anorexie und war deswegen bei einem Psychiater in Behandlung. In dieser Zeit begann sie auch, sich selbst zu verletzen. In den letzten Sitzungen gewann ich den Eindruck, dass wir ihren Medikamentenmissbrauch – sie nahm meines Wissens vor allem Beruhigungsmittel – langsam in den Griff bekamen. Auch ihre Alkoholexzesse waren seltener geworden.

Nach der Sitzung kochte ich mir einen Kaffee und stellte Nachforschungen über den U-Bahn-Zwischenfall im Internet an. Auch wenn mir bewusst war, dass Anna Marias Fantasie grenzenlos war, konnte ich ein vermeintliches Mordgeständnis nicht auf die leichte Schulter nehmen und hielt Nachforschungen für gerechtfertigt.

Auf orf.at und in einigen Zeitungen fand ich kurze Notizen über einen Unfall in der U-Bahn-Station Karlsplatz. In einem Chatroom gab es den ersten Hinweis auf Selbstmord. Die üblichen Wichtigtuer tauschten ihr Halbwissen aus. Einer deutete sogar an, dass es Mord war. Obwohl ich dieses Getratsche nicht ernst nahm, verunsicherte es mich. Hatte Anna Maria die Wahrheit gesagt? Stieß sie den Mann, der sie belästigt hatte, tatsächlich vor die U-Bahn?

Mein Handy klingelte.

Caroline Čećnik, meine alte Nachbarin. Ich hatte sie gebeten, nicht einfach bei mir anzuläuten, sondern mich vorher anzurufen. Anfangs war sie öfters während einer Therapiesitzung vor meiner Tür gestanden. Diskretion war ein Fremdwort für sie. Mit so einer Nachbarin war es schwierig, ein zurückgezogenes Leben zu führen.

„Schön, dass du heute so früh Schluss gemacht hast. Magst nicht auf einen Sprung rüberkommen? Ich habe gerade Nachschub gekriegt."

Ich musste mir ein Lachen verkneifen.

Caroline war ein hoffnungsloser Fall. Diese exzentrische alte Dame war ständig zugekifft.

Um ihr Alter machte sie ein großes Geheimnis. Ich schätzte sie auf mindestens achtzig, wenn nicht älter. Sie litt unter Polyneuropathie und schwerer Arthritis, verweigerte aber Schmerzmittel und behauptete, dass ihr nur Marihuana Linderung verschaffte.

Caroline war Schauspielerin. Ihr letztes Engagement lag eine Weile zurück. Irgendwann hatte sie mal erwähnt, dass sie zuletzt vor fünfzehn Jahren auf einer Bühne gestanden war. Im Gegensatz zu anderen alten Leuten sprach sie selten über ihre Vergangenheit. Sie schien mehr an der Gegenwart interessiert, diskutierte gerne über Gott und die Welt und war bestens informiert, da sie viel fernsah und sowohl eine Tageszeitung als auch eine wöchentlich erscheinende Stadtzeitung abonniert hatte. Trotz ihres nicht unbeachtlichen Konsums von Marihuana schien sie alles unter Kontrolle zu haben.

Meine Nachbarin war auch dem Alkohol nicht abgeneigt. Klein und zart, wie sie war, vertrug sie nicht viel. Ein, zwei Likörchen am Nachmittag und ein, zwei Gläschen Rotwein abends. Betrunken hatte ich sie noch nie erlebt.

Als ich vor nunmehr vier Monaten in die Wohnung meiner Eltern zurückgekehrt war, hatte sie mich freudig willkommen geheißen. Während ich eine sehr vage Erinnerung an die Nachbarin meiner Eltern hatte, konnte sie sich gut an mich erinnern.

Sie hatte nach ihrer Scheidung von einem berühmten Theaterregisseur die dritte Wohnung im zweiten

Stock gekauft. Ich war damals vierzehn oder fünfzehn gewesen. Mit neunzehn war ich ausgezogen, hatte mit meinem Freund Oswald und mit Axel, einem Medizinstudenten, den wir beim Inskribieren kennengelernt hatten, eine Männer-WG gegründet.

Caroline hatte sich mit meiner Mutter gut verstanden. Meinen Vater hatte sie nicht ausstehen können. Vielleicht mochte ich sie auch deshalb?

Sie schimpfte aber nur selten über ihn, da sie abergläubisch war. Toten durfte man nichts Schlechtes nachsagen. Außerdem glaubte sie, dass er keines natürlichen Todes gestorben war. Anfangs hatte sie Nadine verdächtigt, ihn ermordet zu haben. Seit ich ihr erzählt hatte, dass ich der Haupterbe meines Vaters war, sprach sie nicht mehr davon.

Die alte Schauspielerin war nicht sehr mobil, verließ kaum das Haus, spazierte sogar in ihrer Wohnung mit dem Rollator herum. Obwohl sie von einer sozialen Organisation gut versorgt wurde – sie bekam Essen auf Rädern und täglich schaute ein Zivildiener bei ihr vorbei und wenn sie krank war auch eine Pflegerin –, erledigte ich manchmal Besorgungen für sie oder brachte sie zu einem Arzt.

Sie revanchierte sich mit Gras. Ja, Caroline war meine Dealerin.

Nach dem Tod meines Vaters hatte auch ich wieder zu kiffen begonnen. Allerdings rauchte ich nur abends, wenn ich nicht einschlafen konnte, einen Joint.

Von wem Caroline den Stoff bezog, hatte sie mir bisher nicht verraten. Ich verdächtigte einen der Zivildiener. Bis Ende Februar war ich im Stiegenhaus oft einem großen, schlaksigen Jungen mit roten Haaren begegnet. Er hatte meistens sehr mürrisch dreingesehen und mich kaum eines Blickes gewürdigt. Caroline hatte ihn mir einmal mit den Worten „das ist mein Zivi Jonas" vorgestellt. Seit Kurzem kam ein anderer Bursche. Er war kleiner, ein bisschen rundlich und grüßte immer freundlich. Den mürrischen Typ sah ich nach wie vor manchmal im Stiegenhaus. Ich war mir fast sicher, dass er meine Nachbarin mit Marihuana versorgte.

An den Wochenenden lud ich Caroline öfters zum Essen ein. Ich kochte gerne, wenn ich Zeit hatte.

Obwohl ich einen Schlüssel für ihre Wohnung besaß, läutete ich bei ihr an.

Im nächsten Augenblick vernahm ich leises Scharren. Romeo, Carolines verwöhnter Kater, kündigte mich an.

Ich mochte keine Katzen, musste aber zugeben, dass Romeo gut auf sie aufpasste. Der kleine Zerberus miaute laut oder machte sich durch Kratzen bemerkbar, wenn sich jemand vor ihrer Tür befand. Die Klingel überhörte sie meistens, weil sie ständig Kopfhörer aufhatte. Sie war nicht schwerhörig, obwohl sie behauptete, mit Kopfhörern Musik hören zu müssen, um mich nicht zu stören.

Ihre Wohnung bestand aus zwei großen Zimmern, Bad, Küche und einem Klopfbalkon. Die Einrichtung war gewöhnungsbedürftig, ein seltsames Gemisch eines langen Lebens. Auffällig war, dass keine Erinnerungsstücke an ihre Zeit als Schauspielerin herumlagen. Nicht einmal Fotos, Kritiken oder Theaterplakate. Als ich sie eines Abends fragte, warum sie diese wichtige Zeit in ihrem Leben so negiere, tippte sie sich an die Stirn und meinte: „Das ist alles hier drin. Woran ich mich nicht mehr erinnere, war eben nicht so wichtig für mich, selbst wenn es mir einst wichtig erschienen ist. In meinem Alter muss man sich von Ballast befreien. Die Vergangenheit ist Ballast. Und an die Zukunft will man nicht denken. Ich lebe im Jetzt."

3.

Als mir die zierliche alte Frau öffnete, stellte ich bestürzt fest, dass sie krank aussah. Ihr Gesicht war kreidebleich. Um die Augen hatte sie dunkle Ringe.

„Geht's dir nicht gut?"

„Alles bestens. Ich habe nur gestern Nacht fast nichts geschlafen. Mir ist der Stoff, aus dem die Träume sind, ausgegangen", scherzte sie.

„Du solltest heute lieber Tee statt Eierlikör trinken."

„Quatsch! Ich bin zäh, wie du weißt. Was möchtest du? Bier oder Wein?"

Caroline wusste, dass ich Eierlikör verabscheute.

Ich entschied mich für ein kleines Bier, holte es mir selbst aus dem Kühlschrank und brachte den Eierlikör für sie mit.

Sie hatte inzwischen in ihrem Fernsehsessel Platz genommen und drehte sich einen Joint.

„Jonas hat mir gerade was vorbeigebracht. Musst du probieren, ist guter Stoff", forderte sie mich auf.

Mein Verdacht, dass der ehemalige Zivi sie mit Marihuana versorgte, war also richtig gewesen.

„Vielleicht später. Ich möchte heute noch arbeiten", lehnte ich ihr Angebot ab.

Ich war nicht suchtgefährdet, rauchte, wie gesagt, nur hin und wieder einen Joint oder eine Zigarette. In meiner Jugend hatte ich fast alles ausprobiert: Kokain, Ecstasy, Speed, LSD. Nachher war mir meistens speiübel gewesen. Von Lustgewinn konnte nicht die Rede sein. Auch mein Alkoholkonsum hielt sich in Grenzen. Obwohl ich zurzeit drei- bis viermal in der Woche Alkohol trank, war ich überzeugt, weder körperlich noch seelisch abhängig zu sein.

„Wie war dein Tag?", fragte sie.

„Beschissen."

„Du siehst auch müde aus."

„In letzter Zeit schlafe ich zu wenig. Wahrscheinlich leide ich unter seniler Bettflucht. Ich bin alt geworden."

„Von wegen alt! Du bist ein Mann in den besten Jahren."

Ich dachte an meine grauen Schläfen und die schwerer gewordenen Augenlider. Meinen Zenit hatte ich auf alle Fälle schon überschritten.

Ich war ein klassischer Durchschnittstyp, war 1,78 groß und mein Gewicht schwankte zwischen siebzig und zweiundsiebzig Kilo. Meine Nase war in meinen Augen zu lang und der Mund leicht schief. „Keine besonderen Merkmale", stand in meinem Reisepass. Manche Frauen fanden meine großen blassblauen Augen, die einen starken Kontrast zu meinen langen schwarzen Wimpern und meinen dichten schwarzen Brauen bildeten, schön. Seit ich eine schwarze Hornbrille trug, wirkten sie noch größer. Laut Caroline strahlte ich mit der neuen Brille etwas Düsteres und Geheimnisvolles aus. Auf manche Leute wirkte ich eher schwermütig.

Als Jugendlicher hatte ich unter Akne gelitten. Einige Narben sind bis heute sichtbar und verleihen mir einen Anflug von Verwegenheit. Die graumelierten schwarzen Haare waren schulterlang. Manchmal hatte ich sie im Nacken zu einem Pferdeschwanz zusammengebunden. Seit eine Bekannte eine halblustige Bemerkung über mein niedliches Schwänzchen gemacht hatte, trug ich sie allerdings nur mehr offen.

Ich war sehr schlank, fast zu schlank. Bestenfalls konnte man meine Figur als drahtig bezeichnen. Im Winter hatte ich manchmal ein paar Längen im Stadthallenbad zurückgelegt. Anfangs war ich auch öfter gelaufen. Als mein linkes Knie Probleme machte, gab ich das Joggen auf. Seither begnügte ich mich mit langen Spaziergängen. Fitnesscenter mied ich.

Da ich ein eher schwächliches Kind gewesen war, hatte mich mein Vater gezwungen, einen Judo-Kurs zu besuchen. Bis zum schwarzen Gürtel hatte ich es leider nicht gebracht. Als Jugendlicher verlegte ich mich aufs Boxen. Oswald überredete mich dazu. Wir trainierten gemeinsam in einem Box-Club, kämpften aber nicht gegeneinander, denn ich war Halbweltergewicht und er Mittelgewicht. Oswald war schon mit achtzehn um zehn Kilo schwerer als ich. Meine Mutter bangte um meine zarten Finger und untersagte mir jedes weitere Training, als sie dahinterkam.

Ich fand mich in jeder Hinsicht mittelmäßig, als Psychoanalytiker, Musiker, Koch, ja sogar als Liebhaber. Ich war mittelmäßig intelligent, mittelmäßig witzig und mittelmäßig charmant.

Während Caroline genüsslich an ihrem Joint zog, erzählte ich ihr von meinen Schwierigkeiten mit histrionischen Patienten. Ich sprach von niemand Bestimmtem, machte allgemeine Bemerkungen.

„Die Depressiven sind mir jedenfalls lieber", sagte ich.

„Warum redest du um den heißen Brei herum? Was war los?"

Ich kam mir vor wie in Supervision. Ohne einen Namen zu nennen, berichtete ich ihr von der seltsamen U-Bahn-Geschichte.

„Wer hat dir diesen Verrückten geschickt?"

„Es handelt sich um eine Frau. Mein Freund Oswald hat mich vor ihr gewarnt, da sie seiner Meinung nach ein schwieriger Fall sei. Aber inzwischen ist er recht gut bekannt mit ihr und ihrem Mann. Lassen wir das Thema! Erzähl mir lieber, was du heute gemacht hast."

Obwohl ich wusste, dass Caroline mit keinem Menschen über meine Arbeit sprach, hielt ich mich lieber an meine Schweigepflicht.

„Wenn man so einen wie diesen Oswald zum Freund hat, braucht man keinen Feind", murmelte sie.

„Er ist mein einziger Freund in Wien, und er ist okay. Wir kennen uns seit unserer gemeinsamen Schulzeit. Habe ich dir mal von unserer Band erzählt?"

Sie schüttelte den Kopf.

„Er hat früher mehr schlecht als recht E-Gitarre gespielt und hat versucht, auch mich dazu zu bewegen, Gitarre zu lernen. Mädels stehen auf Gitarristen, hat er behauptet. Ich habe nicht auf ihn gehört, bin bei den Tasteninstrumenten geblieben. Der Umstieg aufs Keyboard ist mir nicht schwergefallen. Uli, einer unserer Schulkollegen, war ein begnadeter Schlagzeuger. Wir haben uns ‚Wild Hearts' genannt. Zeitweise haben wir sogar eine Sängerin engagiert. Die Mädchen sind leider nie lange bei der Band geblieben. Wenn wir high waren, haben auch Oswald oder ich zum Mikrofon gegriffen und unser rares Publikum genervt. Wir hatten uns auf keine Stilrichtung festgelegt, haben klassischen Punk, New Wave und gute alte Rockmusik gespielt. Wir hatten echt Spaß damals. Oswald war eine richtige Rampensau. Leider hat er kein Interesse mehr an Musik. Unsere Band ist für ihn heute Ausdruck eines typisch pubertären Geltungsdrangs gewesen."

Ihr Gesichtsausdruck verriet nicht, was sie dachte.

„Ich weiß, dass du ihn nicht leiden kannst, aber du kennst ihn ja kaum, hast ihn nur einmal bei mir drüben getroffen."

„Das stimmt nicht. Ich war mal bei ihm in der Ordination. Habe ich dir das nie erzählt?"

„Nein. Wieso hast du mir das verschwiegen?"

„Weil ich es nicht für wichtig gehalten habe. Ich war, genauer gesagt, zweimal bei ihm. Vor Jahren. Er hat mir alle möglichen Wunderpillen verschrieben, darunter sogar ein Schmerzmittel, das bei uns in Österreich nicht zugelassen ist, wenn ich mich richtig erinnere. Ich habe das Zeug sowieso nicht genommen. Er hat mir damals auch einen langen Vortrag gehalten über die Notwendigkeit, sich in meinem Alter mit Vitaminen und Nahrungsergänzungsmitteln fit zu halten."

Sie erhob sich aus ihrem durchgesessenen Fauteuil. Es wirkte fast komisch, wie die zerbrechliche alte Dame mit gespreizten Beinen dastand, sich krampfhaft an ihrem Rollator festhielt und Oswald nachäffte, wiederholte, was er zu ihr gesagt hatte.

Caroline war eifersüchtig auf meinen Freund. Ihrer Meinung nach verbrachte ich zu viel Zeit mit ihm. Kostbare Zeit, die ich besser mit ihr verbringen sollte.

Sie irrte sich, doch ich unterließ es, sie auf ihren Irrtum hinzuweisen. Wenn ich abends wegging, dachte sie, ich träfe mich mit Oswald, dabei streunte ich immer allein durch die Nacht.

Der pseudointellektuelle Smalltalk in meinen Kreisen behagte mir nicht. Lieber ging ich ohne Begleitung ins Kino oder in ein Konzert. Dadurch ersparte ich mir die Fachsimpelei danach.

Eine meiner früheren Freundinnen hatte mich als einsamen Wolf bezeichnet. Was für ein Widerspruch! Wölfe leben in Familienverbänden, treten meist im Rudel auf. Ich interessierte mich nicht besonders für die Tierwelt, aber Wölfe hatten mich schon in meiner Kindheit fasziniert.

Zum ersten Mal musste ich wieder an die Begegnung mit dem Wolf beim Begräbnis meines Vaters denken. Ich hatte Caroline nichts davon erzählt und holte das jetzt nach.

Ihr Gesichtsausdruck wechselte zwischen ungläubigem Staunen und Fassungslosigkeit.

„Wenn man einen Wolf sieht, ist er gekommen, um einen zu beschützen", sagte sie schließlich mit ernster Miene.

„Ich habe mich eher bedroht als beschützt gefühlt."

„Er hat dir doch nichts getan. Bestimmt wollte er dir an diesem schweren Tag beistehen."

Wurde sie auf ihre alten Tage esoterisch?

Das Wochenende stand bevor. Ich hatte nichts geplant. Oswald hatte es inzwischen aufgegeben, mich zu gemeinsamen sportlichen Aktivitäten zu animieren. Ich hatte seine Vorschläge zu oft abgelehnt. Er war ein Gesundheitsapostel geworden. Fitness, gesunde Ernährung, Wellness ... Ganz nahm ich ihm dieses Getue aber nicht ab. Er war ein fürchterlicher Konkurrenzwurstel, rivalisierte mit jedem, musste sich ständig mit anderen messen und natürlich immer der Beste sein. Ein Hoch auf den Minderwertigkeitskomplex!

Selbst wenn ich mich langweilte, fühlte ich mich allein zuhause wohler als auf dem Tennisplatz mit ihm. Aus alter Freundschaft hatte ich mich einmal von ihm zu einem Tennismatch überreden lassen und war auch ein paar Mal mit ihm joggen auf der Prater-Hauptallee. Nie wieder!

„Was hast du dieses Wochenende vor?", fragte Caroline, als ich mich anschickte zu gehen.

„Nichts. Vormittags werde ich einkaufen fahren. In meinem Kühlschrank herrscht gähnende Leere. Willst du mitkommen? Ich borg mir einen Wagen aus."

Den Mercedes meines Vaters hatte ich verkauft, er war monatelang in einer Tiefgarage gestanden. Dieses Statussymbol zu fahren, wäre mir peinlich gewesen. Ich hatte überlegt, mir ein kleines E-Auto zuzulegen, mich aber dagegen entschieden. Wenn mir nach Autofahren war, borgte ich mir einen Wagen bei einer Carsharing-Firma aus. In Wien benötigte man kein Auto und aufs Land fuhr ich nicht gerne.

Ich hasste Ausflüge seit meiner Kindheit. Diese sonntägliche Zwangsbeglückung meiner Eltern endete meistens im Streit. Mein Vater musste sich, ähnlich wie Oswald, ständig beweisen und überforderte mit seinen Gewaltmärschen mich und meine arme Mutter, die eher unsportlich war. Mein Interesse an der Natur hielt sich außerdem in Grenzen. Ich lief lieber stundenlang in der Stadt herum.

„Einkaufen ist eine gute Idee", sagte Caroline nach einer Weile. „Aber nicht vormittags. Wie wäre es mit vierzehn oder besser fünfzehn Uhr?"

Ich wusste, dass sie fast nie vor zwölf Uhr mittags aufstand, doch ich hatte nicht vor, mich ihrem verrückten Tagesablauf anzupassen.

„Nachmittags kann ich nicht", sagte ich.

„Dann musst du allein fahren. Ich habe eh keine Lust. Bei dem scheußlichen Wetter ..."

Wenn sie eingeschnappt war, beendete sie ihre Sätze nicht. Daran war ich inzwischen gewöhnt.

„Soll ich uns am Sonntag etwas Gutes kochen?", warf ich versöhnlich ein.

Mit meinen Kochkünsten war es nicht weit her, aber Caroline hatte an meinen Standardgerichten, Pasta, Risotto und Kartoffelgratin, bisher nie etwas auszusetzen gehabt.

„Wie du meinst."

Da heute kein anregendes Gespräch mit ihr möglich schien, verließ ich die beleidigte Diva.

„Vielleicht solltest du ausnahmsweise mal früher schlafen gehen, du siehst wirklich nicht gut aus." Ich wollte sie nicht ärgern, sondern machte mir tatsächlich Sorgen.

„Jawohl, Herr Doktor", rief sie mir spöttisch nach.

Was sollte ich mit dem angebrochenen Abend anfangen?

Ich beschloss, bei einem der zahlreichen Asiaten in der Gumpendorfer Straße zu essen und anschließend in der Blauen Bar vorbeizuschauen.

4.

Maya! Ich hatte Sehnsucht nach Maya, hatte sie lang nicht gesehen. Normalerweise suchte ich mehrmals in der Woche abends die Blaue Bar auf.

Dieses gemütliche, etwas heruntergekommene Lokal in der Wiener Innenstadt, nicht zu verwechseln mit der schicken Blauen Bar im Hotel Sacher, war zu meinem zweiten Wohnzimmer geworden. Doch in dieser Woche war ich kein einziges Mal dort gewesen.

Maya Marin war die Geschäftsführerin dieser Bar. Sie musste etwa fünfzehn Jahre jünger sein als ich und war eine eher herbe Frau, die selten lächelte und nicht besonders freundlich zu ihren Gästen war. In der ersten Zeit hatte sie sich mir gegenüber sehr distanziert verhalten, inzwischen gingen wir vertrauter miteinander um, waren aber nach wie vor per Sie.

Ich begehrte sie, aber war ich in sie verliebt? Ich fragte mich das in letzter Zeit öfters. Selbst wenn ich sie liebte, was änderte das? Sie wollte nichts von mir wissen. Ihr Interesse an mir schien rein professioneller Natur zu sein. Sie war die Wirtin und ich ein Stammgast.

Auch an anderen Männern wirkte Maya nicht interessiert. Anfangs hatte ich sie sogar für eine Lesbe gehalten. Inzwischen wusste ich, dass sie ein Kind hatte.

Auch Lesben haben Kinder, meldete sich meine innere Stimme.

Meine Zweifel quälten mich und hielten mich die letzten Tage davon ab, sie zu besuchen. Ich wollte mir beweisen, dass ich ohne sie zurechtkam.

Hinter mir lagen komplizierte Beziehungen. Ich mochte Frauen, war aber, wenn sich was Ernsteres anbahnte, zu reserviert und verschlossen, ließ mich nicht wirklich auf sie ein. Ich fragte mich oft, ob ich noch meiner ersten großen Liebe Nadine nachtrauerte. Nachdem sie meinen Vater geheiratet hatte, war aus meiner Liebe Hass geworden. Ich hatte ihren Verrat lange nicht überwunden. Erst bei unserem Wiedersehen anlässlich des Begräbnisses meines Vaters hatte ich festgestellt, dass sie mir gleichgültig geworden war.

Trotz meiner Mängel war ich beliebt bei den Frauen. Angeblich, weil ich ein guter und einfühlsamer Zuhörer war und durchaus charmant sein konnte. Eine meiner Geliebten hatte behauptet, ich besäße diese besondere geheimnisvolle Ausstrahlung der Einsamen und Traurigen und erwecke deshalb bei Frauen nicht nur das Bedürfnis, hinter mein Geheimnis zu kommen, sondern auch den Wunsch, mich glücklich zu machen. Nur, das ist bislang keiner gelungen.

Ich habe nie geheiratet. Zwei Jahre war ich mit einer Berliner Ärztin zusammen. Ebenfalls fast zwei Jahre habe ich es mit einer narzisstisch gestörten Schauspielerin ausgehalten, sonst hatte ich in den letzten zwanzig Jahren keine bedeutsamen Beziehungen, sondern nur flüchtige Affären gehabt.

Zwar sprach ich mit Maya kaum über meine Arbeit, aber ich hatte ihr in der kurzen Zeit unserer Bekanntschaft mehr über mich selbst anvertraut als irgendjemand anderem. Bei Caroline ging ich in Supervision. Maya ersetzte mir den Psychoanalytiker, seit ich nach Wien gekommen war.

Ich wurde nicht schlau aus ihr. Einerseits konnte sie liebe- und verständnisvoll sein, andererseits auch kühl und abweisend.

Sie sprach selten von sich. Nachdem mir klar geworden war, dass ich mich für sie interessierte, versuchte ich, mehr über sie zu erfahren.

Mittlerweile wusste ich immerhin, dass ihr Vater Rumäne war und vor Ceaușescu oder besser gesagt vor der Securitate nach Wien geflohen war. Er hatte als Kellner gejobbt und war später in die USA ausgewandert. In New York, in der Nähe der St. Dumitru-Kirche auf der West Side, machte er ein Deli auf. Ihre Mutter war Wienerin, ein Alt-Hippie aus Mariahilf. Maya war das Produkt eines One-Night-Stands. Trotzdem hatte ihr Vater, der mittlerweile verheiratet war, aber keine weiteren Kinder produziert hatte, bis zu ihrem achtzehnten Lebensjahr Unterhalt für sie bezahlt. Ihre ausgeflippte Mutter lebte seit vielen Jahren mit ihrem deutschen Freund in einem indischen Ashram.

Maya wuchs bei ihrer Wiener Großmutter in der Gumpendorfer Straße auf. Die ständig kränkelnde, verbitterte alte Frau starb, als Maya die Matura machte. Sie übernahm die Wohnung ihrer Großmutter. Um die Miete bezahlen zu können, musste sie einen Job annehmen, obwohl sie gern Psychologie oder Soziologie studiert hätte. Neben einem Vollzeit-Job war das unmöglich gewesen.

Was sie mir über ihre Vergangenheit erzählt hatte, konnte stimmen oder nicht.

Das ständige Hinterfragen von allem, das mein Beruf leider mit sich brachte, ging mir selbst auf die Nerven.

* * *

Wochenlang zeigte sich das Wetter immer gleich: grau, feucht und kalt. Der Hochnebel hüllte die Stadt in einen unfreundlichen Grauschleier wie im November.

Als ich mich der Blauen Bar näherte, begann es zu nieseln. Ich war nervös, zögerte hineinzugehen und beschloss, zur Beruhigung eine zu rauchen. Wenn ich abends wegging, hatte ich fast immer ein Päckchen Zigaretten dabei, obwohl ich es meistens verschlossen wieder mit heimnahm.

Dicke Regentropfen klatschten mittlerweile auf den Asphalt. Um nicht nass zu werden, stellte ich mich unter das Vordach eines Geschäftes gegenüber und zündete mir eine an.

Von außen wirkte die Bar unscheinbar. Die Eingangstür war dunkelblau gestrichen. Darüber stand in ebenfalls blauen Großbuchstaben der Name. Das „E" war verschwunden. Ein Witzbold hatte, seit ich zuletzt hier gewesen war, am Ende ein „T" hinzugefügt.

Dass die Umbenennung seines Lokals in „Blaubart" dem Besitzer gefiel, bezweifelte ich.

Toni, wie ihn alle nannten, war nicht mehr der Jüngste, ging auf die sechzig zu, stand aber täglich hinter der Theke seines neuen Lokals, einer Tagesbar in der Tuchlauben. Neben dieser und der Blauen Bar besaß er auch noch zwei gut gehende italienische Restaurants in der Wiener Innenstadt.

Seiner Geschäftsführerin Maya hatte er, der bereits vier Mal verheiratet gewesen war, einst einen Heiratsantrag gemacht. Sie hatte ihn abgewiesen, war jedoch mit ihm befreundet geblieben. Diese Informationen stammten nicht etwa von Maya, sondern von Toni höchstpersönlich.

An einem kalten Winterabend waren wir beide in der Blauen Bar übriggeblieben. Toni lud mich auf eine exzellente Flasche Rotwein ein und vertraute mir seine Lebensgeschichte an. Ich spielte den geduldigen Zuhörer. Maya hatte Toni gebeten abzuschließen und war um drei Uhr früh nach Hause gefahren.

Toni Fontana war in Wien geboren. Sein Vater stammte aus Sizilien und war Anfang der 1960er Jahre als Gastarbeiter nach Österreich gekommen. Er hatte als Kellner in einer Pizzeria angefangen, aber bald in eine Wiener Wirthausfamilie eingeheiratet. Nach dem Tod seines Schwiegervaters hatte er das Wiener Beisl in ein italienisches Restaurant umgewandelt. Die zentrale Lage und die exquisite sizilianische Küche ließen das Lokal zu einer richtigen Goldgrube werden. Als Toni das Geschäft übernahm, eröffnete er eine Dependance in der Innenstadt. Jahre später kaufte er auch ein kleines altes Wiener Kaffeehaus und baute es um zu einer Bar um.

In jener langen feuchten Nacht war ich nahe daran gewesen, Toni zu bitten, mich als Barpianisten anzustellen.

Meine Mutter hatte darauf bestanden, dass ich schon als Volksschüler Klavierstunden nahm. Sie engagierte einen pensionierten Musiklehrer, obwohl sie selbst sehr gut spielte. Auch ich liebte die Musik. In den vielen

Stunden, die ich übte oder ihr zuhörte, wenn sie spielte, hatte ich sie für mich allein. Mein Vater teilte unsere Begeisterung nicht, im Gegenteil, er meckerte andauernd, dass ich lieber für die Schule lernen solle, anstatt stundenlang herumzuklimpern. Vermutlich fühlte er sich ausgeschlossen. Jahre später, als ich Blues und Jazznummern in mein Repertoire aufgenommen hatte, verbot er mir zu spielen, wenn er zuhause war. Nach dem Tod meiner Mutter verkaufte er das Klavier sofort, ohne mich zu fragen, ob ich es haben wolle. Ich wohnte damals mit Oswald und Axel in einer großen Altbauwohnung. Platz hätten wir allemal gehabt.

In Berlin kaufte ich mir von dem ersten Geld, das ich als junger Arzt verdiente, ein gebrauchtes Klavier und leistete mir ein paar Stunden bei einem erfahrenen Pianisten. Eine Zeit lang spielte ich in einer Ärzte-Combo. Da meine Kollegen es mit dem Proben nicht so genau nahmen, waren unsere Auftritte rar.

Ich hatte vorgehabt, mir auch in Wien ein Klavier anzuschaffen, verschob es aber von einer Woche auf die nächste.

Zurzeit war ich meiner Arbeit überdrüssig, sah keinen Sinn darin, mich zu bemühen, unangepasste, verzweifelte Menschen wieder leistungsfähig und beziehungsfähig zu machen, sie so lange zu behandeln, bis sie sich an die herrschenden gesellschaftlichen Werte und Normen hielten. In ihrer Verrücktheit waren sie mir viel lieber und sympathischer als all die angepassten, gut funktionierenden Spießer. Wenn der Leidensdruck zunahm, benötigten meine Patienten natürlich Hilfe, aber ich hatte den Eindruck, dass sie die meiste Zeit auch ohne mich halbwegs gut zurechtkamen.

5.

Außer einem alten Säufer, der täglich vor der Bar wartete, wenn Maya aufsperrte, war ich um diese frühe Stunde der einzige Gast.

Maya trug heute ihre rote Lockenpracht zu einem wirren Dutt hochgesteckt und strich sich alle paar Minuten einzelne lose Strähnen aus dem Gesicht.

Als spürte sie meine Augen in ihrem Nacken, drehte sie sich um und sah mich an oder eher durch mich hindurch. Ihr Blick verriet eindeutig mangelndes Interesse.

Ich hatte mir fest vorgenommen, heute mehr über sie in Erfahrung zu bringen. Sie schien nicht zum Plaudern aufgelegt. Nachdem sie mir ein kleines Bier gezapft hatte, begann sie hinter der Theke sauber zu machen, obwohl alles blitzblank war.

War ihr meine längere Abwesenheit aufgefallen? War sie deswegen so reserviert? Wollte sie mich bestrafen? Na wunderbar, wenigstens war ich ihr nicht völlig gleichgültig.

Während sie ihren Putzfimmel auslebte, beobachtete ich sie.

Ihre grünen, leicht schräg stehenden Augen waren das Schönste an ihr. Ihre Nase hatte einen kleinen Höcker und ihr Mund war breit. Ihr olivfarbener Teint und ihre ausgeprägten Backenknochen verliehen ihr etwas Exotisches. Alles zusammen wirkte sehr anziehend.

Maya trug heute schwarze Jeans und ein enges schwarzes T-Shirt. Ihre prallen Brüste, ihre schlanke Taille und ihre langen Beine begegneten mir oft in meinen schlaflosen Nächten.

Die rauchige Stimme von Tom Waits passte sehr gut zu meiner momentanen Stimmung. Die Musik war anfangs mit ein Grund gewesen, warum ich die Blaue Bar zu meinem Stammlokal erkoren hatte. Maya und ich schienen einen ähnlichen Geschmack zu haben. Lou Reed, Bryan Ferry, Nina Simone, Billy Holiday und Mariah Carey gehörten auch zu meinen Favoriten.

Ich bestellte einen Großen Schwarzen.

„Neue Brille?", fragte Maya, als sie mir den Kaffee reichte.

Ich nickte.

„Sie sehen sehr intellektuell damit aus und sehr streng", sagte sie schmunzelnd.

Hatte ich doch die falsche Fassung gewählt?

Zwei junge dunkelhaarige Männer betraten die Bar. Sie fragten auf italienisch, ob sie eine Kleinigkeit zum Essen haben könnten.

Für hungrige Nachtschwärmer gab es in der Blauen Bar eine Auswahl an kleinen Speisen: Toast, Bauernomelette, Beef Tatar und für die Gesundheitsbewussten irgendeinen vegetarischen Auflauf oder eine Pasta.

Sie wählten beide das Beef Tatar.

Maya verschwand in der Küche.

Plötzlich spürte ich eine Hand auf meiner Schulter. Erschrocken drehte ich mich um.

„Servus, Herr Doktor!", sagte Toni Fontana grinsend.

Er war mit allen Menschen per Du.

Der Innenstadt-Zampano mit dem schütteren Haar und den geröteten Augen hinter den dicken Brillengläsern schaute oft am frühen Abend oder nach der Sperrstunde in seiner Tagesbar, in der Blauen Bar vorbei. Seine aktuelle Ehe kriselte momentan, deshalb ging er nicht gern nach Hause, hatte er mir letztens gestanden.

Er war eine zwielichtige Figur, galt als begnadeter Geschäftsmann, aber man sagte ihm gute Kontakte zur Unterwelt und zur sogenannten High Society nach. In seinen Restaurants verkehrten Politiker, Journalisten, Künstler und alles, was sich für prominent hielt.

Die Blaue Bar war nicht so chic wie seine anderen Lokale. Sie galt als Mauerblümchen seines Imperiums. Das Interieur war alt und heruntergekommen. Der Boden uneben, die Wände mit Plakaten vollgeklebt wie in den 1970er Jahren.

Neben der Klotür stand das alte Klavier. Maya hatte es mit einer wasserdichten Plane abgedeckt. Wenn nach Mitternacht all die Einsamen und Schlaflosen hier strandeten und die Säufer auf einen Absacker vorbeischauten, war das kleine Lokal brechend voll und das Klavier wurde dann als Abstellfläche für Gläser benützt.

Maya hatte zu später Stunde immer alle Hände voll zu tun und keine Zeit mehr, sich meine langweiligen Geschichten anzuhören. Deshalb suchte ich die Bar lieber am frühen Abend auf. Um zwanzig Uhr war ich oft der einzige Gast. Offizielle Sperrstunde war um drei Uhr früh. An den Wochenenden warf sie die letzten Gäste meistens erst um vier hinaus.

Ich fragte Toni, ob er etwas über einen Unfall oder Selbstmord in der U-Bahn-Station Karlsplatz gehört habe.

„Wieso fragst du mich? Ich fahre nicht U-Bahn, ich leide unter Klaustrophobie."

„Da kann ich Abhilfe schaffen. Vielleicht solltest du einen Zehnerblock bei mir buchen." Ich musste selbst lachen, als ich mir dieses Schwergewicht auf meiner zarten Le-Corbusier-Liege vorstellte.

„Bist du auf der Suche nach neuen Opfern? Ich habe gedacht, du hast genug Patienten."

Wir blödelten eine Weile, dann wurde ich wieder ernst und bat ihn noch einmal, sich nach einem verunglückten Fahrgast zu erkundigen.

„Du kennst bestimmt irgendein hohes Tier bei den Wiener Verkehrsbetrieben."

Toni versprach, einen seiner Kumpel bei der Polizei zu fragen. Offensichtlich hatte er auch zu den Bullen guten Kontakt.

„Es ist wirklich wichtig", betonte ich.

„Keine Angst, ich vergesse es nicht." Grinsend klopfte er mir auf die Schulter.

Ich zuckte zusammen. Es hatte sich angefühlt wie ein heftiger Schlag.

Toni bekam einen Anruf. Das Lächeln verschwand aus seinem Gesicht. Nach ein paar Sekunden legte er fluchend auf.

„Diesen Deppen kann man keine Sekunde allein lassen! Ich muss los."

Als er bei der Tür angelangt war, wurde sie von außen aufgestoßen.

„Scheiße", schrie er und rieb sich die Nase. „Kannst du nicht aufpassen?", herrschte er den Burschen an, der gerade hereingekommen war.

Der Bursche zuckte zusammen, stammelte eine Entschuldigung.

Toni konnte ihn nicht mehr hören, er war bereits auf der Straße.

Der junge Mann trug Jeans und Turnschuhe, die Uniform der meisten jungen Menschen. Sein schmales Gesicht verschwand fast unter der Kapuze seines schwarzen Hoodies.

Ich erkannte ihn nicht gleich. Erst als er die Kapuze abnahm und ich seine kurzen, an den Seiten hochgeschorenen roten Haare und seine blasse Haut sah, wusste ich, wer er war.

Ich nickte ihm freundlich zu.

Er übersah mich, ging schnurstracks zu Maya hinter die Theke und flüsterte ihr etwas ins Ohr.

Plötzlich ging mir ein Licht auf. Die Ähnlichkeit zwischen den beiden war frappant. Carolines ehemaliger Zivi und Dealer musste Mayas jüngerer Bruder sein.

Verblüfft starrte ich ihn an.

Er schien mich erst jetzt zu bemerken, runzelte die Stirn, sagte „Hey" und wandte sich wieder Maya zu.

Sie packte ihn am Ärmel seines Hoodies und ging mit ihm nach hinten in die kleine Küche.

Als sie nach ein paar Minuten zurückkamen, trug er ein braunes Päckchen unter dem Arm. Er winkte mir lässig und verließ wortlos die Blaue Bar.

Mayas Gesicht war kreidebleich. Sie stützte sich mit beiden Händen auf die Theke und starrte durch mich hindurch.

„Das war knapp", seufzte sie leise und schenkte sich einen Schnaps ein. Normalerweise trank sie, außer ein, zwei Seidl, keinen Alkohol während der Arbeit.

„Was ist passiert?"

„Nichts."

„War das Ihr Bruder?", fragte ich.

„Nein, mein Sohn."

„Das ist unmöglich!"

Ich hielt Maya für Mitte dreißig und den jungen Mann für mindestens zwanzig.

Sie stürzte ein zweites Gläschen Slibowitz hinunter, bevor sie leise sagte: „Ich habe Ihnen letztes Mal erzählt, dass ich in der Wohnung meiner Großmutter bleiben konnte. Nun gut, ich bin dort nicht lange allein geblieben. Ich hatte damals einen Freund, er war Musiker und hat an der Musikhochschule Gitarre studiert. Angeblich. Mit neunzehn wurde ich schwanger. Noch vor meiner

Niederkunft habe ich das musikalische Genie auf die Straße gesetzt. Haben Sie schon mal was vom Männerkindbett gehört?"

„In einigen außereuropäischen Kulturen ist dieses Ritual nach wie vor verbreitet", sagte ich grinsend.

„Ja natürlich, Sie als Psychiater kennen das ... Jedenfalls hatte ich so ein Exemplar zuhause herumlungern. Charlie ist den ganzen Tag lang bekifft im Bett gelegen, hat über alle möglichen Beschwerden geklagt, die eigentlich ich haben sollte, und wenn ich abends todmüde ins Bett gefallen bin, hat er auf seiner Gitarre herumgeklimpert und mich nicht schlafen lassen. Er war ein richtiger Blödmann. Schon damals hatte er sich das Hirn weggeraucht. Ich zweifle auch stark an meiner eigenen Intelligenz. Wie habe ich mich bloß auf so einen Loser einlassen können? Mein Sohn Jonas ist inzwischen neunzehn."

Also musste sie schon knapp vierzig sein.

„Er hat ohne Probleme die Matura geschafft und danach Zivildienst bei der Volkshilfe gemacht", fuhr sie fort. „In letzter Zeit hängt er leider faul herum. Ich habe Angst, dass er wie sein Vater wird. Er hat vorgehabt, Informatik zu studieren, war früher ein richtiger Nerd, aber das Interesse hat nachgelassen. Die Uni kennt er bislang nur von außen. Ich weiß nicht, was mit ihm los ist."

Ich bildete mir ein, zu wissen, was „der liebe, sensible und sehr gescheite Junge" – O-Ton Caroline – so trieb, hielt aber den Mund.

Mayas Hände zitterten, als sie für den alten Säufer, der ihr sein leeres Glas reichte, ein Bier zapfte.

Aus der Nähe betrachtet wirkte der Mann gar nicht so alt, wie ich ihn eingeschätzt hatte. Allerdings sah sein Gesicht noch zerknautschter aus als sein Sakko.

Ich schätzte ihn auf Mitte fünfzig. Er war nicht rasiert und wirkte ungepflegt. Seine Kleidung zeugte von einer gewissen Gleichgültigkeit gegenüber seiner äußeren Erscheinung. Außerdem blickte er ziemlich trostlos drein. Die geplatzten Äderchen auf Nase und Wangen und die rot geäderten Augen verrieten den harten Trinker.

Ein mächtiger Bierbauch hing über seinem Hosenbund und hatte sein Hemd gesprengt. Nacktes Fleisch blitzte zwischen den fehlenden Knöpfen hervor.

Leicht angeekelt wandte ich mich von ihm ab und fragte Maya: „Sie machen sich Sorgen um Ihren Sohn?"

Sie sah mir in die Augen, schwieg aber und genehmigte sich noch einen Schnaps.

„Sie können mir vertrauen. Ich unterstehe der Schweigepflicht", scherzte ich.

Als ich Tränen in ihren schönen Augen sah, wurde ich sofort ernst, griff vorsichtig nach ihrer Hand und bat sie, mir zu erzählen, was wirklich los war.

Erst als der Alte mit seinem Bier zu seinem Tisch in der dunkelsten Ecke des Lokals wankte, sagte sie: „Charlie ist wieder aufgekreuzt. Ich habe ihn jahrelang nicht gesehen und nichts von ihm gehört. Seit ein paar Monaten ist er jedoch zurück in Wien. Er hat sich einmal hier blicken lassen. Ich habe ihn sofort vor die Tür gesetzt und ihm Lokalverbot erteilt. Leider hat er Kontakt mit Jonas aufgenommen. Ich habe einen Bekannten gebeten, unauffällig ein paar Nachforschungen anzustellen. Charlie spielt bei irgendeiner drittklassigen Heavy-Metal-Band. Von den paar Gigs, die er hat, kann er nicht leben. Ich habe gehört, dass dieser Trottel am Schwarzmarkt mit Methadon und Substitol und was weiß ich mit was noch allem handelt. Und ich habe Angst, dass er Jonas in seine schmutzigen Geschäfte mit hineinzieht. Ich weiß, dass mein Sohn selbst öfters Gras raucht, das hat mich bisher nicht gestört. Wenn er nun damit dealt, ist das eine andere Sache. Als ich ihn unlängst dabei erwischt habe, wie er hier am Klo einem meiner Stammgäste ein paar Gramm verkauft hat, habe ich ihm klargemacht, dass ich meinen Job verlieren würde, wenn Toni dahinterkäme. Mein Chef ist okay, versteht aber keinen Spaß, wenn es um Drogen geht."

Ich wusste, dass Toni allergisch auf Dealer reagierte. Seine Tochter war vor Jahren an einer Überdosis Heroin gestorben. Alkohol war die einzige Droge, die er in seinen Lokalen erlaubte.

„In dem Päckchen, das Ihr Sohn abgeholt hat, war Gras?"

„Ich weiß es nicht, nehme es aber an. Dieser verdammte Idiot hat es gestern Abend in der Küche hinterm Kühlschrank versteckt. Ich habe es erst heute bemerkt."

Sie wischte sich die Tränen aus den Augen und lächelte mich verlegen an. „Verzeihen Sie, normalerweise quatsche ich nicht meine Gäste voll. Tut mir leid, ich bin heute ein bisschen neben der Spur."

Gerne hätte ich sie in diesem Moment geküsst.

6.

Montagmittag. Ich war gespannt, ob Anna Maria Mayerbach ihren Sitzungstermin bei mir einhielt. Insgeheim rechnete ich damit, dass sie, ohne abzusagen, fernblieb. Ausgemacht war, dass sie die Sitzungen bezahlen musste, wenn sie nicht achtundvierzig Stunden vorher absagte.

Geld spielte für die Mayerbachs keine Rolle. Anna Marias Vater hatte mit seinem Abfallentsorgungsbetrieb ein riesiges Vermögen gemacht. Sie war seine einzige Tochter. Obwohl sie den Kontakt zu ihm abgebrochen hatte, lebten sie und ihr Mann recht gut auf Kosten ihres Vaters. Villa in Hietzing, Geländewagen, Mercedes Cabrio, Galerie in der Innstadt.

Während ich auf die Madame wartete, starrte ich auf den großen verglasten Bücherschrank, in dem ich hauptsächlich Fachliteratur und Nachschlagewerke aufbewahrte. Er nahm fast die ganze Wand gegenüber meinem Schreibtisch ein. Die Buchtitel und Namen der Autoren waren gut lesbar. Wie immer, wenn mich die Langeweile plagte, ordnete ich im Geiste die Bücher neu.

Mein Blick wanderte weiter an den anderen, fast leeren Wänden meiner Ordination entlang. Ich hatte die Diplome und altmodischen Landschaftsbilder meines Vaters abgehängt. Sie waren in der Abstellkammer gut aufgehoben. Nur ein paar afrikanische Masken und ein schönes Aquarell von Oskar Kokoschka, welches mein Vater bei einer Auktion erstanden hatte, schmückte die Wand rechts neben meinem Schreibtisch.

Dieser farbenprächtige Blumenstrauß in einer Vase war angeblich ein Geschenk an Nadine zum letzten Hochzeitstag. Weil es ihr nicht gefiel, wurde es in der Praxis aufgehängt. Das Bild war sehr wertvoll. Inzwischen hatte Nadine ihren Anspruch darauf geltend gemacht. Aus reiner Bosheit weigerte ich mich, es ihr zu geben. Ich hatte längst vor, mir neue Bilder anzuschaffen. Bisher aber in den Wiener Galerien nichts entdeckt, was mich begeisterte.

Anna Maria Mayerbach war Galeristin. Ich zählte natürlich nicht zu ihren Kunden. Bei einem meiner Spaziergänge durch die Stadt hatte ich einen kurzen Blick durch die großen Glasfenster ihrer Galerie geworfen. Weder die Bilder noch die abstrakten Objekte entsprachen meinem Geschmack.

**

Zwanzig Minuten nach Sitzungsbeginn läutete es. Ich stand auf, öffnete selbst die Tür, da ich allein in der Ordination war.

Die ehemalige Sprechstundenhilfe meines Vaters kam nur an drei Tagen in der Woche, um mir lästige Büroarbeit abzunehmen und Patiententermine zu vereinbaren.

Anna Maria hatte sich mit ihrem Outfit heute besonders angestrengt. Sie trug einen schwarzen wadenlangen Plisseerock, ein weißes tiefausgeschnittenes Oberteil und eine silbergraue kurze Seidenjacke. Um Hals und Dekolleté hatte sie einen breiten weißen Seidenschal drapiert. Außerdem war sie dramatisch geschminkt.

Sie kleidete sich meistens übermäßig schick, hatte mir jedoch einmal anvertraut, dass sie es kaum ertragen konnte, sich im Spiegel zu betrachten. Sie empfand nur Hass auf das, was sie dort sah.

Ihr heutiger Auftritt war bühnenreif. Sie knallte ihre sündhaft teure Tasche auf meinen Schreibtisch und ließ sich mit einem lauten Seufzer auf die Behandlungscouch plumpsen.

Ihr Rock rutschte hoch und legte ihre stämmigen Beine bloß. Im Liegen streifte sie ihre knallroten Raulederpumps ab und gewährte mir einen Blick auf ihre breiten, geschwollenen Füße.

Hatte sie zugenommen? Normalerweise trug sie wallende Kleider, unter denen sie ihre Figur verbarg. Ihr üppiger Körper strahlte Wärme und Geborgenheit aus und ließ mich unwillkürlich an gutes Essen denken. Sie war durch und durch eine imposante Gestalt.

„Ich bin aus dem Krankenhaus abgehauen, weil ich unbedingt mit Ihnen sprechen muss. Das ganze Wochenende habe ich verzweifelt versucht, Sie telefonisch zu erreichen. Sie heben nie ab."

Ihr vorwurfsvoller Ton beeindruckte mich nicht. Sie wusste, dass ich telefonisch ausschließlich am Festnetz und nur zu Ordinationszeiten, kurz vor der vollen Stunde, erreichbar war. Meine Handynummer hielt ich geheim.

Bevor ich fragen konnte, warum sie im Krankenhaus gewesen war, ließ sie einen Wortschwall auf mich nieder.

„Jetzt ist es passiert. Sie haben mir beinahe den Magen spülen müssen. Ich bin knapp dem Tod entronnen. Selbstmordversuch? Dass ich nicht lache!"

In der Ordination war es heute sehr warm. Ich hatte die Heizung wegen einer anderen Patientin, die sehr verfroren war, zwei Stufen höher gestellt und vergessen, sie zurückzudrehen.

Als Anna Maria die Ärmel ihres Oberteils hochschoppte, erhaschte ich einen Blick auf ihre zerschnittenen und inzwischen vernarbten Unterarme. Ich kannte die Verletzungen. Das waren keine Spuren von Suizidversuchen, sondern Zeichen ihres verzweifelten Bedürfnisses, sich selbst zu spüren und sich von ihrer emotionalen Lähmung zu befreien. Wenn sie sich mit Rasierklingen schnitt, überlagerte der körperliche Schmerz den seelischen und verschaffte ihr eine gewisse Beruhigung.

„Ich würde mich nie im Leben umbringen", fuhr sie fort, „obwohl ... ich meine ... Was wollte ich sagen? Ach ja, Sie wissen, dass ich nicht zu Depressionen neige. Er hat mir beim Abendessen K.-o.-Tropfen verabreicht. Sie in meine Milch mit Honig gemischt. Ich trinke jeden Abend vor dem Einschlafen ein Glas Milch mit Honig, obwohl es eh nichts bringt ..."

Ich nutzte die kleine Pause, die sie machte, um Luft zu holen, und fragte:

„Wer hat Ihnen K.-o.-Tropfen gegeben?"

„Eugen natürlich. Er bringt mir die Milch abends ans Bett. Das ist eine Art Ritual. Wir haben getrennte Schlafzimmer, wie Sie wissen. Zu meinem Glück hat mein Magen sofort revoltiert. Ich habe mich übergeben und selbst die Rettung rufen müssen, weil Eugen sich geweigert hat, mir zu helfen. Er hat mir unterstellt, zu simulieren. Sie haben mich ins AKH gebracht. Stellen Sie sich vor, ich bin auf der Psychiatrie gelandet! Wahrscheinlich will er mich für unzurechnungsfähig erklären lassen. Das wird er nicht schaffen, da hat mein Vater auch noch ein Wörtchen mitzureden. Obwohl er ein verdammter Arsch ist, wird er es niemals zulassen, dass ich bei den Verrückten ende. Er hat Eugen von Anfang an nicht ausstehen können. Meine Anwältin habe ich bereits angerufen. Ich werde sie nachher treffen. Sie ist ein großer Schatz. Da sie selbst gerade eine schlimme Scheidung hinter sich hat, versteht sie sehr gut, wie ich mich fühle. Ihr Ex hatte ebenfalls einen guten Anwalt. Es war ein echtes Gemetzel. Am Ende hat sie gewonnen. Sieg auf allen Linien. Und jetzt weiß ich auch, wer der Typ in der U-Bahn war. Sie wissen, wen ich meine."

Sie drehte sich zu mir um und blinzelte mir zu.

„Er war ein bezahlter Killer und hat den Tod verdient", fuhr sie mit schriller Stimme fort. „Eugen will mich um jeden Preis loswerden. Eine Scheidung kommt für ihn nicht in Frage. Er würde zu schlecht aussteigen. Alles, was wir besitzen, habe ich mit in die Ehe gebracht. Mein Vater hat auf Gütertrennung bestanden. Mein Mann ist daher finanziell von mir abhängig. Falls ich vor ihm sterben sollte, wird er natürlich alles erben. Ich muss schleunigst ein Testament machen. Sollte es ihm gelingen, mich zu töten, müssen Sie ihn zur Strecke bringen. Versprechen Sie mir das, Herr Doktor?"

Mein Gott, was ist das wieder für eine Geschichte! Obwohl ich inzwischen ihre Wut auf ihren Ehemann teilte, konnte ich mir nicht vorstellen, dass er tatsächlich einen Killer engagiert hatte. Andererseits beunruhigte mich nach wie vor die Sache mit dem Toten in der U-Bahn-Station, den sie gerade in einen Profikiller verwandelt hatte.

Ich spiegelte ihre Gefühle wider, war verwirrt und aufgebracht.

„Er hat nicht zum ersten Mal versucht, mich zu betäuben. Vor ein paar Monaten hat er mich sogar vergewaltigt, als ich ohne Bewusstsein war. Meine Oberschenkel waren feucht und klebrig, als ich zu mir gekommen bin. Dieser ekelige Saft konnte nur von ihm stammen."

Sie schlug die Arme um ihre Brust und schüttelte sich.

„Seit ich nicht mehr mit ihm schlafe, hat er schon öfters versucht, über mich herzufallen. Vor allem, wenn er zu viel getrunken hatte. Bisher ist es mir immer gelungen, ihn abzuwehren. Einmal ist es zu einem richtigen Kampf gekommen. Daher stammen all die blauen Flecken." Sie zog ihr Oberteil über ihre linke Schulter und zeigte mir die Hämatome auf ihrem Oberarm.

Entsetzt und hilflos zugleich starrte ich auf die dunklen Flecken, die sie sich bestimmt nicht selbst zugefügt hatte. Nicht zum ersten Mal bedauerte ich, Psychoanalytiker zu sein und nicht Kriminalbeamter. Liebend gerne hätte ich ihren brutalen Ehemann zur Rechenschaft gezogen.

„Warum haben Sie ihn nicht angezeigt?"

„Pah! Was für eine unsinnige Frage! Wenn nicht einmal Sie mir glauben ... Die Polizei hätte mir erst recht nicht geglaubt. Ein Eugen von Mayerbach verprügelt in der hochherrschaftlichen Villa in Hietzing doch nicht seine Ehefrau. Niemals! Anstatt die Polizei zu rufen, habe ich ihn mit einer halbleeren Weinflasche außer Gefecht gesetzt. Der Cut auf seiner Stirn musste von Ossi, ich meine Doktor Pabst, genäht werden." In ihrer Stimme lag eine gewisse Genugtuung.

Die Erwähnung meines Freundes erinnerte mich daran, was Oswald mir über die kaputte Ehe der Mayerbachs erzählt hatte. Ich hatte ihm damals nicht sehr aufmerksam zugehört. Ehe, Kinder, häusliche Verpflichtungen und Scheidung waren Angelegenheiten, mit denen ich nichts zu tun haben wollte.

Inzwischen war sie bei der detaillierten Beschreibung all ihrer früheren körperlichen Beschwerden beim Geschlechtsverkehr mit ihrem Mann angelangt. Plötzlich wechselte sie das Thema und erzählte mir von einem seltsamen Traum.

„Kostümierte Gestalten liefen mir nach, schwangen sich auf in die Lüfte, flogen über mich hinweg. Gesichter konnte ich nicht erkennen, da sie Masken trugen.

Obwohl sie mir nicht zu nahe gekommen sind, habe ich gewusst, dass sie hinter mir her waren. Sie hätten mich locker fangen können, doch sie haben ein böses

Spiel mit mir getrieben, sind bis auf ein paar Zentimeter an mich heran, haben mich aber nicht berührt, sondern sich in Windeseile wieder entfernt. Es war absurd."

„Im Wachzustand erscheinen einem Träume oft unerklärlich", warf ich ein.

„Ich weiß, Sie erwarten, dass ich frei assoziiere. Mir fällt beim besten Willen nichts dazu ein. Außer, dass diese Gestalten unheimlich waren. Nicht Mensch, nicht Vogel ..."

„Unsere Zeit ist leider um", unterbrach ich sie nach einem Blick auf meine Armbanduhr.

„Was? Das kann nicht sein! Ich bin gerade erst gekommen."

„Sie waren zwanzig Minuten zu spät."

„Weil ich noch Geld abheben musste. Warum besteht ihr Seelenklempner bloß auf Barem? Das geht mir auf die Nerven. Ich habe im Alltag kaum mehr Bargeld bei mir, zahle alles mit Karten", seufzte sie.

„Was stört Sie daran, mir das Geld persönlich zu geben?"

„Ach lassen wir das. Warum sind Sie bloß so pedantisch? Ich zahle gerne mehr. Machen wir eine Doppelstunde."

„Sie wissen genau, dass dies nicht möglich ist. Ich habe Ihnen das Setting mehrmals erklärt."

„Bla, bla, bla ...", spottete sie, sprang von der Couch und musterte mich kritisch.

„Sie sind wirklich überaus korrekt. Ich schätze diese Eigenschaft an Männern", säuselte sie, schnappte sich ihre Handtasche und legte mir ein weißes Kuvert auf den Schreibtisch.

Ich gab ihr meine Honorarnote, die sie zerknüllte und in den Papierkorb warf.

„Wir sehen uns nächste Woche wieder", sagte ich und begleitete sie zur Tür.

Als ich das Kuvert öffnete, bemerkte ich, dass sich, außer dem Honorar für die Sitzung, zwei hübsche Manschettenknöpfe von Tiffany darin befanden.

Ich überlegte, ob ich sie sofort per Post zurückschicken oder ihr erst in der nächsten Sitzung zurückgeben sollte.

Es war nicht das erste Mal, dass sie versuchte, mich zu beschenken. Kurz nach Beginn der Therapie hatte sie mir einmal Blumen mitgebracht. Als ich diese zurückwies, hätte sie die Analyse fast abgebrochen. Letzte Woche überreichte sie mir eine große gerahmte Aktzeichnung mit den Worten: „Ihre kahlen Wände irritieren mich. Ich weiß, Sie dürfen keine Geschenke annehmen, betrachten Sie die Zeichnung als Leihgabe. Hängen Sie das Bild gegenüber der Liege auf, damit ich nicht länger auf die leere Wand starren muss."

Ich tat ihr auch diesen Gefallen nicht, bestand darauf, dass sie die Zeichnung wieder mit nach Hause nahm. Und nun diese teuren Manschettenknöpfe! Ich hatte noch nie Manschettenknöpfe besessen. Ich war aus Prinzip kein Anzugträger.

7.

Montagabend. Oswald feierte seinen fünfzigsten Geburtstag bei einem Nobelheurigen in Neustift am Walde. Ich gondelte mit der Straßenbahn in den neunzehnten Bezirk, erschien eine halbe Stunde zu spät und fand keinen Platz.

Angeblich hatte mein Freund exakt fünfzig Leute eingeladen, gekommen waren an die hundert. Viele schöne und viele reiche Menschen. Die meisten Männer trieften vor Selbstbewusstsein. Die jungen und jung gebliebenen Damen in ihrer Begleitung lächelten unerschütterlich. Auch einige Karrierefrauen, die sich in der Wiener Schickeria einen Namen machen konnten, beehrten meinen Freund mit ihrer Anwesenheit.

Ein zweiter Raum wurde benötigt. Die Wirtsleute machten einen leicht verzweifelten Eindruck, das Personal wirkte überfordert.

Oswald war in seinem Element. Wie ein Konzertmeister dirigierte er Kellner, Küchenpersonal und Gäste, ließ Sessel holen, Tische zusammenstellen und forderte zwei hübsche Mitarbeiterinnen seines Gesundheitszentrums auf, den Gästen einen Aperitif zu servieren und sie zu ihren Tischen zu führen. Widerspruchslos übernahmen die beiden jungen Frauen die ihnen zugeteilten Aufgaben. Ihren Gesichtern war anzumerken, was sie davon hielten. Mit eisigem Lächeln reichten sie den Leuten die Champagnercocktails.

Als Oswald auf mich zustürzte und mich umarmte, entfuhr mir ein Grinsen.

Zur Feier des Tages hatte er seine Haare getönt und ein bisschen zu tief in den Farbtopf gegriffen. Sein dichter, pechschwarzer Haarschopf sah beinahe wie eine Perücke aus.

„Setz dich hin, wo du willst. Die Tischkarten waren für die Katz. Ich weiß nicht, wer all diese Menschen eingeladen hat", seufzte er und war im nächsten Augenblick wieder verschwunden.

Ich entdeckte meine Patientin und ihren Ehemann Eugen von Mayerbach unter den Gästen. Anna Maria konnte man nicht übersehen. Sie war heute ganz in Weiß gekleidet und trug einen Hut mit riesiger Krempe.

Ich hatte nicht mit ihrer Anwesenheit gerechnet.

Verstohlen musterte ich ihren Mann, über den ich so viel Übles gehört hatte. Auf den ersten Blick wirkte er unsympathisch. Ein Mensch, der alles im Griff hatte und vor Selbstgerechtigkeit zu platzen schien.

Als ich mich auf die Suche nach einem freien Tisch in dem anderen Raum machte, stieß ich beinahe mit Nadine zusammen.

Unsere Begrüßung fiel sehr knapp aus. Da wir in dem Gedränge weder vor noch zurück konnten, waren wir gezwungen, entweder doch ein paar Worte miteinander zu wechseln oder uns schweigend anzustarren.

Sie hielt Schweigen schlechter aus als ich.

„Es ist unheimlich heiß hier", sagte sie.

Ich nickte und musterte sie kritisch. Auf den ersten Blick wirkte Nadine wie eine feine, sehr gepflegte Lady. Ihre Kleidung war elegant und teuer.

Nach der Beerdigung hatten wir uns einmal bei einem Notar getroffen. Danach waren wir mit Oswald in einem Café, wo er sich vergeblich bemühte, den Mediator für uns zu spielen.

Beim Begräbnis hatte ich ihr Gesicht nur kurz gesehen, als ich ihr kondolierte. Bei der Testamentseröffnung war sie im Gegenlicht gesessen und anschließend im Café war es ziemlich finster gewesen. Zum ersten Mal war es mir vergönnt, sie bei gutem Licht aus nächster Nähe betrachten zu können.

Ihre regelmäßigen Züge waren von innerer Unruhe geprägt. Auch ein Nicht-Mediziner konnte erkennen, dass ihre Augenlider gestrafft und die Lippen Resultat regelmäßiger Hyaluronsäure-Injektionen waren, wohingegen die faltenfreie Haut auf Botox schließen ließ. Ich schlussfolgerte, dass sie Stammkundin bei einem Schönheitschirurgen sein musste. Meine erste große Liebe war in ihrer Jugend eine sehr hübsche Frau gewesen, die mit der Person, die vor mir stand, nichts mehr zu tun hatte.

Ich empfand auch jetzt nur Gleichgültigkeit.

Liebe ernährt sich aus den Gefühlen des anderen. Wenn nichts kommt, verlernt man selbst die Fähigkeit zu lieben und schützt sich, indem man sich in die Einsamkeit zurückzieht, hatte ich mal irgendwo gelesen.

„Ich möchte eine rauchen. Hast du Zigaretten dabei", fragte sie.

Selbst ihre Stimme klang anders, war heller geworden, fast piepsend.

„Ich dachte, Rauchen lässt die Haut schneller altern."

„Ach du!" Sie klopfte mit ihren dünnen Fingern auf meinen Arm. Es fühlte sich an, als berührte mich eine Heuschrecke.

„Du kannst deine albernen Witze anscheinend noch immer nicht lassen." Es klang nicht böse, sondern eher kokett.

Ich fühlte mich verpflichtet, sie nach draußen zu begleiten. Missmutig zwängte ich mich durch die Menschentraube am Eingang. Nadine klammerte sich an meinen Arm und stöckelte neben mir her.

Im Freien gab es eine überdachte Raucherecke. Wir lehnten uns an einen Stehtisch.

„Ich rauche nur mehr E-Zigaretten, aber an Tagen wie heute überkommt mich große Lust auf eine richtige", sagte sie, als ich ihr mein Päckchen reichte.

„Und du? Ständig eingeraucht?", versuchte sie eine Retourkutsche, die kläglich danebenging.

Ich hatte weder vor, sie über meinen Marihuana-Konsum aufzuklären, noch bemühte ich mich um ein unverfängliches Gesprächsthema.

Als ich ihr Feuer gab, berührte sie meine Hand und sah mir tief in die Augen.

Ich entfernte mich einen Schritt und zündete mir selbst eine an.

„Wie geht es dir? Deine Praxis läuft bestens, habe ich gehört. Dass ausgerechnet du Psychiater geworden bist."

Ihr Lachen klang künstlich.

Ich sah sie fragend an.

„Na ja, du hast immer als guter Zuhörer gegolten. Aber reicht das? Ich hatte oft den Eindruck, dass du in Gedanken ganz woanders bist. Dein Vater meinte, du wärst ein Träumer am helllichten Tag."

„Ich bitte dich, Nadine, ich habe keine Lust, mit dir über meinen Vater zu reden."

„Oh, verzeih! Bis heute tief gekränkt? Du warst damals ein naiver, einfältiger Junge. Er war ein richtiger Mann, ein Mann in den besten Jahren."

Versuchte sie mich zu provozieren oder etwa gar, ihr damaliges Verhalten zu rechtfertigen? Egal. Die Zeit, in der ich mir den Kopf über Nadines Beweggründe zerbrochen hatte, war längst vorbei. Sollte sie denken, was sie wollte. Wenn ihr die Vorstellung, dass ich nach wie vor verletzt war, schmeichelte, war mir das egal.

Lächelnd dämpfte ich meine Zigarette aus.

„Ich komme in den nächsten Tagen vorbei. Wir sollten noch einmal darüber reden, wann du ausziehen wirst. Ausgemacht ist Ende Mai. Ich dränge dich nicht. Wenn du mehr Zeit benötigst, um eine neue Bleibe zu finden, ist mir das auch recht. Aber ich möchte es wissen."

„Willst du das Haus verkaufen?"

„Ich glaube nicht."

„Wenn du es vermieten möchtest, denk als Erstes an mich. Ich wohne gerne dort, kann mir gar nicht mehr vorstellen, in die Stadt zu ziehen. All der Lärm und Dreck und die vielen Touristen ..."

„Dieses Thema hatten wir bereits. Egal, was ich mit dem Haus machen werde, du musst raus." Ich sagte es leise, aber bestimmt.

Das Haus an der Alten Donau hatte meiner Mutter gehört. Der Gedanke, dass Nadine, der ich nach wie vor Mitschuld am Tod meiner Mutter gab, weiterhin in diesem Haus lebte, war mir zutiefst zuwider.

„Du bist ein hundsgemeiner Schuft! Dir geht es doch nur um deine Rache", fing sie zu keifen an.

Ich ergriff die Flucht.

Ihr Geschimpfe klang in meinen Ohren nach, als ich die Tür des Heurigen hinter mir ins Schloss fallen ließ.

„Eh, das gibt es nicht, du bist es wirklich!"

Die Stimme kam mir bekannt vor. Ich drehte mich um.

Auf einer Bank an der Wand saß ein Mann allein an einem Vierer-Tisch. Er kam mir bekannt vor, aber ich wusste im ersten Moment nicht, wo ich ihn hintun sollte.

Als er aufstand, um mich zu begrüßen, dämmerte es mir.

„Axel?"

Er lächelte, präsentierte mir seine tadellosen strahlend weißen Jacketkronen.

Unser früherer WG-Mitbewohner hatte sich sehr verändert. Aus dem dicklichen, pickeligen, dunkelblonden Burschen war ein gutaussehender Mann mit grauen Schläfen geworden.

Oswald und Axel hatten eine ähnliche Figur, beide waren größer als ich und gut gebaut. Muskulöse Oberarme und Beine, kaum Bauch. Wahrscheinlich besuchten sie dasselbe Fitnessstudio.

Ich setzte mich zu ihm, obwohl ich mich über dieses Wiedersehen nicht besonders freute.

Im Laufe des Gesprächs erfuhr ich, dass Axel, der ursprünglich ebenfalls Medizin studiert hatte, nicht Arzt geworden war, sondern für eine Pharmafirma arbeitete.

Er prahlte mit seinem Job, schilderte mir ausführlich seine Karriere, schwärmte von seinem neuen Geländewagen, erzählte von seinem letzten Tennismatch gegen Oswald und landete schließlich beim Golfen. Meine beiden Ex-Mitbewohner hatten anscheinend gemeinsam mit diesem Altenssport begonnen.

Ich unterdrückte ein Gähnen, als der Typ fortfuhr, mich zu langweilen.

„Viel Prominenz hier. Schau, da vorne neben der Rothaarigen, da steht ein beliebter Fernsehmoderator. Und die Frau dahinter ist eine bekannte Politikerin."

Ich kannte niemanden und verspürte auch nicht das Bedürfnis, jemanden kennenzulernen.

„Mich wundert, dass die Seitenblicke nicht hier sind", fuhr Axel fort.

Ich wusste, dass es sich dabei um eine Fernsehsendung handelte. Mein Patient Herr K. hatte eine Zeit lang für dieses Format gearbeitet.

Das Gespräch plätscherte dahin. Im Saal herrschte lautes Stimmengewirr. Axels Worte gingen zeitweise im Lärm unter. Ich hörte ihm ohnehin nur mit halbem Ohr zu und war erleichtert, als sich ein sonnengebräunter Mittfünfziger zu uns gesellte. Ich tippte auf Geschäftsmann.

Der Abend quälte sich weiter dahin mit gezwungenem Smalltalk über all die B-Promis, über Handicaps beim Golfen, das unberechenbare Wetter und die neuesten Korruptionsskandale.

Als der Geschäftsmann weiterzog, begann Axel über Oswald zu lästern, spielte auf die exzellenten Connections unseres gemeinsamen Freundes an und auf seine steile Karriere als Arzt der Reichen und Schönen.

„Der Typ, der gerade bei uns war, hat während Corona ein Riesenvermögen mit seinem Labor gemacht. Hast du bemerkt, dass er geliftet ist? Das Werk unseres Freundes. Der Mann geht auf die siebzig zu, sieht aber aus wie höchstens fünfzig."

Ich wusste zwar, dass Oswald seinen Kompetenzbereich erweitert hatte, aber dass er sich als Allgemeinmediziner an Liftings traute, überraschte mich doch. Ich griff nach meinem Glas. Es war mein drittes. Ohne Alkohol war dieses Fest nicht zu ertragen.

„Die beiden Schnuckis, die da kommen, gehören auch zu seiner Klientel", fuhr Axel fort.

Vor Schreck rutschte mir mein Glas aus der Hand. Das weiße Tischtuch verfärbte sich blutrot.

Anna Maria Mayerbach und ihr Mann steuerten direkt auf uns zu.

„Bringen Sie uns sofort ein neues Tischtuch", herrschte Axel eine vorbeilaufende Kellnerin an.

„Es war meine Schuld. Verzeihen Sie", sagte ich zu der älteren Frau.

„Von Mayerbach ist ebenfalls ein Golfpartner von mir. Sein Handicap ist sagenhaft. Seiner Frau gehört eine der besten Galerien der Stadt. Die beiden schwimmen in Geld."

Ich erhob mich von meinem Stuhl, als sie an unseren Tisch kamen.

„Herr Doktor", kreischte Anna Maria, fiel mir um den Hals und küsste mich auf beide Wangen.

Eine Wolke aus Alkohol und Patschuli umhüllte mich.

Mit offenem Mund beobachtete Axel die Szene.

„Ihr kennt euch?"

Ich genierte mich für die überschwängliche Art meiner Patientin. Ihr Auftritt war mehr als peinlich. Sie drückte und herzte mich, als wäre ich ein lange verschollener Geliebter.

Meine Bemühungen, sie mir vom Leib zu halten, waren vergeblich. Sie hakte sich bei mir unter und stellte mich ihrem Mann vor.

„Das ist mein liebes Doktorchen, von dem ich dir schon so viel erzählt habe. Er weiß alles über mich", säuselte sie. „Und natürlich auch über dich", sagte sie zu ihrem Mann.

Es klang nicht neckisch, sondern eher bedrohlich. Kein Wunder, dass er mich finster anblickte.

Der fit wirkende Enddreißiger mit dem Selbstvertrauen eines Spitzensportlers schien um einige Jahre jünger zu sein als seine Frau. Das blonde Haar war perfekt frisiert und das Gesicht so glattrasiert, als hätte er keinen Haarwuchs. Er roch nach teurem Aftershave und war elegant gekleidet mit anthrazitfarbenem Anzug und bordeauxroter Krawatte.

Ich blickte forschend in das Gesicht des Mannes. Das, was ich sah, gefiel mir nicht besonders. Es war eine Mischung aus Überheblichkeit und Speichelleckertum. Welche der beiden Verhaltensweisen sich durchsetzte, hing von mir ab.

Axel forderte die beiden auf, sich zu uns zu gesellen.

Die Situation war unmöglich. Ich konnte nicht mit einer meiner Patientinnen und ihrem Mann an einem Tisch sitzen.

Anna Maria bemerkte mein Zögern, fasste mich an meiner Schulter und nötigte mich, Platz zu nehmen.

Kaum hatte Axel ihr ein Glas Rotwein eingeschenkt, begann sie mit ihm zu flirten und warf auch mir hin und wieder feurige Blicke zu.

Ich ignorierte sie, so gut es ging.

Während ich überlegte, wie ich mich am besten aus der Affäre ziehen könnte, beobachtete ich Eugen von Mayerbach.

Sein ebenmäßiges Gesicht war vor Zorn verzerrt. Obwohl er an ihr provokantes Benehmen gewöhnt sein musste, sah ich, wie sich seine Finger verkrampften und er die Rechte zu einer Faust ballte.

Mein erster Eindruck von ihm war falsch gewesen. Von wegen alles im Griff haben! Bevor die Situation eskalieren konnte, stand ich auf, entschuldigte mich und ging auf die Toilette.

Hinter mir vernahm ich die laute Stimme des wütenden Ehemanns.

„Wir gehen. Anna Maria, komm!"

„Du gehst. Ich bleibe", schrie sie mindestens so laut wie er.

Was weiter geschah, bekam ich nicht mehr mit.

Als ich von der Toilette zurückkehrte, sah ich, wie Eugen mit hochroten Wangen den Heurigen verließ. Anna Maria huschte heftig schluchzend an mir vorbei ins Nebenzimmer.

„Das war das Signal zum Aufbruch", scherzte Axel.

Tatsächlich verabschiedeten sich auch einige andere Gäste.

„Du hast was verpasst", fuhr Axel fort. „Die Dicke hat Temperament, das muss man ihr lassen. Die hat ihrem Prinzgemahl ein paar geknallt, die waren nicht von schlechten Eltern. Ich mache mich auch auf den Weg. Ich hoffe, man sieht sich bald wieder einmal."

Ich hatte ebenfalls vor zu gehen, wollte aber warten, bis Axel weg war, da ich befürchtete, er würde mir anbieten, mich mit seinem neuen Wagen in die Stadt mitzunehmen. Leider hatte er es nicht sehr eilig wegzukommen, sondern plauderte bei der Tür mit einer attraktiven Blondine.

Ich holte meinen Mantel und ging an die Theke.

8.

Plötzlich stand Oswald neben mir.

„Willst du schon abhauen?" Er deutete auf den Trenchcoat. „Du kannst mich doch nicht mit dieser Bagage allein lassen. Außerdem müssen wir beide noch auf meinen Geburtstag anstoßen", sagte er und bestellte eine Flasche Champagner, obwohl er wusste, dass ich dieses Sprudelzeug nicht mochte. Ich bevorzugte Bier und Rotwein.

„Ich habe gesehen, dass du lange mit Axel gequatscht hast. Was sagst du zu unserem Sunnyboy? Der hat sich ganz schön gemausert, nicht wahr? Er gehört jetzt der Laborfraktion an. Der normale Arztberuf erschien ihm zu wenig lukrativ. Er hat gleich nach dem Studium bei einem großen Pharmakonzern angeheuert, hat sich in kurzer Zeit nach oben katapultiert, verdient heute ein kleines Vermögen, das er allerdings mit seiner Ex teilen muss."

„Ihr seid all die Jahre lang befreundet geblieben?"

„Ja, kann man sagen. Wir haben vor allem geschäftlich miteinander zu tun. Aber ich warne dich, du darfst nicht alles glauben, was er dir erzählt. – Entschuldige mich einen Moment."

Er ließ mich stehen, verschwand im Nebenzimmer, in dem gerade einige Tische abgeräumt wurden.

Ich hatte nichts gegessen und spürte den Alkohol.

Das Buffet sah ziemlich geplündert aus. Ich ergatterte noch ein Wiener Schnitzel und einen Erdäpfelmayonnaisesalat.

Da ich kein Interesse hatte, mich mit einem der verbliebenen Gäste zu unterhalten, aß ich im Stehen an der Theke. Gelangweilt warf ich hin und wieder einen Blick in das nun fast leere Nebenzimmer.

Halb verdeckt durch die offenstehende Tür entdeckte ich Oswald. Auf seinem Schoß thronte Anna Maria. Sie hatte ihre Arme um seinen Hals geschlungen wie ein Kind und ihren Kopf an seine Brust gedrückt. Er streichelte ihr Haar und flüsterte ihr etwas ins Ohr.

Spielte mein Freund wieder einmal den großen Frauenversteher? Als sich unsere Blicke begegneten, verdrehte er die Augen zur Decke.

Kurze Zeit später gesellte er sich zu mir.

„Warum sitzt du nicht bei den anderen?"

„Ich steh lieber, sitze ohnehin den ganzen Tag lang", sagte ich, nahm aber dann doch mit ihm an einem der leeren Tische Platz.

„Die rührende Szene, die du gerade mitgekriegt hast, darfst du nicht missverstehen. Sie ist todunglücklich. Es ist ihre dritte Ehe und auch die steht vor dem Scheitern. Asexuelle Distanz, Gereiztheit, Vorwürfe, Langeweile, die übliche Beziehungsgeschichte halt. Er ist ein verkrachter Adeliger aus dem Nordosten Deutschlands, ein richtiger Taugenichts. Wo sie den bloß wieder aufgegabelt hat?"

Anna Maria hatte mir einmal erzählt, dass sie ihren Mann bei der Kunstmesse in Köln kennengelernt hatte, doch das ging Oswald nichts an.

„Er erträgt sie nicht mehr. Aber eine Scheidung kommt für ihn nicht in Frage. Er würde vor dem Nichts stehen. Ihr Vater hat bei der Hochzeit auf einem Ehevertrag bestanden. Kein Wunder, da er bereits für zwei Verflossene von ihr ordentlich geblecht hat."

Auch das wusste ich von Anna Maria. Ich hielt den Mund, ließ ihn weiterreden.

„Eugen ist krankhaft eifersüchtig, obwohl er ihrer, wie gesagt, längst überdrüssig geworden ist. Das finde ich fast witzig. Einerseits will er sie loswerden, andererseits dreht er durch, wenn sie mit anderen Männern flirtet."

„Er scheint ein ziemlich brutaler Kerl zu sein", unterbrach ich ihn.

„Ich habe vorhin gesehen, dass sie ihn geschlagen hat, nicht umgekehrt. Tja, ich liebe dich, ich hasse dich, verlass mich nicht – klassisches Borderline-Setting!" Oswald zwinkerte mir zu.

„Du hältst sie also wirklich für eine Borderlinerin?"

„Du etwa nicht? Ihre Lügengeschichten und all ihre paranoiden und dissoziativen Symptome können dir doch nicht entgangen sein."

„Dissoziiert nicht ein jeder von uns? Wir blenden alle gern Gefühle und Wahrnehmungen aus, die uns unangenehm sind."

„Du bist der Fachmann, aber ich kenne sie schon länger. Nadine hat uns vor Jahren miteinander bekannt gemacht. Sie ist Stammkundin in der Mayerbachschen Galerie. Anna Maria ist wahnsinnig unsicher und neigt, wie du bestimmt schon am eigenen Leib erfahren hast, zu überschwänglichen Gefühlsäußerungen. Sie ist sehr impulsiv und anfällig für selbstverletzendes Verhalten. Ihr ausgeprägtes Schwarz-Weiß-Denken, ihre anhaltende Wut und Aggressivität und ihre unbeständigen zwischenmenschlichen Beziehungen sind symptomatisch für Borderliner."

„Wir haben es in der Therapie gerade geschafft, eine halbwegs stabile Beziehung aufzubauen", warf ich ein.

„Das wundert mich."

„Sie steckt mitten in der positiven Übertragung."

„Das heißt, sie ist abhängig von dir. Gratuliere. Die Abhängigkeit von seinem Therapeuten wird oft mit Liebe verwechselt. Nimm dich in Acht."

Er drohte mir mit dem Zeigefinger.

„In letzter Zeit hat sie mir manchmal kleine Geschenke mitgebracht, die ich natürlich nicht annehmen konnte."

„Sei nicht so verdammt puritanisch. Was wäre dabei?"

„Dann glaubt sie erst recht, dass ich ihre Gefühle erwidere."

„Nimmst du die Sitzungen eigentlich mit einer Kamera auf?"

„Nein, natürlich nicht. Wenn Patienten es erlauben, zeichne ich die Sitzungen mit dem Handy auf und tippe sie nachher ab. Meistens schreibe ich nur mit."

„So wie Papa Freud", sagte er grinsend. „Ganz schön altmodisch."

„Die gekürzten Protokolle übertrage ich alle heiligen Zeiten auf meinen Laptop ..."

„Die Digitalisierung ist also nicht komplett an dir vorübergegangen", spottete er.

Ich setzte gerade an, ihm von der U-Bahn-Geschichte zu erzählen, als sich eine Blondine näherte. Ich schätzte sie auf Anfang vierzig. Sie sah hinreißend aus. Der verbitterte Zug um ihren Mund irritierte mich allerdings.

„Störe ich?", fragte sie lächelnd.

Ihr Lächeln war mir zu aufgesetzt.

Oswald reagierte nicht.

„Möchtest du mir deinen Freund nicht vorstellen?"

Er besann sich seiner guten Manieren und übernahm die Vorstellung.

„Dr. Stefanie Schiller, die prominenteste Scheidungsanwältin der Stadt und eine gute Freundin." Er blinzelte mir zu.

War sie auch eine seiner Eroberungen?

Er forderte sie auf, sich zu uns zu setzen, ließ mich aber bald mit der Schönen, die ich vorhin an der Tür im Gespräch mit Axel gesehen hatte, allein.

Ich wechselte ein paar höfliche Worte mit ihr, bewunderte ihr raffiniert geschnittenes blutrotes Kleid.

Sie tat mein Kompliment mit einer verächtlichen Handbewegung ab und rückte ihren Stuhl nahe an meinen heran.

Während sie mir von Oswalds Künsten als Anti-Aging-Doktor vorschwärmte, drückte sie unterm Tisch ihr Bein an meines und berührte mehrmals meine Hände.

Schweißperlen erschienen auf meiner Stirn. Ich wischte sie mit einem Taschentuch weg.

„Wenn Sie unter Schweißausbrüchen leiden, bitten Sie doch Ihren Freund, Ihnen Botox zu spritzen. Es reduziert nicht nur Falten, sondern hilft auch bei starkem Schwitzen, bei Migräne und Spannungskopfschmerz. Die Wirkung hält einige Monate an."

Ich runzelte die Stirn.

„Ich sehe schon, Sie halten nichts von Botox. Schauen Sie, da kommt auch eine seiner Patientinnen." Stefanie deutete auf Nadine, die an uns vorbeistolzierte, ohne mich eines Blickes zu würdigen.

„Ist sie nicht die Frau Ihres Vaters?", fragte Stefanie.

„Seine Witwe", korrigierte ich sie.

„Also Ihre Stiefmutter?", kicherte sie leicht beschwipst.

Ich fand das weniger lustig.

„Sie hat mich vor längerer Zeit einmal aufgesucht. Ich darf Ihnen natürlich nicht sagen, worum es ging. Zwar ist sie nicht meine Mandantin geworden, es hat sich um ein reines Informationsgespräch gehandelt, trotzdem fällt es unter meine Schweigepflicht."

Ich konnte mir denken, was Nadine von der prominenten Scheidungsanwältin gewollt hatte.

Während sie weiterredete, beobachtete ich, wie Nadine den Heurigen verließ. Anna Maria war nirgends zu sehen.

„Sie haben sehr schöne Augen, aber Sie schauen so traurig", sagte die Anwältin und griff nach meiner Hand. „Ihr melancholischer Blick bringt sicher so manche Frau um ihren Verstand."

Ihre Berührung erregte mich. Ich hatte lange mit keiner Frau mehr geschlafen. Meine Tagträume kreisten seit Monaten nur um Maya. Doch bisher hatte ich es nicht gewagt, ihr meine Gefühle zu zeigen.

Ich entzog Stefanie meine Hand. Es war Zeit für mich zu gehen, bevor ich noch mit ihr im Bett landete. Ich hatte keine Lust auf einen One-Night-Stand mit einer beschwipsten Anwältin.

Beim Abschied tauschte ich widerwillig mit ihr die Telefonnummern aus.

9.

Zwei Tage später rief mich Stefanie an. Nach kurzem Smalltalk schlug sie vor, gemeinsam essen zu gehen.

Ich zögerte, schützte Arbeit vor.

Sie akzeptierte keine meiner Ausreden.

Da ich für den Rest der Woche keinerlei Abendtermine hatte, ließ ich sie den Termin bestimmen und überließ ihr auch die Wahl des Restaurants.

Sie entschied sich für das Antonella, Tonis zweites italienisches Lokal in der Innenstadt, das er nach seiner verstorbenen Tochter benannt hatte.

„Warum nicht gleich heute Abend?"

„Warum nicht", sagte ich, ohne lange zu überlegen.

„Okay. Ich reserviere einen Tisch."

Ich kam pünktlich um zwanzig Uhr in das stylische Restaurant. Toni war nicht anwesend. Ich war erleichtert, wollte ihn nicht mit der Anwältin bekanntmachen. Als Stefanie nach etwa fünfundzwanzig Minuten endlich aufkreuzte, hatte ich schon ein Seidl intus.

Sie trug ein zinnoberrotes Kostüm. Rot schien ihre Lieblingsfarbe zu sein. Die taillierte Jacke brachte ihre Brüste hervorragend zur Geltung. Der enge Rock endete knapp über den Knien und rutschte hoch, als sie Platz nahm.

Ich bemühte mich, nicht auf ihre Schenkel zu starren, und widmete mich rasch der Speisekarte.

Stefanie bestellte eine Salade niçoise. Ich nahm ein Vitello tonnato und als Secondo piatto einen Branzino.

Der Sommelier empfahl eine Flasche Sauvignon Blanc aus dem Collio zum Branzino.

„Keinen zweiten Gang?", fragte ich Stefanie.

Meinen verwunderten Blick richtig deutend erklärte sie mir, dass sie strenge Diät halte.

„Früher hätten Sie mich keines Blickes gewürdigt", sagte sie kokett.

„In den letzten Monaten habe ich dank Quernac fünfzehn Kilo abgenommen."

Ich hatte von dieser Pille bereits gelesen.

Ursprünglich war das Medikament zur Behandlung von Diabetes in den USA zugelassen worden. Es senkt den Blutzuckerspiegel, erhöht das Sättigungsgefühl, reduziert das Hungergefühl und sorgt für eine Verlangsamung der Magenentleerung.

Durch diese angenehmen Nebeneffekte wurde es vor allem in den USA von immer mehr Stars und Sternchen als Schlankheitspille zweckentfremdet, obwohl die Off-Label-Anwendung wohl einige Risiken mit sich brachte.

„Ist diese Diätpille bei uns zugelassen?", fragte ich erstaunt.

„Keine Ahnung. Wahrscheinlich ist sie chefarztpflichtig, aber im Internet ist alles erhältlich. Ich habe eine seriösere Quelle. Ihr Freund Ossi verschafft sie mir. Das Zeug ist nicht billig. Die Dosis für einen Monat kostet um die tausend Euro. Was soll's? Die Reichen sind fit, die Armen fett", kicherte sie.

Verwundert, dass Oswald solch fragwürdige Medikamente verschacherte, fragte ich: „Hat er Sie darüber informiert, dass es bei Absetzung dieser Medikation wieder zur Gewichtszunahme kommt, wenn keine Verhaltensänderung oder, besser gesagt, eine Änderung des Essverhaltens stattfindet?"

„Deswegen esse ich ja nur Salat und meide Weizenprodukte und andere Fettmacher."

„Ich habe gelesen, dass die Nebenwirkungen nicht ohne sind: Übelkeit, Erbrechen, Durchfall oder Verstopfung", fügte ich hinzu.

„Ja, das habe ich bereits zu spüren bekommen", kicherte sie und hielt sich die Hand vor den Mund.

Der Wein war ausgezeichnet. Ich trank zwei Gläser und überließ den Rest der Flasche Stefanie.

Nicht zum ersten Mal stellte ich fest, dass es mir keinen Spaß machte, mit diätwütigen Damen essen zu gehen. Sie knabberte an ihren Salatblättern und ließ die Hälfte stehen.

Sowohl meine Vorspeise als auch der Fisch waren hübsch angerichtet. Die kleinen Portionen stillten jedoch meinen Hunger nicht. Ich beschloss, mir am Heimweg bei einem Würstelstand eine Käsekrainer zu gönnen. Ich war ein guter Esser und hatte das Glück, dass sich bei mir kaum etwas anlegte.

„Süßem kann ich allerdings nicht widerstehen", säuselte Stefanie, als der Kellner die Dessertkarte brachte.

Wir bestellten Kaffee. Stefanie wählte eine Crème Caramel, verschlang diese Kalorienbombe gierig und verschmähte auch die Hälfte meines Tiramisù nicht.

Tolle Diät, dachte ich.

Plötzlich bildete ich mir ein, dass uns jemand beobachtete. Ich ließ meine Blicke durch das Lokal schweifen. Doch niemand schien Interesse an uns zu haben.

Sie fragte mich, ob ich eine Lieblingsbar hätte.

Da ich abgelenkt war, antwortete ich fatalerweise ehrlich. Daraufhin verlangte sie, die Blaue Bar kennenzulernen.

Ich weigerte mich. Allein der Gedanke, dass Maya mich zusammen mit der attraktiven Anwältin sehen könnte, machte mich nervös. Deshalb war ich auch froh, dass sich Toni nicht blicken hatte lassen.

Als wir das Restaurant verließen, sah ich mich noch einmal ängstlich um.

Du leidest tatsächlich unter Verfolgungswahn, mein Sohn, hörte ich meinen Vater spotten.

Wir landeten in der Loos-Bar.

Die schöne kleine Bar in einer Seitengasse der Kärntner Straße war gut besucht. Ich ergatterte für Stefanie den letzten freien Hocker an der Theke.

Die Musik in dieser berühmten Bar war nach meinem Geschmack. Heute war es hier leider so laut, dass man Miles Davis' Trompetensoli kaum hörte. „Round Midnight" von Thelonious Monk, interpretiert von Miles Davis, zählte zu meinen Lieblingsstücken.

Ich hatte nicht vor, hier alt zu werden. Das Gedränge und die lauten Stimmen der Gäste störten mich.

Stefanie hingegen schien sich wohlzufühlen. Obwohl sie nicht nur mit mir flirtete, sondern auch mit dem hübschen jungen Barkeeper, gewann ich den Eindruck, dass sie nichts anderes im Sinn hatte, als mich zu verführen. Ich hielt mich für keinen Experten in weiblicher Verführungskunst, doch sie benahm sich so aufreizend, ja richtig provokant, dass ich über ihre Absichten keinen Zweifel hegte.

Trotzdem hielt ich mich zurück. Ich hatte mir vor Jahren geschworen, mein Privatleben strikt von meinem Beruf zu trennen. Wien war ein Dorf. In gewissen Kreisen kannte jeder jeden. Stefanie war eine gute Freundin und Patientin von Oswald und kannte auch Nadine und Anna Maria, Letztere zumindest vom Sehen. Das bedeutete, sie war tabu für mich. Außerdem hatte ich Angst. Nicht Angst vor einer Abfuhr, ich fürchtete vielmehr, ihren Erwartungen nicht zu genügen. Wie viel Zeit war vergangen, seit ich zum letzten Mal Sex gehabt hatte? Ich erinnerte mich kaum mehr an die betreffende Frau. Ob ich überhaupt noch wusste, wie das ging?

Verwundert über Stefanies aufdringliches Benehmen, musterte ich sie mit ernsten Blicken.

Sie schien meine Blicke misszuverstehen, riss ihre Augen weit auf, klimperte mit ihren langen Wimpern und streichelte fordernd meine Hände.

Als sie mit ihrem Knie mein Glied massierte, wurde es mir zu bunt.

Ich mochte offensive Frauen, aber dieses Verhalten ging mir zu weit. Was war bloß mit ihr los?

Fast musste ich lachen. Wahrscheinlich ging es normalerweise vielen Frauen ähnlich wie mir im Moment. Doch auch Männer haben das Recht, nein zu sagen. Nicht nur Frauen. Wir müssen uns allerdings vor weniger brutalen Konsequenzen fürchten als Frauen.

Ich entschuldigte mich, ging auf die Toilette, die sich im Keller befand.

Sie folgte mir.

In dem kleinen Vorraum angekommen, umarmte sie mich. Das schöne Waschbecken von Adolf Loos im Rücken, konnte ich mich kaum bewegen.

Stefanie schmiegte sich noch enger an mich und öffnete den Reißverschluss meiner Hose.

Widerwillig nahm ich ihren Kopf in meine Hände und küsste sie.

Plötzlich hörte ich Schritte. Jemand kam die steile Stiege herab.

Ich schob sie weg.

Sie packte meine Arme und versuchte mich in die Damentoilette zu ziehen.

„Störe ich?", fragte der junge Mann, der inzwischen das Ende der Treppe erreicht hatte, amüsiert.

Rasch zog ich den Reißverschluss hoch und ging, ohne mich umzusehen, wieder hinauf.

Als Stefanie nach ein paar Minuten zurück an die Theke kam, hatte ich bereits bezahlt und wartete auf sie bei der Tür.

Sie warf mir einen verächtlichen Blick zu, wandte sich an den Barkeeper und bestellte noch einen Drink.

Ich verließ die Bar allein und ging zu Fuß nach Hause.

Als ich heimkam, bemühte ich mich, keinen Lärm zu machen. Ich hatte keinen Nerv für eine nächtliche Plauderei mit der zugekifften Caroline. Sie würde jedes Detail meiner Verabredung mit Stefanie erfahren wollen und mich mit tausend Fragen löchern. Da ich zu müde war, um mir eine passende Geschichte zurechtzulegen, beschloss ich, das Verhör auf morgen zu verschieben.

Ich ging zu Fuß hinauf in den zweiten Stock, damit sie die Lifttür nicht hörte.

10.

Vom Sauvignon Blanc hatte ich Magenschmerzen bekommen. Ich vertrug keinen Weißwein. Zum späten Frühstück trank ich Tee statt Kaffee.

Vertieft in meine Aufzeichnungen, zuckte ich zusammen, als meine Sprechstundenhilfe Frau Amann mit ihrer tiefen, erotischen Stimme die nächste Patientin ankündigte.

Anna Maria erschien ausnahmsweise pünktlich zu ihrer Sitzung.

Sie wirkte verstimmt und sah weniger gepflegt aus als sonst. Ihre Haarpracht war im Nacken unordentlich zusammengebunden und auf ihrem weiten weißen Oberteil waren die Spuren von Eiscreme kaum zu übersehen.

„Ich muss mal Ihre Toilette benutzen", sagte sie, bevor sie es sich auf der Couch bequem machte.

Als sie zurückkehrte, bemerkte ich, dass sie die Flecken auf ihrem Oberteil zu entfernen versucht und alles noch schlimmer gemacht hatte.

„Der kleine Eissalon vorne am Ring ist nicht schlecht. Ich gönne mir fast jedes Mal ein Eis, bevor ich zu Ihnen komme. Damit ist ab heute Schluss! Ich werde mir auch diese Wunderpille besorgen. Sie werden sehen, in kürzester Zeit werde ich ebenso schlank sein wie meine Anwältin."

Meinte sie Stefanie? Ich hatte nicht gewusst, dass Stefanie Anna Marias Anwältin war.

„Stefanie war früher ziemlich füllig", sagte sie. „Seit sie so viel abgenommen hat, kommt sie sich wie die Allerschönste vor. Verstehen Sie mich nicht falsch. Wir sind seit Jahren miteinander befreundet. Sie ist eine ausgezeichnete Anwältin. Aber die Arme ist sexsüchtig, treibt es mit jedem. Ihre One-Night-Stands sind legendär. Neuerdings bezahlt sie sogar dafür und lässt sich regelmäßig Callboys in die Wohnung kommen. Finden Sie das nicht auch sehr leichtsinnig? Irgendwann wird so ein Callboy sie zusammenschlagen, wenn nicht gar umbringen und sich mit ihrem Schmuck davonmachen ..." Sie hielt inne. Offensichtlich war ihr die Luft ausgegangen.

Auch ich atmete tief durch. Ich war noch einmal davongekommen. Nicht auszudenken, was meine Patientin aufgeführt hätte, wenn ich mit Stefanie geschlafen hätte.

Nach dem Gespräch mit Oswald habe ich lange über Anna Maria nachgedacht. Vielleicht hatte er recht. Sie wies tatsächlich einige typische Borderline-Symptome auf: impulsive Verhaltensweisen, problematischer Medikamentenkonsum, riskantes Autofahren, Fressanfälle, massive Ängste vorm Alleinsein ... Ich vermutete ja, dass sie in ihrer Kindheit körperlicher oder seelischer Gewalt oder gar sexuellem Missbrauch ausgesetzt gewesen war. Bisher wusste ich in dieser Hinsicht aber nicht viel. Mir war allerdings bekannt, dass sie ihrem Vater, von dem sie sich abgewiesen fühlte, weil er sich einen Sohn gewünscht hatte, Rache geschworen hatte.

Anstatt an ihrem Vater rächte sie sich aber offenbar an den Männern im Allgemeinen. Zumindest schienen ihre drei Ehemänner wenig zu lachen gehabt zu haben. Sie sehnte sich nach Nähe, konnte aber Nähe nicht zulassen und fürchtete sich gleichzeitig vorm Verlassenwerden.

„Heute Nacht quälten mich schreckliche Alpträume", sagte Anna Maria. „Gleich mehrere nacheinander. In jedem Traum hat jemand versucht, mich zu vergewaltigen. Ich kann mich nicht mehr an alles erinnern. Es sind nur einige Fetzen hängengeblieben. In einem der Träume sind auch Sie vorgekommen. Es war so furchtbar demütigend!"

Sie begann zu schluchzen.

Auch manche meiner eigenen Träume handelten von Demütigungen. Indem ich sie in diesen Nächten wieder und wieder erlebte, versuchte ich, sie zu bewältigen.

Die Verletzungen, die ich in meiner Kindheit erfahren musste, lähmten und hemmten mich bis heute. Von der Kindheit erholt man sich eben nie.

Ich habe mich schon immer für Träume interessiert, habe Sigmund Freuds Traumdeutung mehrmals gelesen, aber ich war nicht besonders gut im Deuten meiner eigenen Träume.

Anna Maria erzählte mir eine verworrene, mit absurden Symbolen vollgepfropfte Geschichte. Im ersten Traum fuhr sie mit einem Zug oder einer U-Bahn. Sie war allein in einem Waggon, als plötzlich ein wildes Tier auftauchte, eine Mischung aus einem Löwen und einem Gorilla.

„Diese Bestie fiel mich an, zerriss mit ihren scharfen Zähnen mein Kleid. Auf einmal standen viele Leute um uns herum. Anstatt mir zu helfen, stachelten sie die Bestie erst recht an. Dann brach Feuer aus ... jemand versuchte, es mit einer Gießkanne zu löschen ... An mehr kann ich mich nicht erinnern. Es herrschte ein fürchterliches Durcheinander. Alles war so verworren."

„Das haben Träume so an sich", murmelte ich. „Aber sie haben sehr wohl einen Sinn."

Sigmund Freud hat den Traum einst als eine Psychose mit all ihren Ungereimtheiten, Wahnbildungen und Sinnestäuschungen bezeichnet.

Ich assoziierte Feuer mit Leidenschaft, die sich nicht stillen ließ, schon gar nicht mit einer Gießkanne. Doch das waren meine Assoziationen und nicht ihre.

Vergeblich bemühte ich mich, sie dazu zu bringen, frei zu assoziieren. Es gelang mir ebenso wenig wie der Versuch, die Tagesreste in diesen Träumen ausfindig zu machen. Da sie beharrlich schwieg, bat ich sie, mir auch die anderen Träume zu schildern. Meistens war der letzte einer solchen Traumreihe am verständlichsten.

In ihrem zweiten Traum war Anna Maria nackt durch ein Haus gerannt und von mehreren Männern verfolgt worden. Die Gesichter hatte sie nicht gesehen. Sie erinnerte sich nur, dass ich einer von ihnen war. Und sie vermutete, dass es sich um mein Haus gehandelt hatte.

„Sie haben mich treppauf gejagt. Ich bin außer Atem geraten, habe verzweifelt nach Luft gejapst. Sie sind näher, immer näher gekommen, haben mich fast erreicht. Ich bin gestolpert und die Stiege hinuntergestürzt. In diesem Moment bin ich aufgewacht."

Sie schniefte, holte ein Taschentuch aus ihrer Handtasche und wischte sich damit über die Augen.

Ich ließ sie zur Ruhe kommen.

„Ihre Träume sind Ausdruck einer tiefsitzenden Angst ...", begann ich mit sanfter Stimme.

„Wovor sollte ich Angst haben?", kreischte sie.

„Vermutlich waren Sie stark erregt ...", fuhr ich fort.

Sie ließ mich nicht ausreden, schilderte mir ihren dritten und ihrer Meinung nach schlimmsten Traum.

„Ich bin auf einer Couch gelegen. Sie hat ähnlich ausgesehen wie die hier." Sie deutete auf die Le-Corbusier-Liege.

„Ein Mann mit einer furchterregenden Maske vorm Gesicht hat mir die Kleider vom Leib gerissen. Dann hat er sich auf mich gelegt und schwer geschnauft. Es war grauenhaft", stöhnte sie. „Ich habe mich nicht wehren können, habe mich wie gelähmt gefühlt, wollte schreien, aber kein Ton ist über meine Lippen gekommen. Stattdessen ist weißer Schleim über mein Gesicht geronnen und auf meine nackten Brüste getropft. Brrr!" Sie schüttelte sich vor Ekel.

„Da ist sie ja!", kreischte sie und deutete mit einem Finger auf die Wand neben meinem Schreibtisch.

Oh nein, sie hatte von einer der afrikanischen Masken geträumt, die mein Vater gesammelt und in der Ordination aufgehängt hatte. Ich bereute, sie nicht entfernt zu haben.

Träume sind die Erfüllung unbewusster Wünsche, hat Sigmund Freud behauptet. Für ihn besaßen alle Träume einen sexuellen Hintergrund. Das Ungewisse griff auf gewisse Symbole zurück, verwandelte die eigenen Ängste und Wünsche, um sie dem Bewusstsein zumutbar zu machen.

Bevor ich auf die Symbolik näher eingehen konnte, begann sie zu schreien: „Sie waren das! Sie haben meine Abhängigkeit ausgenützt ... mein Vertrauen missbraucht ..."

Ihr schriller Ton behagte mir nicht. Sie schien Traum und Wirklichkeit miteinander zu verwechseln.

Als sie laut zu weinen anfing, fragte ich in energischem Ton: „Inwiefern habe ich Ihr Vertrauen ..."

„Sie haben mich zu Dingen gezwungen, die ich nicht machen wollte", unterbrach sie mich.

„Können Sie mir bitte erklären, was Sie mit Dingen meinen?"

Ich konnte meine Gereiztheit kaum mehr verbergen.

„Spielen Sie nicht den Unschuldigen. Sie müssen doch wissen, was Sie getan haben."

Sie hörte auf zu schluchzen, richtete sich auf, drehte sich zu mir um und funkelte mich mit ihren großen dunkelbraunen Augen böse an.

Ich wusste nicht, ob sie in der Realität gelandet war oder weiterhin über ihren Traum sprach.

„Sie haben mich hypnotisiert und vergewaltigt, als ich nicht bei Sinnen war. Nachher habe ich von nichts mehr gewusst. Aber langsam kehrt die Erinnerung zurück."

Erschöpft sank sie zurück auf die Couch.

Sie hatte wieder einmal zu den altbekannten Abwehrmechanismen gegriffen, ihre Fantasien, die jemand anderem galten, auf mich verschoben. Ich hatte nie in meinem Leben jemanden hypnotisiert und natürlich auch niemanden vergewaltigt.

Ich vermute, dass sie in Wirklichkeit die Übergriffe ihres gewalttätigen Ehemanns belasteten, fragte mich aber gleichzeitig, wie sie auf die Idee mit Hypnose gekommen war. War es möglich, dass sie sich unbewusst selbst Schuld an dem Missbrauch gab und sich über die Hypnose zu rechtfertigen versuchte?

Während ich darüber nachdachte, wie ich meine Deutung formulieren sollte, fiel mir auf, dass sie heute krank aussah. Ihr aufgedunsenes Salbengesicht, ihre trockenen Mundwinkel, die schweren Augenlider, alles eindeutige Zeichen für übermäßigen Konsum von Psychopharmaka.

Normalerweise machte ich mir Notizen. Ich hatte mir auch ihre Träume notiert. Seit sie angefangen hatte, mich zu beschuldigen, sie vergewaltigt zu haben, kritzelte ich nur mehr vor mich hin, zeichnete Gesichter, die Fratzen ähnelten.

Sie drehte sich um, sah mich unverwandt an.

Ich schlug mein Notizbuch zu und beteuerte: „Ich höre Ihnen zu, Frau Mayerbach."

„Sie hören mir nie zu!", schrie sie. „Zeigen Sie mir, was Sie geschrieben haben."

„Sie kennen die Regeln und wissen, dass dies unmöglich ist."

Sie tobte weiter. Ich sah sie schon handgreiflich werden und fragte mich, ob ich im Kampf um meine Notizen siegen würde.

Der Kelch ging an mir vorüber. Die Sitzung neigte sich dem Ende zu.

Sie weigerte sich zu gehen.

Ich konnte sie unmöglich gewaltsam hinausbefördern. Zum Glück läutete in diesem Moment das Telefon.

Anna Maria erschrak, versteifte sich, sah mich zornig an und verließ meine Praxis grußlos und ohne zu bezahlen.

Nach dieser Sitzung verzichtete ich auf mein Ritual, bei Caroline auf einen Kaffee vorbeizuschauen. Ich schrieb ihr ein SMS, erklärte ihr, dass ich sehr erschöpft sei und mich ein Stündchen hinlegen möchte. Es war die Wahrheit. Ich fühlte mich ausgelaugt, ja richtig ausgesogen und war am Ende meiner Kräfte angelangt.

Als Caroline, kurz nachdem Anna Maria gegangen war, zum zweiten Mal anrief, hob ich nicht ab, obwohl ich wusste, dass sie keine Ruhe geben würde.

11.

Ich machte mir einen Espresso und begann die letzte Sitzung mit Anna Maria zu protokollieren, wurde aber durch das penetrante Klingeln meines Handys unterbrochen.

Oswald.

„Hey, wie geht's? Ich habe gehört, du hast dich mit der schönen Stefanie getroffen. Wie war's? Hat sie dich rumgekriegt?"

„Nein, hat sie nicht, und wenn doch, würde ich es dir nicht sagen."

„Hat sie dir erzählt, dass sie mit Axel verheiratet war?"

„Mit Axel?"

„Ja, mit unserem Freund Axel. Die Scheidung hat ihn fertiggemacht. Sei vorsichtig. Lass dich von dieser Schlange nicht einfangen", sagte er lachend.

„Der arme Axel erholt sich nur langsam. Sie hat ihn nach Strich und Faden abgezockt. Und das ganze Theater nur wegen einer kleinen Affäre. Sie haben monatelang kein Wort miteinander gewechselt. Obwohl, bei meinem Geburtstagsfest hatte ich den Eindruck, dass es zu einer gewissen Annäherung gekommen ist. Ich habe beobachtet, wie sie kurz miteinander gesprochen haben, ohne sich gegenseitig an die Kehle zu gehen. Vielleicht sollte ich wieder einmal Mediator spielen?"

„Lass das lieber bleiben. Letztes Mal, als du in diese Rolle geschlüpft bist, warst du nicht sehr erfolgreich."

„Du meinst, bei dir und Nadine?" Sein Lachen klang gekünstelt. „Das stimmt nicht. Immerhin habe ich verhindern können, dass sie gegen dich prozessiert."

Nun musste auch ich lachen. Meinem Freund mangelte es nicht an Selbstbewusstsein.

„Das war nicht dein Verdienst, mein Lieber. Nadine ist nicht dumm. Sie weiß genau, dass sie keine Chance hätte."

Da mir nicht nach einer Fortführung dieses Gesprächs war, schob ich vor, dass die nächste Patientin bereits im Vorzimmer wartete.

„Sehen wir uns am Wochenende?", fragte Oswald.

„Du bist mir eine Einladung schuldig. Wolltest du mich nicht bekochen?"

„Ach ja. Ich melde mich. Okay?"

Ich hatte vergessen, dass ich versprochen hatte, ihm zu seinem Fünfziger einen Kaiserschmarrn mit Zwetschgenröster zu kredenzen. Sein Lieblingsessen, als er klein war.

Kaum hatte ich aufgelegt, läutete wieder das Telefon.

Ich warf einen Blick auf das Display.

Eine unterdrückte Nummer.

Ich hob nicht ab.

Bestimmt war es wieder dieser Stalker. Nicht nur, dass ich mich seit Kurzem auf meinen einsamen Spaziergängen durch die Stadt manchmal verfolgt fühlte, ich bekam auch öfters nächtliche Anrufe von besagter unterdrückten Nummer und seltsame SMS von einer mir unbekannten Nummer mit lauter Herzchen und Smileys.

Ich verdächtigte in erster Linie Anna Maria, mich zu stalken, traute aber auch Stefanie alberne Spielchen zu.

Mittags war ein Päckchen ohne Absender gekommen. Ich öffnete es erst jetzt.

Verwundert betrachtete ich den kleinen silberfarbenen Stick. Ohne lange zu überlegen, steckte ich ihn in meinen Laptop.

Verschwommene Fotos von einem sexuell aktiven Paar erschienen auf meinem Bildschirm.

Ich klickte alle Fotos an.

Eine Großaufnahme vom Gesicht einer Frau.

Nadine!

Verblüfft vergrößerte ich auch die anderen Aufnahmen.

Das Gesicht des Mannes war auf keinem der Bilder zu sehen. Er penetrierte sie von hinten. Ein Vorhang verbarg die Hälfte seines Körpers. Seine Arme und Hände waren zum Teil sichtbar.

Die Bilder waren sehr unscharf. Sie schienen aus großer Entfernung und durch ein Fenster aufgenommen worden zu sein. Am Zeitstempel auf den Fotos fiel mir auf, dass die Bilder letzten Sommer gemacht worden waren. Damals hatte mein Vater noch gelebt. Nadine hatte also ihren Mann betrogen. Es wunderte mich nicht. Ich fragte mich nur, warum der unbekannte Fotograf diese Aufnahmen ausgerechnet mir geschickt hatte.

Der Stick war in Papier eingewickelt gewesen. Ich wollte es wegwerfen, als ich bemerkte, dass auf dem Zettel etwas geschrieben stand. Ein Wort in Großbuchstaben: ÖDIPUS. Dahinter ein Fragezeichen.

Es dauerte eine Weile, bis mir dämmerte, was dieses Wort in Zusammenhang mit den Bildern bedeuten sollte.

Der Absender hielt mich offensichtlich für Nadines Liebhaber.

Mir entkam ein Grinsen.

Ödipus? In meinem Fall war die Geschichte umgekehrt.

Derjenige, der mir diesen Stick geschickt hatte, wusste anscheinend nicht, dass ich in den letzten Jahren nicht in Wien war, daher konnte ich alle meine Bekannten als Absender ausschließen.

Ich sah mir die Fotos, auf denen von dem Mann ein bisschen mehr zu sehen war, noch einmal genauer an.

Er war groß und schlank. Sein Alter ließ sich aufgrund der verschwommenen Körperteile nicht einschätzen.

Es läutete an meiner Wohnungstür. Da ich keine Patienten mehr erwartete, konnte es nur Caroline sein.

Ich ließ sie herein, setzte mich mit ihr ins Wohnzimmer und machte uns Kaffee.

Als ich ihr von den Fotos erzählte, äußerte sie nicht zum ersten Mal den Verdacht, dass mein Vater keines natürlichen Todes gestorben war.

„Dein Herr Papa hatte keine Herzprobleme. Frau Amann und ich sind zwar keine Freundinnen, aber früher hielten wir öfters ein kleines Tratscherl am Gang. Sie wusste über alles und jeden im Hause Lang gut Bescheid."

„Wer sollte ihn umgebracht haben und wieso? Nadine hatte kein Motiv."

„Sag das nicht. Habgier ist eines der häufigsten Mordmotive."

„Schwachsinn. Das glaubst du wohl nicht im Ernst?"

Ich traute Nadine vieles zu, aber keinen Mord.

„Womöglich ging es gar nicht ums Geld? Vielleicht hat sie ihn sattgehabt und wollte ihn einfach loswerden? Wie man sieht, hat sie sich einen Liebhaber gehalten. Bei einer Scheidung wäre sie sicher schlecht ausgestiegen."

Litt auch meine Nachbarin unter Pseudologia phantastica? Für heute hatte ich genug von Fantasiegeschichten. Nachdem sie ihren Kaffee getrunken hatte, sagte ich, dass ich noch arbeiten müsse, und komplimentierte sie hinaus.

Mein Vater war an Herzversagen gestorben. Das wurde von Oswald, den Nadine herbeigerufen hatte, eindeutig festgestellt, und das stand auch am Totenschein, den ein Totenbeschauarzt ausgestellt hatte.

Ich musste in Ruhe nachdenken, zog Schuhe und Mantel an und verließ das Haus.

Obwohl ich mir nichts mehr wünschte, als mit Maya über diese Fotos und die unsinnige Anschuldigung, dass ich mit Nadine letzten Sommer ein Verhältnis gehabt haben sollte, zu reden, mied ich an diesem Abend die Blaue Bar. Ich befürchtete, sie würde mir nicht glauben. So gut kannte sie mich nicht und vor allem wusste sie nichts von meiner Verlobung mit Nadine. Schlafende Hunde sollte man besser nicht wecken.

Ziellos lief ich durch die Gassen des fünften Bezirks. Zuletzt landete ich vor einer schummrigen Bar in der Nähe vom Naschmarkt. „Take Five" von Dave Brubeck lockte mich hinein.

Mir gefiel die entspannte Atmosphäre. Ich kam mit zwei Studenten ins Gespräch. Sie waren große Fans von Joe Zawinul. Ich schwärmte von Miles Davis, hielt „So what" für eine der genialsten Nummern aller Zeiten.

Als auf einmal das Concierto de Aranjuez, interpretiert von Miles Davis, erklang, wurde ich sentimental und lud die Studenten auf eine zweite Runde ein.

Mein Telefon begann zu summen. Das Display warf fahles Licht in den schummrigen Raum.

Ein SMS von der unbekannten Nummer. „Wo bist du? Ich sehne mich nach dir."

Wer sehnte sich nach mir? Irritiert schaltete ich mein Handy aus.

Die gute Stimmung war verflogen. Da es mich noch nicht nach Hause zog, machte ich einen kleinen Umweg hinüber nach Mariahilf.

Einsame Straßenlaternen beschienen den feuchten Asphalt. Auf der riesigen U-Bahn-Baustelle tummelten sich die Ratten. Es war kalt und es nieselte.

Vor einem heruntergekommenen Lokal lungerten einige Raucher herum. Ich beschloss, mir einen Absacker zu gönnen.

Das Café Angelique war kein sauberes und schon gar kein gemütliches Lokal, aber es war gut besucht.

Die Atmosphäre behagte mir nicht. Als ich ein Bier bestellte, wurde ich von einigen Männern feindselig angestarrt.

Die meisten Gäste wirkten betrunken und aggressiv, jederzeit bereit loszuschlagen, wenn ein falsches Wort fiel. Am liebsten hätte ich sofort kehrtgemacht, doch der Wirt zapfte bereits das Bier für mich.

Als einer der Burschen mich anpöbelte und ein anderer mich lallend um einen Tschick anschnorrte, legte ich einen Fünfer auf die Theke, ließ mein Seidl unberührt stehen und verließ das Lokal.

„Ja, verpiss dich, du schwule Sau", rief mir jemand nach.

TEIL III

12.

Keuchend kam sie die Treppe hoch. Ausgerechnet wenn der Lift nicht funktionierte, musste sie ihre Wohnungsschlüssel in der Ordination vergessen.

Sie hatte es erst bemerkt, als sie, bepackt mit Einkäufen, vor ihrer verschlossenen Haustür im zwölften Bezirk stand. Also musste sie wieder zurück in den ersten.

Der Doktor hatte die Ordination vor ihr verlassen. Doch sie hätte es ohnehin nicht gewagt, ihn zu bitten, ihr die Schlüssel vorbeizubringen.

Der Kater der verrückten Nachbarin miaute so laut, dass sie es draußen im Stiegenhaus hörte. Bestimmt hatte die Alte beim Fernsehen ihre Kopfhörer auf und bekam nichts mit.

Dieses ungezogene Tier war ihr seit langem ein Dorn im Auge. Nicht nur einmal hatte sie es dabei erwischt, wie es die flauschige Fußmatte der Praxis als Katzenklo benützte.

Die Tür war nicht zugesperrt. Hatte sie vergessen abzuschließen? Das war ihr in all den Jahren, die sie für die Langs arbeitete, noch nie passiert. Ihr fiel sofort auf, dass das Schloss leicht beschädigt war. Es sah aus, als wäre die alte Tür aufgedrückt worden.

Kopfschüttelnd trat sie ein und rief: „Herr Doktor, sind Sie da?"

Stille.

Der Vorraum sah so aus, wie sie ihn vor zwei Stunden verlassen hatte. War Doktor Lang inzwischen zurückgekommen und hatte selbst die Tür beschädigt? Im Gegensatz zu ihr vergaß er öfter, seine Schlüssel mitzunehmen. Er war ein Traummännlein, wirkte die meiste Zeit leicht abwesend. Ganz anders als sein Vater, der mit beiden Beinen fest im Leben gestanden war. Während sie weiter

Vater und Sohn miteinander verglich, öffnete sie die Tür zur Ordination.

Sie erschrak. Was für eine Unordnung! Sie hatte ihren Arbeitsplatz wie immer ordentlich aufgeräumt hinterlassen.

Während sie entsetzt auf das Chaos starrte, spürte sie plötzlich einen warmen Hauch in ihrem Nacken.

Ehe sie sich noch umdrehen konnte, traf sie ein harter Schlag zwischen den Schulterblättern. Sie rang nach Luft, geriet ins Taumeln, versuchte sich am Türrahmen festzuhalten.

Ein zweiter wuchtiger Schlag landete auf ihrem Hinterkopf.

Sie krachte mit der Stirn auf die scharfe Kante des Metallschränkchens. Ihre Brille zerbrach. Blut schoss aus ihrem Mund. Sie rutschte zu Boden und rührte sich nicht mehr.

13.

Als ich gegen dreiundzwanzig Uhr nach Hause kam, stand ein Polizeiauto vor meiner Haustür.

Ein uniformierter Polizist und zwei Männer in Zivil empfingen mich vor meiner Wohnung. Die Tür zu Carolines Wohnung stand sperrangelweit offen.

Ich erstarrte, befürchtete, ihr wäre etwas passiert.

„Was ist mit ihr?", schrie ich einen der Männer in Zivil an.

„Sind Sie Doktor Lang?"

Ich nickte.

„Oberinspektor Wanneck", stellte er sich vor und musterte mich von oben bis unten. Was er sah, schien ihm nicht zu gefallen.

„Können Sie sich ausweisen?", fuhr er mich an.

Obwohl mir sein Ton missfiel, wollte ich mich lieber nicht mit ihm anlegen. Sein zugeknöpftes Sakko drohte unter der Spannung seiner Muskulatur zu platzen.

Ich fühlte mich wie gelähmt. War Caroline zusammengebrochen oder gar tot?

„Na, was ist?", fragte er ungeduldig.

„Ja, einen Moment bitte."

Hektisch kramte ich in meiner Brieftasche. Da ich keinen Personalausweis dabeihatte, reichte ich ihm meinen Führerschein.

Er betrachtete lange das alte Foto.

„Warum haben Sie Ihr Handy ausgeschalten? Wir konnten Sie nicht erreichen. Bei Ihnen ist eingebrochen worden. Die Frau, die den Einbruch bemerkt haben dürfte und in der Ordination nach dem Rechten sah, wurde brutal niedergeschlagen. Sie ist schwer verletzt, schwebt in Lebensgefahr."

„Um Gottes willen!" Mir schossen Tränen in die Augen.

Caroline, oh nein! Meine Knie wurden weich. Ich drohte umzukippen.

„Lassen Sie mich sofort los!", vernahm ich die schrille Stimme der vermeintlichen Schwerverletzten.

Sie wand sich aus dem Griff eines Uniformierten, stürzte sich auf mich, schlang ihre Arme um meine Mitte und schluchzte: „Arturo! Bin ich froh, dass du endlich da bist. Die arme Frau Amann ..."

„Zurück", fuhr der Uniformierte sie an.

Caroline bedachte ihn mit einem verächtlichen Blick.

„Wo warst du? Die Polizei hat dich überall gesucht."

„Jetzt ist Schluss, Frau Černý! Die Einzigen, die hier Fragen stellen, sind wir", sagte der Beamte, der vorhin nach meinen Papieren gefragt hatte.

„Frau Kammerschauspielerin Čećnik, wenn ich bitten darf", behielt Caroline das letzte Wort.

Der andere Zivile notierte nun meine Personalien.

„Und wo waren Sie heute Abend?", wiederholte der Oberinspektor Carolines Frage.

„Benötige ich ein Alibi? Ich fürchte, damit kann ich nicht dienen. Ich war nach der Arbeit in der Stadt spazieren und anschließend in irgendwelchen Bars. Es ist fraglich, ob sich dort jemand an mich erinnert. Eventuell einer der Studenten, mit denen ich mich unterhalten habe ..."

„Die Namen der Lokale!"

„Keine Ahnung. Irgendwo in Margareten, in der Gegend vom Naschmarkt."

„Bei den Schwulen", hörte ich den anderen Beamten lästern.

Ich war mit den Nerven am Ende und musste mich sehr beherrschen, um ihm keine zu verpassen.

„Wie soll er sich jetzt an Namen erinnern? Der Mann steht unter Schock. Merken Sie das nicht?", fuhr ihn Caroline an.

„Halten Sie sich bitte raus!"

„Ich habe den Herrn von der Polizei gesagt, dass du höchstwahrscheinlich in der Blauen Bar anzutreffen bist", fuhr Caroline unbeirrt fort.

„Ich war nicht dort."

„Aber wir. Die Barfrau hat ausgesagt, dass Sie sich den ganzen Abend lang nicht blicken haben lassen", sagte der Oberinspektor.

Hoffentlich hatten sie Maya nicht zu sehr erschreckt. Womöglich hatte sie gedacht, die Bullen kämen wegen Jonas.

Frau Amann war bereits weggebracht worden. Auch das Team von der Spurensicherung schien seine Arbeit beendet zu haben.

Man nahm mir die Fingerabdrücke ab. Das Prozedere fand im Stiegenhaus statt. Neugierige Hausbewohner verfolgten das Spektakel vom oberen Stockwerk aus.

Meine Wohnungstür, die nicht stark beschädigt war, wurde versiegelt.

Einer der Beamten schärfte mir ein, den Tatort nicht zu betreten.

„Ich hoffe, Sie haben nicht vor, in nächster Zeit die Stadt zu verlassen", sagte der Oberinspektor. „Kommen Sie morgen aufs Kommissariat. Dort werden wir Ihre Aussage zu Protokoll nehmen."

Als sich die Polizisten endlich verabschiedeten, rief Caroline den interessierten Zuschauern von oben zu: „Ende der Vorstellung! Hier gibt's nichts mehr zu sehen."

Sie packte mich am Ärmel meiner Jacke und zerrte mich in ihre Wohnung.

Ich ließ mich auf ihrer Couch nieder und schloss die Augen.

Das durfte alles nicht wahr sein. Warum sollte jemand bei mir einbrechen? Ich bewahrte kaum Bargeld zuhause auf und auch keine besonderen Wertsachen.

Vielleicht war es eine von diesen Jugendbanden, über die manchmal im Fernsehen berichtet wurde? Aber das waren keine Gewaltverbrecher, sondern kleine Diebe.

Frau Amann musste aus irgendeinem Grund zurückgekommen sein und die Einbrecher ertappt haben. Hatte sie um Hilfe geschrien? Selbst wenn sie geschrien hatte, warum mussten sie die arme Frau zusammenschlagen? Sie hätten sie anders zum Schweigen bringen können.

„Romeo hat keine Ruhe gegeben", unterbrach Caroline meine Überlegungen. „Ich dumme Kuh habe mit ihm geschimpft. Ich selbst habe nichts mitgekriegt. Habe die Kopfhörer aufgehabt. Als ich später auf den Gang hinausgeschaut habe, ist mir sofort die aufgehebelte Tür aufgefallen. Ich habe dich angerufen. Du bist nicht rangegangen."

Mein Handy war ausgeschalten gewesen. Ich bemerkte ihren Anruf erst jetzt, als ich es wieder einschaltete.

„Da sich draußen nichts gerührt hat, bin ich nach einer Weile mit Romeo nachsehen gegangen."

„Du bist echt verrückt! Stell dir vor, sie wären noch in der Wohnung gewesen."

„Waren sie nicht, sonst hätte Romeo Radau gemacht, aber er ist sofort in deine Ordi gehuscht. Und da ist sie gelegen mit weit aufgerissenem blutigem Mund und seltsam verrenkten Armen und Beinen. Eine hässliche Wunde entstellte ihre Stirn. Ich habe versucht ihren Puls zu fühlen, aber nichts gespürt. Deshalb habe ich sie zuerst für tot gehalten. Trotzdem habe ich die Rettung und danach die Polizei angerufen. Und die sind auch ziemlich schnell und fast gleichzeitig eingetroffen. Die Arme dürfte unglücklich gestürzt sein, meinte der Oberinspektor zuerst. Dann haben sie ein zweites Loch in ihrem Hinterkopf entdeckt und Blutspuren auf dem Lampenfuß deiner schönen Jugendstilleuchte. Aber sie war noch am Leben, als die Sanitäter sie abtransportiert haben."

„Gott sei Dank", seufzte ich.

„Es hat hier nur so gewimmelt von Bullen und Kriminaltechnikern", fuhr Caroline fort. „Von einem Raubüberfall war die Rede. Sie haben vermutet, dass es sich um mehrere Täter gehandelt haben muss."

„Die Polizei hat dich am Tatort herumschnüffeln lassen?"

„Die haben mich anfangs gar nicht bemerkt. Alte Frauen sind unsichtbar, wusstest du das nicht? Nein, sie haben mich eh bald rausgeschmissen. Ich habe Frau Amann Gesellschaft geleistet, bis die Rettungsleute und die Kriminalbeamten gekommen sind. Danach habe ich vor der Tür, die sich nicht mehr vollständig schließen ließ, gelauscht."

„Hast du mitgekriegt, ob mein Safe aufgebrochen wurde?" Mir war gerade ein verrückter Gedanke gekommen.

„Du hast einen Safe? Oh, là là! Keine Ahnung, sie haben sich gewundert, dass sie keinen Computer gefunden haben."

„Ich habe einen Laptop."

„Gehabt. Der scheint weg zu sein. Du wirst erst feststellen können, was alles fehlt, wenn du wieder in die Wohnung darfst. Heute Nacht schläfst du auf jeden Fall hier."

Sie bemerkte mein Zögern.

„Ich brauche einen Beschützer", sagte sie mit ernster Miene. Ihre ironisch funkelnden Augen straften sie der Lüge.

Da ich mich sowieso nicht mehr imstande fühlte, mir ein Hotelzimmer zu suchen, willigte ich ein, auf Carolines Wohnzimmercouch zu übernachten.

Von Schlafen konnte nicht die Rede sein. Sie hielt mich die halbe Nacht lang wach.

Ich konnte verstehen, dass sie der Einbruch sehr aufgeregt hatte, auch ich war vollkommen fertig. Wir teilten uns zwei Joints und stellten die absurdesten

Vermutungen an, wer hinter dem Einbruch stecken könnte. Seit ich wusste, dass mein Laptop gestohlen worden war, hatte ich vor allem Eugen von Mayerbach im Verdacht. Sein Interesse an meinen Aufzeichnungen über die Sitzungen mit seiner Frau war sicherlich groß. Bestimmt plagte ihn die Ungewissheit, worüber sie mit mir gesprochen hatte.

„Willst du nicht über meinen Klopfbalkon hinüber in deine Wohnung klettern? Dein Schlafzimmerfenster ist doch immer gekippt. Das kriegst du von außen auf, du hast schmale Hände ...", sagte Caroline.

„Sonst noch irgendwelche verrückten Ideen?", unterbrach ich sie.

„Bist du gar nicht neugierig, was alles fehlt?"

Später führte ich es auf meinen benebelten Zustand zurück, dass ich schließlich ihrem Vorschlag Folge leistete und mich in den frühen Morgenstunden über das Geländer ihres Balkons schwang, um in mein eigenes Schlafzimmer einzusteigen.

Der oder die Einbrecher schienen nicht weit gekommen zu sein oder sie hatten tatsächlich nur Interesse an der Ordination gehabt. Alle anderen Räume wirkten so, wie ich sie am Abend verlassen hatte.

Als ich Licht in der Praxis anmachte, fiel mein Blick zuerst auf die dunklen Flecken am Teppich.

Frau Amanns Blut.

Mir drehte sich der Magen um. Ich befürchtete, mich übergeben zu müssen. Atmete mehrmals tief durch und durchsuchte dann hastig meinen Schreibtisch, den Aktenschrank und die Kommode.

Die goldene Rolex meines Vaters war weg. Ich hatte sie hinten in der obersten Schublade aufbewahrt. Es wunderte mich, dass Nadine sie nach seinem Tod nicht an sich genommen hatte. Fast war ich erleichtert, sie los zu sein. Ich hätte sie sowieso niemals getragen. Sie war zu protzig für meinen Geschmack.

Die Uhr war ein Vermögen wert, vernahm ich die empörte Stimme meines Vaters.

Ich ignorierte seine Worte.

Auch meine eigene Uhr, eine etwas dezentere Breitling, und mein Montblanc-Kugelschreiber, die immer nebeneinander am Schreibtisch gelegen hatten, waren verschwunden. Das Bargeld aus der unverschlossenen Schreibtischlade hatten die Einbrecher ebenfalls mitgehen lassen. Da meine Patienten nach den Sitzungen bar bezahlten, lag in der Schreibtischlade immer Wechselgeld. Sonst fehlte nichts. Auch der Safe in meinem Schlafzimmer wirkte unversehrt. Meine handschriftlichen Aufzeichnungen waren also nicht angetastet worden.

Die Jugendstilleuchte hatte die Polizei mitgenommen, da es sich dabei um die vermeintliche Tatwaffe handelte.

Zuletzt warf ich einen Blick in mein Arzneischränkchen.

Normalerweise befanden sich die üblichen Medikamente gegen Erkältungskrankheiten, Kopfschmerzen oder Darmverstimmungen darin. Außerdem einige harmlose CBD-Tropfen und -Öle und, nicht zu vergessen, ein kleiner Vorrat an Xanor.

Der Arzneischrank war leer.

Sogleich schoss ein schlimmer Verdacht durch meinen Kopf. Jonas oder Charlie oder beide gemeinsam?

Zurück in Carolines Wohnzimmer konnte ich leider nicht den Mund halten und teilte ihr meine Überlegungen mit.

„Alle Kiffer sind Diebe und Schwerverbrecher, ich weiß. Du klingst wie ein verdammter Spießer!"

Ich bemühte mich, sie zu beschwichtigen. Sie schimpfte weiter. Erst als ich beteuerte, Jonas nicht ernsthaft zu verdächtigen, gab sie Ruhe.

Ich beschwor sie, in Zukunft keine Fremden mehr ins Haus zu lassen. Sie pflegte immer aufzumachen, wenn jemand an der Haustür läutete.

Ihre Antwort hörte ich nicht mehr, da ich im Sitzen eingeschlafen war.

14.

Caroline bot mir an, solange es nötig war, auf ihrer Wohnzimmercouch zu übernachten. Da sie nie vor drei, vier Uhr morgens zu Bett ging, hielt ich das für keine gute Idee.

Ich beschloss, in ein Hotel zu ziehen. Doch ich konnte nicht so überstürzt weg, musste zuerst meine Patienten anrufen. Ohne eine Erklärung abzugeben, sagte ich für die nächsten beiden Tage alle Sitzungen ab.

Erst danach meldete ich mich bei der Polizei.

Gegen Mittag schaute ich im Kommissariat vorbei. Eine junge Beamtin nahm meine Aussage zu Protokoll. Inzwischen waren mir die Namen von zwei Lokalen, in denen ich gewesen war, eingefallen. Das schien vorerst zu genügen. Sie ließen mich gehen, ohne mir weitere Fragen zu stellen.

Auf dem Weg zum Hotel Bristol besorgte ich mir Zahnbürste und Zahnpasta in einem Drogeriemarkt. In einem Wäschemodengeschäft auf der Kärntnerstraße erstand ich neue Unterwäsche und zwei Paar Socken. Meine Jeans und das Jackett konnte ich noch länger tragen, aber ich brauchte dringend ein frisches Hemd und ein T-Shirt. Da ich keine Lust hatte, ein zweites Mal über Carolines Klopfbalkon in meine Wohnung zu klettern, stattete ich noch einem Denim-Shop einen Besuch ab.

Nachdem ich die Einkäufe erfolgreich erledigt hatte, stärkte ich mich mit einem Großen Braunen in einem der Straßencafés am Graben.

Das Leben ging weiter wie immer. Die üblichen Touristenmassen schoben sich durch die Innenstadt. Wohlhabende Damen, bepackt mit Einkaufstaschen, auf denen die Labels diverser Nobelboutiquen in Großbuchstaben prangten, eilten von einem Geschäft zum anderen. Junge Männer in zu engen Anzügen quasselten mit Stöpsel im Ohr vor sich hin. Man hatte den Eindruck, sie führten Selbstgespräche. Die Straßenmusiker konnten sich nur mit Mühe Gehör schaffen. Bei all dem Trubel gelang es mir, für ein paar Minuten Frau Amann zu vergessen.

Im Bristol bekam ich ein Zimmer mit Blick auf die Ringstraße.

Es war einer dieser grauen Tage, weder Wolken noch Regen, nur ein langweiliger schmutziger Schleier, der über der Stadt hing.

Ich entschloss mich zu einer heißen Dusche. Der harte Wasserstrahl spülte all den Schrecken und die Gewalt der letzten Stunden in den Ausguss.

Danach setzte ich mich ans Fenster und überlegte, was ich als Nächstes unternehmen sollte.

Seit gestern Nacht quälte mich die Vorstellung, dass der Einbruch mit meiner Arbeit zusammenhing. Mein alter Laptop war nicht mehr viel wert. Dass ihn die Diebe mitgenommen hatten, wunderte mich. Meiner Meinung nach gab es nur einen Menschen, der Interesse an meinen Aufzeichnungen haben konnte.

Ich rief Oswald an und berichtete ihm von dem Einbruch und dem Angriff auf Frau Amann. Ehe er reagieren konnte, erzählte ich ihm von meinem Verdacht, dass Anna Marias Mann dahinterstecken könnte.

„Wie kommst du auf diese komische Idee?"

„Er ist krankhaft eifersüchtig und hat auch befürchten müssen, dass Anna Maria mir intime Einblicke in ihr Eheleben gewährt hat."

„Na und?"

„Ein von Mayerbach riskiert nicht, wegen Einbruchs verhaftet zu werden, weil seine Frau sich über ihn bei ihrem Psychoanalytiker beklagt hat."

„Aber wenn dabei eine schwerwiegende Sache zur Sprache gekommen ist, sagen wir, ein Verbrechen?"

„Welches Verbrechen?"

„Hör auf, mich mit Fragen zu löchern, die ich nicht beantworten darf. Der Einbrecher hat jedenfalls meinen Laptop mitgenommen. Darauf befinden sich alle Patientendaten und einige abgetippte Protokolle. Auch meine Uhr und die Rolex meines Vaters sind weg. Das Kokoschka-Bild, das viel wertvoller ist als die Uhren, hat er hängen lassen."

„Ein stinknormaler Dieb kann mit Kunst nichts anfangen. Der hat keine Ahnung, was so ein alter Schinken wert ist."

„Vielleicht sollte es nur nach einem gewöhnlichen Einbruch aussehen ..."

„Hör auf Detektiv zu spielen! Überlass den Fall der Polizei. Dafür werden sie schließlich bezahlt."

Ich hatte nicht vor, ihm zu erzählen, dass ich sehr wohl plante, mich einzumischen. Der Mann, der Frau Amann zusammengeschlagen hatte, durfte nicht ungestraft davonkommen.

Als Oswald mich einlud, die nächsten Tage in seinem Haus zu verbringen, lehnte ich dankend ab.

„Ich habe mir ein Zimmer im Bristol genommen. Ich muss allein sein, brauche Zeit zum Nachdenken."

„Sollen wir uns abends treffen?"

„Ich weiß nicht so recht."

„Komm schon, du wirst ein richtiger Eigenbrötler. Wozu hat man Freunde? Ich bin um halb acht bei dir unten in der Hotelbar, okay?"

Er legte auf, ehe ich etwas erwidern konnte.

Ich rief im AKH an, erkundigte mich nach Frau Amann. Zuerst wollte man mir keine Auskunft geben. Erst als ich sagte, dass sie meine Ordinationshilfe sei, wurde ich mit einem Intensivmediziner verbunden. Der Kollege war kurz angebunden, teilte mir mit, dass sie ein Schädel-Hirn-Trauma erlitten hatte und in ein künstliches Koma versetzt worden war. Bevor ich nach seiner Prognose fragen konnte, legte er auf.

Frau Amanns Zustand löste Erinnerungen an den Tod meines Vaters aus. Unwillkürlich musste ich an Carolines Worte, dass er keines natürlichen Todes gestorben sei, denken.

Ich begab mich im Internet auf die Suche nach einem Freund meines Vaters.

Als ich nach dem Begräbnis die Papiere meines Vaters durchgesehen und zum Teil vernichtet hatte, war mir ein nicht eingelöstes Rezept aufgefallen, das von diesem Freund ausgestellt worden war.

Prof. Dr. Meier befand sich bereits im Ruhestand, empfing in seiner privaten Ordination aber wohl noch gelegentlich Patienten.

Mein Vater hatte unzählige Freunde. Er war sehr leutselig und kommunikativ, hatte mit jedem in seiner

Sprache reden können. Die Leute mochten ihn. Er war ein typisches Wirtshauskind. Immer freundlich und zuvorkommend. Nur zuhause spielte er den strengen Patriarchen. In Gesellschaft konnte er witzig und charmant sein.

Zu Dr. Meier, diesem ehemaligen Primar der Internen, hatte er ein besonders gutes Verhältnis gehabt. Sie kannten sich seit ihrer gemeinsamen Studienzeit, waren Jugendfreunde, so wie Oswald und ich.

Beim Begräbnis hatte ich den alten Herrn gesehen, aber nicht angesprochen.

Professor Meier schien erfreut, dass ich mich meldete, und erklärte sich sofort bereit mich zu treffen. Wir verabredeten uns für denselben Tag im Café Frauenhuber in der Himmelpfortgasse.

Am späteren Nachmittag brach ich auf. Diese Tageszeit mochte ich am liebsten. Inmitten der von der Arbeit nach Hause eilenden Menschen anonym und ziellos herumzuspazieren, vermittelte mir ein Gefühl von Freiheit und Unabhängigkeit. Der Trubel, die Hektik und der Lärm störten mich nicht, im Gegenteil, sie ließen mich meine Ängste und Sorgen für eine Weile vergessen.

**

Prof. Dr. Meier traf zur gleichen Zeit wie ich im Café Frauenhuber ein.

Er schien Stammgast zu sein, wurde von den Kellnern ausgesucht zuvorkommend behandelt.

Ich erinnerte mich daran, dass dieses schöne alte Kaffeehaus gerne von Freimaurern besucht wurde. Mein Vater war früher ebenfalls oft hier gewesen.

Als ich seine Sachen ausmistete, waren mir ein paar Freimaurerutensilien aufgefallen. Ich gab sie in eine

Schachtel mit all den Urkunden und Auszeichnungen, die er im Laufe seines Lebens angesammelt hatte, und brachte sie in den Keller.

Wir tauschten ein paar Höflichkeiten aus, dann erzählte mir der Professor die Geschichte des Kaffeehauses. Ich hatte nicht gewusst, dass es im Mittelalter an diesem Ort eine Badestube gab. Auch, dass Mozart und Beethoven höchstpersönlich hier zu Tafelmusik luden, war mir neu.

Der alte Herr kam vom Hundertsten ins Tausendste. Vermutlich hatte er zuhause niemanden mehr zum Reden. Ich hörte ihm eine Weile zu, unterbrach ihn schließlich und fragte, wann er meinen Vater zuletzt gesehen habe.

„Das war einige Wochen vor seinem Tod", sagte er.

„Hat er Sie wegen gesundheitlicher Probleme konsultiert?"

Dr. Meier zierte sich, wollte zuerst nicht mit der Sprache herausrücken, berief sich auf die ärztliche Schweigepflicht.

Ich verlor die Geduld mit ihm und sagte eine Spur lauter: „Das ist lächerlich. Warum sagen Sie mir nicht einfach die Wahrheit?"

Benimm dich, Arthur. Wo bleiben deine guten Manieren?, vernahm ich sogleich die Stimme meines Vaters.

Der alte Mann war bei meinen Worten leicht zusammengezuckt. Seine Lippen begannen zu zittern. Er blickte mich ängstlich an.

Ich bereute meinen harschen Ton.

Er hatte sich rasch wieder im Griff und bestätigte Carolines Worte, dass mein Vater gut beisammen gewesen war.

„Sein Blutdruck und seine Blutfettwerte waren halbwegs in Ordnung. Das EKG war ebenfalls unauffällig, wenn ich mich richtig erinnere. Da er leicht erhöhte Blutzuckerwerte hatte, habe ich ihm Metformin verschrieben. Das hat sich bei Diabetes mellitus Typ 2 bestens bewährt. Ob er es genommen hat, weiß ich nicht. Er hat auf alle Fälle gemeint, dass er in Zukunft beim Essen besser aufpassen werde."

Ich erinnerte mich, dass mein Vater Süßem nicht widerstehen konnte. In Restaurants bestellte er manchmal nur eine Vorspeise und ein Dessert.

„Robert war überdurchschnittlich fit für sein Alter, er hat sogar regelmäßig Tennis gespielt. Ich habe schon vor Jahren damit aufhören müssen. Nach meinem kleinen Schlaganfall war ich froh, noch gehen zu können ..."

Ich hörte ihm nicht mehr ordentlich zu, da ich an Oswalds Behauptung, dass mein Vater unter Herzinsuffizienz gelitten hatte, denken musste.

Das passte nicht mit dem zusammen, was mir Dr. Meier gerade erzählt hatte. Einem plötzlich aufkommenden Verdacht folgend, fragte ich: „Er brauchte also noch kein Insulin?"

„Soviel ich weiß, nein. Es kann allerdings sein, dass er seinen Hausarzt mit der weiteren Behandlung betraut hat. Ich praktiziere ja eigentlich nicht mehr. Aber ich kann mir denken, worauf Sie mit dieser Frage hinauswollen. Bei so einem unerwarteten Tod sucht man immer nach Antworten. Soviel ich weiß, wurde jedoch bereits geklärt, dass Ihr Vater nicht an einer Überdosis Insulin, sondern an Herzversagen gestorben ist?" Es klang wie eine Frage.

„Es gab keine Obduktion."

„Wollen Sie damit andeuten, dass Sie Zweifel an der Todesursache hegen?"

Ich zögerte, schüttelte leicht den Kopf.

Er sah mich forschend an.

„Wenn Sie Hilfe benötigen sollten, wenden Sie sich ruhig an uns. Wir haben, gleich, als wir von seinem Ableben erfuhren, auch Frau Doktor Lang unsere Hilfe angeboten."

Es dauerte ein paar Sekunden, bis ich kapierte, dass er mit „wir" die Freimaurer meinte.

„Ich suche einen Anwalt", sagte ich in dunkler Vorahnung, dass mir die Angelegenheit mit Anna Maria noch zum Verhängnis werden könnte. „Können Sie mir jemanden empfehlen?"

„Nichts einfacher als das. Wir haben unzählige Anwälte in unserer Gemeinschaft." Er tippte eine Weile auf seinem Handy herum und nannte mir dann den Namen und die Telefonnummer eines Anwalts.

„Berufen Sie sich ruhig auf mich und erwähnen Sie, dass Sie der Sohn von Primarius Lang sind. Er hat Robert gekannt. Die beiden haben miteinander Golf gespielt."

Typisch Österreich, dachte ich. In diesem Land läuft eben alles über Beziehungen.

Zuletzt fragte er mich, ob ich nicht der Bruderschaft beitreten wolle. Er bot sich an, meine Bewerbung zu unterstützen.

„Wir haben Nachwuchsprobleme", meinte er.

Mein verblüffter Gesichtsausdruck entlockte ihm ein Lächeln. „Keine Angst, wir sind kein gefährlicher Geheimbund und auch keine mysteriöse Sekte."

Ich verabschiedete mich überhastet und ohne mich bei ihm zu bedanken.

Du benimmst dich wie ein Flegel, schimpfte meine innere Stimme, als ich das Café im Laufschritt verließ.

Wien zeigte sich wieder einmal von seiner unfreundlichen Seite. Selbst die Innenstadt kam mir im strömenden Regen hässlich vor.

15.

Oswald wartete auf mich in der Hotelbar.

„Du siehst fürchterlich aus. Was ist los?"

„Frau Amann hat ein schweres Schädel-Hirn-Trauma erlitten und liegt im Koma."

Er sah mich mitleidig an.

„Ich fühle mich mitverantwortlich. Wenn ich zuhause geblieben wäre, anstatt mich in der Stadt herumzutreiben, hätte es mich erwischt. Aber ich hätte mich gegen den Eindringling zur Wehr setzen können. Verstehst du?"

„Nein. So ein Quatsch! Das Ganze ist eine verdammte Scheiße!"

„Wahrscheinlich hat sie in der Ordi etwas vergessen. Ich mache mir ernsthaft Vorwürfe."

„Hör auf. Die Geschichte ist sehr bedauerlich. Die arme Frau war einfach zur falschen Zeit am falschen Ort", versuchte er mich zu beruhigen. „Ich habe sie nur flüchtig gekannt, habe sie kaum gesehen im Laufe der letzten Jahre. Ich war selten bei euch. Dein Vater hat keine Hausbesuche von mir erwartet. Er ist nur einmal im Jahr bei mir zur Vorsorgeuntersuchung erschienen. Sein letzter Termin war im vergangenen Sommer, wenn ich mich richtig erinnere."

„Er litt unter Altersdiabetes. War er auf Insulin eingestellt?"

„Nicht, dass ich wüsste. Wie kommst du darauf?" Er war sichtlich erstaunt.

„Ich hatte gerade ein Gespräch mit Dr. Meier, einem alten Kollegen von meinem Vater. Er hat ihm Metformin verschrieben."

„Das ist mir neu."

„Du hast gesagt, dass er unter Herzinsuffizienz litt. Hast du ein EKG von seiner letzten Konsultation? Ich möchte es mir gern ansehen."

„Hey, was ist denn mit dir los? Soll ich das als Misstrauen mir gegenüber deuten? Keine Ahnung, ob ich sein EKG noch gespeichert habe. Ich müsste nachsehen. Normalerweise löscht meine Assistentin die Daten der Patienten nach ihrem Ableben."

„Hast du damals Kammerflimmern festgestellt?"

„Ja. Und Nadine hat erzählt, dass er in letzter Zeit öfters über Brustschmerzen, Schwindel und Atemnot geklagt hat. Sie hat ihm geraten, sich auf einer Kardiologie durchchecken zu lassen. Aber er hat sich geweigert, ins Spital zu gehen. Du weißt ja, wie er war. Er hat unheimlich stur sein können. Ärzte sind eben die schlimmsten Patienten, gefolgt von Polizisten und Lehrern", versuchte er zu scherzen.

Die widersprüchlichen Aussagen über den Gesundheitszustand meines Vaters verwirrten mich.

Oswald erschien mir glaubwürdiger als der alte Herr. Möglicherweise war Dr. Meier nach seinem Schlaganfall nicht mehr ganz auf der Höhe. Er hatte einen ziemlich tattrigen Eindruck auf mich gemacht. Ich beschloss, noch einmal mit Nadine über den Tod meines Vaters zu reden. Zwar hatte sie nur sehr kurz als Ärztin gearbeitet, aber immerhin hatte sie fertig studiert. Irgendetwas musste ja hängen geblieben sein.

„Ist Nadine auch deine Patientin?"

„Ja, sie sucht mich ebenfalls manchmal in meiner Ordi auf."

„Das sollte ich vielleicht auch tun."

„Wieso? Hast du gesundheitliche Probleme?"

„Nein, körperlich bin ich fit. Aber ich schlafe schlecht. Das scheint eine echte Volkskrankheit zu sein. Fast alle meine Patienten klagen über Schlafprobleme."

„Wegen der leidigen Geschichte mit Anna Maria? Vergiss es!"

„Nein. Ich habe seit Monaten, im Grunde seit ich zurück in Wien bin, Probleme sowohl beim Einschlafen als auch mit dem Durchschlafen. In der Nacht wache ich regelmäßig auf und wälze mich ewig lange herum."

„Warum nimmst du nichts? Ich kann dir jedes Mittel der Welt besorgen."

„Das kann ich auch selber."

„Ich schwöre zum Beispiel auf Zolpidem."

„Zu hoher Suchtfaktor. Nein, danke. Ich will damit gar nicht erst anfangen. Lieber rauche ich wieder regelmäßig einen Joint."

„Oder lieber gleich ein Opium-Pfeifchen", witzelte er.

Ich lachte nicht mit, sondern sprach ihn auf seine Nebengeschäfte mit Botox und Quernac an.

„Wer hat dir davon erzählt? Anna Maria?"

Ich hütete mich, ihm zu verraten, dass ich diese Informationen unter anderem von Stefanie hatte.

„Ist doch egal, von wem ich das habe."

„Borderlinern darfst du nicht alles glauben. Natürlich bemühe ich mich, meine anspruchsvollen Patienten in jeder Hinsicht zufriedenzustellen. In letzter Zeit habe ich mich eher auf Schmerztherapie verlegt. Du kannst dir nicht vorstellen, wie ungeheuer groß der Bedarf an Schmerzmitteln geworden ist."

„Verschreibst du den Leuten auch opioide Analgetika?"

„Wenn nötig, ja. Warum nicht?"

„Wegen der großen Suchtgefahr?"

„Die besteht auch bei anderen Medikamenten."

Oswald spielte mir gegenüber gerne den Lehrmeister, obwohl er nur ein gutes halbes Jahr älter war als ich.

Da ich mich vor Kurzem über den Opioid-Markt schlaugemacht hatte, hielt ich diesem Besserwisser nun einen kleinen Vortrag über die Opioidkrise in den USA.

„Ich habe gelesen, dass dort Hunderttausende an den Folgen einer Opioid-Überdosis gestorben sind. 2021 sind einige Apothekenketten zu Strafzahlungen von 650 Millionen Dollar verurteilt worden. Und ein Jahr darauf haben die Indigenen fast eine Milliarde Doller als Entschädigung zugesprochen bekommen!"

„Das hat das Herz meines alten Indianerfreundes höherschlagen lassen", versuchte er wieder witzig zu sein.

Ich ignorierte seine doofe Bemerkung.

„Die Indigenen waren halt am stärksten betroffen. Während der Corona-Pandemie hat in den USA eine richtige Opioid-Epidemie geherrscht. Sechs Milliarden Dollar sind zur Bekämpfung dieser Epidemie eingesetzt worden."

„Ja, davon habe ich auch gehört", unterbrach er mich ungeduldig.

„Aber im Internet existieren auch noch jetzt unzählige kriminelle Pillen-Portale. Der Handel und Missbrauch von verschreibungspflichtigen Medikamenten blüht und gedeiht. OxyContin und illegal hergestelltes Fentanyl, vorwiegend aus chinesischen Labors stammend, finden reißenden Absatz."

„Das ist bei uns nicht anders. Die schmerzstillende Wirkung von Fentanyl ist eben hundertmal stärker als die von Morphin", warf Oswald ein. „Auch in Österreich gibt es zahlreiche Todesfälle. Die Süchtigen kochen diese Fentanyl-Pflaster aus und spritzen sich den Sud. Einem meiner Patienten habe ich Fentanyl-Pflaster gegen seine Rückenschmerzen verschrieben. Er hat sie falsch aufgeklebt, konnte die Dosis nicht abschätzen und wäre fast draufgegangen. Bin ich daran schuld? Nein, ich habe ihm die Anwendung ordnungsgemäß erklärt. Ich sehe das Problem nicht darin, dass wir diese Medikamente verschreiben, sondern bei den Patienten. Eine gewisse Eigenverantwortung kann man wohl erwarten."

„Ich denke, hier wäre eine strengere Überwachung angebracht. Auf alle Fälle wird in keinem anderen Land mehr Morphin verschrieben und konsumiert als in Österreich."

„Im Betäuben waren wir immer schon Weltmeister ..."

„Angeblich konsumieren unsere Landsleute mehr als 1,8 Tonnen Morphium im Jahr", unterbrach ich ihn.

„Wusste gar nicht, dass wir so viele Süchtler haben. Denn eingesetzt wird es nicht nur als Schmerzmittel, sondern auch als Substitut in der Drogentherapie."

„Danke für die Aufklärung. Ich habe in Berlin jahrelang mit Junkies gearbeitet."

Ich lächelte ihn ironisch an.

„Andererseits sind in Österreich auch viele Ärzte richtig morphinophob", wandte Oswald ein. „Sie fürchten verklagt zu werden, wenn sie ..."

„Komm, Ossi, dieses Gespräch führt zu nichts. Wir sind eben unterschiedlicher Meinung, was den Einsatz von Opioiden betrifft. Ich bin k. o. Heute werde ich kein Schlafmittel brauchen", schlug ich ebenfalls einen eher scherzhaften Ton an.

16.

Es war spät geworden. Nachdem Oswald gegangen war, begab ich mich auf mein Zimmer, holte mir ein kleines Fläschchen Rotwein aus der Minibar, schenkte mir ein Glas ein und streckte mich angezogen auf meinem Queen-Size-Bett aus.

Oswald erinnerte mich in letzter Zeit öfter an meinen Vater. Die beiden waren sich in so mancher Hinsicht ähnlich. Ärmliche kleinbürgerliche Herkunft, erzkonservatives, katholisches Elternhaus. Mein Großvater väterlicherseits hatte ein Wirtshaus in Niederösterreich und war ein strammer Rechter.

Sowohl mein Vater als auch Oswald strebten nach Höherem und schafften auch tatsächlich den gesellschaftlichen Aufstieg. Beide waren krankhaft ehrgeizig. Gewalttätig hatte ich Oswald jedoch noch nie erlebt. Meinen Vater leider viel zu oft.

Meine Mutter hingegen war großbürgerlicher Herkunft. Das Geld hatte sie mit in die Ehe gebracht. Nach dem Tod ihrer Eltern hatte sie zudem ein beträchtliches Vermögen geerbt. Sie stammte aus einer Wiener Ärztedynastie und war eine verwöhnte höhere Tochter mit geringer Frustrationstoleranz. Als sie erfuhr, dass ihr Mann sie betrog, sah sie wahrscheinlich keinen anderen Ausweg, als ihn mit Selbstmord zu bestrafen.

Nach ihrer Hochzeit brach sie ihr Musikstudium ab. Ihr Traum von einer Karriere als Konzertpianistin war ausgeträumt. Fortan konzentrierte sich ihr Ehrgeiz auf mich. Sie träumte davon, mich als Pianist oder Dirigent auf den großen Bühnen der Welt zu sehen. Leider war ich weniger begabt und weniger diszipliniert als sie. Und Fleiß zählte sowieso nicht zu meinen Stärken.

Meine Mutter war eine sehr unglückliche Frau. Auch die Mutterschaft war nicht ihres. Als ich klein war, gab es verschiedene Kindermädchen. Später kümmerten sich unsere ständig wechselnden Haushälterinnen um mich.

Ich galt als extrem verschlossener Junge, war schweigsam, introvertiert, hing aber sehr an meiner Mutter. Sie war jedoch unerreichbar für mich.

Vielleicht weil sie mir ihre Liebe nicht zeigen konnte oder nicht fähig war, jemand anderen als sich selbst zu lieben, wie mein Vater behauptet hatte? Er diagnostizierte ihr eine schwere narzisstische Persönlichkeitsstörung, obwohl er null Ahnung von psychischen Krankheiten hatte.

Der Rotwein schmeckte mir nicht. Ich leerte den Rest der Flasche ins WC, duschte ausgiebig und kroch nackt unter die Decke. An einen Pyjama hatte ich bei meiner Shopping-Tour leider nicht gedacht.

Obwohl ich sehr müde war, konnte ich nicht einschlafen. Mir schwirrte der Kopf. Der Einbruch, die schwer verletzte Frau Amann und zuletzt noch die unerfreuliche Diskussion mit Oswald. Am liebsten hätte ich mich wieder angezogen und wäre zu einem Streifzug durch die nächtliche Einsamkeit aufgebrochen.

Maya spukte mir ebenfalls im Kopf herum. Ich malte mir aus, dass sie jetzt, ebenfalls nackt, neben mir lag und ich jede Stelle ihres wundervollen Körpers streichelte und küsste.

Meine innere Stimme, die mich ermahnte, nicht in meine Traumwelt abzudriften, brachte mich in die Realität zurück.

Der Angriff auf Vaters Sprechstundenhilfe machte mir schwer zu schaffen. Ich verstand mich nicht sonderlich gut mit ihr. Sie ging mir mit ihrer ewigen Jammerei oft auf die Nerven. Auch der herrische Ton, den sie gegenüber meinen Patienten anschlug, missfiel mir. Nicht nur einmal bat ich sie, am Telefon freundlicher zu sein und den Leuten mit mehr Höflichkeit zu begegnen. Sie wagte es zwar nicht, mich offen zu kritisieren, doch ständig bekam ich zu hören: „Der Herr Primar hat das anders gehalten ... Der Herr Primar hätte so ein Benehmen nicht geduldet ..." Oft beklagte sie auch seinen Tod: „Dass der Herr Primar so früh hat sterben müssen ... Ihr Herr Vater war kerngesund ... Ich kann einfach nicht glauben, dass er herzkrank war, das hätte er mir gesagt."

Im Nachhinein urteilte ich milder über sie. Frau Amann hatte fünfunddreißig Jahre lang für meinen Vater gearbeitet und war ihm eben bis über seinen Tod hinaus treu ergeben. Nadine war ihr ein Dorn im Auge gewesen. Wenn sie von der Frau Doktor sprach, meinte sie meine Mutter, die im Gegensatz zu Nadine keine Ärztin war. Nadine nannte sie nie bei ihrem Namen, sondern bezeichnete sie als „diese Frau", was mich insgeheim amüsierte. Sie schimpfte zwar nicht über „diese Frau", aber ihren Bemerkungen war deutlich zu entnehmen, dass sie sie nicht leiden konnte.

Ich erkannte Frau Amann fast nicht, als sie zwei Wochen nach dem Begräbnis meines Vaters vor meiner Tür stand. Als ich vor fünfundzwanzig Jahren nach Berlin übersiedelte, war die Ordinationshilfe meines Vaters eine fesche Mittdreißigerin. Mittlerweile hatte sie stark zugenommen. Ihr hübsches Gesicht war aufgedunsen und von ungesunder Farbe. Außerdem trug sie eine hässliche Brille, die sie sehr streng aussehen ließ. Allerdings erkannte ich sie an ihrer tiefen, rauchigen Stimme, als sie fragte, ob ich die Ordination weiterführen werde und sie ihre Stelle behalten könne. Da ihr nur mehr zwei Jahre bis zur Pensionierung fehlten, fühlte ich mich verpflichtet, sie fünfzehn Stunden in der Woche zu beschäftigen.

Und jetzt lag sie im künstlichen Koma.

Ich beschloss, sie morgen im Spital zu besuchen.

17.

Die Türme des AKH ragten bedrohlich in den grauen Himmel. Wie lange war es her, dass ich dieses Monstrum von einem Krankenhaus zuletzt betreten hatte? Ich erinnerte mich vage an einige Vorlesungen über Tiefenpsychologie, die ich hier freiwillig besucht hatte.

Überraschenderweise fand ich mich zurecht, fuhr mit dem Lift in eines der oberen Stockwerke, in dem sich die Neurochirurgie befand, und ging forschen Schrittes Richtung Intensivstation.

Keiner nahm von mir Notiz. Auf den langen Gängen waren viele Leute unterwegs.

An der geschlossenen Tür der Intensivstation hing ein Schild mit der Aufschrift: „Zutritt verboten". Als ein Pfleger herauskam, huschte ich hinein. Auch er schenkte mir keinerlei Beachtung.

In dem großen Raum standen mehrere Betten, getrennt durch schwere Vorhänge. Nur das leise Surren diverser Monitore störte die unheimliche Stille.

Frau Amann lag im ersten Bett, nahe bei der Tür.

Ich hatte die Krankenschwester nicht bemerkt, die halbverdeckt hinter dem Infusionsständer und einem Tisch mit einem Monitor an ihrem Bett stand und an einer Schraube am Tropf drehte.

„Wie sind Sie hier hereingekommen?", fauchte sie mich leise an. „Auf der Intensivstation sind keine Besucher erlaubt!"

Ich nannte ihr meinen Namen, erklärte ihr, dass Frau Amann meine Ordinationshilfe sei.

Sie ließ mich nicht ausreden.

„Sie ist nicht ansprechbar. Wir haben sie in ein künstliches Koma versetzt."

Ich stand wie angewurzelt da, starrte auf die hilflose Frau und die vielen Schläuche, an denen ihr Leben hing.

„Gehen Sie endlich!", zischte die Schwester.

Zögernd kam ich ihrer Aufforderung nach.

Als ich die Klinik verließ, kreisten immer wieder dieselben Fragen in meinem Kopf herum. Wer hatte sie angegriffen und warum?

Ich konnte es nach wie vor nicht fassen. Frau Amann hatte keinem etwas getan. Warum wollte sie jemand umbringen? Weil sie zur falschen Zeit am falschen Ort gewesen war, wie mein Freund Oswald meinte?

Inzwischen glaubte ich selbst nicht mehr daran, dass Eugen von Mayerbach den Einbruch begangen hatte. Mein Verdacht richtete sich eher gegen Charlie und Jonas.

Ich war heute, ohne zu frühstücken, aufgebrochen. Mir knurrte der Magen.

In einem Beisl in der Nähe des AKH wurde ein günstiges Mittagsmenü angeboten. Die gerösteten Knödel mit Ei und grünem Blattsalat schmeckten hervorragend.

Nach dem Essen spazierte ich zu Fuß zurück zu meinem Hotel. Den Rest des Nachmittags verbrachte ich grübelnd im Bett.

Die letzten Tage – von Anna Marias Anschuldigungen bis zum Überfall auf Frau Amann – waren sehr kräfteraubend, doch das war nicht der einzige Grund für meine Niedergeschlagenheit. Der Stimmungswandel hatte schon früher eingesetzt.

Seit Wochen empfand ich jeden Morgen eine unglaubliche Lustlosigkeit. Ich konnte mich kaum dazu aufraffen, das Bett zu verlassen. Morgendliches Depressivum nannte man das. Trotz vieler Jahre Psychoanalyse war ich offenbar nicht davor gefeit.

War Wien für meinen Zustand verantwortlich? Das Leben in dieser Stadt hatte ohne mich stattgefunden. Nie hatte ich hier mein eigenes Leben gelebt.

Erinnerungen an die ersten zwei, drei Monate nach meiner Rückkehr tauchten auf. Es hatte vielversprechend angefangen.

Nachdem mein Vater zu Grabe getragen worden war, stürzte ich mich voller Elan in mein neues Leben. Auf Oswalds Anregung hin baute ich in Windeseile meine Ordination auf. Bald hatte ich genügend Patienten, um meinen Lebensunterhalt von ihren Honoraren bestreiten zu können.

Ich traf mich öfters mit Oswald, machte ausgedehnte Spaziergänge durch die Stadt und las all die Bücher, die ich als Jugendlicher verschmäht hatte. Die langen Winterabende verbrachte ich in Kinos und Konzertsälen. Ich schloss Freundschaft mit Caroline und lernte Maya kennen, die zwar leider nichts von mir wissen wollte, aber mir zumindest zuhörte.

Kaum war der Winter vorbei, schlug meine Stimmung um. Ich fühlte mich träge, müde, deprimiert und versuchte, nicht an die Zukunft zu denken, was mir selten gelang. Verzweifelt malte ich mir die nächsten Jahre in dieser Stadt aus und kam immer wieder zum gleichen Resultat: Was mir bevorstand, war der Alptraum eines ganz banalen Lebens.

Die Vorstellung, noch mindestens fünfzehn Jahre als Psychoanalytiker arbeiten zu müssen, bis ich in Pension gehen konnte, behagte mir nicht.

Im Grunde musste ich gar nicht arbeiten. Von meiner Erbschaft hätte ich eine Zeit lang gut leben können, doch der Gedanke, im Alter dann ohne Sicherheit dazustehen, missfiel mir ebenfalls. Mir blieb also keine andere Wahl, als so weiterzumachen. Außer ich riskierte einen radikalen Schritt. Sollte ich Wien verlassen und in einem anderen Land einen Neuanfang wagen? Aber würde es mir woanders nicht ähnlich gehen?

Litt ich unter einer typischen Midlifecrisis? Nein, ich hatte ganz einfach keine Lust mehr zu arbeiten. Ich wollte nichts mehr von den Problemen anderer hören. Auch meine eigenen hätte ich liebend gerne vergessen. Endlich keine Sorgen mehr haben, mich einfach leicht, glücklich und frei fühlen.

Die Absicht, dass der Mensch glücklich sein solle, ist im Plan der Schöpfung nicht enthalten, hat Sigmund Freud behauptet. Aber auch er hat nicht immer recht gehabt.

Mach dich nicht lächerlich, Arthur, hörte ich meinen Vater sagen. Freiheit ist eine Illusion und führt letztendlich zu Einsamkeit. Außerdem sind wir nicht auf der Welt, um glücklich zu sein.

All diese Standardsprüche meines Vaters spukten ständig in meinem Hirn herum.

Ich müsste mir eine neue Beschäftigung suchen. Da ich in allem, was ich tat, mittelmäßig war, mich zwar für alles Mögliche interessierte, aber für nichts wirklich begeistern konnte, landete ich in meinen Tagträumen meistens bei der Musik.

Meine Bemühungen, am Boden der Realität zu bleiben, wurden häufig durch Wunschträume torpediert. Das Leben eines Barpianisten stellte ich mir zum Beispiel sehr angenehm vor. Ich würde nicht mehr mit den mürrischen Gesichtern der braven, biederen Passanten bei Tageslicht konfrontiert werden, sondern erst bei Einbruch der Dunkelheit das Haus verlassen und in den frühen Morgenstunden, wenn fast keiner auf der Straße war, in meine Festung am Ring zurückkehren.

Die Trinker, Verlierer und Einsamen, die in der Nacht unterwegs waren, störten mich nicht. Ich könnte eine abweisende Miene aufsetzen und keiner würde es wagen, mich anzusprechen.

War ich ein Menschenfeind geworden? Litt ich unter einer Sozialphobie? Nein. Eigentlich bewegte ich mich gern unter Menschen. Doch seit der Frühling Einzug gehalten hatte, zog ich mich mehr und mehr von anderen zurück. Im Grunde fand ich nur die Gesellschaft einiger weniger erträglich, dazu gehörten Maya, Caroline und Oswald. Aber selbst meinen Freund hielt ich nur in größeren zeitlichen Abständen aus. Andererseits fühlte ich mich oft sehr allein.

Jeder Mensch ist allein. Keiner schert sich um den anderen, hörte ich meinen Vater sagen.

In den ersten Wochen nach seinem Tod ließ man mich in Frieden. Kurz nach Weihnachten trudelten einige Einladungen von Freunden und Bekannten meines Vaters bei mir ein. Anfangs konnte ich mir das große Interesse an meiner Person nicht erklären. Caroline half mir auf die Sprünge.

„Die meisten Einladungen stammen von Frauen, nicht wahr? Du bist ungeheuer einfühlsam, das spricht sich herum. Noch dazu bist du ein schwerreicher Junggeselle und schaust recht passabel aus. Solche Exemplare des männlichen Geschlechts sind sehr begehrt bei Gastgeberinnen aus der Hautevolee. Heutzutage wird jede zweite Ehe geschieden. Bestimmt haben diese Damen einige Freundinnen, die dringend wieder eines präsentablen Ehemannes bedürfen, oder sie möchten ihre schwer vermittelbaren verzogenen Gören an den Mann bringen."

Wie so oft brachte sie mich damit zum Lachen.

Ich gab vor, noch zu trauern, und ging nirgendwo hin. Später machte ich mir nicht einmal mehr die Mühe, eine Ausrede zu erfinden, sondern reagierte einfach nicht. In letzter Zeit waren die Einladungen seltener geworden. Die Ballsaison war vorüber und für Gartenfeste war es zu früh.

Auch an diesem Abend konnte ich mich nicht mehr dazu aufraffen, auszugehen. Ich schaltete den Fernseher ein, landete bei einer spannenden Thriller-Serie auf ARTE. Leider bekam ich nicht alles mit, da meine Gedanken abschweiften, zu Maya und meinem Traumjob zurückkehrten.

Vielleicht sollte ich heute doch die Blaue Bar besuchen und Maya fragen, ob sie mich ans Klavier ließ? Ich hatte bereits zweimal darauf gespielt. Beim ersten Mal wollte ich kontrollieren, ob das alte Monstrum verstimmt war, und klimperte „Fly Me to the Moon" von Frank Sinatra. Sie hatte mich belustigt angesehen, weder gelobt noch kritisiert. Bei meinem nächsten Besuch hatte sie gefragt, ob ich „Can you feel the love tonight" für sie spielen könnte. Verbarg sich hinter ihrer rauen Fassade etwa gar eine Romantikerin?

Leider gehörte die Musik von Elton John nicht zu meinem Repertoire. Als der König der Löwen in den Kinos lief, war ich zwanzig Jahre alt und hatte für Zeichentrickfilme nicht mehr viel übrig.

Ich spielte eine noch ältere Nummer auf die Gefahr hin, dass sie den Film „Casablanca" nicht kannte. Zwar sah ich nicht aus wie Sam und hatte auch nicht seine rauchige Stimme, aber ich kriegte es halbwegs hin, beherrschte sogar den Text von „As time goes by". Damals hätte ich sie fragen sollen, ob ich regelmäßig spielen dürfe. Ich ließ diese Chance vorübergehen, so wie ich die meisten Chancen in meinem Leben nicht genützt hatte.

18.

Als meine Wohnung am nächsten Tag von der Polizei freigegeben wurde, beauftragte ich einen Tischler, die Tür zu reparieren, und ließ ein neues Schloss einbauen. Nachmittags kehrte ich nach Hause zurück.

Zuerst sah ich noch einmal gründlich nach, was genau fehlte. Offensichtlich waren die oder der Einbrecher tatsächlich nicht bis in meinen privaten Bereich vorgedrungen. Meine Ordination war allerdings komplett auf den Kopf gestellt worden. Da ich nicht allzu viele Sachen dort aufbewahrte, war der Raum rasch in Ordnung gebracht. Ich wischte den Boden auf und warf den Teppich mit den Blutflecken in den Müll. Den schweren metallenen Aktenschrank, der Frau Amann zum Verhängnis geworden war, zerrte ich auf den Gang hinaus.

Als Nächstes verständigte ich meine Patienten. Sie schienen hocherfreut zu sein, dass ich meine Arbeit ab sofort wieder aufnahm. Keiner von ihnen wusste, was hier vor drei Tagen passiert war.

Aber ich wusste es. Und auf einmal konnte ich mir nicht mehr vorstellen, in den Praxisräumen, in denen Frau Amann brutal niedergeschlagen worden war, weiterzuarbeiten.

Ich hatte eine Stunde Zeit bis zur ersten Sitzung an diesem Tag.

In Windeseile räumte ich das kleine Arbeitszimmer in meiner Wohnung halbleer. Ich hatte dieses Zimmer bisher kaum benützt, trotzdem hatte sich dort einiges angesammelt. Bücher, Zeitungen, Schallplatten und Krimskrams. Ich beförderte die Sachen ins Wohnzimmer. Und weil ich gerade so in Schwung war, hängte ich endlich das Porträt meines Vaters ab und brachte es in den Abstellraum. Dieses Ölgemälde irritierte mich, seit ich wieder hier eingezogen war. Doch ich war bis jetzt nicht imstande gewesen, es abzuhängen. Jedes Mal, wenn ich in dem großen Ledersessel saß, blickte ich in seine kalten blauen Augen.

Ich sah mir das Porträt ein letztes Mal genauer an.

Ein schmales Gesicht mit markanten Zügen. Helle durchdringende Augen. Dunkle wellige Haare, hohe Stirn, lange Hakennase, strenger fest geschlossener Mund mit vollen Lippen, energisches Kinn.

Mir war bewusst, dass ich ihm ähnlich sah, bis auf das Kinn und die Hakennase. Meine Nase war zwar auch eine Spur zu lang, aber weniger gekrümmt.

Er musste etwa in meinem Alter gewesen sein, als er sich malen ließ.

Nachdem ich seinen Blicken entronnen war, packte mich erneut die Energie. Ich zerrte die Le-Corbusier-Liege aus der Praxis ebenfalls hinüber ins Arbeitszimmer.

In dem kleinen Raum konnte man sich kaum mehr bewegen, da außer einem zarten schwarzen Jugendstilschreibtisch, zwei wackeligen Thonetstühlen und dem Lederfauteuil auch eine wuchtige Kommode dort stand. Mit letzter Kraft schob ich die Kommode und den schweren Fauteuil in mein angrenzendes Schlafzimmer.

Ich war sehr zufrieden mit meiner Aktion. Den Patienten würde ich erzählen, dass meine Praxis ausgemalt wurde.

***

Anna Maria erschien nicht zum vereinbarten Termin, hatte aber nicht abgesagt. Kein Wunder nach dem Eklat in der letzten Stunde.

Da ich an diesem Nachmittag mehrere Sitzungen hatte, nützte ich die ausgefallene Stunde, um mich mit den Krankengeschichten meiner anderen Patienten zu beschäftigen. Anna Maria Mayerbach beanspruchte zu viel Raum, nicht körperlich gemeint, aber sie beschäftigte mich geistig mehr, als mir lieb war.

Momentan hatte ich drei Analysepatienten, die mich jeweils viermal pro Woche aufsuchten. Patienten, die psychiatrische Hilfe benötigten, empfahl ich meist weiter an Kollegen, die in einer Klinik arbeiteten. In leichteren Fällen ließ ich mich auf Kurzzeitbehandlungen ein. Rezepte für Psychopharmaka stellte ich jedoch höchst ungern aus.

Ich arbeitete vier Tage in der Woche, von Montag bis Donnerstag. Für ein Erstgespräch in meiner Wahlarztpraxis verlangte ich zweihundert, für eine psychiatrische Konsultation hundertsiebzig und für eine Analysestunde hundertfünfzig Euro.

Die erste Patientin an diesem Tag kam auf Oswalds Empfehlung.

Ich hatte mir notiert, dass die Dame eine Psychoanalyse ins Auge fasste. So hatte sie ihr Anliegen am Telefon formuliert.

Frau Z. war um die fünfzig, relativ groß, sehr schlank, elegante Silhouette, stumpf geschnittenes blondes Haar und ebenmäßige Züge. Ihre Kleidung war vom Teuersten. Sie strahlte Vollkommenheit und hochmütige Gleichgültigkeit aus. Eine Großbürgerin aus den Nobelbezirken der Stadt. Ich tippte auf Döbling oder Hietzing.

In arrogantem Ton klagte sie über Schlafprobleme und gab vor, depressiv zu sein. Auf mich machte sie keinen depressiven Eindruck. Nachdem sie sich zehn Minuten lang bemüht hatte, mich mit ihrer Großartigkeit zu beeindrucken, diagnostizierte ich ihr eine narzisstische Persönlichkeitsstörung.

Da Oswald sie bereits mit Schlaftabletten versorgt hatte, weigerte ich mich, ihr weitere Medikamente zu verschreiben. Als sie ihre tätowierten Brauen erstaunt hochzog und sich daraufhin mit einem verächtlichen Lächeln verabschiedete, wusste ich, dass aus einer Analyse nichts werden würde. Ehrlich gesagt, war ich froh darüber.

Als Nächste erschien mit zwanzigminütiger Verspätung meine zweite Analysepatientin.

Frau F. war nicht schön, aber vornehm und ebenfalls sehr gut gekleidet. Sie litt an einer Zwangsstörung, gehörte ebenfalls der sogenannten besseren Gesellschaft an und hatte mich zum ersten Mal kurz nach ihrer Scheidung aufgrund von Depressionen konsultiert. Ihr Mann hatte sie gegen ein um dreißig Jahre jüngeres Exemplar, das ihr verblüffend ähnelte, ausgetauscht. Ich hatte ihren prominenten Gatten kürzlich mit der neuen Ausgabe beim samstäglichen Shoppen im Meinl am Graben gesehen.

Frau F. lehnte Psychopharmaka prinzipiell ab. Ich nahm an, dass sie Oswald deshalb zu mir geschickt hatte.

Sie war der schweigsame, verschlossene Typ. Zu Beginn der Analyse waren nur einige zwangsneurotische Symptome zur Sprache gekommen.

Zum Beispiel konnte sie das Haus nicht verlassen, ohne mindestens dreimal nachzusehen, ob sie den Herd und alle Lichter abgeschaltet hatte. Auch die mehrmalige Kontrolle aller Schlösser im Haus, bevor sie zu Bett ging, gehörte zu ihren ständigen Ritualen. Diese eher harmlosen Zwangshandlungen beeinträchtigten sie weniger als ihre Angst vor Krankheitserregern, die mein geschultes Auge recht schnell bemerkt hatte, auch wenn sich Frau F. stets bemühte, ihre Zwänge zu überspielen.

Schon früher hatte sie Probleme gehabt, Dinge anzugreifen, die vorher von anderen Menschen berührt worden waren. Dementsprechend litt sie unter einem Putzzwang, wusch sich permanent die Hände und ging nie ohne Handschuhe außer Haus. Selbst außerhalb der eisigen Monate trug sie dünne Seidenhandschuhe, die ich erst für eine extravagante Modeerscheinung gehalten hatte. Während der Corona-Pandemie war das zwanghafte Händewaschen noch schlimmer geworden. Sobald sie meine Ordination betrat und natürlich auch, bevor sie diese wieder verließ, verbrachte sie viel Zeit auf der Toilette mit diversen Dekontaminierungsmaßnahmen.

Wie immer weigerte sie sich auch dieses Mal, auf meiner Behandlungsliege Platz zu nehmen, und setzte sich mir gegenüber. Ihre Pobacken berührten dabei kaum die vordere Stuhlkante. Ich hatte Sorge, sie könnte jeden Moment vom Stuhl rutschen.

Die ersten fünf Minuten ließ sie schweigend ihre Blicke herumschweifen, dann stand sie vorsichtig auf und ging in dem kleinen Raum hin und her.

„Im Gehen kann ich besser denken und auch sprechen", sagte sie und vermied sorgsam meinen Kelim, trippelte rund um ihn herum. Die neue Umgebung verunsicherte sie sehr.

Stockend berichtete sie mir von ihren Ängsten und schilderte mir eine Panikattacke, die sie auf dem Weg zu mir im Taxi ereilt hatte.

„Ich war nahe daran, während der Fahrt aus dem Wagen zu springen.

Plötzlich habe ich in diesem stickigen Auto keine Luft mehr bekommen. Der Gestank war unerträglich. Er hat so ein Tannenbäumchen am Spiegel hängen gehabt. Sie wissen, was ich meine. Ich habe befürchtet, mich übergeben zu müssen. Mein Herz raste wie wild und ich habe schrecklich zu schwitzen begonnen." Angeekelt verzog sie ihr Gesicht.

Ich sah bereits Tränen fließen und blickte mich nach Papiertaschentüchern um. Doch die würde sie ohnehin nicht benützen.

„Endlich hat er dann angehalten und mich aussteigen lassen. Deshalb habe ich mich auch verspätet. Es tut mir so leid, aber ich musste die ganze Strecke vom Westbahnhof bis zu Ihnen zu Fuß gehen."

Sie wohnte im vierzehnten Bezirk. Ich war froh, dass sie mit dem Taxi wenigstens bis zum Westbahnhof gelangt war.

„Und diese fürchterliche Mariahilfer Straße! Diese Menschenmassen! Ich habe diesen einkaufswütigen Touristen aus Osteuropa ständig ausweichen müssen ... Ach Gott, Herr Doktor, ich weiß nicht, wie lange ich es noch schaffen werde, Sie aufzusuchen. Taxifahrten sind ein einziges Martyrium für mich. Könnten Sie in meinem Fall nicht eine Ausnahme machen und mich in meinem Haus behandeln?"

Sie wusste, dass Hausbesuche nicht in Frage kamen. Das hatten wir gleich am Anfang der Analyse geklärt. Bevor ich ihren Versuch, mich umzustimmen, deuten konnte, verschwand sie wieder auf meiner Toilette.

Als sie zurückkam, war ihre Zeit fast um. Sie nahm nicht mehr Platz, sondern kramte umständlich in ihrer Handtasche herum. Die Bezahlung ihrer Sitzungen war inzwischen zu einem langwierigen Prozess geworden. Sie wollte die Geldscheine nicht einmal mit Handschuhen anfassen und schaffte es damit regelmäßig, ihre Zeit zu überziehen. Als ich sie letztens darauf ansprach, brach sie in Tränen aus.

Um zu vermeiden, dass sich meine Patienten begegneten, plante ich eine halbe Stunde Pause zwischen den Terminen ein. Mein einziger männlicher Analysepatient stand als Nächster auf meinem heutigen Terminkalender.

Herr K. war Journalist eines Life-Style-Magazins und verschwendete seine kostbare Zeit auf meiner Couch mit Society-Tratsch.

Ich konnte ihn gut leiden. Herr K. war ein intelligenter, sensibler und warmherziger Mensch, der im falschen Job gelandet war. Die Medienbranche war ein hartes Pflaster. Zahlreiche Überstunden und After-Work-Partys mit der einen oder anderen Line Koks wechselten sich ab. Bevor er mich aufgesucht hatte, war er knapp an einem Burn-out vorbeigeschrammt.

Von ihm bekam ich öfters interessante Informationen über meine Patientin Anna Maria Mayerbach und die Kreise, in denen sie und ihr Mann verkehrten.

Ich war während dieser beiden Sitzungen des heutigen Tages nicht ganz bei der Sache, dachte die meiste Zeit an Frau Amann, die dem Tod so nahe war.

Erst als Herr K. erwähnte, dass er seit Kurzem bei Dr. Pabst in Behandlung sei und dieser ihm Botox verschrieben hatte, horchte ich auf und hörte ihm konzentrierter zu.

Ich wusste, dass Botulinumtoxin Typ A auch gegen Depressionen helfen kann, weil die Mimik, die durch das Botox stillgelegt wird, die Psyche beeinflusst. Botulinumtoxin war mir jedoch nicht geheuer, schließlich zählt es zu den stärksten bekannten Giften. Wie hoch das Risiko war, an einer medizinischen Injektion zu sterben, konnte ich nicht einschätzen. Mir waren nur vereinzelte Fälle bekannt, in denen Menschen durch selbst eingemachte Konserven das von einem Bakterium gebildete Gift zu sich nahmen und im Krankenhaus beatmet werden mussten. Ich beabsichtigte, das Thema bei meinem nächsten Treffen mit Oswald anzusprechen.

19.

Nach der Sitzung mit Herrn K. war mir der Appetit vergangen, aber ich musste etwas essen. In meinem Kühlschrank herrschte gähnende Leere.

Ich machte mir Spaghetti aglio e olio. Da bestand wenigstens keine Botulismus-Gefahr.

Da ich zu viele Nudeln gekocht hatte, fragte ich Caroline, ob sie den Rest haben möchte.

Ich hatte nicht vor, lange bei ihr zu bleiben, als ich ihr den Topf hinüberbrachte. Doch so schnell kam ich nicht weg.

Sie hatte Besuch. Mayas Sohn Jonas saß auf ihrem Sofa und schaufelte Schokoladeneis direkt aus der Familienpackung in sich hinein. Er blickte kurz auf, als ich ins Wohnzimmer trat.

„Hi", begrüßte er mich mit vollem Mund.

„Stell die Pasta bitte in die Küche. Ich wärme sie mir nachher auf", sagte Caroline. „Magst du auch ein Eis? Einfach köstlich mit den Kekstücken drinnen!" Sie deutete auf das leere Schälchen, das vor ihr auf dem Tisch stand.

Obwohl ich gerne Eis aß, schüttelte ich, angesichts des Massakers, das Jonas in der Eisbox angerichtet hatte, den Kopf.

„Passt gut, dass du gekommen bist. Jonas möchte demnächst nach Berlin. Du kannst ihm bestimmt ein paar Tipps geben. Ich habe ihm erzählt, dass du fünfundzwanzig Jahre dort gelebt hast."

Am liebsten hätte ich gleich wieder kehrtgemacht. Was wollte er von mir hören? Ich hatte keine Ahnung, was den jungen Mann interessierte.

Sein erwartungsvoller Blick machte die Sache nicht einfacher.

Zum Glück begann Caroline von der Berliner Theaterszene zu schwärmen. Vor etwa dreißig Jahren hatte sie am Berliner Ensemble die Mutter im gleichnamigen Stück von Bertolt Brecht gespielt. Sie beglückte uns mit einigen Zitaten, die meiner Meinung nach aus „Mutter Courage und ihre Kinder" stammten. Zumindest das letzte: „Die armen Leut brauchen Courage. Warum, sie sind verloren. Schon daß sie aufstehn in der Früh, dazu gehört was in ihrer Lag."

Ich unterließ es, sie auf die Verwechslung der beiden Theaterstücke hinzuweisen, wollte nicht rechthaberisch erscheinen.

Jonas' Begeisterung fürs Theater schien sich in Grenzen zu halten. Hingebungsvoll widmete er sich den Resten der Familienpackung.

Erst als er mich fragte, wo man in Berlin abends am besten hinging, empfahl ich ihm den Prenzlauer Berg mit seinen kleinen Läden, Cafés und Trödelmärkten.

„Ist es dort nicht genauso hip und gestylt wie in Kreuzberg?"

„Inzwischen vielleicht. Aber es gibt immer noch coole Ecken. Auch Wedding hat sich in den letzten Jahren gemausert. Viele Studenten, viel Grün, ähnlich wie am Prenzlauer Berg. Angeblich treffen sich die Jungen heute auch gern in Marzahn. Dieser Bezirk gehörte früher auch zu Ost-Berlin. Ich kann zwar schwer nachvollziehen, was sie an diesen öden Plattenbausiedlungen reizvoll finden ..."

„Plattenbau? So wie bei uns draußen in Transdanubien? Echt? Geil."

Ich dürfte seine Frage zufriedenstellend beantwortet haben. Er stand auf, brachte die leere Box in die Küche und verabschiedete sich von uns mit einem freundlichen „Man sieht sich".

„Warte, ich schulde dir noch das Geld fürs Eis", rief Caroline ihm nach.

„Du bist eingeladen."

„Ist er nicht süß?", fragte Caroline, als die Tür hinter ihm ins Schloss fiel.

„Scheint ein netter Bursche zu sein", murmelte ich.

In Gedanken war ich noch in Berlin. Zum ersten Mal spürte ich etwas Ähnliches wie Heimweh. Egal wie oft ich diese Stadt verflucht hatte, im Nachhinein musste ich zugeben, dass ich dort gar kein so schlechtes Leben geführt hatte. Mit den meisten Leuten hatte ich mich gut verstanden, ihr Humor war mir gelegen. Ich fand sie auch weniger verschlossen und abweisend als die sogenannten echten Wiener. Unwillkürlich musste ich an die unfreundliche Krankenschwester im AKH denken.

Eigentlich hatte ich vorgehabt, Caroline von meinem Gespräch mit Oswald über Opioide und von seinen Versuchen mit Botox zu erzählen. Ich ließ es bleiben, da ich kein Öl ins Feuer gießen wollte. Stattdessen berichtete ich ihr von meinem Besuch im AKH.

Frau Amanns Zustand machte auch ihr schwer zu schaffen. Vor allem, weil ihre Abneigung gegen die Sprechstundenhilfe noch größer war als meine. Caroline litt deswegen unter Schuldgefühlen und trank mehr als sonst.

Als ich sie verließ, drehte sie sich den dritten Joint an diesem Abend.

* * *

Gegen einundzwanzig Uhr betrat ich die Blaue Bar. Ich hatte mir fest vorgenommen, Maya gegenüber den Einbruch und Überfall auf Frau Amann nicht zu erwähnen.

Erfreut registrierte ich, dass ich Maya fast für mich allein hatte. Nur der alte Säufer saß, wie jeden Abend, an seinem Tisch bei der Tür und stierte in sein halbleeres Bierglas.

„Wie geht's, Herr Doktor?"

Ich freute mich über ihr Lächeln. Maya lächelte selten.

„Gut, seit ich hier bin. Und selbst?"

Das Lächeln verschwand. „Wenn weiterhin so viel Betrieb herrscht, kann ich mir bald einen neuen Job suchen."

„Es ist noch früh."

„Gestern war den ganzen Abend nichts los. Seit die Gastgärten aufgesperrt haben, verirrt sich kaum einer hierher. Ich kann es den Leuten nicht verübeln. Auch ich würde lieber im Freien sitzen als in diesem finsteren Loch."

„In der Nacht soll Regen kommen."

„Ich liebe Regen", sagte sie und lächelte mich wieder an.

Heute verspürte ich, wie gesagt, nicht das Bedürfnis, ihr mein Herz auszuschütten. Ich war zufrieden, hier an der Theke zu lehnen und mit dieser schönen Frau übers Wetter zu plaudern. Wobei ich es vermied, sie anzustarren. Ich folgte ihren Bewegungen nur aus den Augenwinkeln, bewunderte ihren biegsamen Körper, als ich ihr dabei zusah, wie sie den Geschirrspüler ausräumte.

Mir wurde warm. Ich zog meinen Trenchcoat aus, hängte ihn an den wackeligen Garderobenständer neben dem Tisch des stillen Trinkers.

Er sah kurz von seinem Glas auf und nickte mir zu. Ich murmelte: „Guten Abend."

Fast war ich stolz, dass er mich registrierte. Irgendwie fühlte ich mich jetzt dazugehörig.

Als auch Toni aufkreuzte und sich, nachdem er Maya begrüßt hatte, zu mir gesellte, war ich rundum zufrieden.

Er hatte nicht vergessen, sich wegen des ominösen U-Bahn-Unfalls umzuhören. „Einer dieser Verzweifelten ist an jenem Tag vor einen einfahrenden Zug gestürzt. Er war schwer alkoholisiert."

„Suizid oder Unfall?"

„Tja, das ist die Frage."

„Könnte ihn jemand gestoßen haben?"

„Davon war nicht die Rede. Sind in den U-Bahn-Stationen nicht überall Kameras? Die Polizei hat sich die Aufnahmen bestimmt angesehen."

Ich atmete erleichtert auf. Anna Maria hatte wieder einmal fantasiert. Wahrscheinlich war der Unfall passiert, als sie mit ihrem Mann auf die U-Bahn gewartet hatte, und inspirierte sie dann zu ihrer wilden Mordgeschichte.

Eine Gruppe junger Männer kam ins Lokal. Sie bestellten alle durcheinander und nahmen fast die gesamte Theke in Beschlag.

„Ich muss weiter. Habe nur vorbeigeschaut, um dir Bescheid zu geben", sagte Toni und machte die Fliege.

Auch ich überlegte, ein bisschen spazieren zu gehen und später wiederzukommen.

„Hock dich zu mir", hörte ich plötzlich die heisere Stimme des alten Stammgastes hinter mir.

Zögernd setzte ich mich zu ihm.

Der Säufer war gar nicht so alt, wie ich aus der Nähe feststellte. Er sah jedoch sehr ungepflegt aus, war weder rasiert noch gewaschen und verströmte einen strengen Geruch. Sein Atem stank unerträglich nach Bier.

„Kommst gern hierher!" Es war keine Frage, sondern eine Feststellung. „Trinkst ein Seidl oder ein Achterl mit mir? Ich bin der Dieter", sagte er mit relativ klarer Stimme. „Kannst auch ein Schnapserl haben. Ich bleib lieber bei Bier und Wein. Harte Sachen rühr ich nicht an."

„Arthur." Ich schüttelte ihm die Hand. „Gegen ein Bierchen ist nichts einzuwenden", sagte ich, obwohl mir heute eher nach Rotwein war. Wie Dieter mochte ich keine harten Getränke.

„Zwei Seidl, Maya", rief er.

„Nach der Arbeit finde ich nichts entspannender, als hier abzuhängen. Ist wie Meditation für mich. Wenn es voll wird, verschwinde ich lieber", sagte ich.

„Ich mag sonst auch kein Gequatsche. Manchmal ist es aber nötig, zu reden."

Zwar verspürte ich keine große Lust, mich mit ihm zu unterhalten, da ich mir ohnehin den halben Tag lang die Geschichten anderer Leute anhörte, doch ich konnte schlecht aus und stieß mit ihm an, als Maya uns die beiden Seidl reichte.

„Andere bevorzugen Fitnessstudios, um runterzukommen. Sie sehen auch recht fit aus für Ihr Alter."

„Danke, ich habe lange kein so nettes Kompliment mehr bekommen. Aber ich bin noch nicht im Greisenalter", sagte ich lachend.

„Du bist ein Seelenklempner, hat Maya erzählt", wechselte er wieder vom Sie zum Du.

„Psychiater und Psychoanalytiker, ja."

„Anstrengender Job?"

„Hm." Ich zuckte mit den Achseln.

„Du bist nicht gerade gesprächig, aber du scheinst dich mit den Menschen auszukennen, vor allem mit dem, was sich in ihren Köpfen abspielt."

„Da wäre ich mir nicht so sicher."

„Warst lang im Ausland, hat Maya gesagt."

„Ja."

„Wo denn?"

„In Berlin."

„Und seit wann bist wieder in Wien?"

„Seit letzten November."

„Wievielten November?"

Ich kam mir vor wie bei einem Verhör. Andererseits fand ich unsere wortkarge Unterhaltung witzig.

„Das kann ich dir genau sagen. Das Begräbnis meines Vaters war am 25. November. Ich bin am 24. in Wien angekommen ..."

„Nicht früher?"

„Nein. Wieso?"

„Warst nicht bei ihm, als er gestorben ist?"

Dieses Frage-Antwort-Spiel wurde mir zu intim, dennoch antwortete ich ihm.

„Mein Vater starb am 19. November. Ich habe am 21. von seinem Tod erfahren und bin am 24. nach Wien. Warum interessiert dich das so brennend?"

„Ich hab dich früher nie hier gesehen."

„Weil ich nicht da war."

„Hast deinen alten Herrn nie besucht?"

„Jetzt ist Schluss! Ich möchte wissen, was dich das angeht. Ich war über fünfundzwanzig Jahre lang nicht in Wien."

„Bist du verheiratet?"

Seine Hartnäckigkeit brachte mich zum Lachen. Ich schüttelte den Kopf.

„Aber eine Braut hast du sicher, da wette ich. So ein erfolgreicher Mann wie du ..."

Ich fing seinen Blick auf. Seine Augen verrieten nicht nur Wachsamkeit, sondern auch etwas Seltsames, das ich nicht deuten konnte.

„Nein, ich habe keine Braut. Kann ich dir sonst noch irgendwelche Fragen beantworten?"

„Vielleicht ein anderes Mal", sagte er grinsend.

Sein Glas war leer.

Er klopfte mir jovial auf die Schulter.

„Lassen wir es gut sein für heute. Ich hau mich aufs Ohr, habe in den letzten Nächten kaum ein Auge zugetan, habe jemanden beschatten müssen."

Kurz keimte in mir der Verdacht auf, dass ich die Person war, die er beschattet hatte.

Er verließ die Bar durch die Hintertür, die in einen kleinen Hof, in dem die Mistkübel standen, hinausführte.

Während des seltsamen Gesprächs mit dem alten Säufer hatte ich Maya nicht aus den Augen gelassen, sondern jede Bewegung, jeden Schritt von ihr verfolgt.

Kaum war Dieter gegangen, gesellte ich mich mit meinem Seidl wieder zu ihr an die Theke.

„Wohin geht er?", fragte ich sie.

„Er wohnt im Hinterhaus. Dritter Stock ohne Lift."

„Der hat kaum mehr stehen können."

„Die steilen Stiegen schafft er selbst im Vollrausch."

„Wie heißt er mit Nachnamen?"

„Klein, aber alle nennen ihn Dieter. Er mag seinen Nachnamen nicht. Und der passt ja auch wirklich nicht zu ihm. Was hat er von Ihnen gewollt?"

„Keine Ahnung. Er hat mich ausgefratschelt. Ich bin mir wie bei einem Verhör vorgekommen."

„Kein Wunder. Er war bei der Kriminalpolizei, ist wegen seines kaputten Beins in Frühpension geschickt worden. Die letzten Jahre seiner Karriere hat er bei der Drogenfahndung gearbeitet, dann hat er bei der Verfolgung eines Dealers einen Schuss ins Knie abbekommen. Seit damals hinkt er. Jetzt spielt er gern den großen Privatdetektiv. Aber Sie sollten diesen alten Mann nicht unterschätzen. Seine Augen sehen mehr, als einem lieb ist. Anfangs habe ich befürchtet, er könnte meinen Sohn im Visier haben. Bisher hat er zum Glück keinerlei Interesse an Jonas gezeigt."

Am liebsten hätte ich die Sorgenfalte auf ihrer Stirn weggeküsst.

„Er ist ein schlauer Fuchs", fuhr Maya fort. „Manchmal habe ich ihn im Verdacht, den hemmungslosen Säufer nur zu spielen. Ist Ihnen nicht aufgefallen, dass er konsequent bei Bier und G'spritztem bleibt? Zugegeben, er trinkt Unmengen Gerstensaft, deswegen auch sein immenser Bauch, aber er scheint einiges zu vertragen. Nach vier, fünf Bierchen merkt man ihm nichts an. In letzter Zeit kommt er mir allerdings leicht verwirrt oder, besser gesagt, ein bisschen kopflos vor. Sein bester Freund ist vor ein paar Monaten spurlos verschwunden. Er hat ihn wochenlang gesucht. Vergeblich. Der Mann ist nicht mehr aufgetaucht. Dieter befürchtet, dass er einem Verbrechen zum Opfer gefallen ist. Sein Freund hat als Privatdetektiv gearbeitet und war an einem brisanten Fall dran. Genaueres weiß Dieter nicht. Mir kommt vor, dass er seither erst recht versucht, seine Einsamkeit in Alkohol zu ertränken."

„Auf die Einsamen und Unglücklichen. Prost!"

Ich hatte schon manch mitleidige Blicke von Frauen geerntet, aber keinen wie diesen, den Maya mir zuwarf.

Ich machte es schlimmer, als ich sie leise fragte: „Fühlen Sie sich auch manchmal einsam?"

„Ich habe keine Zeit für Gefühlsduselei. Trinken Sie noch etwas oder wollen Sie den Rest des Abends in Selbstmitleid zerfließen?"

Vor Scham wäre ich am liebsten unter die Theke gekrochen.

Mich konnte nur mehr ein guter Witz retten. Leider fiel mir partout nichts Witziges ein.

„Haben Sie Lust, nach der Arbeit mit mir irgendwo einen Absacker zu nehmen?"

Das war natürlich kein Witz, sondern eine ernstgemeinte Frage.

Sie rollte mit den Augen. „Ich pflege nicht mit Gästen auszugehen. Das sollten Sie inzwischen bemerkt haben."

Obwohl ich von einem Fettnäpfchen ins andere trat, gab ich nicht auf.

„Ich könnte Sie nach Hause begleiten", schlug ich vor. „Bis zur Haustür na... natürlich ...", fügte ich hastig hinzu.

Ich war kein begnadeter Verführer. Meistens wählten die Frauen mich aus. So dämlich wie heute hatte ich mich aber lange nicht mehr angestellt. Ich kam mir wie ein halbwüchsiger Komplexler vor.

Und dieser Meinung war wohl auch sie, denn sie würdigte mich nicht einmal mehr einer Antwort.

„Ich glaube, ich sollte lieber zahlen", sagte ich rasch.

Das hohe Trinkgeld entlockte ihr kein Lächeln.

„Auf Wiedersehen, Herr Doktor." Bildete ich mir nur ein, dass sie mit den Augen lächelte?

Frustriert stapfte ich zu Fuß nach Hause.

Ich war verrückt nach dieser Frau. Ich war verliebt in ihr seltenes Lächeln, ihren Mund, ihre Augen. Ich wollte nicht nur mit ihr schlafen, sondern die ganze Nacht mit ihr verbringen und auch den kommenden Tag. Ich konnte mich nicht erinnern, wann ich zuletzt eine Frau so sehr begehrt hatte.

In Gedanken ganz bei Maya stolperte ich über eine Absperrung beim Michaelertor. Fast wäre ich mit dem Gesicht voran auf dem Asphalt gelandet. In letzter Sekunde gelang es mir, mich an einem Eisenring in der Mauer festzuhalten.

Es war eine kalte Nacht. Der vorhergesagte Starkregen setzte ein.

Ich durchquerte den menschenleeren Schweizerhof. Als ich Schritte hinter mir hörte, begann ich zu laufen. Am Heldenplatz hielt ich kurz an und blickte mich um.

Ich konnte niemanden entdecken. Regen und Kälte hatten die Straßen leergefegt.

Die kolossale Hofburg ragte bedrohlich in den Abendhimmel, als ich weiter über den riesigen Platz eilte.

Außer mir war bei diesem Sauwetter niemand unterwegs. Und doch hatte ich das Gefühl, dass mich jemand verfolgte.

Versteckte sich nicht hinter der unheimlichen Reiterstatue von Erzherzog Karl eine dunkel gekleidete Gestalt?

Trotz der Kälte spürte ich, wie der Schweiß unter meine Achseln kroch und meine Knie weich wurden.

Wer Halluzinationen hat, braucht einen Arzt, hatte mein Vater oft gesagt.

Als ich mein Haus erreichte, war ich sehr erleichtert.

In der pompösen Eingangshalle war es stockfinster. Ich drückte auf den Lichtschalter, aber die Deckenbeleuchtung ging nicht an. Durch das ovale Fenster über der Eingangstür drang der schwache Schein einer Straßenbeleuchtung. Sonst nur Stille, kalter Marmor und der Schatten des Treppengeländers auf den Stufen.

Früher, als noch ein Hausmeister in der Erdgeschosswohnung gelebt hatte, waren kaputte Glühbirnen sofort ausgetauscht worden. Heute musste man warten, bis sich die Reinigungsfirma blicken ließ.

Ich begann erneut zu schwitzen. Meine Hände zitterten. Als ich in den zweiten Stock hinaufging, musste ich mich am Geländer festhalten. Den Lift hatte ich nicht gewagt zu benützen. Ich wollte nicht steckenbleiben. Falls es einen Stromausfall gab, funktioniert er sowieso nicht, hörte ich meinen Vater sagen.

20.

In dieser Nacht hatte ich einen seltsamen Traum. Ein alter Mann lag auf meiner Couch. Es war mein Vater. Er war nackt und er war tot. Plötzlich verwandelte sich seine spärliche Körperbehaarung in ein dichtes graues Fell. Graues Haar bedeckte auch zur Gänze sein bleiches Gesicht. Weder erschrak ich noch wunderte ich mich. Der Wolf auf meiner Couch lag friedlich auf dem Rücken und streckte alle viere von sich. Doch als ich seinen weichen Bauch streichelte, riss er die Augen auf und begann mit den Zähnen zu fletschen.

In diesem Moment erwachte ich. Rasch blickte ich auf den Wecker: 3:45.

Im Schlafzimmer war es mucksmäuschenstill. Was hatte mich aus dem Schlaf gerissen?

Ich meinte, ein Geräusch gehört zu haben.

Die schweren Vorhänge waren nicht zugezogen. Regungslos, den Blick auf das Fenster gerichtet, durch welches Licht von der Straße drang, lag ich da. Alle Sinne in Alarmbereitschaft.

Ich spürte, dass ich nicht allein war. Jemand war in meiner Wohnung.

Ich knipste die Nachttischlampe an und lauschte.

Regentropfen klatschten an die Fenster. Mehr war nicht zu hören.

Als ich das Licht abdrehen wollte, vernahm ich wieder dieses leise Geräusch. Es klang nicht nach Schritten. Eher ein Tapsen. Da ich kein Haustier besaß, konnte der ungebetene Besucher nur ein Einbrecher sein. War es derselbe Mann wie beim ersten Mal? Warum war er zurückgekommen?

Ich warf wieder einen Blick auf meinen digitalen Wecker. Vier Uhr morgens.

Das Gefühl, hellwach zu sein, genau zu sehen, alles hören zu können, war mir nicht fremd. Nichts blieb mir in solchen Momenten verborgen. Jede Regung, Mimik, Geste, Körperhaltung, ja sogar wippende Füße und knackende Fingerknöchel bemerkte ich in so einem konzentrierten Zustand.

Auf einmal fühlte ich mich von lauter unsichtbaren Augen beobachtet.

Ich sah mich nach einem Gegenstand um, der mir als Waffe dienen könnte. Mein Blick fiel auf den großen Aschenbecher aus Bleikristall. Ein Erbstück meiner Großeltern. Da sich auf die Schnelle nichts Geeigneteres finden ließ, griff ich nach dem schweren Ding. Seit ich mir das Rauchen abzugewöhnen versuchte, standen in der Wohnung keine Aschenbecher mehr herum, außer diesem einen Monstrum am Nachtkästchen. In Griffweite, wenn ich wieder einmal nicht einschlafen konnte und, statt eine Tablette zu nehmen, im Bett liegend einen Joint rauchte.

Marihuana wirkte verlässlich. Am liebsten hätte ich es auch so mancher meiner Patientinnen empfohlen. Auf jeden Fall wäre das gescheiter, als ihnen die üblichen Schlaftabletten zu verschreiben.

Als ich mir den Gesichtsausdruck von Frau F. vorstellte, wenn ich ihr zu Gras und einer entspannenden Masturbation vorm Einschlafen riet, musste ich beinahe lauthals lachen. Es war der falsche Zeitpunkt. Doch meine Angst war verflogen.

Nach wie vor hörte ich eigenartige tapsende Geräusche.

Ich glitt aus dem Bett. Den schweren Aschenbecher in der Linken, bereit zum Zuschlagen, schlich ich zur Tür und öffnete sie.

Am Gang war kein Mensch.

Barfuß und im Finstern ging ich hinüber zur großen Flügeltür, die ins Wohnzimmer führte. Diese ließ sich leider nicht geräuschlos öffnen. Zum Glück war sie nicht ganz geschlossen.

„Verdammte ...!"

Beinahe hätten mich die gesammelten Werke von Edgar Allan Poe und Georges Simenon, die ich aus dem Arbeitszimmer hierherbefördert und auf dem Boden neben der Tür aufgestapelt hatte, zu Fall gebracht. Diese edlen gebundenen Ausgaben hatten meiner Mutter gehört.

Vielleicht hatte ich ein Fenster offengelassen und es regnete herein oder der Wind spielte mit den Vorhängen?

Tatsächlich, die Balkontür stand einen Spalt offen. Doch die schweren Vorhänge bewegten sich nicht.

Ich erinnerte mich, dass sich in alten Kriminalfilmen die Einbrecher oft auf Balkonen oder Terrassen versteckten. Zögernd ging ich auf die Balkontür zu. Keine

Menschenseele. Ich schloss die Tür und zog die Vorhänge zu.

Als ich mich in Richtung Küche bewegte, bildete ich mir ein, leises Rascheln zu hören. Ich drückte leicht auf die Türklinke, bis sie sich öffnete.

Das einzige Geräusch kam von dem großen Kühlschrank.

Auf Zehenspitzen ging ich weiter zum Bad und zur Toilette. Auch im ehemaligen Esszimmer, das mir jetzt als Ankleideraum diente, war niemand. Meine provisorische Praxis war ebenfalls nicht als Versteck geeignet. Nicht einmal ein Kind hätte sich unter der Le-Corbusier-Liege verstecken können.

Ich kam mir albern vor, wie ich in meinen Bermudashorts, bewaffnet mit einem Aschenbecher, durch die große Wohnung schlich. Trotzdem sah ich mich auch in der Ordination um, die ich seit dem Einbruch nicht mehr benützt hatte.

Die Gangtür, die meine Wohnung von der Ordination trennte, war geschlossen.

Ich legte mein Ohr an die Zwischentür. Lauschte. Nichts. Hatte der ungebetene Besucher mich gehört und die Flucht ergriffen?

Blitzschnell drückte ich die Klinke hinunter und sprang mit dem Aschenbecher in der erhobenen Hand in den Warteraum.

Gähnende Leere.

Die Tür zum Behandlungsraum stand sperrangelweit offen. Die Toilettentür war zu. Ich riss sie auf. Beim Anblick der blitzblanken Klomuschel entkam mir ein Seufzer. Es gab keinen Eindringling.

Die Wohnungstür war unbeschädigt und verschlossen. Für das neue Schloss besaß nur ich einen Schlüssel.

Ich machte Licht an und ließ mich auf den Stuhl hinter meinem Schreibtisch fallen, schloss die Augen und dachte nach. Nicht zum ersten Mal fühlte ich mich verfolgt und bedroht. Entwickelte ich langsam eine saftige Paranoia?

Verärgert über mich selbst, ging ich zurück ins Schlafzimmer. Die Türen ließ ich alle offen.

Als ich mich wieder hinlegte, zuckte ich vor Schreck zusammen.

Mein Bett war besetzt.

Ein haariges Ungetüm streckte mir sein dickes Bäuchlein wollüstig entgegen. Ich musste grinsen.

Anstatt Carolines Liebling zu streicheln, packte ich Romeo am Nacken und warf ihn kurzerhand aus dem Bett.

Auf sein Mitleid haschendes Miauen fiel ich nicht herein. Er musste die Nacht auf dem Bettvorleger verbringen. Ich wollte Caroline, die um vier Uhr früh wahrscheinlich gerade im Tiefschlaf gelandet war, nicht wecken.

Der Kater dürfte von Carolines Fenster aus auf meinen Balkon gesprungen sein und die nicht richtig geschlossene Balkontür aufgedrückt haben. So eine sportliche Höchstleistung hätte ich Romeo gar nicht zugetraut.

Während ich auf Einbrecherjagd gewesen war, hatte es sich dieser kleine Lümmel in meinem warmen Bett bequem gemacht.

***

Als ich um zehn Uhr morgens erwachte, spürte ich einen eigenartigen Druck auf meiner Brust. Der mollige Kater lag auf meinem Oberkörper und starrte mich mit seinen grünen Augen unverfroren an.

Ich musste an meinen Traum denken. War Romeo während dieses seltsamen Traums schon auf mir gelegen? Hatte sein weiches Fell meine nackte Haut gekitzelt?

Als ich zum zweiten Mal Anstalten traf, ihn aus meinem Bett zu entfernen, schnurrte er herzzerreißend.

„Zeit fürs Frühstück, du Möchtegern-Wölfchen", sagte ich, zog meinen Morgenmantel über, nahm ihn auf den Arm und ging in die Küche.

Wir stärkten uns beide mit Prosciutto cotto und Leberpastete. Dann läutete ich bei Caroline an.

Sie öffnete erst nach mehrmaligem Klingeln. In ihrem bodenlangen weißen Seidennachthemd sah sie aus wie ein Gespenst.

„Spinnst du? Weißt du, welche Uhrzeit wir haben", fauchte sie.

Den Kater schien sie in der Nacht nicht vermisst zu haben. Als ich ihr die Geschichte vom Ausflug ihres Lieblings und meiner Jagd nach dem vermeintlichen Einbrecher erzählte, brach sie in lautes Gelächter aus.

„Du solltest die Fenster nachts zulassen. Stell dir vor, er wäre abgestürzt."

„Quatsch. Der Schlingel ist sehr geschickt. Außerdem ist er ein kleiner Feigling. Wenn er es sich nicht zugetraut hätte, wäre er nicht gesprungen."

Ich hatte so meine Zweifel.

„Du kannst die Fenster ja kippen", sagte ich.

Der Geruch von Marihuana ließ sich, trotz regelmäßigen Lüftens, sowieso nicht mehr aus ihren vier Wänden vertreiben.

21.

Gegen Mittag rief Eugen von Mayerbach an und beschuldigte mich, seine Frau sexuell belästigt zu haben. Angeblich war sie vollkommen verzweifelt, konnte nicht mehr schlafen und hatte ihm heute Früh erzählt, warum sie beabsichtigte, ihre Analyse abzubrechen.

„Wir werden Sie anzeigen", schrie er ins Telefon.

Da sollte einer noch mal dem weiblichen Geschlecht Hysterie unterstellen.

Nachdem ich aufgelegt hatte, überlegte ich, Stefanie anzurufen. Sie war Anna Marias Anwältin und würde höchstwahrscheinlich meine Patientin bei der im Raum stehenden Missbrauchsklage vertreten. Obwohl ich mir von diesem Gespräch nicht viel erhoffte, verspürte ich das Bedürfnis, sie über meine therapeutische Beziehung zu Anna Maria aufzuklären. Außerdem war es höchste Zeit, den Anwalt, den Dr. Meier mir empfohlen hatte, zu kontaktieren.

Ich informierte mich zuerst im Internet über diesen Herrn und stellte fest, dass es sich um einen bekannten Wirtschaftsanwalt handelte. Er kam in meinem Fall nicht in Frage.

Den Anruf bei Stefanie plante ich für später ein, da ich einige Patienten erwartete.

Sobald ich wieder allein war, rief ich in ihrer Kanzlei an. Eine Sekretärin hob ab.

Im Hintergrund vernahm ich Stimmen. Stefanie debattierte lautstark mit einem Mann. Leider konnte ich nicht verstehen, worum es ging. Es dauerte eine Weile, bis ich die Anwältin persönlich am Telefon hatte.

Sie klang sehr reserviert.

Ich schlug vor, dass wir uns nach der Arbeit in der Meierei im Stadtpark auf einen Kaffee treffen sollten.

Es war ein sonniger Tag und ihre Kanzlei befand sich in der Weihburggasse, also gleich in der Nähe. Überraschenderweise willigte sie ein, legte aber danach gleich auf.

Als ich am späten Nachmittag durch den Stadtpark schlenderte, war es kühler geworden. Die Sonne versteckte sich hinter den Wolken. Dennoch waren Touristen unterwegs. Vor allem vor dem vergoldeten Johann-Strauss-Denkmal drängten sich begeistert fotografierende asiatische Reisegruppen.

Ich machte einen kleinen Umweg, spazierte um den Teich, bewunderte die Blumenpracht und die blühenden Sträucher und lobte in Gedanken die Mitarbeiter des Wiener Stadtgartenamtes.

Die Farben des Himmels verdunkelten sich. Ich schritt schneller aus, hoffte, im Trockenen die Meierei zu erreichen.

Plötzlich spürte ich einen heftigen Schmerz im Kreuz. Ich stöhnte laut auf und drehte mich um.

Hinter mir stand Eugen von Mayerbach mit zornrotem Gesicht. Er hatte mir tatsächlich in den Rücken getreten.

„Sind Sie verrückt geworden?", schrie ich.

Als er ausholte, um mir ins Gesicht zu schlagen, war ich im ersten Moment völlig perplex und reagierte zu langsam. Seine Faust traf meine linke Schläfe. Leuchtende helle Punkte blinkten wie verrückt im Inneren meines Auges.

Mir fiel es schwer zu begreifen, dass Worte nichts mehr ausrichten konnten. Der Mann würde mich krankenhausreif prügeln, wenn ich mich nicht wehrte.

Ich neigte nicht zu Jähzorn, doch mir reichte es. Die viele Jahre lang unterdrückte Wut kam hoch. Ich war selbst verwundert über diesen zielgerichteten Zorn, der in mir aufstieg, ballte die rechte Faust und versetzte ihm einen kräftigen Schlag aufs Kinn.

Er geriet ins Taumeln, fand sein Gleichgewicht aber rasch wieder und ging erneut in Kampfstellung.

Ich wusste, wohin ich schlagen musste, wo ich ihn treffen musste, um ihn außer Gefecht zu setzen.

Ohne zu zögern, zielte ich auf seinen Solarplexus, die Stelle zwischen den Rippen und dem Bauchnabel. Wenn ich ihn genau dort erwischte, würde durch die Lähmung des Zwerchfells seine Atmung zeitweise zum Stillstand kommen und ihn kampfunfähig machen.

Mit voller Kraft schlug ich noch einmal zu. Verzweifelt japste er nach Luft, als er zu Boden ging.

Ich verlor selten die Fassung und konnte mich nicht erinnern, wann ich zuletzt so außer Kontrolle geraten war, dass ich jemanden geschlagen hatte.

Als er wieder zu sich kam, packte ich seinen linken Arm, drehte ihn auf seinen Rücken und zog ihn hoch.

Inzwischen hatten wir Zuschauer. Ein chinesisches Pärchen filmte die Szene mit einem Handy.

„Lassen Sie mich sofort los", kreischte er.

„Hat Stefanie Sie geschickt?"

Eine überflüssige Frage. Wie sollte er sonst wissen, dass ich um diese Zeit im Stadtpark unterwegs war? Außer er hatte mich zuhause abgepasst und bis hierher verfolgt? War er derjenige, der mir seit Tagen auf den Fersen war?

„Hilfe! Polizei!"

„Halten Sie den Mund!", fauchte ich und verstärkte meinen Griff um seinen Arm.

„Au! Sie tun mir weh!"

Sein Geschrei lockte weitere Neugierige an.

Ich ließ ihn los, versetzte ihm aber einen kräftigen Stoß, sodass er auf dem Hintern landete. Dann machte ich mich, so schnell ich konnte, aus dem Staub. Das Rendezvous mit Stefanie ließ ich sausen. Ich vermutete, dass sie von Anfang an nicht vorgehabt hatte, mich zu treffen, sondern mir stattdessen Eugen auf den Hals gehetzt hatte.

Mein Kopf pochte dumpf. Ich spürte eine Beule an meiner rechten Schläfe und mein Kreuz tat weh. Gebückt schleppte ich mich nach Hause.

Als ich aus dem Lift stieg, ging Carolines Tür auf. Der schwarze Kater huschte an mir vorbei und jagte die Treppe hinunter.

„Romeo wird zu fett. Ein bisschen Bewegung kann nicht schaden", sagte sie grinsend. „Oh, mein Gott, was ist mit dir los? Du bist ja kreidebleich. Und was hast du da beim Auge? Bist du gestürzt? Komm rein. Da gehört sofort eine Salbe drauf."

Während Caroline in ihrer Hausapotheke nach einer Salbe suchte, berichtete ich ihr von der Schlägerei und der angedrohten Klage wegen Missbrauchs.

Sie riet mir, den Spieß umzudrehen und eine Verleumdungsklage anzustreben.

„Dann kann ich meine Praxis gleich zusperren. Es bleibt immer etwas hängen. Ich habe kein Vertrauen in die Justiz. Richter irren sich ebenso oft wie andere Menschen."

„Jetzt erzähl mir mal alles der Reihe nach", forderte Caroline mich auf, nachdem sie mich verarztet hatte. „Wer ist diese Frau und was hat sie für ein Problem mit dir?"

Ich holte weit aus, hielt ihr einen Vortrag über histrionische Persönlichkeitsstörungen im Allgemeinen.

„Ein wichtiges Charakteristikum dieser Störung ist übermäßige Emotionalität. Diese Menschen wollen ständig im Mittelpunkt stehen, versuchen immer, die Aufmerksamkeit auf sich zu lenken. Sie jammern und klagen auch oft, um beachtet zu werden. Oder sie umarmen zum Beispiel flüchtige Bekannte mit unangemessener Begeisterung oder brechen ohne ersichtlichen Grund in Weinkrämpfe aus. Sie sind unsicher in ihren Meinungen und Ansichten, übernehmen rasch die Meinung anderer und sind auch sehr leicht zu hypnotisieren."

„Hast du sie mal hypnotisiert?"

„Nein! Wie kommst du darauf? Ich habe keine Ahnung von Hypnosetherapie."

„Sie fühlte sich von dir hypnotisiert, hast du gesagt."

„Reines Wunschdenken. Zwischenmenschliche Beziehungen werden von Histrionikern enger wahrgenommen, als sie tatsächlich sind. Sie verhalten sich, wie gesagt, oft distanzlos und sind sehr kontaktfreudig. Wobei die Kontakte meist oberflächlich bleiben. Geltungsbedürfnis und Egozentrismus stehen im Vordergrund. Gleichzeitig sehnen sie sich nach Schutz und Geborgenheit, haben aber große Angst vor beständigen und tiefen emotionalen Beziehungen."

„Weil sie Angst haben, verletzt und verraten zu werden", warf Caroline ein.

„Du sagst es. Ihre Gefühle erscheinen einem sentimental und unecht. Sie sind Meister im Verdrängen und Verleugnen und erscheinen oft als Lügner. Das sind aber alles nur untaugliche Versuche, um mit schwer zu verarbeitenden Gefühlen umzugehen. Sie projizieren auch ständig ihre unerwünschten Impulse und Gefühle auf andere."

„Puh, das klingt anstrengend."

„Auf alle Fälle. Am meisten irritiert mich aber ihr regressives Verhalten. Histrionische Frauen spielen gern das kleine Mädchen, Papas Liebling. Sie geben sich sexuell sehr aufreizend, lassen jedoch selten Sex zu.

Es bleibt meist bei kindlichen Verführungsversuchen. Oder sie zeigen plötzlich enthusiastisches Interesse an jemandem, verlieren aber ebenso schnell wieder dieses Interesse."

„Betrifft diese Störung nur Frauen?"

„Keineswegs. Auch Männer leiden unter solchen Persönlichkeitsstörungen. Da ich dir von meiner Patientin erzählen wollte, bezog ich mich gerade auf Frauen. Ich bin da ja etwas abgehärtet, aber für andere sind vor allem die extrovertierten Gefühlsausbrüche mit Kreischen oder anderen übertriebenen und unbeherrschten Reaktionen unangenehm. Außerdem können Histrioniker sehr manipulativ sein."

„Und warum verhalten sie sich so?"

„Als Kinder wurden sie oft emotional vernachlässigt. Sie erhielten wenig Aufmerksamkeit, Liebe und Wärme. Einige waren sexuellem Missbrauch ausgesetzt."

Caroline stieß einen Seufzer aus, unterbrach mich aber nicht mehr.

„In manchen Fällen können sogar Konversionssymptome, die Sinnesorgane betreffend, oder Lähmungserscheinungen, Übelkeit, Schwindel und Atemnot auftreten, vor allem dann, wenn sexuelle Erregung unbewusst bleiben soll. Sie hadern mit ihrem eigenen Geschlecht und neigen zu Machtkämpfen mit Menschen gleichen Geschlechts. Wir sagen, sie leiden unter ödipalen Konflikten."

„Ich habe mal die Iokaste, Ödipus' Mutter, gespielt." Caroline kicherte wie ein kleines Mädchen.

„Die Hysterie ist der Clown unter den Neurosen, sagt man. Ganz ähnlich ist es bei der histrionischen Persönlichkeitsstörung. Tatsächlich ähneln histrionische Patienten manchmal Schauspielern." Beinahe wäre mir ein unpassendes Lächeln entkommen.

Während ich Caroline all die Symptome, unter denen Anna Maria litt, beschrieben hatte, war mir eingefallen, dass die ehemalige Diva ähnliche Symptome aufwies.

„Du meinst, deine Patientin besitzt eine gewisse Ähnlichkeit mit mir", warf sie prompt ein.

Ich konnte mich nicht länger zurückhalten. Sie fiel in mein Lachen mit ein.

Nach diesem Ausflug in die Welt der Neurosen verließ ich Caroline, da ich einiges zu erledigen hatte.

Ich bedurfte dringend eines Anwalts, wollte aber nicht noch einmal Dr. Meier belästigen. Ich hätte ihm die ganze leidige Angelegenheit erklären müssen, damit er mir nicht wieder den Falschen empfahl. An den Anwalt meines Vaters wollte ich mich ebenfalls nicht wenden. Sonst kannte ich keine Rechtsanwälte in Wien. Ausnahmsweise bat ich auch Oswald nicht um Hilfe. Nach unserem letzten, für mich sehr unbefriedigenden Gespräch wollte ich diese unangenehme Angelegenheit nicht weiter mit ihm diskutieren.

Ich rief Toni an. Als mehrfach geschiedener Mann besaß er sicher einige Erfahrung mit Anwälten. Es war anzunehmen, dass sich sogar einige unter seinen Stammgästen befanden.

Wir verabredeten uns für neun Uhr abends in der Blauen Bar.

22.

Der Regen hatte aufgehört. Es versprach ein milder Frühlingsabend zu werden. Ich machte eine Runde durch den Volksgarten und spazierte danach durch die Innenstadt, bis es Zeit war für meine Verabredung mit Toni.

Als ich die Blaue Bar betrat, war es einundzwanzig Uhr vorbei. Toni war noch nicht da.

Maya trug ein tief ausgeschnittenes scharlachrotes Oberteil und hatte ihre Lockenpracht hochgesteckt. Sie sah sehr verführerisch aus. Ich gab mir Mühe, nicht wie ein Trottel in ihren Ausschnitt zu starren.

Sie sprach mich sofort auf mein inzwischen bläulich verfärbtes Auge an.

„Wer hat Ihnen denn das hübsche Veilchen verpasst?"

Verzweifelt suchte ich nach einer passablen Notlüge, entschied mich dann für die halbe Wahrheit, sagte, der Mann einer Patientin hätte mich attackiert, weil er eifersüchtig auf mich war.

„Ihr Job ist nicht ganz ungefährlich", spottete sie.

„Nein. Sowas passiert öfter. Nicht, dass man angegriffen wird, ich meine, dass Ehemänner eifersüchtig auf den Analytiker ihrer Frauen sind ... Ach, vergessen Sie es. Ich rede nur Blödsinn. Anscheinend hat mein Hirn auch etwas abgekriegt", beendete ich mein Gestammel.

Ich fühlte mich, als wäre ich innerhalb einer Woche um Jahre gealtert. Ein Blick in den Spiegel hinter der Theke bestätigte meine Befürchtung.

Maya griff nach meiner Hand. Die Berührung fühlte sich so gut an, dass ich sie für immer festhalten wollte. Leider zog sie ihre Hand schnell zurück, als Toni das Lokal betrat.

Er begrüßte zuerst die anderen Gäste. Jeder bemühte sich, sein gutes Verhältnis zu dem bekannten Innenstadt-Wirt zur Schau zu stellen. Ich musste eine Weile warten, bis er sich zu mir durchgekämpft hatte.

Da ich ihm bereits am Telefon gesagt hatte, dass ich einen Anwalt suchte, musste ich nicht mehr lang und breit erklären, worum es ging.

Er betrachtete mich mitleidig.

„Schlecht schaust aus, Doktor. Was ist passiert?"

„Eine lange Geschichte, die ich dir lieber erspare."

Seine Neugier schien sich in Grenzen zu halten. Er klopfte mir auf die Schulter und dröhnte: „Das wird schon wieder!"

Er hatte zwei Namen für mich, einen männlichen und einen weiblichen. Ich verstand den zweiten Namen nicht, weil er heftig zu husten begann.

„Engagiere die Frau. Sie gehört zu den besten Scheidungsanwältinnen der Stadt", fuhr er hustend fort.

„Es geht nicht um Scheidung."

„Aber um eine Frauengeschichte, oder?"

Die Vorwürfe hatten sich in Wiens High Society offenbar noch nicht herumgesprochen.

„Sexuelle Belästigung", flüsterte ich beschämt.

Er warf mir einen erstaunten Blick zu.

„Na, dann erst recht. Frauen machen sich in so einem Fall besser vor Gericht."

„Es ist natürlich alles Verleumdung ...", versuchte ich zu erklären.

„Ich will es gar nicht wissen."

Er reichte mir eine Visitenkarte.

„Ruf sie an und sag ihr einen schönen Gruß von mir. Sie und ich sind alte Freunde. Ich hab's leider eilig. Wenn du wieder mal was brauchst, jederzeit." Er deutete auf sein Handy und machte sich aus dem Staub.

Ich warf einen Blick auf die Visitenkarte.

„Dr. Stefanie Schiller ..."

Das durfte nicht wahr sein! Ich wusste nicht, ob ich schreien oder lachen sollte.

Dieter, der die ganze Zeit an seinem Tisch gesessen und hoffentlich nichts von meinem Gespräch mit Toni mitbekommen hatte, stellte sich, kurz nachdem der große Zampano gegangen war, knapp neben mich.

Er roch stark nach Zigaretten und Alkohol.

„Nimm dich vor dem in Acht! Er gibt sich so freundlich, ist ständig gut gelaunt. Das allein ist verdächtig. Findest du nicht?"

Er funkelte mich mit seinen Schweinsäuglein listig an.

„Wenn du mir nicht glaubst, frag Maya. Die hat so einiges mit dem mitgemacht. Der kann auch anders. Wenn ihm etwas nicht passt oder gegen den Strich geht, solltest du ihn mal erleben. Mitleidlos, knallhart und gefährlich."

„Übertreibst du nicht ein bisschen?"

„Du wirst doch nicht so naiv sein und denken, er hat sich sein Imperium hier im ersten Bezirk mit Nettigkeit und Gutmütigkeit erwirtschaftet. Beste Beziehungen zur Unterwelt, Cosa Nostra, sage ich nur."

„Was redest du wieder für einen Unsinn daher?", mischte sich Maya ein, die hinter die Theke zurückgekehrt war und seine letzten Worte gehört hatte.

„Hast du ihm nicht erzählt, dass Toni dir gedroht hat, dich fertigzumachen, als du seinen Heiratsantrag abgewiesen hast?"

„Musst du diese uralten Geschichten unbedingt aufwärmen? Die interessieren keinen", verstimmt wandte sie sich einem anderen Gast zu.

Mich interessierten sie sogar sehr, aber in Mayas Gegenwart wagte ich es nicht, nachzufragen.

Dieter hatte offensichtlich ebenfalls Angst, es sich mit ihr zu verscherzen, und wechselte das Thema.

„Ich habe mich inzwischen über deinen Job ein bisschen schlaugemacht. Unsere Berufe sind einander gar nicht so unähnlich."

„Dieser Meinung war auch Sigmund Freud", erwiderte ich grinsend. „In einer Vorlesung für Jusstudenten hat er behauptet, dass die Aufgabe des Therapeuten die gleiche ist wie die des Kriminalbeamten. Beide sollen das verborgene Psychische aufdecken und haben zu diesem Zwecke eine Reihe von Detektivkünsten erfunden."

„Genau das meine ich", warf Dieter ein. „Die Arbeit des Detektivs hat ihn also an seine eigene Arbeit erinnert."

Ich war überrascht. Vorhin hatte ich ihn für betrunken gehalten, doch er schien voll aufnahmefähig zu sein.

„Er stellte sogar eine Analogie zwischen dem Verbrecher und dem Analysierten her. Bei beiden geht es um ein Geheimnis, um etwas Verborgenes. Aber beim Verbrecher handelt es sich um ein Geheimnis, das er kennt und absichtlich verbirgt, beim Analysierten um ein Geheimnis, das er selbst nicht kennt."

„Du hast wohl viele Bücher gelesen", stellte Dieter mit einem anerkennenden Unterton fest.

Hatte ich es tatsächlich geschafft, den alten Säufer mit den Freud-Zitaten zu beeindrucken?

Ich musste zugeben, dass mir nicht egal war, was er von mir dachte.

„Ich habe nie Zeit zum Lesen gehabt", sagte er. „Nachdem mir dieser Arsch das Knie kaputtgeschossen hat, hätte ich zwar genug Zeit gehabt, aber seien wir ehrlich: Die einzig wirklich wichtigen Dinge im Leben sind Bier, Wein, Zigaretten und Vögeln bis zum bitteren Ende."

Ich musste lachen. Wenn ich mich nicht irrte, hatte Sigmund Freud einst Ähnliches behauptet: Wer Trinken, Rauchen und Sex aufgibt, lebt auch nicht länger. Es kommt ihm nur so vor.

Maya reichte mir ein Glas Rotwein.

Dieter wankte aufs Klo und verließ danach das Lokal, ohne sich von Maya zu verabschieden. Mir winkte er zumindest kurz zu.

Unschlüssig, ob ich ebenfalls gehen oder bleiben sollte, sah ich Maya an.

Sie hatte ihre professionelle Miene aufgesetzt und wirkte sehr beschäftigt.

Ich hatte leichte Kopfschmerzen und keine Lust mehr auf den Rotwein.

„Zahlen bitte", murmelte ich.

„Sie gehen schon? Bleiben Sie bitte noch einen Moment."

Erfreut nippte ich an meinem Glas.

Meine Kopfschmerzen verschwanden von einer Sekunde auf die andere, als sich Maya über die Theke beugte und leise zu mir sagte: „Haben Sie vergessen, dass Sie mir einen Tipp geben wollten, wie ich Jonas am besten dazu bringe, mit dem Dealen aufzuhören?"

„Ich habe es nicht vergessen. Psychiater vergessen nie etwas. Unser außergewöhnliches Erinnerungsvermögen ist wichtiger Bestandteil unseres Jobs", scherzte ich und schielte auf ihre Brüste, die meinen Händen gefährlich nahe kamen.

„Gut. Ich nehme Sie beim Wort. Wir könnten zu dritt essen gehen. Oder Sie kommen zu mir. Ja, ich werde Sie und Jonas bekochen. Meinen Sarmale kann er nicht widerstehen."

Ihre Augen blitzten auf. Flirtete sie etwa gar mit mir?

„Aber ich vielleicht", ging ich auf ihren scherzhaften Ton ein.

„Sie haben keine Ahnung. Die rumänischen Krautrouladen schmecken viel besser als das österreichische Krautfleisch. Ich gebe zum Faschierten Reis, Bulgur sowie spezielle Kräuter und Gewürze, wie roten Paprika und Sumach, dazu. Jonas mag die Rouladen am liebsten mit Tomatensauce."

„Okay, Sie haben mich überzeugt. Wann und wo soll ich hinkommen?"

Sie gab mir ihre Adresse und schlug Sonntagmittag vor.

Ich war mir sicher, dass ich bis nächsten Sonntag schlaflose Nächte verbringen würde.

Auf dem Heimweg befand ich mich in einem beinahe euphorischen Zustand. Eine Essenseinladung in ihrer Wohnung und mit ihrem Sohn? Wie familiär! Diese Frau schaffte es tatsächlich, mich zu überraschen.

Bisher hatte sie sich mir gegenüber meistens distanziert verhalten. Wir hatten zwar miteinander geredet und gelacht. Trotzdem war sie immer irgendwie auf Distanz geblieben. Zu keiner Zeit hatte sie versucht, durch Berührungen oder Blicke mit mir zu flirten. Heute Abend war alles anders gewesen.

Meine Bedenken waren wie weggewischt. Vor Kurzem hatte ich sie noch verdächtigt, in die Drogengeschäfte ihres Ex-Mannes und ihres Sohnes verwickelt zu sein, nun erschien sie mir fast wie ein Engel oder zumindest wie eine gute Fee.

Kaum lag ich zuhause in meinem Bett, schlief ich ein.

* * *

Dichter Nebel hing über Wien. Ich konnte keine zehn Meter weit sehen. Die Stadt war menschenleer. Schwer schnaufend schleppte ich mich durch eine schmale Gasse. Mein Gesicht und meine Hände waren blutverschmiert. Plötzlich tauchte das Winterpalais von Prinz Eugen aus dem Nebel auf. Ich torkelte darauf zu.

Das mächtige Tor war verschlossen. Ich klopfte und rüttelte heftig an der massiven Tür. Keiner öffnete mir. Verzweifelt ließ ich mich auf dem kalten Pflaster nieder. Ich wusste, dass ich sterben würde, wenn keine Hilfe kam. Blut tropfte in meine Augen. Ich zitterte vor Kälte.

Als sich ein feenhaftes Wesen in einem scharlachroten Kleid über mich beugte, wähnte ich mich im Himmel. Die seltsame Gestalt nahm Stefanies Züge an. Ich konnte ihr kaltes Gesicht auf meiner Haut spüren. Auf einmal verwandelten sich ihre Züge, wurden runder, weicher und wärmer. Anna Maria lächelte mich versonnen an.

Ich streckte meine Hand nach ihr aus, doch sie huschte an mir vorbei und verschwand durch das geschlossene Tor des Palais. Ich schrie.

Mein Schrei weckte mich.

Ich setzte mich auf.

Der Traum ist der Wächter des Schlafes, nicht sein Störer, hatte Sigmund Freud geschrieben. In diesem Fall traf das nicht zu.

Da selbst Albträume laut Freud Erfüllungen verdrängter Wünsche seien, griff ich nach meinem Notizblock, der auf meinem Nachtkästchen lag, um mir den Traum zu notieren, bevor er sich verflüchtigte.

In diesem Moment klingelte mein Telefon.

Als ich abhob, legte der Anrufer auf. Es war drei Uhr morgens. Die Wolfsstunde brach an.

In letzter Zeit erwachte ich beinahe regelmäßig in der Stunde des Wolfes.

Alle Probleme erschienen mir dann übermäßig groß und unlösbar.

Die medizinische Erklärung für dieses Phänomen war nicht so mystisch, wie der Begriff der Wolfsstunde vermuten ließ.

Zwischen drei und vier Uhr früh ist die Körpertemperatur niedrig und es wird besonders viel vom Schlafhormon Melatonin ausgeschüttet. Gleichzeitig fehlt einem die wohltuende Wirkung des Serotonins, dessen Ausschüttung gedrosselt wird. Hinzukommend wird das Gehirn zu dieser Zeit nicht ideal durchblutet. Das Resultat? Man wacht auf und findet nur schwer zurück in den Schlaf. Die Stimmung ist gedrückt. Man ist dünnhäutiger. Ängste und pessimistische Gedanken sind präsenter, als es unter Tag der Fall ist. Ich bezeichnete das als nächtliche Mini-Depression und überlegte, mir anzugewöhnen, meine Streifzüge durch die Stadt auf diese frühe Stunde zu verlegen.

Die nächtlichen Straßen hatten durchaus etwas Reizvolles für mich. In der Nacht hatte die Stadt ganz andere Farben. Früher sagte man sich, dass zu dieser Zeit nur noch die Wölfe durch die Dunkelheit streifen würden. Daher kam auch der Name.

Unwillkürlich musste ich an den Wolf denken, dem ich beim Begräbnis meines Vaters am Zentralfriedhof begegnet war. Bestimmt streunte er jetzt irgendwo am Stadtrand herum.

TEIL IV

23.

Sie war froh, einmal einen Abend für sich allein zu haben. Bewusst hatte sie ihren Mann nicht zu der Vernissage in der Albertina begleitet. Nach dem gemeinsamen Abendessen fühlte sie sich unwohl. Wie so oft hatte sie zu viel und zu schnell gegessen. Kaum war er aus dem Haus, machte sie sich auf die Suche nach ihren kleinen Helfern.

In ihrem Arzneischränkchen befand sich eine unglaubliche Menge legaler Drogen. Vor allem Lexotanil, Xanor, Stilnox, ihre chemischen Waffen gegen die Erinnerung.

Sie schluckte regelmäßig ihre Beruhigungsmittel, Schlaftabletten und auch Antidepressiva, obwohl ihr der Doktor gleich zu Anfang ihrer Analyse geraten hatte, die Psychopharmaka abzusetzen. Sicher hatte sie in ihrem Leben schon mehrere hundert Schachteln dieser Medikamente verbraucht.

Verdammter Mist, die Stilnox-Packung war leer. Es war das einzige Mittel, das ihr nach wenigen Minuten zu Schlaf verhalf.

Hatte sie vor Kurzem nicht ein neues, angeblich noch schneller wirkendes Medikament verschrieben bekommen?

Sie durchwühlte den Arzneischrank, warf leere und halbleere Schachteln auf den Boden und wurde hinter zwei uralten Fläschchen Baldrian fündig.

Erleichtert schob sie sich nicht nur die letzte Stilnox, sondern auch die anderen zwei Wunderpillen in den Mund und führte das Wasserglas an ihre Lippen. Ihre Hand zitterte so stark, dass sie sich die Hälfte des Wassers übers Kinn schüttete.

Er hatte ihr auch geraten, keine Benzos, also Beruhigungsmittel, mehr zu nehmen. Aber ohne diese konnte sie nicht runterkommen. Sie war längst süchtig. Sie wusste es und er wusste es, auch wenn er glaubte, dass sie Fortschritte machte.

Das Leben war eine einzige Quälerei von einem Tag auf den anderen. Am schlimmsten war die Schlaflosigkeit, die alle als psychosomatisch abtaten. Die meisten Leute hielten sie für verrückt. Sie würde ihnen schon noch zeigen, wer wirklich verrückt war.

Sie war kein Opfer, selbst wenn Männer sie immer ausgenutzt hatten. Aber sie würde es ihnen heimzahlen. Ihnen allen. Ihrem Vater, ihrem vertrottelten Ehemann, ihren Therapeuten, Analytikern und Ärzten und allen anderen, die sie im Laufe ihres Lebens verletzt hatten. Denn sie war schlauer als alle zusammen.

Plötzlich sah sie die ganze Szene wieder vor ihren Augen. Er hatte sie in eine Art Trancezustand versetzt. Sie hatte sich vollkommen passiv verhalten, nicht geschrien, sich nicht zur Wehr gesetzt. Als es vorbei war und sie wieder bei Sinnen war, dachte sie zuerst, sie hätte alles nur geträumt. Aber es war eine Vergewaltigung, auch wenn ihre Anwältin ihr einzureden versuchte, dass es Sex in beiderseitigem Einvernehmen war.

Er war nicht der Erste und Einzige, der sie missbraucht hatte. Auch ihr Mann fiel manchmal über sie her, wenn sie halb bewusstlos war. Vergewaltigung in der Ehe, das könnte sie ebenfalls zur Anzeige bringen. Aber zuerst waren diese verdammten Quacksalber an der Reihe. Auch sie waren respektlos und übergriffig und mussten zur Rechenschaft gezogen werden.

Die Bordeauxflasche war leer. Sie öffnete eine zweite aus seinem geheimen Versteck. Schließlich hatte sie für diese sündhaft teuren Weine bezahlt. So wie für all den anderen Luxus, auf den er so großen Wert legte.

Hatte sie die Schlaftablette schon geschluckt oder nicht? Eher nicht. Sie verspürte noch keine Müdigkeit.

Sollte sie zusätzlich Rohypnol nehmen? Warum nicht? Das half am besten.

Schlafen wie eine Tote. Ja, das war es, wonach sie sich momentan sehnte. Sicherheitshalber gab sie die doppelte Menge Rohypnol und dazu noch die neue Schlankheitspille in ihr Weinglas und leerte diesen Medikamentencocktail in einem Zug.

Kurz danach zeigte sich die Wirkung. Die Inhaltsstoffe verteilten sich in ihrem Blut, wanderten zu ihrem Gehirn. Sie spürte, wie ihre Lider schwer wurden und Angst und Erregung von ihr wichen. Ihr Kopf bewegte sich langsam hin und her. Sie gähnte und musste an den letzten Satz von Scarlett O'Hara in dem uralten Hollywoodschinken „Vom Winde verweht" denken: Tomorrow is another day.

24.

Am späten Nachmittag stand die Polizei vor meiner Tür und verlangte Einlass.

Anna Maria Mayerbach war tot. Offenbar hatte eine Überdosis Schlafmittel, kombiniert mit einer größeren Menge Alkohol, ihr Herz zum Stillstand gebracht. Die Bullen gingen davon aus, dass sich Anna Maria das Leben genommen hatte.

Auf der Suche nach einem Abschiedsbrief hatten die Beamten ein Notizbüchlein, eine Art loses Tagebuch gefunden. In den wirren Aufzeichnungen hatte sie von sexueller Gewalt und gefährlichen Drohungen geschrieben. In diesem Zusammenhang dürfte nicht nur der Name ihres Mannes gefallen sein. Es soll auch von „Psychoheinis" und „Seelenklempner" die Rede gewesen sein.

Ihr Mann hatte den Bullen meinen Namen genannt.

Als die Polizei auf ihrem Geschäftshandy auch einige SMS an mich und mehrere unbeantwortete Anrufe fand, stand für sie fest, dass es sich bei der Beziehung zwischen Anna Maria und mir nicht um eine rein therapeutische gehandelt haben konnte. Immerhin ließen die zärtlichen SMS auf eine gewöhnliche Affäre schließen und brachten die Bullen vom Verdacht ab, dass ich Anna Maria vergewaltigt haben könnte.

Anstatt darüber erleichtert zu sein, ärgerte es mich maßlos, dass sie mich für fähig hielten, die Abhängigkeit einer Patientin auszunutzen und mit ihr zu schlafen.

Ich wollte ihnen etwas von positiver Übertragung, der Übertragung positiver Gefühle wie Liebe auf den Analytiker, und über Stalking erzählen, brachte aber keine zusammenhängenden Sätze heraus.

Ich fühlte mich wie gelähmt. Das Schlimmste, was einem Psychoanalytiker passieren kann, war eingetreten: der Selbstmord einer Patientin.

Ich hatte diese exzentrische Frau gerngehabt, auch wenn sie mich oft an den Rand der Verzweiflung gebracht hatte. Es ging mir einfach nicht in den Kopf, dass sie sich absichtlich umgebracht haben sollte. Anna Maria war mir in all den Wochen, in denen ich sie behandelt hatte, nie suizidal vorgekommen. Ich vermutete, dass sie irrtümlich zu viele Medikamente geschluckt hatte. Und das sagte ich auch den Polizeibeamten.

Meine Versuche, ihnen klarzumachen, dass Schlaftabletten in Kombination mit Alkohol eine tödliche Mischung sein können, bei der man sich schnell einmal verschätzen kann, war natürlich überflüssig. Sie mussten mich für einen Klugscheißer halten. Ich geriet ins Schwitzen und verhaspelte mich mehrmals.

„Sie glauben, ihr Tod war ein Unfall?"
Ich nickte.

„Die Anwältin Ihrer Patientin hat Sie indirekt verantwortlich für den Selbstmord von Frau von Mayerbach gemacht. Angeblich haben Sie die Dame eigenhändig aus Ihrer Praxis hinausgeworfen, als sie Ihre Hilfe am dringendsten benötigt hat."

Ich kochte innerlich vor Wut. Wie kam Stefanie auf die Idee, so etwas Ungeheuerliches zu behaupten? Sie kannte Anna Maria sehr gut und wusste, dass man ihr nicht alles glauben durfte.

Mühsam beherrscht und mit gepresster Stimme sagte ich: „Ich habe sie nicht hinausgeworfen. Die Stunde war beendet. Sie hat zuerst nicht gehen wollen. Als mein Telefon zu läuten begann, ist sie doch gegangen. Ich habe sie nicht angefasst."

„Der Ehemann hat uns was anderes erzählt. Er hat nicht nur behauptet, Sie hätten sich an seiner Frau sexuell vergangen, sondern auch ausgesagt, dass Sie ihr die Tabletten verschrieben hätten, mit denen sie sich umgebracht hat."

„Die hat sie sich woanders besorgt."

Ich ahnte auch, bei wem, das verriet ich ihnen aber nicht.

„Ich verschreibe meinen Analysepatienten prinzipiell keine Psychopharmaka. Das widerspricht unseren Statuten. Sie können das leicht nachprüfen. Ich nehme an, die Polizei hat Zugang zu den Krankendaten."

Mein arroganter Ton schien den Beamten nicht zu behagen. Auch ihr Ton wurde schärfer. Sie ermahnten mich, die Stadt nicht zu verlassen und mich zu ihrer Verfügung zu halten.

„Selbstverständlich", murmelte ich und komplimentierte sie hinaus.

Kaum hatte sich die Tür hinter ihnen geschlossen, rief ich Oswald an.

Er wusste bereits Bescheid. Die Polizei war auch bei ihm gewesen.

„Äußerst unangenehme Typen! Sie haben was von Verstößen gegen das Arzneimittelgesetz und das Betäubungsmittelgesetz dahergeschwafelt. Die haben keine Ahnung, womit wir uns täglich herumschlagen müssen. Die Alte war komplett durchgeknallt, hat sich seit Jahren mit Schmerzmitteln betäubt und tonnenweise Xanor geschluckt. Sie war total abhängig von diesem Benzo. Und dazu Rohypnol, das haut das stärkste Pferd um."

„Und du hast ihr das alles verschrieben?"

„Nein, natürlich nicht! Falls sie das behauptet hat, war es eine Lüge. Früher habe ich ihr mal Stilnox wegen ihrer krankhaften Schlafstörung verordnet. Das ist schon eine Zeit her. Sie muss es sich bei jemand anderem besorgt haben oder im Internet. Dort kriegst du heute alles, was dein Herz begehrt."

Ich fragte mich nicht zum ersten Mal, ob er die Wahrheit sagte. Leider konnte ich nicht sehen, ob seine Halsschlagader pulsierte. Dies war, neben einem nach unten gerichteten Blick oder einem verstohlenen Blick nach links, ein untrügliches Anzeichen dafür, dass jemand die Unwahrheit sagte.

„Sie war nicht depressiv, aber sie hat trotzdem Antidepressiva geschluckt. Zumindest damals, als sie bei mir ihre Analyse begann. Hat sie die auch von dir bekommen?"

Er zögerte.

„Möglich. Ich kann mich nicht mehr so genau erinnern. Ich verschreibe unglücklich verheirateten Patientinnen immer Antidepressiva."

Plötzlich tauchten Bilder von seiner Geburtstagsparty vor meinem inneren Auge auf. Anna Maria auf Oswalds Schoß. Seine Hände, die zärtlich über ihren

Rücken strichen. Mein Freund spielte gern den Frauentröster.

„Hattest du mal was mit ihr?", fragte ich.

„Das haben mich die Bullen auch gefragt."

„Habt ihr irgendwann mal miteinander geschlafen oder nicht?"

„Spinnst du? Die war zu fett für meinen Geschmack."

Seine Frauenfeindlichkeit und sein Zynismus entsetzten mich. Bevor ich ihm eine Beschimpfung an den Kopf warf, legte ich lieber auf.

Wenn Oswald Anna Maria zusätzlich zu dem Schlafmittel und den Antidepressiva tatsächlich auch Rohypnol verschrieben hatte, war er in meinen Augen mitschuld an ihrem Tod.

Plötzlich fiel mir die Geschichte von ihrem Krankenhausaufenthalt nach dem Selbstmordversuch ein, der laut ihrer Aussage keiner war. Falls sie mir damals die Wahrheit gesagt hatte, war es denkbar, dass dieser Unfall Eugen auf die Idee gebracht hatte, ihr einen Medikamentencocktail zu verabreichen. Mich wunderte, dass die Polizei nicht in erster Linie ihn verdächtigte.

Ich fühlte mich wie erschlagen und mir war schwindlig. Die Einrichtung meiner Ordination bekam ein Eigenleben. Die Bücher und Papiere auf meinem Schreibtisch hüpften auf und ab, die schwarze Liege sah ich doppelt. Ich nahm meine Brille ab und wischte mir die Tränen aus den Augen.

Im Moment war ich nicht einmal fähig, angemessen um Anna Maria zu trauern. Unzählige Fragen schwirrten durch meinen Kopf.

Ihr Tod erinnerte mich an den Tod meiner Mutter. Auch damals hatte sich die Frage gestellt: Suizid oder Unfall?

Ich musste mir unbedingt eine Auszeit nehmen.

Kurzentschlossen rief ich meine sehr erfahrene Psychoanalytiker-Kollegin Dr. Wilder an und fragte, ob sie meine beiden anderen Analysepatienten übernehmen könnte.

Am liebsten hätte ich mich momentan selbst bei Dr. Wilder auf die Couch gelegt.

Ein richtiger Mann braucht keinen Psychoanalytiker, hörte ich meinen Vater sagen.

Ich ließ mich auf keine Diskussion mit ihm ein.

Mit wenigen Worten schilderte ich meiner Kollegin meine missliche Lage.

Sie war sofort bereit mir zu helfen.

Ich kündigte an, ihr meine Aufzeichnungen und die Patientendaten zukommen zu lassen, sobald ich alles mit meinen Patienten geklärt hatte.

Mein gestammeltes Dankeschön wollte sie nicht hören. „Schau lieber, dass du heil aus diesem Schlamassel rauskommst", sagte sie und legte auf.

Auch meinen psychiatrischen Patienten konnte ich rasch Ersatztermine bei anderen Psychiatern verschaffen.

Ich kam mir wie ein Roboter vor, als ich danach Frau F. und Herrn K. anrief. Mein Hirn schien noch zu funktionieren, aber ich fühlte mich wie in Trance und tat automatisch, was zu tun war.

Ohne lange Erklärung informierte ich meine beiden Analysepatienten über die veränderte Situation. Korrekter wäre es gewesen, sie zu mir zu bitten und ihnen die Nachricht in einem Vier-Augen-Gespräch mitzuteilen, aber dazu war ich momentan schlicht und einfach nicht in der Lage.

Vor allem Frau F. reagierte sehr bestürzt. Damit hatte ich gerechnet. Veränderungen waren ihr ein Gräuel. Herr K. hingegen schien bestens informiert zu sein und versuchte, mich über Anna Marias Tod auszuhorchen. Ich berief mich auf meine Schweigepflicht und fertigte ihn rasch ab, indem ich ihm die Telefonnummer meiner hilfsbereiten Kollegin durchgab.

Danach setzte ich mich mit einem Kaffee auf die Wohnzimmercouch und starrte ins Leere.

Was gäbe ich jetzt nicht für einen Joint, dachte ich. Doch im Augenblick wollte ich niemanden sehen. Nicht einmal Caroline.

Meine Nachttischlade, wo ich sonst das Gras aufbewahrte, war leer. Ich hatte in den letzten Tagen nichts geraucht.

Irgendwo musste ein Rest von dem Marihuana, das mir meine Nachbarin mal überlassen hatte, herumliegen.

Ich durchsuchte alle Schubladen, ja sogar meine Küchenschränke und den Allibert im Badezimmer. Fündig wurde ich schließlich im Kleiderschrank.

Ich konnte mich nicht mehr erinnern, wann ich das kleine Säckchen mit den getrockneten grünbraunen Blüten der weiblichen Hanfpflanze zwischen meinen Socken versteckt hatte. Da meine Putzhilfe nie an meinen Kleiderschrank ging, war der Kasten tatsächlich ein gar nicht so schlechtes Versteck für Gras.

Schon während ich mir einen Joint drehte, beruhigten sich meine Nerven. Gierig machte ich den ersten Zug und blickte versonnen dem Rauch nach, der sich an die Zimmerdecke flüchtete. Das Gefühl der Entspannung hielt leider nicht lange an.

Als ich ausdämpfte, musste ich wieder an Eugen von Mayerbach denken. War er nachts nicht zuhause gewesen? Warum hatte er nicht früher bemerkt, was mit seiner Frau los war?

Mir fiel die Geschichte von den K.-o.-Tropfen in der Milch ein. Damals hatte ich Anna Maria nicht geglaubt. An jenem Abend hatte er sie angeblich in ihrem komatösen Zustand vergewaltigt. Hatte Anna Maria in diesem Punkt die Wahrheit gesagt? Ich dachte wieder ans Rohypnol, das nicht umsonst als Vergewaltigungsdroge bezeichnet wurde.

Ich nahm an, dass ich auch nach dem Tod meiner Patientin der Schweigepflicht unterlag. Vielleicht konnte jemand anderer der Polizei einen Hinweis geben?

Ich musste dringend mit Stefanie reden, versuchen, sie zur Vernunft zu bringen. Zwar hatte sie mich bei der Polizei angeschwärzt, aber bestimmt wusste sie Details über Anna Marias Leben, die ich nicht kannte.

Ich machte mir noch einen Kaffee und rief Stefanie an.

Erst nach mehrmaligem Klingeln hob sie ab.

„Lass mich in Frieden", schrie sie, ehe ich etwas sagen konnte, und legte sofort wieder auf.

25.

Ich empfand Anna Marias Tod als schweren Verlust. Außer dem Gefühl, versagt zu haben, bewegten mich auch andere schmerzliche und widersprüchliche Gefühle, wie Trauer, Wut, Enttäuschung und Schuldgefühle.

Deprimiert verließ ich das Haus.

Wegen des starken Regens und weil es bereits ziemlich spät war, winkte ich ein Taxi herbei.

Der atemberaubende Geruch eines Wunderbaums erfüllte den Innenraum des alten Mercedes. Ich konnte Frau F.s starke Taxi-Abneigung, von der sie mir bei einer der letzten Sitzungen erzählt hatte, plötzlich nachfühlen.

Ich hatte einen schweigsamen Fahrer erwischt. Nur das leise Summen des Motors und die harten Regentropfen auf der Windschutzscheibe waren zu hören, begleitet vom Quietschen der altersschwachen Scheibenwischer.

Es regnete seit Stunden, beharrlich und ausdauernd, wenn auch nicht besonders kräftig.

Ich saß im Taxi, starrte hinaus in den Regen und versuchte Ordnung in das Durcheinander in meinem Kopf zu bringen.

Als ich unangemeldet in Stefanies Kanzlei hineinplatzte, war es siebzehn Uhr vorbei.

Die hellen Räume verströmten eine gewisse Strenge. Möbel aus Glas und Metall, ein hochfloriger grauer Teppich, mehr oder weniger abstrakte Bilder. Neunziger-Jahre-Chic.

Die junge Dame im Vorzimmer ließ mich nicht in das Büro ihrer Chefin. Sie behauptete, Dr. Schiller befinde sich in einer Besprechung.

Da ich weder Stimmen hörte noch Regenschirme oder -mäntel in der offenen Garderobe erblickte, klopfte ich an die Tür, an der ihr Name stand, und trat ein.

„Du wagst es, dich hier blicken zu lassen?", schrie Stefanie, bevor ich die Tür schließen konnte.

„Ich habe gehofft, dass dich die Polizei inzwischen aus dem Verkehr gezogen hat."

Meine Nerven waren nicht mehr die besten. Ich erhob ebenfalls meine Stimme. „Jetzt hörst du mir mal zu!", fuhr ich sie an und setzte mich demonstrativ in den bequemen Stuhl gegenüber ihrem Schreibtisch.

Ihr Gesicht war leicht gerötet. Sie stützte sich mit den Ellenbögen auf die Tischplatte, beugte sich zu mir herüber und fauchte: „Ich habe eine geschlagene Dreiviertelstunde in der Meierei auf dich gewartet."

Auf einmal dämmerte es mir. Es ging gar nicht um Anna Maria.

Stefanie war stinksauer, weil ich sie letztens im Stadtpark versetzt hatte. So etwas war sie nicht gewohnt. Wahrscheinlich hatte sie mich nur deshalb bei der Polizei angeschwärzt.

Mein Zorn flaute ab.

„Du hast mir nicht diesen verrückten Eugen auf den Hals gehetzt?"

„Wie bitte?"

Ich erzählte ihr von der Schlägerei im Park.

„Sind denn jetzt alle völlig durchgeknallt?"

„Wie konnte er sonst wissen, dass er mich im Stadtpark findet?"

„Keine Ahnung! Von mir hatte er das jedenfalls nicht!"

Ihre Stimme war schrill und zu laut. Garantiert konnte man sie im Vorzimmer hören.

„Oh nein! Warte!" Sie sprach jetzt leiser. „Als du mich angerufen hast, war er bei mir im Büro. Er muss mitgekriegt haben, dass wir uns in der Meierei verabredet haben."

„Was hat er von dir gewollt?"

„Na, was wohl? Er hat mich um jeden Preis dazu bringen wollen, dich wegen Missbrauchs an seiner Frau zu verklagen. Ich habe abgelehnt. Ich kannte Anna Maria besser als er. Wir sind seit Jahren miteinander befreundet. Ich weiß, man soll Toten nichts Schlechtes nachsagen, aber sie war eine notorische Lügnerin. Ich habe keine Sekunde daran geglaubt, dass du Anna Maria vergewaltigt haben könntest."

Erleichtert atmete ich auf.

„Ich habe ihm ins Gesicht gesagt, dass, wenn, dann Anna Maria dir nachgestellt hat und nicht umgekehrt.

Daraufhin hat er sehr erregt meine Kanzlei verlassen. Und den Rest der Geschichte hast du ja am eigenen Leib zu spüren gekriegt." Sie deutete auf mein inzwischen hellviolett verfärbtes Auge.

Ihr ironischer Ton missfiel mir. Ich hatte außerdem den Eindruck, dass sie mir etwas verschwieg.

„Was ist mit Eugen? Warum hat er nicht bemerkt, dass es seiner Frau am Abend, als sie starb, nicht gut ging?"

„Er ist an jenem Abend nicht zuhause gewesen, sondern bei einer Vernissage in der Albertina und nachher noch mit einigen Bekannten in einer Bar. Angeblich ist er erst nach Mitternacht heimgekommen. Er hat nicht mehr nach ihr gesehen, hat nicht wecken wollen. Sie hatten getrennte Schlafzimmer. Deshalb hat auch nicht er Anna Maria gefunden, sondern die Haushälterin, die täglich in der Früh um acht zu den Mayerbachs kommt."

„Weißt du, ob die Polizei sein Alibi überprüft hat? Von einer Vernissage kurz unbemerkt zu verschwinden, ist keine Kunst. Es wäre möglich, dass er nach Hause gefahren ist, ihr die Überdosis verabreicht hat und vor dem Ende der Veranstaltung zurück in der Albertina war."

„Hörst du dir eigentlich selbst zu? So ein Schwachsinn! Es hat zwar oft Streit zwischen den beiden gegeben, vor allem weil Anna Maria sich gern freizügig gegeben hat und Eugen tierisch eifersüchtig war, aber er hat sie geliebt."

„Sie oder ihr Geld, das ihm jetzt nach ihrem Tod in den Schoß fällt."

„Du liegst wieder falsch. Anna Maria hat vor Kurzem ein Testament gemacht. Eigentlich dürfte ich dir das nicht erzählen. Der arme Eugen wird sich mit dem Pflichtteil begnügen müssen. Ihre Kohle geht zurück an ihre Familie, an ihren Vater, besser gesagt."

Ich konnte meine Verblüffung nicht verbergen.

„Tja, das hättest du nicht gedacht, oder? Sie hat ihren Daddy gehasst, das weißt du als ihr Analytiker besser als ich, aber Blut ist eben dicker als Wasser."

Was für ein blöder Spruch!

Sie stieß einen tiefen Seufzer aus.

„Du bist übrigens aus dem Schneider. Anna Maria und ich haben an dem Tag, als sie gestorben ist, miteinander telefoniert. Sie hat mir gestanden, dass nicht du sie vergewaltigt hast, sondern jemand anderer."

„Und wer?"

„Das hat sie mir nicht gesagt. Sie meinte nur, sie habe sich an dir rächen wollen, weil du sie abblitzen hast lassen."

„Das habe ich befürchtet", stöhnte ich.

„Hast du das auch der Polizei erzählt?"

„Ich bin noch nicht dazu gekommen. Keine Angst, ich werde diesen knackigen Oberinspektor demnächst anrufen. Aber mal was anderes, ist mit dir alles in Ordnung? Dass du Anna Maria abblitzen lassen hast, kann ich nachvollziehen, aber deine Flucht aus der Loos-Bar war schon schräg. Unser gemeinsamer Freund Oswald hat steif und fest behauptet, dass du nicht schwul bist. Falls du ein anderes Problem hast, ließe sich leicht Abhilfe schaffen. Oswald handelt auch mit den kleinen blauen Pillen. So kannst du dir die Peinlichkeit eines Apothekenbesuchs ersparen. Und wenn du nicht zu Oswald willst, gibt's die Helferlein auch im Internet zu kaufen."

Ich antwortete nicht darauf, schob einen wichtigen Termin vor und verließ fluchtartig Stefanies Büro.

Potenzprobleme hatte mir bisher noch niemand unterstellt.

Das hämische Lachen meines Vaters klang eine Weile in meinen Ohren nach.

26.

Am frühen Abend betrat ich die Blaue Bar. Außer Dieter war ich der einzige Gast.

Maya begrüßte mich flüchtig und verschwand danach gleich in der Küche.

Ich hätte ihr gerne von Anna Marias Freitod und dem falschen Missbrauchsvorwurf gegen mich erzählt, bevor sie es morgen in der Zeitung las.

„Na, was treibt Sie schon wieder hierher? Die Sehnsucht des einsamen Wolfes nach seinem Rudel?" Dieter blinzelte mich belustigt an. „Lassen Sie die Madame lieber in Ruhe. Der ist heute eine Laus über die Leber gelaufen. Und ich weiß auch, welche."

Warum war er heute wieder per Sie mit mir? Ich beschloss, nicht auf seine Launen einzugehen und beim Du zu bleiben.

„Ich war zu lange Polizist, um nicht zu merken, wenn Ärger in der Luft liegt", fuhr er fort.

Da ich nicht nachfragte, erzählte er mir leise, dass Charlie, Mayas Ex, kurz vor mir in der Bar aufgekreuzt war und ihr einen großen IKEA-Sack mit Schmutzwäsche angedreht hatte.

„Eigentlich hat er ja Lokalverbot, aber die Madame ist nicht sehr konsequent.

Das muss man sich mal vorstellen, angeblich hat sie ihn vor fast zwanzig Jahren vor die Tür gesetzt, wäscht ihm aber nach wie vor seine schmutzige Wäsche? Da stimmt was nicht."

„Was meinst du?"

„Na ich würde mich nicht wundern, wenn sich zwischen seiner dreckigen Unterwäsche noch anderer Dreck befindet."

Ich stellte mich schwer von Begriff.

„Na, so kleine weiße Säckchen. Sie wissen schon, Herr Doktor."

„Niemals!", sagte ich. „Denk an Toni und seinen Hass auf Dealer. Das wagt sie nicht."

„Wenn Sie sich da nur nicht irren. Gerade weil allgemein bekannt ist, dass Toni keinen Drogenkonsum in seinen Lokalen duldet, wäre eine seiner Bars das ideale Versteck. Die Polizei weiß, dass Toni mit Drogen nichts am Hut hat, und wird daher nicht auf die Idee kommen, hier danach zu suchen."

„Du besitzt eine rege Fantasie", sagte ich.

Dennoch war mein Misstrauen geweckt. Hatte Maya nicht vor Kurzem ein Päckchen Gras für Jonas in der Bar aufbewahrt? Aber damals hatte sie offen ihren Unmut über ihren Sohn geäußert. Dass sie auch Charlie deckte, konnte ich mir beim besten Willen nicht vorstellen.

Maya kehrte hinter die Theke zurück. Dieter rückte ein Stück von uns weg und vertiefte sich in die Sportseite einer Boulevardzeitung.

Sie benahm sich heute tatsächlich seltsam, war schlecht gelaunt, wirkte abwesend und gleichzeitig fahrig und nervös.

Womöglich war Dieters Vermutung, dass sie in die illegalen Machenschaften ihres Ex-Mannes verwickelt war, nicht so absurd, wie ich dachte? Die Hinterräume der kleinen Bar waren tatsächlich kein schlechter Lagerort für Drogen.

„Jonas hat im Internet gelesen, dass sich eine Ihrer Patientinnen umgebracht hat. Und Sie stecken das so einfach weg?", sagte Maya plötzlich. Der Vorwurf war nicht zu überhören.

Wie konnte diese sensible Information bereits online sein? Und was interessierte es das Internet überhaupt, dass Anna Maria bei mir in Behandlung gewesen war?

Es ist ja nicht so, dass meine Person von öffentlichem Interesse ist.

Ich beschloss, mit der Wahrheit herauszurücken, erzählte Maya von Anna Maria und den schweren Anschuldigungen gegen mich.

„Darüber stand auch was auf Facebook", unterbrach sie mich und vermied es, mir in die Augen zu sehen.

Ich war eindeutig zu spät dran mit meinen Geständnissen.

Eugen oder jemand anderer aus Anna Marias näherem Umfeld, dem sie diese Missbrauchslügengeschichte erzählt hatte, musste etwas dazu gepostet haben.

Als ich Maya schließlich auch die Wahrheit über die Schlägerei im Stadtpark erzählte, sagte sie: „Lassen Sie uns das Sarmale-Essen lieber auf übernächsten Sonntag verschieben. Bis dahin wird diese furchtbare Geschichte hoffentlich geklärt sein."

Dieter hatte uns natürlich belauscht und mischte sich in unser Gespräch ein.

„Ja, so war's. Der Typ hat als Erster zugeschlagen. Aber Ihre Ohrfeige war auch nicht von schlechten Eltern. Deshalb habe ich nicht eingegriffen. Ich habe mir gedacht, dass Sie mit diesem Schnösel allein fertigwerden. Der Herr Doktor hat eine harte Rechte und ein ausgezeichnetes Reaktionsvermögen, Maya. Das würde man diesem Leichtgewicht gar nicht zutrauen."

Sie verdrehte die Augen zur Decke und ließ uns allein.

„Wie bitte? Du warst auch dort?", fragte ich erstaunt.

„Rein zufällig." Er grinste mich an.

„Warum verfolgst du mich ständig? Was willst du von mir?"

„Von dir will ich gar nichts. Ich habe nur so ein Gefühl, dass du mich eines Tages auf die Spur meines verschwundenen Freundes bringen wirst", wechselte er nun wieder zum Du.

„Wieso ausgerechnet ich?"

„Das erzähle ich dir ein anderes Mal. Ich hau mich jetzt aufs Ohr."

Am Heimweg durch die Innenstadt spürte ich, dass mir jemand folgte.

Da es gut sein konnte, dass der versoffene Privatdetektiv nicht zu Bett gegangen war, sondern seine Beschattung fortsetzte, schenkte ich meinem Verfolger keine Beachtung.

***

Bei Caroline brannte noch Licht, als ich heimkam. Ich schaute auf einen Absacker bei ihr rein und brachte sie auf den neuesten Stand.

Sie beschuldigte sofort meinen Freund Oswald, bei Anna Marias Tod seine Finger mit im Spiel gehabt zu haben.

„Komm, was soll das? Ich weiß, dass du ihn nicht leiden kannst, aber einen Mord wirst du ihm hoffentlich nicht ernsthaft zutrauen."

„Ich behaupte ja nicht, dass er sie umgebracht hat, aber er hat ihr all das Zeug verschrieben. Das hast du vorhin selbst gesagt."

„Ich tippe eher auf den Ehemann. Es war bereits ihre dritte Ehe."

„Na und? Seit wann bist du so spießig?"

„Das hat nichts mit spießig zu tun. Ich wollte damit sagen, dass sie es nie lange mit einem Mann ausgehalten hat. Ende zwanzig hat sie zum ersten Mal geheiratet. Die Ehe hat vier Jahre lang gehalten. Ihre zweite Ehe mit einem bisexuellen Künstler hat nicht einmal ein zweites Jahr überdauert. Mit Eugen war sie seit drei Jahren verheiratet, hat aber seit einem Jahr nicht mehr freiwillig mit ihm geschlafen. Drei missglückte Ehen knapp hintereinander innerhalb von zehn Jahren, um ihrem Vater zu entkommen ..." Ich hatte laut nachgedacht und erwartete keine Antwort.

„Ich bin mir ziemlich sicher, dass Eugen bei ihrem Tod nachgeholfen hat. Sein Alibi scheint mir auf wackeligen Beinen zu stehen. Bei einer Vernissage mit hunderten Leuten fällt es nicht auf, wenn du mal für ein Stündchen verschwindest."

„Willst du damit sagen, dass er seine Frau mit Rohypnol getötet haben könnte?", fragte Caroline aufgeregt.

Ich dachte wieder an die Geschichte von der heißen Milch mit Honig, die Anna Maria mir vor Kurzem erzählt hatte.

„Wäre möglich. Voraussichtlich werden die Ermittlungen im Sand verlaufen und Anna Marias Tod wird als Selbstmord ad acta gelegt werden, da die Kollegen im AKH angeblich bereits bei ihrem letzten Aufenthalt einen Suizidversuch diagnostiziert haben. Mich wundert nur, dass sie Anna Maria auf Revers gehen lassen haben. Ich habe übrigens mit Stefanie über meinen Verdacht gegen Eugen von Mayerbach gesprochen. Sie kennt ihn besser als ich und traut ihm keinen heimtückischen Mord zu."

„Du musst diese Anwältin unbedingt dazu bringen, dass sie ihre Aussage bei der Polizei revidiert. Die hängen dir sonst doch noch was an."

„Stefanie hat versprochen, aufzuklären, dass ich Anna Maria damals nicht die Hilfe verweigert habe. Auch will sie dann gleich mit der Missbrauchsgeschichte aufräumen."

„Ich nehme an, das macht sie nicht umsonst. Was musst du dafür tun? Im Bett deinen Mann stehen?"

„Caroline, ich bitte dich!"

„Mein Gott, du bist wirklich naiv. Diese Frau ist gefährlich."

„Du kennst sie überhaupt nicht."

„Nach allem, was du mir über sie erzählt hast, kann ich mir ein recht gutes Bild von ihr machen."

Nicht zum ersten Mal bereute ich, Caroline gegenüber so offen gewesen zu sein.

„Heute haben, kurz nachdem du weggegangen bist, zwei Journalisten nach dir gefragt. Sie haben zuerst bei dir angeläutet und danach bei mir."

„Na wunderbar! Und was hast du zu ihnen gesagt?"

„Ich habe mich senil gegeben, die schrullige Alte gemimt und behauptet, dass wir uns kaum kennen."

„Danke."

„Ich habe Zweifel, ob das so schlau war. Jetzt werden sie sich halt alles Mögliche zusammenreimen. Ich halte es für das Beste, wenn du ein paar Tage auf Tauchstation gehst. Zumindest so lange, bis die Polizei die Attacke auf Frau Amann und Anna Marias Tod aufgeklärt hat."

„Was den Überfall auf Frau Amann betrifft, stehe ich wohl nicht unter Verdacht."

„Da wäre ich mir nicht so sicher."

Als ich sie verließ, war ich innerlich so aufgewühlt, dass ich keinen klaren Gedanken fassen konnte. Anna Maria ging mir nicht aus dem Sinn. Ich machte mir eine heiße Milch mit Honig und verkroch mich unter der Bettdecke.

27.

Ich hörte das Klingen aus weiter Ferne, öffnete die Augen und spürte eine seltsame Verwirrung, die häufig auf jähes Erwachen folgt.

Rasch schlüpfte ich in meinen Bademantel, der neben dem Bett auf dem Teppich lag, und ging ins Vorzimmer.

Ich erwartete niemanden. Um diese frühe Stunde konnte es keinesfalls meine Nachbarin sein.

Doch vor der Tür stand Caroline. Sie sah verheerend aus, war fast grau im Gesicht. Auch die dunklen Ringe unter ihren rotgeäderten Augen waren nicht zu übersehen.

„Die Nachricht vom Tod deiner Patientin hat längst die Runde gemacht. Schau ins Internet oder besorg dir eins von diesen Gratisblättern in der nächsten U-Bahn-Station, da steht es auch drin. Eines dieser Schmierblätter titelt: ‚Bekannte Galeristin suchte Hilfe und fand den Tod'. Du wirst als grob fahrlässiger Kurpfuscher bezeichnet. Auf Facebook sogar mit vollem Namen genannt. Und in den Kommentaren wird weiter über deinen vermeintlichen Hang zur sexuellen Ausbeutung von Patientinnen gemunkelt."

Mein erster Gedanke war, diesen Schwachsinn zu ignorieren.

Caroline gab keine Ruhe. „Du musst wissen, was deine Feinde vorhaben", sagte sie melodramatisch.

Wie ich meinen Ruf jemals wiederherstellen konnte, interessierte mich mehr als meine Feinde. Wahrscheinlich konnte ich die Praxis zusperren.

Da ich auf keinen Social-Media-Kanälen verkehrte, beschloss ich, mir eine Zeitung zu besorgen.

Während ich dieselben Sachen anzog wie am Vortag, läutete ununterbrochen mein Festnetztelefon. Ich warf einen Blick auf das Display.

Unterdrückte Nummern. Ich ging nicht ran, warf die Wohnungstür hinter mir zu, eilte die Stufen hinab und hetzte in Hemd und Hose aus dem Gebäude.

Kalter Wind schlug mir vor dem Haustor entgegen.

Zum Glück musste ich nicht weit laufen. Im Eissalon in der Nähe unseres Hauses lag eine dieser Boulevardzeitungen auf.

„Psychoanalytiker trieb Patientin in Selbstmord", lautete die Überschrift auf Seite vier.

Sie widmeten Anna Marias Tod einen längeren Absatz, ohne meinen Namen zu nennen und ohne Foto. Aber es würde sich, wenn nicht schon geschehen, bald überall herumgesprochen haben, bei wem die bekannte Galeristin in Analyse gewesen war.

Während ich Zeitung holen war, hatte Caroline angerufen. Ich rief zurück.

Sie sagte mir, dass Jonas von ihr wissen hatte wollen, was es mit dieser Hetzjagd gegen mich im Internet auf sich habe.

Ich konnte mir bildlich vorstellen, wie Caroline ihm meine schwierige Lage höchst dramatisch geschildert hatte. Jonas habe daraufhin spontan angeboten, dass ich für ein paar Tage bei ihm untertauchen könne.

„Er hält dich für schwer okay, meinte, du wärst ein cooler Typ und könntest dich ja mit einer günstigen Bleibe für ihn in Berlin revanchieren. Ja, so ähnlich hat er sich ausgedrückt."

Ich hielt das für keine gute Idee, kannte ich Jonas doch kaum. Außer an jenem Abend, als ich ihn zufällig bei Caroline traf und wir über Berlin sprachen, hatte ich mit ihm nie etwas zu tun gehabt.

„Er ist ein guter Junge. Glaub mir, man kann sich auf ihn verlassen", versuchte Caroline meine Bedenken zu zerstreuen.

Ich sah sie zweifelnd an.

„Stell dich nicht so an! Was ist schon dabei? Jonas lässt dich bestimmt in Frieden. Oder hältst du es für unter deiner Würde, dir ein paar Tage eine Wohnung mit einem netten Burschen zu teilen?", redete sie weiter auf mich ein.

Vielleicht sollte ich mir die Chance, Mayas Sohn näher kennenzulernen, nicht entgehen lassen?

Ich hatte nicht genügend Zeit zum Nachdenken, musste rasch eine Entscheidung treffen. Das Telefon hörte nicht auf zu klingeln.

Ein Hotel erschien mir in dieser Situation nicht als geeignetes Versteck. Sowohl die Polizei als auch die Presseleute würden mich dort schnell ausfindig machen. Die Stadt zu verlassen, kam auch nicht in Frage. Es würde wie Flucht aussehen.

Da mir momentan nichts Besseres einfiel, willigte ich ein, Jonas' Angebot anzunehmen, packte ein paar Sachen in einen kleinen Rucksack und machte mich auf den Weg zu Jonas' Wohnung in der Leopoldstadt.

Dicke schwarze Tropfen platschten auf den Gehsteig. Einige Sekunden später schüttete es. Im strömenden Regen eilte ich, ohne Schirm, durch den ersten Bezirk. Mir ging es auf den Geist, dass sich das schlechte Wetter jetzt schon über Wochen zog.

Auf der Schwedenbrücke erwischte mich der Hagel. Ich rannte in das nächstbeste Lokal im zweiten Bezirk.

Sobald ich durch die Tür trat, schlugen mir feuchte Luft und der Mief nasser Kleidung entgegen. Ich war in einem Beisl voller Türken gelandet.

Die alten Männer blickten kurz auf und starrten mich verwundert an.

Ich trank im Stehen einen türkischen Kaffee und wartete, bis es zu hageln aufhörte.

In einem Supermarkt auf der Praterstraße erstand ich ein Sixpack Bier, in einem kleinen Elektrofachgeschäft ein Prepaid-Handy. Mein Smartphone hatte ich absichtlich zuhause gelassen. Selbst ich wusste, dass die Polizei Handys orten konnte.

Mayas Sohn wohnte im Stuwerviertel. Dieses Grätzel zwischen Praterstern und Donau war nach dem berühmten Pyrotechniker Johann Georg Stuwer benannt worden. Seine fantastischen Feuerwerke begeisterten die Wienerinnen und Wiener in der zweiten Hälfte des 19. Jahrhunderts.

Trotz imposanter Gründerzeithäuser und unzähliger Gemeindebauten mit hübschen Vorgärten galt die Gegend lange als verrucht und gefährlich. Auch heute verkehrten noch einige Kleinkriminelle und Prostituierte in dem ehemaligen Rotlichtviertel. Vor allem um den Max-Winter-Platz gab es ein paar einschlägige Lokale.

Die Mieten waren hier früher niedriger gewesen als anderswo. Doch die Gentrifizierung hielt auch im Stuwerviertel Einzug. Mich erinnerte die bunte Mischung aus Alt-Wiener Beisln, stylischen Cafés und Lokalen mit türkischer Küche und Spezialitäten aus dem Balkan an Berlin-Kreuzberg.

28.

Jonas erwartete mich in seiner Ein-Zimmer-Wohnung in einem unrenovierten Altbau.

Im Vorraum befand sich eine Küchenzeile, gegenüber eine winzige Toilette mit Dusche. Der Wohnraum wirkte nicht nur wegen seiner Höhe sehr geräumig, sondern auch weil er kaum möbliert war. Ein Bettsofa, ein gläserner Couchtisch und ein riesiger Flatscreen-Fernseher, der fast eine ganze Wand einnahm, waren die einzigen Prunkstücke. Der Rest des Mobiliars bestand aus Kartons und Holzkisten mit ausgebleichten Polstern drauf. An den Wänden stapelten sich teils geöffnete, teils ungeöffnete Pakete in diversen Größen.

Mir gefiel dieses Provisorium, das dem Burschen den Status eines Außenseiters verlieh.

Obwohl wir uns nur flüchtig kannten, empfing Jonas mich wie einen alten Kumpel.

„Willst du deine nassen Sachen nicht ausziehen? Ich kann dir einen Jogginganzug borgen. Handtücher liegen am Klo."

Ich trocknete mir die Haare und zog mich um. Sein Jogger passte mir perfekt. Wir hatten die gleiche Größe.

„Hock dich hin." Er deutete auf sein Sofa und reichte mir eine Flasche aus dem Sixpack, das ich mitgebracht hatte.

Dann setzte er sich mir gegenüber auf eine der Holzkisten und prostete mir mit seinem Corona grinsend zu.

Während ich mich fragte, wo ich beginnen sollte, sagte er: „Du musst mir nichts erklären. Du steckst in der Scheiße. Ich weiß Bescheid."

Ich vermutete, dass ihn Caroline über meine schwierige Situation ausführlich informiert hatte. „Im Netz bist du bereits eine Berühmtheit", sagte er.

„Darauf könnte ich gerne verzichten."

„Soll ich mich einklinken und deine Version der Geschichte verbreiten?"

„Nein, bitte nicht! Das würde diese leidige Angelegenheit noch mehr aufbauschen. Am besten, ich verschwinde eine Weile von der Bildfläche. Nach ein paar Tagen wird sich die Aufregung wieder legen."

Er wirkte nicht sehr überzeugt, ließ das Thema aber fallen.

Ich dachte an Maya, an ihre Sorgen wegen Jonas' Dealerei, und sprach Carolines Marihuanakonsum an.

Jonas schien meine alte Nachbarin sehr zu mögen.

„Ich habe nie eine Oma gehabt", sagte er grinsend. „Natürlich hatte ich Großmütter, aber die habe ich nie kennengelernt. Bestimmt waren sie nicht so cool wie Caroline. Die Alte ist echt wild."

„Findest du? Ich nehme an, es imponiert dir, dass sie sich ständig einraucht."

„Nein, im Gegenteil. Ich habe ihr oft gesagt, sie soll ein bisschen langsamer machen. Die zieht sich die Joints rein wie ein Kettenraucher seine Tschick."

„Rauchst du selbst auch?", fragte ich.

„Gras. Sonst rühr ich nichts an. Ich sehe ja täglich, was das Zeug mit anderen anstellt. Mein eigener Vater ist das perfekte abschreckende Beispiel. In seiner Wohnung schaut es aus wie im Pharmagroßhandel. Alleine um halbwegs zu funktionieren, braucht er Amphetamine. Deshalb verticke ich auch nur Marihuana und Hasch. Beides von bester Qualität."

„Davon habe ich mich schon überzeugt", sagte ich grinsend.

„Willst was haben?"

Ich schüttelte den Kopf.

Er griff nach seinem Handy, tippte in Affengeschwindigkeit darauf herum, sah kurz auf und wiederholte seine Frage: „Du willst also nichts rauchen? Brauchst momentan einen klaren Kopf, oder?"

Ich gab ihm keine Antwort, da ich mit diesem jungen Burschen meine momentan prekäre Lage nicht näher erörtern wollte. Sicher hatte ich in meinem Leben mehr Gras geraucht als er, aber das musste ich ihm nicht unbedingt auf die Nase binden. Andererseits freute ich mich, dass er mir vertraute, denn sonst hätte er nicht so offen über seinen Handel mit Marihuana und Haschisch gesprochen. Oder war er eingeraucht und ihm war alles egal?

Nein, diesen Eindruck machte er nicht auf mich.

Hektisch tippte er weiter auf seinem Handy herum. Dann sprang er auf und holte seinen Laptop. Ungeduldig klopfte er auf die Tastatur.

Ich fragte mich, ob ein vernünftiges Gespräch mit ihm überhaupt möglich war. „Er hat nur seine Online-Geschäfte im Schädel", hatte sich Maya letztens bei mir beklagt.

Jonas gehörte zu der ersten Generation, die mit Internet, Smartphone und Social Media aufgewachsen war. Technologieaffin und ständig online, bestens informiert, aber für nichts ernsthaft engagiert. Obwohl, da tat ich dieser Generation vielleicht Unrecht. Viele seiner Altersgenossen waren sehr umwelt- und gesundheitsbewusst.

„Fuck! Diese Kiste ist viel zu langsam", schimpfte Jonas.

Seine innere Unruhe und Fahrigkeit ließen mich kurz zweifeln, ob er sich nicht doch etwas Stärkeres, wie etwa Koks, reinpfiff.

Mein ständiges Misstrauen ging mir selbst auf die Nerven, aber ich konnte es nicht lassen. Ohne ihn direkt zu fragen, brachte ich das Thema Kokain zur Sprache.

„Charlie verscherbelt seit Kurzem auch Koks und Fentanyl", sagte er zögernd. „Früher hat er hauptsächlich mit LSD und Magic Mushrooms gehandelt. Dann sind Amphetamine dazugekommen und jetzt das richtig harte Zeug."

„Und was ist mit Ecstasy?", fragte ich.

„Hat auch wieder Saison. Die Pillen werden immer stärker, sind knallbunt und haben Motive oder Logos eingeprägt."

„Ich merke, ich bin nicht mehr am neuesten Stand. In Berlin hatte ich öfters mit Junkies zu tun. Seit ich in Wien praktiziere, suchen mich eher Leute aus den sogenannten besseren Kreisen auf. Nicht, dass die weniger schlucken als die gewöhnlichen Junkies. Sie nehmen halt eher verschreibungspflichtige Medikamente ... und Kokain, das man sich erst einmal leisten können muss."

„Hast du es selbst mal probiert?"

Ich zögerte, beschloss, ehrlich zu antworten, und nickte.

„Echt? Du warst auf Koks? Das finde ich megakrass."

„Ich habe nur zwei, drei Mal damit experimentiert, so wie anno dazumal Sigmund Freud. Abhängig war ich nie. Alleine die möglichen Nebenwirkungen, vom Herzanfall zur Paranoia, haben mich vom weiteren Konsum abgehalten. Zudem habe ich einfach zu oft erlebt, was Koks bei meinen Patienten anrichtet, habe ihre Ruhelosigkeit und Gereiztheit, ja sogar ihre Aggressivität zu spüren gekriegt. Früher oder später landen die meisten in Selbstisolation, brechen alle ihre sozialen Beziehungen ab ..." Verlegen hielt ich inne.

Mein belehrender Ton war mir peinlich. Ich neigte an sich nicht dazu, Leute von meinen Ansichten überzeugen zu wollen. Doch dieser junge Mann rief anscheinend unvermutete väterliche Gefühle in mir wach.

„Haben alle deine Patienten es geschafft, clean zu werden?", fragte er.

Da er ernsthaft interessiert wirkte, gab ich ihm wieder eine ehrliche Antwort.

„Nicht alle und bei denen, die es geschafft haben, besteht leider über Jahre hinweg ein hohes Rückfallrisiko."

Ich schilderte ihm ausführlich die drei Phasen des Kokainentzugs: Crash-, Entzugs- und Löschungsphase.

„Die ganze Therapie dauert mindestens zehn Wochen. Und danach bedarf es einer monatelangen Betreuung. Das muss einer erst mal durchhalten. Es kann sein, dass man beim Entzug paranoide Wahnvorstellungen oder Psychosen bekommt. Depressionen und Suizidgedanken sind auch keine Seltenheit. Den Leuten werden dann Antipsychotika gegen die Psychosen und Benzodiazepine gegen die depressiven Verstimmungen verpasst, womit das Spiel im schlechtesten Fall von vorne beginnt, denn die Benzos machen ebenfalls abhängig."

Hatte er mir zugehört? Wahrscheinlich reichte seine Aufmerksamkeit nicht für so einen langen Vortrag aus.

„Hast du schon mal daran gedacht, mit dem Dealen Schluss zu machen?", fragte ich ihn.

„Nicht nur einmal. Aber ich habe mich an die zusätzliche Kohle gewöhnt, verstehst du? Manchmal wünschte ich mir, ich könnte das restliche Gras und den Shit, den ich lagernd habe, noch schnell verticken und ab nach Berlin. Zumindest für zwei, drei Monate. Die alte Lady müsste sich halt dann einen neuen Dealer suchen."

„Ich nehme an, du würdest ihr jemanden empfehlen", sagte ich.

Er sah mich fragend an, wusste nicht, ob ich es ernst meinte.

„Meine Mutter setzt mir ganz schön zu. Sie hat sogar versucht mich zu erpressen, hat gedroht, mir den monatlichen Zuschuss zu streichen. Natürlich hat sie keine Ahnung, dass ich im Monat doppelt so viel verdiene wie sie mit ihrem scheiß Barjob. Aber das kann ich ihr nicht sagen, sonst rastet sie komplett aus." Er grinste mich an wie ein frecher kleiner Bub und zwinkerte mir zu.

Ich sah plötzlich eine völlig aufgelöste Maya vor meinem inneren Auge.

„Außerdem will sie nicht mehr, dass ich in der Blauen Bar vorbeischaue. Alles wegen Toni. Der hat einen echten Schuss, reagiert allergisch auf alles, was nach Drogen riecht. Ich weiß nicht, warum sie sich wegen ihm so anscheißt. Nur weil er ihr Boss ist? Autoritätshörigkeit nennt ihr Shrinks das, oder?"

Mir entkam ein Grinsen.

„Obwohl sie ja sonst im Umgang mit Männern nicht gerade zimperlich ist, fasst sie diesen Toni mit Samthandschuhen an. Sie war mal mit ihm zusammen, als ich klein war. Ich weiß nicht, ob heute noch was zwischen den beiden läuft."

Zwar hätte ich gern mehr über Mayas Verhältnis zu ihrem Chef erfahren, doch ich fühlte mich unbehaglich, fand es unpassend, mich mit ihrem Sohn über ihre Beziehung zu anderen Männern zu unterhalten.

„Du hast bisher großes Schwein gehabt, dass dich die Polizei nie erwischt hat. Dein Vater ist, soviel ich weiß, wegen seiner Dealerei ein paar Jahre im Knast gesessen", kam ich wieder auf unser ursprüngliches Thema zurück.

„Ich bin eben ein Glückskind, das sagt meine Mutter auch oft. Nein, im Ernst, mir ist klar, dass ich nicht ewig so weitermachen kann. Ich will nicht so enden wie mein Alter. Der ist völlig kaputt. Schluckt und spritzt sich inzwischen alles, was er kriegen kann, selber."

„Du willst ja nur drei Monate in Berlin bleiben. Hast du einen Plan, was du nach deiner Rückkehr anfangen willst?"

„Meine Online-Geschäfte entwickeln sich bestens." Er deutete auf die gestapelten Kartontürme an seinen Wänden. „Ich verdiene jetzt schon mit dem Online-Handel mehr als mit dem Stoff."

„Und womit handelst du?"

„Mit allem Möglichen. Elektronische Geräte, Handys, Tablets, Sportschuhe, Uhren, Schmuck. Seit Kurzem biete ich sogar Babysachen an."

Ich musste lachen.

„Lach nicht! Du hast keine Ahnung, wie scharf diese jungen Mütter, die zuhause festsitzen, auf Internet-Shopping sind."

„Kaufst du diese Sachen bei Willhaben?"

„Selten. Das meiste bestelle ich in China oder Indien. Ich spare mir dadurch die Steuern. Mama macht sich ständig Sorgen, fürchtet, dass mich das Finanzamt irgendwann erwischt. Wenn es nach ihr ginge, sollte ich eine Ausbildung zum Krankenpfleger machen. Die werden angeblich dringend gesucht. Und ich versteh mich gut mit alten Leuten, wie du weißt." Er zwinkerte mir zu. „Die Kohle stimmt leider nicht."

An Selbstbewusstsein schien es ihm nicht zu mangeln.

„Warum studierst du nicht gleich Medizin? Du hast die Matura, laut Aussage deiner Mutter, souverän hinter dich gebracht."

„Bist du crazy? Den Aufnahmetest schaffe ich nie!", unterbrach er mich.

„Sag das nicht. Ich bin Arzt, ich könnte dir helfen für die Prüfung zu lernen, dir einige Bücher borgen ..."

„Echt? Das würdest du für mich tun?"

Nicht für dich, aber für deine Mutter, dachte ich und malte mir Mayas Dankbarkeit aus.

„Ich glaub, die viele Lernerei ist nichts für mich", raubte er mir meine befriedigende Illusion.

29.

Heftiges Klopfen.

Jonas ging zur Tür.

„Charlie!", hörte ich ihn erstaunt rufen. „Was willst du denn hier?"

Ich drehte mich um.

Die Tür zum Vorzimmer stand offen. Ich konnte den unerwarteten Besucher gut sehen.

Als er mich erblickte, bemerkte ich Überraschung und Angst in seinen Augen.

Seine geweiteten Pupillen, die rinnende Nase und die klappernden Zähne verrieten mir, dass er gekokst oder sich etwas anderes durch die Nase gezogen hatte. Er nieste auch mehrmals und seine Augen zuckten ständig.

Jonas ließ ihn nicht herein, sprach leise mit ihm an der Tür.

Leider konnte ich die beiden kaum verstehen.

Charlie kam mir nicht nur zugedröhnt vor, er wirkte auch älter als vierzig, so als ob ihn das Leben ziemlich in die Mangel genommen hätte.

Der blasse blondhaarige Mann trug einen Dreitagebart und hatte sein langes Haar hinten zu einem Pferdeschwanz zusammengebunden. Widerwillig musste ich zugeben, dass er selbst in diesem leicht verwahrlosten Zustand nicht unattraktiv aussah.

Als Jonas zurück ins Zimmer kam, schnappte er sich seinen Rucksack und eine Lederjacke, die wahrscheinlich aus einem Secondhandladen stammte.

„Ich muss weg. Meine Hilfe ist gefragt. Er ist lost, aber er ist mein Vater. Verstehst du? Es ist das letzte Mal. Ich werde ihm heute klarmachen, dass ich aus diesem Business aussteige", sagte er halblaut zu mir, bevor er mit Charlie loszog.

* * *

Den ersten Abend in meiner neuen Bleibe verbrachte ich allein.

Der Blick aus dem Fenster war nicht gerade vielversprechend. Man schaute auf die Feuermauer des nächsten Mietshauses.

Ich fragte mich, wie weit Jonas' Plan, aus dem Drogengeschäft auszusteigen, ernst zu nehmen war und bei was genau er Charlie jetzt half.

Vorhin hatte er erwähnt, dass sein Vater seit Kurzem mit Fentanyl handelte, und von Maya wusste ich, dass er auch Methadon vertickte. Anscheinend war nicht nur Oswald ins Opioid-Geschäft eingestiegen. Offensichtlich befand sich die Wiener Drogenszene auf einem Opioid-Trip.

Ich hatte von jeher großen Respekt vor diesen Substanzen, die an die Opioidrezeptoren des Gehirns andocken und über das Nervensystem Schmerzreize unterdrücken. Das aus Opium, dem getrockneten Milchsaft des Schlafmohns, hergestellte Morphin und andere voll- oder teilsynthetisch hergestellte Stoffe wie eben Methadon und Fentanyl, aber auch Heroin, das nur einen Bruchteil der Fentanyl-Potenz besitzt, können auch euphorisierend und angstlösend wirken. Dennoch hatte ich diese Stoffe nie angerührt und keinem meiner Patienten je ein entsprechendes Medikament verschrieben.

Ich wollte mir nicht länger den Kopf über Jonas und Charlie und ihre dunklen Geschäfte zerbrechen und beschloss, einen kleinen Spaziergang zur Donau zu machen. Doch Mayas Exmann ging mir nicht aus dem Kopf. Der Verdacht, dass er den Einbruch in meine Praxis verübt hatte, lag nach all den unschönen Details, die ich erfahren hatte, noch näher als zuvor. Eine Arztpraxis war normalerweise ein Eldorado für einen Drogenabhängigen und Charlie schluckte inzwischen alles, was er in die Finger bekam. Auch wenn ich mich gegen den Gedanken wehrte, dass Jonas für seinen Vater das Haus und seine Bewohner ausgekundschaftet hatte, wurde ich diesen Verdacht nicht los. Bei Caroline gab es nichts zu holen, aber sehr wohl bei ihrem Nachbarn, dem Herrn Doktor. Jonas und ich kannten uns damals ja noch nicht.

Womöglich vertickte der Bursche außer Billigwaren aus China auch Diebesgut? Vater und Sohn arbeiteten jedenfalls zusammen, wie ich heute mitbekommen hatte. Obwohl ich zugeben musste, dass ich Jonas sympathisch fand, traute ich ihm doch nicht ganz über den Weg.

Während ich weiter Richtung Mexikoplatz spazierte, kamen plötzlich aggressive Gefühle hoch und mit ihnen die Erkenntnis, dass ich keinen Frieden finden würde, solange ich das Schwein, das Frau Amann fast getötet hätte, nicht gefunden und zur Rechenschaft gezogen hatte.

Mein Zorn erstreckte sich auch auf Charlie und Jonas und selbst Maya bekam ein Quäntchen Aggression ab. Warum wusch sie nach wie vor Charlies Sachen und was lief zwischen ihr und Toni?

Ich war so aufgebracht, dass es nicht einmal dem träge dahinfließenden Fluss gelang, mich zu besänftigen. Normalerweise übte Wasser eine beruhigende Wirkung auf mich aus, aber an diesem Tag erschien mir die graue Donau gleichermaßen hässlich wie langweilig.

Am Schwarzmarkt beim Mexikoplatz war nicht viel los. Bedienten Charlie und Jonas hier ihre Stammkunden?

Es war faszinierend. In dieser Gegend konnte man alles kaufen, sogar Waffen. Sollte ich mir einen Revolver zulegen? Doch mit einer Schusswaffe würde ich mich keine Spur sicherer fühlen. Im Gegensatz zu meinem Vater hatte ich mit Waffen absolut nichts am Hut.

Um mich auf andere Gedanken zu bringen, stattete ich der Franz-von-Assisi-Kirche, die zum fünfzigsten Thronjubiläum von Kaiser Franz Joseph errichtet worden war, einen kurzen Besuch ab und besichtigte zum ersten Mal die Kaiserin-Elisabeth-Gedächtniskapelle, die nach ihrer Ermordung 1898 erbaut worden war. Selbst in der Kirche wurde ich an Mord und Totschlag erinnert.

Missmutig kehrte ich über die stark befahrene Lassallestraße und die öde Venediger Au zurück in die Stuwerstraße.

Wieder in meiner temporären Bleibe schaltete ich den riesigen Fernseher ein, zappte mich gelangweilt durch sämtliche Programme und informierte mich gleichzeitig auf meinem Handy über die Neuigkeiten des Tages.

Die Ausflüchte und ungenierten Lügen der rechten Politiker und all die Fake News auf den Social-Media-Plattformen und in den Boulevardzeitungen regten mich schon lange nicht mehr auf. Als im Fernsehen Passanten zum Thema Wirtschaftskrise interviewt wurden, drehte ich ab. Wie so oft verspürte ich einen Anflug von Zorn auf all diese naiven Leute.

Ich öffnete den Kühlschrank. Angesichts des Inhalts drehte sich mir der Magen um. Vergammeltes Junkfood, eine alte Butter und ein offenes, ebenfalls längst abgelaufenes Milchpäckchen, das einen ekelhaften Geruch verbreitete.

Gut, dass ich Bier mitgebracht hatte. Ich nahm mir eine Flasche und setzte mich auf das Bettsofa.

Weit hatte ich es gebracht. Mit knapp fünfzig verbrachte ich meine Zeit mit kleinen Gaunern, alten Säufern und noch älteren Kifferinnen. Mein Vater wäre entsetzt gewesen. Nein, im Gegenteil, er hätte gesagt, dass er nichts anderes von mir erwartet habe. Seiner Meinung nach war ich sowieso ein Versager und Nichtsnutz.

Seit meiner Jugend besaß ich eine Vorliebe für Außenseiter und Verlierer. Auch in Berlin wohnte ich anfangs bewusst in einer heruntergekommenen Gegend und suchte mir einen Arbeitsplatz in einem psychosozialen Zentrum.

Die Gesellschaft von Nonkonformisten, Eigenbrötlern, ja sogar von Losern und kaputten Typen war mir allemal lieber als die von ehrgeizigen Aufsteigern oder eitlen, verwöhnten Wohlstandsbürgern. Obwohl ich leider selbst zu Letzteren zählte. Eigentlich absurd, wenn man sich meine aktuellen Klienten anschaute. Wieder einmal überlegte ich, meinen Beruf aufzugeben und mich zu den Aussteigern zu gesellen. Mein guter Ruf war nach diesen Zeitungsartikeln sowieso ruiniert. Und wer weiß, was sich in den sozialen Medien abspielte. Anscheinend kursierte ich im Netz unter meinem Namen als Mörder oder zumindest als der Psychiater, der sich an seiner Patientin vergangen und sie in den Selbstmord getrieben hatte.

Maya und Jonas hatten jedenfalls schon Bescheid gewusst. Komisch, dass Jonas nicht mehr über diese Anschuldigungen erfahren wollte. Entweder war er so vernünftig, nicht alles zu glauben, was er im Netz las, oder es interessierte ihn nicht besonders, was ich mit meinen Patientinnen trieb.

Mein Vertrauen in die Polizei hielt sich in Grenzen. Aber ich war nur ein unorthodoxer Psychoanalytiker, der von polizeilichen Ermittlungen nicht die geringste Ahnung hatte. Dennoch beschloss ich, selbst ein bisschen zu ermitteln. Das war ich Anna Maria und Frau Amann schuldig.

30.

Als ich am nächsten Morgen durch penetrantes Klingeln meines Handys erwachte, lag ich mit angewinkelten Beinen und vollständig bekleidet auf einem Sofa.

Im ersten Moment wusste ich nicht, wo ich war. Mehrere Minuten waren von Nöten, um mich zu erinnern, dass ich die Nacht in Jonas' Garçonnière verbracht hatte.

Für ein paar Stunden war es mir gelungen, alles zu vergessen, die im Koma liegende Frau Amann, die tote Anna Maria … Dank drei Bier hatte ich tief und fest geschlafen. Schlafprobleme hatte ich nur in der Wohnung meiner verstorbenen Eltern.

Ich hatte das Bettsofa nicht einmal ausgezogen, geschweige denn Bettzeug benutzt. In der Nacht war ich nur ein einziges Mal aufgewacht, geweckt durch das

Gekreische der Krähen in den frühen Morgenstunden. Danach hatte ich weitergeschlafen, bis mein Prepaid-Handy zu klingeln begann.

Wer konnte das sein? Niemand kannte die neue Nummer.

Ich zögerte abzuheben. Als es kurz danach wieder läutete, meldete ich mich mit „Hallo", was sonst nicht mein Stil war.

„Mann eh", sagte Jonas. „Habe ich dich geweckt?"

Er hatte mir gestern beim Einrichten des Handys geholfen, das hatte ich komplett vergessen.

Der Bursche hatte bei einem Freund übernachtet. In seiner Wohnung gab es ja nur das eine Bettsofa.

„Ich schau erst am Abend vorbei. Muss ein paar Leute treffen. Du weißt schon. Aber die Sache geht klar. Ich hab meinem Alten gesagt, dass er in Zukunft auf meine Hilfe verzichten muss."

„Und wie hat er reagiert?"

„Sauer. Aber das ist mir so was von scheißegal. Der kann mich mal. Übrigens glaubt er, dass du mich überredet hast auszusteigen. Er ist stinksauer auf dich. Aber er hasst sowieso alle Shrinks, seit er mal auf Entzug war."

Ich freute mich sehr, dass unser offenes Gespräch gestern vielleicht doch ein bisschen was bewirkt hatte. Selbstverständlich war es nicht mein Verdienst, dass Jonas vorhatte mit dem Dealen aufzuhören. Mayas Einfluss auf ihn war nicht zu unterschätzen. Außerdem war er nicht dumm. Er schien selbst kapiert zu haben, dass er auf dem besten Weg war, in die Fußstapfen seines kaputten Vaters zu treten.

Nach dem Duschen besorgte ich in einem Supermarkt an der nächsten Ecke ein paar Grundnahrungsmittel. Am Vorgartenmarkt kaufte ich frisches Brot, Obst und Salat.

Zwischen den jungen Blättern der Bäume blitzten Sonnenstrahlen durch. Die Schatten der Äste zitterten auf dem Asphalt. Der Frühling kündigte sich mit milder Luft und Vogelgezwitscher an.

Zurück in der Wohnung gönnte ich mir erst einmal ein gutes Frühstück. Zwei Spiegeleier mit gebratenen Chorizos und dazu ein frisches Baguette.

Gestärkt zückte ich mein Notizbuch und schrieb meine Gedanken über den Einbruch in meiner Ordination und den beinahe tödlichen Angriff auf Frau Amann nieder.

Beim Schreiben kam mir immer wieder der Gedanke, dass es einen Zusammenhang zwischen dem Einbruch und Anna Marias vermeintlichem Selbstmord geben könnte.

Der Einbrecher ließ meinen Laptop, zwei Uhren, den Montblanc-Kugelschreiber und das Bargeld, das ich in meiner Schreibtischschublade aufbewahrt hatte, mitgehen. Auch mein Aktenschränkchen und das schmale Bücherregal durchwühlte er. Vermutete er dort Wertsachen oder suchte er etwas anderes? Das Aquarell von Oskar Kokoschka ließ er hängen. War ihm der Wert dieses Bildes nicht bewusst oder ging es ihm gar nicht um Geld und Wertsachen? Steckte er das Geld und die Uhren nur ein, um einen stinknormalen Einbruch vorzutäuschen? Was könnte er tatsächlich gesucht haben? Meine ausführlichen handschriftlichen Aufzeichnungen bewahrte ich nicht in der Ordination auf, sondern in meinem Safe im Schlafzimmer. Das schwarze Heft, in dem ich mir während der letzten Analysestunden Notizen gemacht hatte, trug ich bei mir.

Meine Gedanken landeten wieder bei Anna Maria. Hatte jemand Angst, dass sie mir Dinge erzählt hatte, die ihm schaden könnten? Oder ging es um den Society-

Journalisten? Er hatte im Laufe seiner Analyse viel Tratsch und Klatsch von sich gegeben. Mir fiel nichts von Bedeutung ein. Auch Frau F. hatte bisher kein brisantes Material geliefert. Und Anna Marias fantasierte Morde und Mordversuche sowie ihre Missbrauchsvorwürfe waren ebenfalls für niemanden, außer für mich selbst, eine echte Bedrohung gewesen.

All die Grübelei führte zu nichts.

Ich beschloss, mich ein bisschen zu bewegen, und spazierte hinüber in den Wurstelprater. Dort würde sicher niemand nach mir suchen.

Obwohl die Sonne schien, fröstelte ich.

Ich erinnerte mich daran, wie gern ich als Kind hierherkam. Die netten kleinen Karusselle mit Autos und Pferdchen hatten leider High-Tech-Attraktionen weichen müssen. Nicht einmal die gute alte Geisterbahn erkannte ich wieder. Dafür gab es heute ein Hotel Psycho. Vielleicht sollte ich das mal besuchen?

Bist halt auch nicht mehr der Jüngste, träumst von der guten alten Zeit, sagte meine innere Stimme.

Ich amüsierte mich selbst über meine nostalgischen Anwandlungen.

Diese Abfolge von modernen Spielhallen, Fastfood-Buden und superschnellen Bahnen übte jedoch keinerlei Faszination auf mich aus. Der Lärm war ohrenbetäubend. Die Lautsprecher spuckten Rap und Techno aus. Die deutschen Schlager und das Gejaule von Drehorgeln aus den benachbarten Buden machten den Lärm nicht erträglicher. Vor allem das Krachen und Knirschen der Schienen der Hochgeschwindigkeits-Achterbahn, das sich mit dem Gekreische ihrer Insassen vermischte, schmerzte meine Ohren. Beim Anblick der Schwarzen Mamba und des Prater-Turms, eines riesigen Kettenkarussells, wurde mir schwindlig. Kein Wunder bei meiner Höhenangst.

All die künstliche Fröhlichkeit um mich herum verstärkte noch meine Schwindelgefühle.

Rote Gesichter vermengten sich mit tätowierten Armen und Beinen. Dicke Hintern, pralle Brüste und Bierbäuche bewegten sich vor meinen Augen auf und ab. Benommen lehnte ich mich an den Watschenmann, wurde aber von einem angriffslustigen Glatzkopf, der seine Aggressionen abreagieren wollte, vertrieben.

Ich taumelte weiter zum Stand einer Wahrsagerin, ließ mich ihr gegenüber auf einen Stuhl sinken und bat sie, mir die Zukunft vorherzusagen.

Ich erwartete, dass sie mir die Karten legte, denn so stand es draußen auf einer Tafel, doch sie griff nach meiner zitternden Hand und begann daraus zu lesen.

Kein Glück in der Liebe. Erst im fortgeschrittenen Alter winkten mir eventuell die Freuden einer Beziehung. Die Hoffnung stirbt zuletzt, dachte ich und fühlte mich sogleich eine Spur besser.

Der anschließende Besuch des neuen Pratermuseums hob ebenfalls meine Stimmung. Ich verweilte lange in der interessanten Ausstellung, sah mir die historischen Fotos und Objekte aufmerksam an.

Als ich das Museum verließ, setzte die Dämmerung ein. Die Lichter an den Attraktionen und Leuchtreklamen gingen an und tauchten den Wurstelprater in atmosphärische Farben.

＊

Ich machte mich auf den Weg zurück ins Stuwerviertel.

Als ich die letzten Buden hinter mir gelassen hatte, überkam mich ein ungutes Gefühl. Ich war auf einem verwahrlosten Grundstück gelandet. Zwischen hohem Gestrüpp standen ein paar Mülltonen, die einen bestialischen Gestank verströmten.

Ich schritt schneller aus. Plötzlich hörte ich Schritte hinter mir. War mir jemand gefolgt?

Ich warf einen Blick über die Schulter und sah ihn.

Bomberjacke, zerrissene Jeans, eine Baseballkappe tief in die Stirn gezogen. Er kam geradewegs auf mich zu.

Ich erkannte den aggressiven Burschen wieder, der mich beim Watschenmann weggedrängt hatte.

Rasch schätzte ich meine Chancen gegen diesen Muskelprotz ein. Er hatte etwa meine Größe, war aber um einige Kilos schwerer.

Ich zögerte zu lange. Jetzt war es zu spät, um einen Sprint hinzulegen, er hatte mich eingeholt.

Eine Kopfnuss, in der Absicht, mir die Nase zu brechen, ging leicht daneben, streifte nur meine Stirn, da ich mich schnell gebückt hatte. Seine Kappe flog ihm vom Kopf.

Ich hatte keine Zeit, durchzuatmen und seine polierte Glatze zu bewundern. Seine Faust landete nun auf meinem Kinn. Der Hieb war nicht allzu hart. Ich geriet nur leicht ins Taumeln.

Als ich mein Gleichgewicht wiederfand, wartete die Glatze mit vorgereckter Stirn auf mich. Dieses Mal saß der Kopfstoß. Ein Knacken, und ein Blutschwall schoss aus meiner Nase.

„Misch dich nicht länger ein ... halt dich da raus! Und lass die Alte vom Charlie in Frieden!", zischte er.

Dann verpasste er mir einen weiteren Schlag ins Gesicht und zielte mit der anderen Faust auf meinen Oberkörper. Rasch presste ich die Arme vor die Brust, um den Schmerz zu lindern.

Er wusste eindeutig, wie man jemanden verprügelt. Ich spuckte Blut und bildete mir ein zu fühlen, wie die Beule auf meiner Stirn dicker und dicker wurde.

Als er noch einen Schlag landen wollte, schrie ich: „Widerliches Arschloch."

Ich hätte besser den Mund gehalten. Meine Worte trugen mir eine angeknackste Rippe ein.

Ich hörte mich selbst keuchen. Luftholen war sehr schmerzvoll, doch der aufgepumpte Typ, der ohne Kappe wie ein Neofaschist aussah, schien mich nicht schwer verletzt zu haben.

Ich begann, meine Atemzüge zu zählen, zählte auch das Pochen des Pulses in meinen Schläfen.

Es reichte. Ich hatte nicht vor, noch länger den Punchingball für ihn zu spielen, ballte die Faust und boxte in die Richtung, in der ich das Gesicht des Mannes vermutete.

Von dem Cut über meiner linken Braue tropfte Blut in mein Auge. Ich war halbblind, landete trotzdem einen Volltreffer, spürte ein unangenehmes Knacken in meinen Knöcheln und vernahm den Schmerzensschrei des anderen.

Besinnungslos prügelte ich weiter auf den Kerl ein. Als er sich kaum mehr wehrte, packte ich ihn mit beiden Händen an der Kehle und drückte zu.

Ich war nach wie vor außer mir vor Wut. Erst als ich das blanke Entsetzen in seiner Miene sah, lockerte ich meinen Griff um seinen Hals.

Er fasste sich an die Kehle und stöhnte erbärmlich.

Obwohl er schwer nach Atem rang, zielte er mit der Faust nach oben, traf aber ins Leere.

Ich versetzte ihm einen Tritt in den Bauch.

Er krachte gegen eine der Mülltonnen und rutschte zu Boden.

Stöhnend bewegte er sich dann auf allen vieren weg von mir und dem Müll.

Ich spürte ein unangenehmes Stechen in der Brust und alle meine Glieder schmerzten. Hinkend, spuckend und ächzend schleppte ich mich weiter.

Kurz bevor ich die Ausstellungsstraße erreichte, entdeckte ich eine leere Bank unter einem Kastanienbaum.

Kraftlos setzte ich mich hin.

In meiner Hosentasche fand ich ein sauberes Taschentuch. Notdürftig reinigte ich die Wunden und stillte die Blutung auf meiner Stirn. Meine Brille war bei der Schlägerei zu Bruch gegangen. Ich machte mir nicht die Mühe, die einzelnen Teile zu suchen. Mit meinen dreieinhalb Dioptrien sah ich zwar nicht besonders weit, aber lesen würde ich noch können. Zuhause lag irgendwo eine alte Nickelbrille. Ich war froh, sie als Reservebrille behalten zu haben. Momentan hatte ich keinen Nerv, mir neue Gläser anzuschaffen.

Ich schämte mich ein bisschen wegen meiner gestörten Impulskontrolle. Beinahe hätte ich diesen Burschen mit bloßen Händen erwürgt. Ich hätte mich seiner weniger gewalttätig erwehren können. Schließlich beherrschte ich ein paar Judogriffe.

Während ich meine Jacke zu reinigen versuchte, bildete ich mir ein, dass mich jemand beobachtete.

Du bist paranoid, mein Junge, hörte ich meinen Vater sagen.

Ich sah mich trotzdem um.

Kein Mensch weit und breit. Aber war da hinten, wo ich überfallen worden war, nicht jemand im Gebüsch? Leckte die Glatze dort ihre Wunden?

Nein. Bei den Mülltonnen war niemand.

Ohne Brille erschien mir alles, was mehr als ein paar Meter entfernt war, verschwommen und unscharf. Außerdem war es dunkel geworden.

Ich kniff beide Augen zusammen und vermeinte, ein schönes kräftiges Tier mit grauem Fell unter einer Straßenlaterne zu sehen.

Du halluzinierst. Es gibt keine Wölfe in der Stadt, sagte meine innere Stimme, die so sehr der Stimme meines Vaters glich.

Ich vernahm ein kehliges Knurren.

Ein Schauder durchlief mich von Kopf bis Fuß. Das konnte nicht wahr sein! Ich glaubte zu träumen.

Ich merkte, dass ich am ganzen Leib zitterte, spürte, dass ich kurz vor einer Ohnmacht stand und nahe daran war, den Verstand zu verlieren. Doch ich zwang mich, genauer hinzusehen.

Das große Tier starrte mich mit seinen wässrigen gelben Augen hungrig an. Wegrennen war keine Option. Ich bewegte mich langsam rückwärts, den Wolf nicht aus den Augen lassend.

In seinem Maul steckte etwas, das ich aus der Entfernung nicht identifizieren konnte. Eine Schrecksekunde lang bildete ich mir ein, dass er ein blutiges Stück von einem menschlichen Arm im Maul trug.

Wölfe sind auch Aasfresser. Die überquellenden Mülltonnen mussten das reine Paradies für den prächtigen Kerl sein, versuchte ich mich selbst zu beruhigen.

31.

Jonas war nicht zuhause. Ich holte mir ein Bier aus dem Kühlschrank. Beinahe wäre es mir aus der Hand gerutscht. Meine Fingerknöchel waren stark gerötet und taten ziemlich weh.

Erschöpft ließ ich mich auf das Bettsofa fallen. Meine verdreckten Klamotten behielt ich an.

Ich hatte Brustschmerzen und in meinem Kopf hämmerte es wild.

Der Wolf ging mir nicht aus dem Sinn. Ich hatte keine Zweifel mehr. Die Wölfe hatten es bis in die Stadt geschafft.

Nach einigen Schlucken von dem eiskalten Bier begann mein Magen zu revoltieren. Ich stürzte auf die Toilette, erbrach den Alkohol.

Meine verletzte Rippe schmerzte höllisch und die Übelkeit wütete weiter in meinen Eingeweiden, als ich mich über das Waschbecken beugte.

Ich spritzte mir kaltes Wasser ins Gesicht, presste Reste einer Zahnpasta auf meinen Zeigefinger und putzte mir notdürftig die Zähne. Der verdammte Pfefferminzgeschmack brachte mich fast wieder zum Kotzen.

Seit meiner Kindheit war ich in keine Rauferei mehr verwickelt gewesen. Und jetzt zwei Schlägereien innerhalb von ein paar Tagen!

Ich konnte es nicht fassen, dass ich mich so hatte gehen lassen. Warum war ich nicht abgehauen? Weder die Glatze noch Eugen hätten mich eingeholt, denn ich war ein guter Läufer.

Aber ich musste ja unbedingt zurückschlagen. Anscheinend war mein Aggressionspotential größer, als ich dachte. An sich hielt ich mich für einen friedliebenden, sehr auf Harmonie bedachten Menschen.

Und plötzlich hast du dich über Nacht in einen brutalen Schläger verwandelt, hörte ich meinen Vater sagen. Bildete ich mir nur ein, dass in seiner Stimme eine gewisse Anerkennung mitschwang?

Momentan konnte ich mich selbst nicht besonders gut leiden.

Als Jonas heimkam, zuckte er zusammen, als er mich erblickte.

„Hey Bruder, wie siehst du denn aus? Hast du einen Unfall gehabt?"

„Ich bin im Prater überfallen worden."

„Echt? Heftig, Mann!"

Er stellte keine weiteren Fragen, holte Verbandszeug und verarztete mich. Ich war selbst nicht dazu fähig gewesen, war regungslos auf dem Sofa gesessen und hatte den schwarzen Fernsehbildschirm an der gegenüberliegenden Wand angestarrt.

Mein Kinn war stark geschwollen und über der linken Braue hatte ich einen kleinen Cut. Dazu kam das inzwischen bunt verfärbte Auge. Ich wagte nicht länger mein Spiegelbild auf dem Flat Screen zu betrachten, scheute den erbärmlichen Anblick.

Jonas schlug vor, Schmerztabletten zu besorgen.

Ich lehnte ab, fragte, ob er Tee zuhause habe.

Er ging in die Küche nachsehen und kam mit einem Kaffee und einer Flasche Whisky zurück.

„Das soll auch helfen", sagte er grinsend.

Ich stärkte mich mit einem Schluck Single Malt und überlegte, was ich ihm erzählen sollte und was lieber verschweigen. Meine Begegnung mit dem Wolf wollte ich keinesfalls erwähnen. Jonas würde mich auslachen.

Als ich andeutete, dass sein Vater hinter diesem Überfall auf mich steckte, rief er: „Nein, das kann ich mir nicht vorstellen!"

Ich beschrieb ihm die Glatze, die mich überfallen hatte, und fragte, ob er so einen Typen kannte.

Jonas schien ehrlich entsetzt. „Ich werde mir Charlie vorknöpfen", murmelte er.

„Lass es gut sein. Deine Mutter hat recht, du solltest in Zukunft seine Gesellschaft meiden. Wenn er mit solchen Schlägern Kontakt hat, ginge ich ihm an deiner Stelle lieber aus dem Weg."

„Warum, glaubst du, hat Charlie dir diesen Kerl auf den Hals gehetzt?"

„Weil du mit dem Dealen aufhören willst und er denkt, ich stecke dahinter. Du hast ja letztens selbst erwähnt, dass er stinksauer auf mich ist."

Ich musste ihm nicht auf die Nase binden, dass der Typ gesagt hatte, ich solle meine Finger von Maya lassen.

„Fuck!", schimpfte er. „Das stimmt. Es war meine Schuld. Ich Trottel habe Charlie erzählt, dass du mir helfen wirst auszusteigen. Tut mir echt leid."

Ich sagte nichts, trank den starken Kaffee und fühlte mich danach tatsächlich besser.

„Bist du sauer auf mich?"

Ich schüttelte den Kopf. Ein Fehler. Der heftige Schmerz in meinen Schläfen kehrte zurück.

„Ich glaube, ich kenne den Typ, der dich angegriffen hat. Er hat sich früher in der rechtsextremen Szene herumgetrieben und spielt jetzt Charlies Laufburschen und Geldeintreiber. Mal schauen, ob ich ihn online finde."

Plötzlich begann er zu lachen.

„Deine Rechte ist beeindruckend." Er zeigte mir ein Video von meiner Auseinandersetzung mit Eugen im Stadtpark, das er auf TikTok gefunden hatte.

„Wenn du heute auch so zugeschlagen hast, möchte ich deinen Gegner lieber nicht sehen. Der ist bestimmt Matsche."

„Diese verdammten Chinesen", fluchte ich leise, sah mir das Filmchen aber ein zweites Mal an.

Mein Gesicht war deutlich erkennbar. Mein rechter Haken tatsächlich nicht zu verachten.

Na super! Ich konnte einpacken, falls meine Kollegen oder gar meine Patienten ebenfalls auf TikTok unterwegs waren.

Beim Einschlafen dachte ich über den Schläger nach, der mir geraten hatte, die Finger von Maya zu lassen. Ich rätselte, wie mich Charlie in Verbindung mit Maya gebracht hatte. Wahrscheinlich hatte er mich das ein oder andere Mal in die Blaue Bar gehen sehen und sich den Rest dazugereimt. Dass er damit genau ins Schwarze traf, war fast schon wieder lustig.

TEIL V

32.

Nervös lief sie in ihrer neuen Wohnung hin und her. Sie erwartete Besuch.

Sollte sie Drinks vorbereiten oder gleich zur Sache kommen?

Sie steckte sich eine Zigarette an und öffnete die Balkontür.

Kühle Abendluft drang in ihr überhitztes Wohnzimmer. Der Wind spielte mit den langen durchsichtigen Gardinen.

Der Blick über die hell erleuchtete Stadt war vom achten Stock aus atemberaubend. Sie machte die Deckenlampe aus. Im schwachen Schein der Stehlampe kam das herrliche Panorama besser zur Geltung.

Während sie noch überlegte, ob sie auch die Gardinen ganz zurückziehen sollte, klopfte es an der Tür.

Funktionierte die Klingel nicht? War die Haustür wieder einmal offen gestanden? Die vielen Bobos, die in diesem Neubau wohnten, kümmerten sich nicht um solche Kleinigkeiten.

Sie blickte durch den Türspion. Sah nur einen großen Blumenstrauß.

Sie öffnete mit einem süffisanten Lächeln, nahm den Strauß erfreut entgegen, legte die Blumen in die Abwasch und bot ihrem Gast einen Drink an.

Er lehnte ab. Hielt sich nicht lange mit Höflichkeiten auf, kam sofort auf den Punkt.

Über Geld zu verhandeln, machte ihr nichts aus. Daran war sie in ihrem Beruf gewöhnt. Doch sie trieb es zu weit, überspannte den Bogen. Machte sich sogar über ihn und sein Machogehabe lustig.

Das Lachen verging ihr, als sie ihrem Besucher in die Augen sah.

Sein hasserfüllter Blick war furchterregend.

Sie hätte besser geschwiegen, konnte sich aber eine weitere zynische Bemerkung nicht verkneifen.

Sein Gesicht verzerrte sich vor Wut. Er holte mit der Rechten aus.

Sie bückte sich, griff nach der halbvollen Champagnerflasche, schwang sie wie eine Keule über ihren Kopf.

Er schlug sie ihr aus der Hand.

Die Flasche fiel zu Boden. Der Champagner ergoss sich auf ihren weißen Teppich.

Sie stürzte hinaus auf den Balkon.

Er kam ihr nach.

Aus den Augenwinkeln registrierte sie, wie die Stehlampe umfiel und das Licht ausging.

Die Tür ließ sich von außen nicht schließen. Vergeblich stemmte sie ihren Körper dagegen.

Er war viel stärker als sie.

Als er die Tür aufstieß, landete sie auf dem Hintern.

Er packte sie unter den Achseln und zog sie hoch.

Lautstark fluchend schlug sie mit ihren Fäusten auf ihn ein.

Kräftige Finger schlossen sich um ihre Kehle.

Sie wehrte sich mit Händen und Füßen, zerkratzte mit ihren langen Nägeln die Wangen des zornigen Mannes. Doch sie konnte nicht verhindern, dass er sie zum Balkongeländer drängte.

Auf den benachbarten Balkonen war kein Mensch zu sehen.

Sie wollte um Hilfe schreien, als sich seine Finger von ihrer Kehle lösten.

Ein heiseres Krächzen entwich ihrem Mund.

Er packte sie um die Taille, hob sie hoch, als wäre sie eine leblose Puppe, und warf sie rücklings hinunter.

33.

Als ich am späten Vormittag erwachte, war ich nicht allein in der Wohnung. Jemand rumorte in der Küche herum. Die Tür war zu, aber ich hörte Geschirrklappern.

Jonas war gestern nach unserem Gespräch weggegangen. Er hatte angekündigt, wieder bei einem Freund zu übernachten. War er inzwischen zurückgekommen?

Ich schlüpfte in meine Jeans, zog das alte Hemd, das ich zum Schlafen anbehalten hatte, aus und roch daran. Es gehörte längst in die Wäsche. Mit nacktem Oberkörper betrat ich die Küche.

Maya!

Ich zuckte zurück, was mir einen stechenden Schmerz in meiner angeknacksten Rippe bescherte.

Es war zu spät, um kehrtzumachen. Sie hatte mich kommen gehört und drehte sich um.

Als sie mich erblickte, fuhr sie zusammen, riss die Augen weit auf und goss sich vor Schreck den Kaffee über die Hände.

Ihr Schrei war bestimmt im ganzen Haus zu hören.

„Kaltes Wasser", rief ich und drehte den Hahn auf.

Sie hielt brav ihre Hände unter den Strahl.

„Was machen Sie denn hier?"

Jonas hatte ihr offensichtlich nicht erzählt, dass er seit Kurzem einen Mitbewohner hatte.

Ich war in der Zwickmühle. Sollte ich ihr die Wahrheit sagen oder mir eine halbwegs gute Geschichte einfallen lassen? Leider war ich kein begabter Mythomane.

„Was ist? Hat es Ihnen die Sprache verschlagen?", fuhr sie mich an.

Mir war bewusst, dass ich da stand wie ein Volltrottel und sie nur blöde anstarrte.

Ich weiß nicht, was mich ritt, aber ich stellte sie mir nackt vor. Ihre tolle Figur war heute in einen weiten Pulli und eine Jogginghose eingepackt und sie war ungeschminkt, was ihrer Anziehungskraft keinen Abbruch tat.

Sofort meldete sich mein Gewissen. Diese Frau hatte gerade ein massives Problem mit mir und ich dachte an nichts anderes als Sex.

„Sie sehen furchtbar aus."

Ungekämmt, zerknittert und mit zerschlagenem Gesicht war ich wahrlich kein hübscher Anblick. Leider fiel mir partout keine passende Erklärung für meinen ramponierten Zustand ein. Ich hatte nicht die Absicht, ihr zu verraten, dass ihr Ex-Mann Charlie jemanden beauftragt hatte, mich zu überfallen.

„Was haben Sie in der Wohnung meines Sohnes zu suchen?", wiederholte sie ihre Frage.

Ich schwieg weiterhin beharrlich.

„Sie sind unerträglich. Ihre ganze Art, Ihr Schweigen, Ihr überheblicher, forschender Blick, unter dem man sich einfach unbehaglich fühlen muss ..."

Von wegen überheblich und forschend. Ich sah sie mit dem unsicheren Blick aller Kurzsichtigen an und schluckte trocken.

„Ich musste meine Wohnung verlassen, ich war dort nicht mehr sicher", brachte ich nach einer Weile endlich den Mund auf. Dass ich mich vor der Polizei versteckte, erwähnte ich lieber nicht.

„Jonas hat mir angeboten, ein paar Tage bei ihm zu wohnen. Und ich habe sein Angebot dankbar angenommen. Es war falsch. Ich habe nicht nachgedacht. Es tut mir ehrlich leid."

Meine Worte klangen in meinen eigenen Ohren verlogen. Was musste sie erst denken?

Die Antwort bekam ich sofort.

„Du hast Jonas in deinen verdammten Psychokram mit hineingezogen. Als hätte er nicht genügend andere Probleme."

In ihrem Zorn war sie zum vertraulichen Du übergegangen. Ich hatte nichts dagegen einzuwenden. Im Gegenteil.

Sie war nicht gewillt, sich weitere Erklärungen von mir anzuhören, fragte nicht mehr nach meinen neuen Verletzungen, sondern fuhr fort, über mich herzuziehen, beschimpfte mich als rücksichtslos, egoistisch und was weiß ich noch alles.

Leider waren ihre Vorwürfe nicht unberechtigt. Es war ein Riesenfehler gewesen, bei Jonas Unterschlupf zu suchen. Andererseits hatte ich mitgeholfen, ihren Sohn endgültig vom Dealen abzubringen. Dieser Gedanke beruhigte mein schlechtes Gewissen.

Wie geschickt du bist, spottete eine leise Stimme in mir. Ich brachte sie zum Schweigen, indem ich mir einredete, dass ich Jonas keinerlei Gefahr ausgesetzt hatte. Hätte die Polizei mich bei ihm ausfindig gemacht, hätte ich behauptet, dass ich ihn in dem Glauben gelassen hatte, vor einer Stalkerin geflohen zu sein.

Da es keinen Sinn machte, einem aufgebrachten Menschen zu sagen, er solle sich beruhigen, hielt ich den Mund und ließ Maya weiterschimpfen.

Als ihr die Luft ausging, schenkte sie mir einen letzten abfälligen Blick und knallte dann die Tür hinter sich zu.

Mir kamen Zweifel, ob ich mich klug verhalten hatte. War ich zu gelassen gewesen? Hatte sie mir nicht Arroganz vorgeworfen?

Ich musste schleunigst hier weg. Aber ich wusste nicht, wohin. In einem Hotel konnte ich mich nicht blicken lassen. Ich sah aus wie ein Schläger.

Caroline schlief um diese Zeit noch. Außerdem beobachtete die Polizei womöglich meine Wohnung.

Nadine? Schließlich gehörte das Haus an der Alten Donau mir. Und dort war Platz genug. Ich verwarf diese verrückte Idee gleich wieder.

Um mich abzulenken, durchforstete ich Jonas' Laptop nach Musik.

Auf seiner Spotify-Playlist fand ich außer einem Song von Celine Dion und einem von Amy Winehouse nichts, was mich begeisterte. Unser Geschmack war nicht derselbe. Er schien Techno und Rap zu mögen. Im Berlin der 1990er Jahre war Techno groß in Mode gewesen. In den abgefuckten Lagerhallen und leeren Läden im Osten der Stadt wurde bis in die Morgenstunden abgetanzt. Bis heute gab es dort eine große Techno-Szene. Ich hatte mich mit dieser Musik nie anfreunden können. Mein Musikgeschmack war wesentlich konservativer.

Ich schaute auf die Uhr.

Elf Uhr vorbei. Caroline sollte inzwischen wach sein. Ich rief sie an, um ihr meine neue Handynummer mitzuteilen.

Meine Nachbarin hob nach dem ersten Klingeln ab.

Sie erwiderte weder mein freundliches „Guten Morgen", noch fragte sie, wie es mir ging.

„Die Polizei war gerade wieder im Haus." Sie klang sehr aufgeregt und schien überraschenderweise hellwach zu sein. „Da sie dich nicht antrafen, haben sie mich aus dem Bett geläutet. Der Kater hat sofort Alarm geschlagen und ihnen dadurch verraten, dass jemand zuhause war. Ich habe gehofft, du wärst es ..."

„Haben sie dir gesagt, was sie von mir wollen?"

„Es gab noch einen Selbstmord. Die Anwältin deiner Patientin hat sich von ihrem Balkon gestürzt. Das hat mir natürlich nicht die Polizei verraten. Ich hatte heute Vormittag auch einen anderen Besucher. Ich sag's dir, wenn das so weitergeht, muss ich früher schlafen gehen. Kaum war die Polizei weg, hat so ein dicker Kerl bei mir angeläutet. Er hat behauptet, ein Freund von dir zu sein. Zuerst habe ich ihm nicht geglaubt. Ich hätte mir nicht gedacht, dass du mit solch abgehalfterten Typen verkehrst." Sie lachte ihr tiefes heiseres Lachen.

„Im Grunde habe ich ihn ganz nett gefunden. Er sollte sich nur mehr pflegen. Ich mag keine unrasierten Männer und seine nikotingelben Finger fand ich auch ekelig. Außerdem hat er so einen unangenehmen Alt-Männer-Geruch verströmt, du weißt schon."

Ich reagierte nicht.

„Er hat nach Bier, Schweiß und Urin gemüffelt", legte sie noch ein Scherflein nach.

„Caroline, bitte!"

Ich nahm an, sie sprach von Dieter. Und ich war nicht sehr erstaunt. Es war ihm sicher nicht schwergefallen, meine Adresse herauszufinden.

„Ich habe ihn sogar hereingebeten, da er mir sonst alles durch die Tür erzählt hätte. Muss ja nicht gleich das ganze Haus wissen, dass du in mehrere mysteriöse Todesfälle verwickelt bist ..."

„Was genau ist passiert?", unterbrach ich energisch ihren Wortschwall.

„Wenn du mich ausreden ließest, wüsstest du es längst. Wir haben gemeinsam den Bordeaux geleert, den ich vorgestern aufgemacht habe. So ein Gläschen zum Frühstück soll gesund sein."

„Komm bitte zur Sache."

„Sei nicht so ungeduldig. Wir sind also im Wohnzimmer gesessen. Übrigens hat Romeo unseren Gast sehr sympathisch gefunden. Er hat sich sogar von ihm streicheln lassen. Männer, die Katzen lieben, haben ein gutes Herz. Wusstest du das? Dich mag Romeo ja auch ..."

„Caroline!"

„Ich muss dir noch etwas erzählen", fuhr sie unbeirrt fort. „Wusstest du, dass man einen Spion oder Agenten, der sich an Frauen ranmacht, um an Informationen zu kommen, Romeo nennt? Der Detektiv hat gedacht, ich hätte meinem Kater deswegen diesen Namen gegeben. Auf den naheliegenden Grund, dass eine Schauspielerin an das berühmte Shakespeare-Stück gedacht haben könnte, ist er nicht gekommen."

„Wenn du mir nicht sofort sagst, was mit Stefanie geschehen ist, rufe ich selbst die Polizei an."

„Bleib ruhig, du kannst sowieso nichts mehr machen. Dein dicker Freund scheint gute Beziehungen zu seinen ehemaligen Kollegen bei der Kripo zu haben. Jedenfalls haben die ihm erzählt, dass du vor Kurzem bei dieser Anwältin in der Kanzlei warst und dass es Streit zwischen euch gegeben hat."

„Oh nein, auch das noch!", stöhnte ich.

Stefanies Mitarbeiterinnen hatten damals natürlich ihr Geschrei gehört und der Polizei davon berichtet.

„Es scheint, als zweifeln die Bullen daran, dass es Selbstmord war. Am Hals der Toten haben sie Druckspuren, also Hämatome, entdeckt, hat der Dicke gesagt.

Er denkt, dass es Mord war und dass sie denjenigen, der sie getötet hat, kannte. Neun von zehn Mordopfern kannten die Täter, meinte er."

Ich war geschockt, hatte aber keine Chance, über diese schreckliche Neuigkeit nachzudenken, denn schon teilte mir Caroline die nächste Hiobsbotschaft mit.

„Es gibt wahrscheinlich noch einen Toten. Dieser Kumpel von dir vermisst seit Anfang November seinen besten Freund. Der Mann ist ebenfalls Privatdetektiv und von einem Tag auf den anderen wie vom Erdboden verschluckt gewesen. Herr Dieter hat anfangs gedacht, du hättest was mit dem Verschwinden seines Freundes zu tun. Erst als er dich persönlich kennengelernt hat, ist ihm klar geworden, dass du zu dem Zeitpunkt, als der Mann verschwunden ist, nicht in Wien warst. Trotzdem hat diese Geschichte seiner Meinung nach mit dir zu tun oder zumindest mit deinem Vater. Ich bin nicht recht schlau aus seinem Gequatsche geworden. Er hat ziemlich wirres Zeug von sich gegeben. Auf jeden Fall will er dich unbedingt sprechen. Und zwar dringend. Das soll ich dir ausrichten. Du kannst ruhig nach Hause kommen. Ich habe den Bullen erzählt, dass du in dein Haus an der Alten Donau gefahren bist." Sie kicherte wie ein kleines Mädchen. „Ich wollte der lieben Nadine eins auswischen. Die wird blöd schauen, wenn zwei Bullen vor ihrer Tür stehen ..."

Sie hörte nicht auf zu quasseln. „Diesen Detektiv kannst du ruhig öfters mitbringen", fuhr sie fort. „Wie heißt er eigentlich mit Nachnamen? Er hat sich mir als Herr Dieter vorgestellt."

„Klein."

„Wie unpassend", kicherte sie.

„Dieser Meinung ist er auch."

„Jedenfalls ist er ein interessanter Mann. Leider haben wir beide keinerlei Erfahrung auf kriminalistischem Gebiet. Von ihm könnten wir einiges lernen. Mir könnte er beibringen, wie man im Internet recherchiert, und dir soll er zeigen, wie man Verdächtige unauffällig im Auge behält. Du bist jung und gut zu Fuß. Der arme

Herr Dieter schafft es mit seinem kaputten Knie nicht mehr, jemanden stundenlang zu verfolgen."

Um Himmels willen! Verlangte die alte Lady jetzt auch noch von mir, dass ich mich als ihr persönlicher Privatdetektiv betätigte? Außerdem hatte Dieter es sehr wohl geschafft, mich stundenlang zu beschatten. Aber ich ließ mich lieber auf keine Diskussion mit ihr ein.

Zu viele Tote. Zuerst Anna Maria und nun Stefanie. Ihr Tod sah zwar nach Selbstmord aus, war aber höchstwahrscheinlich Mord. Ich war geschockt.

Plötzlich musste ich an die Callboy-Geschichte denken, die mir Anna Maria erzählt hatte. War Stefanie einer ihrer One-Night-Stands zum Verhängnis geworden? Sie hatte ein scharfes Mundwerk gehabt und war eine mitleidslose, sehr egoistische Frau gewesen. War es zu einem Streit gekommen? Hatte sie einen Liebhaber verspottet oder beschimpft? Nein, das schien mir zu weit hergeholt. Ich wurde das Gefühl nicht los, dass diese Todesfälle mit mir zusammenhingen. Leider wusste ich nicht, wie und warum. Auf jeden Fall war ich froh, nicht mit Stefanie geschlafen zu haben.

Nachdem ich die überdrehte Caroline losgeworden war, überlegte ich, Oswald anzurufen. Er hatte Stefanie gut gekannt, sie als enge Freundin bezeichnet. Womöglich hatten sie sogar eine Affäre miteinander gehabt? Mein Bekanntenkreis schien ein schwer inzestuöser Verein zu sein. Ich hatte den Eindruck, dass jeder mit jedem schlief.

Oswald hob nicht ab. Ich versuchte es auf dem Festnetz. Eine seiner Assistentinnen teilte mir mit, dass der Herr Doktor einen Termin außer Haus wahrnahm. Ich ließ ihm nichts ausrichten.

Nach diesem Anruf streckte ich mich auf dem Sofa aus und schloss die Augen.

Ein verschwundener Privatdetektiv, eine halbtote Ordinationshilfe und zwei Suizide oder gar Morde? Wem nützte der Tod dieser Menschen? Wer hatte ein Motiv gehabt? Hatten diese Todesfälle überhaupt etwas miteinander zu tun? Zwischen Anna Marias Tod und dem angeblichen Selbstmord von Stefanie bestand sicher eine Verbindung. Wenn sich die beiden nicht selbst umgebracht hatten, wer hatte sie dann ermordet? War es ein und derselbe Täter? Und wer war dieser ominöse verschwundene Privatdetektiv und Freund von Dieter, von dem mir auch Maya unlängst erzählt hatte?

34.

Ich fand, dass es an der Zeit war, nach Hause zurückzukehren. Egal, was mich dort erwartete. Ich hatte keine Lust, mich weiter zu verstecken. Ich hatte niemanden getötet und fühlte mich auch nicht mehr schuld an Anna Marias Tod. Inzwischen bezweifelte ich auch, dass Eugen von Mayerbach seine Frau ins Jenseits befördert hatte. Genauso wenig konnte ich mir vorstellen, dass sie vorgehabt hatte, sich umzubringen, vermutete eher, dass es ein Unfall gewesen war, ein furchtbares Unglück, besser gesagt.

Ich schrieb Jonas ein paar Zeilen, bedankte mich für seine Gastfreundschaft, räumte die Wohnung auf, packte meine Sachen zusammen und ging.

Die Sonne stand hoch am Himmel. Der Morgennebel hatte sich aufgelöst.

Den Mann in der schäbigen braunen Lederjacke, der sich auf der gegenüberliegenden Seite der Straße an eine geöffnete Autotür lehnte, nahm ich nur mit einem Auge wahr.

Passte Charlie mich ab? Dachte er tatsächlich, ich hätte seinen Sohn dazu gebracht, mit dem Dealen aufzuhören? Oder ging es um Maya? Die Drohung der Glatze, die mich im Prater angegriffen hatte, ließ mich eher Letzteres vermuten.

Mein Bedarf an Schlägereien war gedeckt. Andererseits würde ich mit diesem Junkie locker fertigwerden.

Sogleich genierte ich mich für meine Aggressionen.

Als ich an dem Wagen vorbeiging, drehte Charlie den Kopf weg.

Hatte er Maya gesteckt, dass ich bei ihrem Sohn untergetaucht war? Womöglich hatte er sie sogar mit seiner Dealer-Schüssel hierhergefahren?

Sehr unwahrscheinlich! Ihre Überraschung, als sie mich in Jonas' Küche erblickt hatte, war echt gewesen. Trotzdem konnte Charlie der Mann sein, der mich seit Tagen verfolgte.

„Ich gehe nach Hause und habe vor, dort zu bleiben. Sie brauchen sich also nicht zu hetzen", rief ich ihm zu, als ich die Straße überquerte.

Mittlerweile verdächtigte ich ihn ernsthaft, bei mir eingebrochen zu haben. Bestimmt dachte er, bei einem Arzt wäre einiges zu holen. Dann war Frau Amann zurückgekommen, und er hatte zugeschlagen. Wie ein Brutalo sah er nicht aus, aber ich bezweifelte, dass man es jemandem ansah, ob er fähig war zuzuschlagen. Mir traute auch niemand zu, dass ich einen Menschen krankenhausreif prügeln konnte. Am wenigsten ich selbst.

Bei der Erinnerung an die Glatze, die ich verdroschen hatte, kam mir eine andere Idee. Charlie könnte diesen Typ angestiftet haben, bei mir einzubrechen. Und diesem gewalttätigen Burschen traute ich sehr wohl zu, eine wehrlose ältere Frau brutal niederzuschlagen.

Ich war gespannt, was Caroline von meiner neuen Hypothese hielt. Jetzt, da ich ihren geliebten Jonas nicht mehr verdächtigte, konnte ich ja mit ihr darüber reden.

Ich ging den ganzen Weg bis zu meiner Wohnung zu Fuß. Weder die strahlende Sonne noch die blühenden Bäume entlang der Ringstraße entlockten mir ein Lächeln.

Zuhause erwartete mich ein Dutzend Nachrichten auf meinem Anrufbeantworter.

Oswald hatte dreimal angerufen. Axel zweimal. Die restlichen Anrufe stammten von Patienten.

Als Erstes rief ich Oswald zurück.

Er wusste bereits über Stefanies Tod Bescheid. Dieses Mal zeigte er mehr Mitgefühl als bei Anna Marias Selbstmord. Zumindest kam es mir so vor.

Im Laufe des Telefonats erinnerte er mich mehr oder minder beiläufig daran, dass Stefanie Axels Ex-Frau war und er durch ihren Tod profitierte.

„Er spart sich nun die immensen Unterhaltszahlungen. Außerdem gibt's da angeblich eine Lebensversicherung. Falls sie keine Suizid-Klausel beinhaltet, kassiert er die. Er hat mir einmal erzählt, dass er die Polizze besitzen würde, da er weiterhin die Prämien bezahlt hatte und Stefanie anscheinend darauf vergessen hat, den Namen des Begünstigten zu ändern."

„Willst du damit andeuten, dass er sie umgebracht haben könnte?"

„Schwachsinn. Natürlich nicht. Wie kommst du auf diese absurde Idee? Was ist mit dir los? Als Anna Maria starb, hast du auch gleich an Mord gedacht."

„Vielleicht lese ich zu viele Kriminalromane", scherzte ich halbherzig.

„So wie deine Mutter?"

„Ihre Bücher liegen hier überall herum. Lass uns Schluss machen. Ich bin gerade erst heimgekommen und muss unter die Dusche."

Nachdem ich ihn erfolgreich abgewimmelt hatte, war mir nach keinem weiteren Telefonat mehr zumute. Axel wollte ich später zurückrufen. Und die Patienten mussten ebenfalls warten.

Ich duschte ausgiebig und begann mich zu rasieren, als es an der Tür klingelte.

Ich erschrak, hatte nicht vor zu öffnen. Womöglich stand die Polizei auf der Matte? Gleichzeitig kam ich mir kindisch vor.

Der ungebetene Besucher erwies sich als überaus beharrlich. Nach dem sechsten Klingeln schlich ich zur Tür und schaute durch den Spion.

35.

Ich war ungekämmt, zur Hälfte rasiert und hatte rasch wieder die schmutzigen Klamotten angezogen. Mein Hemd hatte ich falsch zusammengeknöpft.

„Sie sehen aus wie ein zerstreuter Professor", sagte Dieter anstatt einer Begrüßung und deutete auf den offenen Reißverschluss meiner Jeans.

Er wirkte nüchtern und war heute wieder per Sie mit mir.

„Sind Sie gekommen, um mich zu verhaften?"

Er grinste mich an. „Dazu hätte ich schon früher Gelegenheit gehabt. Mal abgesehen davon, dass ich längst nicht mehr im Dienst bin."

„Okay. Kommen Sie rein."

„Es wundert mich, Sie zuhause anzutreffen. Die Polizei ist hinter Ihnen her.

Sie werden verdächtigt, die schneidige Anwältin umgebracht zu haben." Sein lautes Organ hallte durch das Stiegenhaus.

„Das habe ich befürchtet", seufzte ich und bat ihn ins Wohnzimmer, deutete auf den großen Fauteuil, der seinem Gewicht locker standhalten würde.

Er ließ sich in den Sessel plumpsen und streckte stöhnend seine Beine aus.

„Die Mitarbeiterinnen der Anwältin haben bei der Polizei zu Protokoll gegeben, dass Sie gewaltsam in das Büro ihrer Chefin eingedrungen sind und sie danach laute Stimmen gehört haben. Worum ist es bei dem Streit gegangen?"

Dieter schien bestens informiert zu sein.

„Woher wissen Sie das?"

„Ich habe gute Beziehungen zu meinen früheren Kollegen. Und alles, was mit Ihnen zu tun hat, interessiert mich brennend."

Ehe ich nachfragen konnte, warum es ihn so brennend interessierte, fragte er:

„Schon wieder eine Schlägerei gehabt?" Anscheinend bemerkte er jetzt erst mein verunstaltetes Gesicht.

„Na, sagen Sie mal, Herr Doktor! Ich hätte nicht gedacht, dass Sie so ein kampflustiger Typ sind."

Widerwillig erzählte ich ihm von dem Überfall im Prater, fasste mich aber kurz.

„Ich weiß, Sie haben sich bei Mayas Sohn im Zweiten versteckt. War keine gute Idee, oder? Maya ist sauer auf Sie. Der Jonas ist ihr Ein und Alles. Ich kenne ihn, seit er so klein war." Er deutete mit der Hand die Größe eines Sechsjährigen an. „Er war schon als Kind ein verdammt verwöhnter und anspruchsvoller kleiner Fratz. Die heutige Jugend will nichts mehr arbeiten. Work-Life-Balance, wenn ich das schon höre! Aber man darf nichts sagen. Diese Kids sind an keine Kritik gewöhnt, sind immer nur gelobt und verhätschelt worden und wollen jetzt überall mitreden. Überhebliche Gfraster!"

Ich wollte mir weder seine Vorurteile gegenüber jungen Leuten anhören noch mit ihm über Maya und ihren Sohn diskutieren.

„Möchten Sie Kaffee?", fragte ich.

„Stark und mit drei Stück Zucker, wenn ich bitten darf."

Ich ging in die Küche, machte zwei doppelte Espressi.

Als ich ihm seine Tasse reichte, breitete er gerade auf dem Couchtisch großformatige Fotos aus.

Die Bilder von Nadine und einem Mann in eindeutiger Position kamen mir bekannt vor. Die Abzüge waren stark vergrößert und sehr verschwommen. Nur Nadines Gesicht war relativ deutlich zu erkennen. Auf einem der Bilder sah man zum Teil einen männlichen Rücken. Auf dem anderen waren seine kräftigen Schenkel im Blickfeld. Diese beiden Fotos waren nicht auf dem Stick gewesen.

„Die meisten Fotos kenne ich bereits", sagte ich.

Er deutete auf die Rückenansicht des Mannes. „Anfangs habe ich gedacht, Sie wären das. Inzwischen weiß ich, dass Sie es nicht sind. Wenn man Sie genauer betrachtet, sind Sie doch zarter gebaut als dieser Typ. Damals habe ich Sie sogar verdächtigt, dass Sie beim Verschwinden meines Freundes Ihre Finger mit im Spiel hatten, denn diese Fotos waren sein letzter Auftrag, bevor er verschwand."

„Haben Sie mir den Stick mit den Fotos geschickt?"

„Ja, habe ich, aber Sie haben nicht darauf reagiert. Ich habe Sie tagelang im Auge behalten und bald bemerkt, dass der Liebhaber ein anderer sein musste.

Haben Sie Ihre Stiefmutter eigentlich nie zur Rechenschaft gezogen?"

„Warum hätte ich das tun sollen? Ihr Liebesleben geht mich nichts m... nichts an." Das Wörtchen „mehr" hatte ich gerade noch rechtzeitig hinuntergeschluckt.

„Sie war die Frau Ihres verstorbenen Vaters. Und diese Fotos sind eindeutig vor seinem Ableben aufgenommen worden."

„Na und? Vielleicht haben sie eine offene Beziehung geführt? Mein Vater ist auf die achtzig zugegangen. Nadine wird demnächst fünfzig. Ich hatte fast fünfundzwanzig Jahre lang keinen Kontakt zu meinem Vater und seiner zweiten Frau. Ich habe keine Ahnung, mit wem sie verkehrten. Und es interessiert mich auch nicht."

Die letzten Worte waren gelogen. Es interessierte mich sehr wohl, mit wem Nadine meinen Vater betrogen hatte.

„Sie halten mich für kleinkariert und prüde."

Es war mehr eine Feststellung als eine Frage. Ich hielt es nicht für nötig zu antworten.

„Ich erzähle Ihnen jetzt einmal eine Geschichte", fing er an.

Oh nein, bitte nicht, flehte ich insgeheim, machte es mir aber auf dem Sofa bequem.

Ich registrierte, dass er mir nicht in die Augen sah, sondern auf den Teppich starrte, während er sprach.

„Kurz nachdem ich in Pension gegangen bin, hat mich ein Exkollege angerufen. Sein Name ist Markus Wolf ..."

„So wie der frühere Leiter des außenpolitischen Nachrichtendienstes der ehemaligen DDR?", unterbrach ich ihn grinsend.

Er schaute stirnrunzelnd auf.

„Für mich war er von Anfang an der Wolfi."

Offensichtlich wusste er mit meiner Bemerkung nichts anzufangen.

„Wolfi war mit mir bei der Drogenfahndung. Es kam zu einigen Unregelmäßigkeiten. Nichts Wichtiges. Einmal sind zwei Päckchen Heroin verschwunden, ein anderes Mal hat einer unserer Spitzel behauptet, Wolfi hätte ihn halbtot geschlagen. Jedenfalls hat man einen Sündenbock gesucht. Und mein Freund hat gehen müssen. Da er für die Pension noch zu jung war, hat er eine private Detektei aufgemacht. Sein Geschäft ist nicht schlecht gelaufen. Man sollte nicht glauben, wie viele Leute ihren Ehepartnern nachspionieren. Er hat auch weiter seine Kontakte zur Drogenszene gepflegt und uns, oder besser gesagt mir, so manch guten Tipp gegeben. Ich war ja ein paar Jährchen länger als er im aktiven Dienst. Als ich pensioniert wurde, hat er mir angeboten, bei ihm einzusteigen. Wegen meines kaputten Beines war ich zwar gehandicapt, aber Beschattungen mit dem Wagen habe ich allemal erledigen können. Ich habe auch zum Teil den Schreibkram übernommen und Botenfahrten für ihn gemacht."

„Ich nehme an, Sie haben auch mich beschattet."

Ein breites Grinsen machte sich in seinem teigigen Gesicht breit.

„Sie haben bald bemerkt, dass Ihnen jemand folgt. Das wusste ich, weil Sie sich oft umgesehen haben. Aber entdeckt haben Sie mich nicht", kicherte er.

„Sieh nie in andere Richtungen und dreh dich nicht um, wenn du das Gefühl hast, verfolgt zu werden. Denn wenn dir jemand gefolgt ist, kannst du sicher sein, dass er dich haarscharf beobachtet und sich sofort unsichtbar macht, wenn er sich entdeckt fühlt."

„Danke für den Tipp. Ich werde es mir merken", sagte ich spöttisch.

Er wurde wieder ernst.

„Privatdetektive sind normalerweise einsame Wölfe. Aber Wolfi und ich waren ein gutes Gespann. Wir haben uns schon während unserer Zusammenarbeit bei der Drogenfahndung bestens ergänzt. Er hat den Bösen gespielt, ich den Guten. Wenn er einen seiner berüchtigten Wutanfälle bekam und zuschlug, habe ich mich anschließend um sein Opfer gekümmert. Aber das ist eine andere Geschichte. Vergangenen Herbst hat Wolfi von Ihrem Vater den Auftrag erhalten, Ihre Stiefmutter zu überwachen. Ich bin damals wegen einer schweren Bronchitis ausgefallen, also hat er den Job allein übernommen. Das war sicher ein Fehler. Wolfi hat zu einer gewissen Überheblichkeit geneigt und gern große Sprüche geklopft. Er hat sich für unheimlich schlau gehalten. Ich meine, er war auch ein schlauer Fuchs, aber in diesen vornehmen Kreisen hat er sich nicht ausgekannt. Untreuen Ehepartnern hinterherzuschnüffeln, ist an sich keine große Sache, aber mit diesen feinen Leuten ist nicht gut Kirschen essen. Er hätte diesen Auftrag lieber mir überlassen sollen. Ich besitze mehr Takt und Feingefühl."

Beinahe wäre mir bei seinen letzten Worten ein Grinsen entkommen.

„Je feiner die Leute, desto schmutziger ihre kleinen Geheimnisse. Ich spreche aus Erfahrung", fuhr er fort.

„Und plötzlich ist Wolfi verschwunden. Ich habe mindestens ein Dutzend Mal versucht, ihn am Handy zu erreichen. Vergeblich. Nicht einmal seine Mailbox ist angesprungen. Obwohl ich marod war, bin ich in unser Büro gefahren. Dort hat es ausgesehen wie immer.

Staubig und unaufgeräumt. Danach bin ich zu seiner Wohnung im zehnten Bezirk. Ich habe keinen Schlüssel gehabt, bin aber mit meinem Dietrich locker reingekommen. Das dreckige Geschirr ist in der Abwasch vor sich hin geschimmelt, ebenso ein paar kümmerliche Lebensmittelreste im Kühlschrank. Leere Flaschen sind in einer Ecke herumgekugelt und der Müll hat erbärmlich gestunken. Kein Wolfi weit und breit. Ich habe tagelang die ganze Stadt nach ihm abgesucht, mich mehrmals in seinem Stammbeisl in Favoriten nach ihm erkundigt und sogar eine seiner Lieblingshuren aufgesucht. Keiner hat ihn in letzter Zeit zu Gesicht bekommen. Auch unsere früheren Kollegen bei der Drogenfahndung haben ewig nichts mehr von ihm gehört." Er stieß einen Seufzer aus.

„Haben Sie ein Bier für mich? Vom vielen Reden habe ich einen total trockenen Hals."

„Ich hoffe, es ist eines da", sagte ich und ging in die Küche.

In der Gemüselade meines Kühlschranks versteckte sich ein Döschen unter den vergammelten Karotten und Radieschen.

Ich servierte ihm das Bier in einem Glas.

Ohne sich zu bedanken, riss er es mir aus der Hand und trank es in einem Zug aus.

„Bah, jetzt geht's mir besser." Er klopfte sich auf den Bauch.

„Wolfis letzter Auftrag kam, wie gesagt, von Ihrem Vater Ende Oktober. Zwei Wochen danach ist Wolfi verschwunden und noch zwei Wochen später ist Ihr Vater gestorben. Das habe ich bei meinen Nachforschungen herausgefunden. Ich habe mir die trauernde Witwe draußen an der Alten Donau vorknöpfen wollen, als Sie plötzlich eines Abends in der Blauen Bar aufgekreuzt sind. Ich habe Ihr Gesicht bereits von der Beerdigung gekannt, bei der Ihre Stiefmutter so erschrocken ist, dass sie Ihrem Vater im Grab kurzzeitig Gesellschaft geleistet hat. Durch diesen Zwischenfall bin ich überhaupt erst auf die Idee gekommen, dass Sie der Liebhaber sein müssen. Auf alle Fälle ist es mir gelegen gekommen, dass ich für meine Beschattungen meinen Stammplatz nun gar nicht mehr verlassen habe müssen. Bitte entschuldigen Sie, dass ich Sie anfangs für den Liebhaber Ihrer Stiefmutter gehalten habe. Ich habe nicht gewusst, dass Sie bis vor Kurzem in Berlin gelebt haben. Maya hat mich später über Sie und Ihr schlechtes Verhältnis zu Ihrem Vater aufgeklärt."

Es missfiel mir, dass Maya mit ihm über mich tratschte.

„Sie hätten ein Motiv gehabt, Ihren Alten umzubringen, aber mit dem Verschwinden meines Freundes konnten Sie nichts zu tun haben. Als mir das klar geworden ist, haben sich meine Nachforschungen wieder auf diese feine Lady konzentriert. Ich habe sie ein paar Tage lang beobachtet. Es hat sich nichts getan. Sie hat weder einen Liebhaber empfangen noch sich sonst verdächtig benommen."

„Und was wollen Sie nun von mir?"

„Ich bin ehrlich gesagt ein bisschen ratlos. Inzwischen hat man bei Ihnen eingebrochen und Ihre Sprechstundenhilfe ist zusammengeschlagen worden. Eine Ihrer Patientinnen hat sich umgebracht und nun dieser mysteriöse Tod der cleveren Anwältin, mit der Sie ein Verhältnis ..."

„Ich hatte kein Verhältnis mit Frau Schiller!"

„Sie haben mit ihr rumgemacht. Egal, wie Sie das nennen."

Ich wollte aufbrausen, aber mir war klar, das würde nichts bringen.

„Sie ziehen den Tod an. Ist Ihnen das nicht selbst schon aufgefallen? Sie sind umgeben von Leichen. An Ihrer Stelle wäre ich in nächster Zeit sehr vorsichtig."

„Sie denken, ich könnte der Nächste sein?"

„Keine Angst, ich pass auf Sie auf. Aber Sie sollten mal darüber nachdenken, wie all diese Todesfälle miteinander zusammenhängen. Sie haben die Leute persönlich gekannt. Gibt es da irgendwelche Verbindungen, von denen ich nichts weiß?"

Mir war flau im Magen. Ich hatte genug von seiner Faselei und bemühte mich, ihn so schnell wie möglich loszuwerden.

„Ich bin leicht marod. In meinem Kopf dreht sich alles. Ich brauche jetzt erstmal Ruhe. Lassen Sie uns später noch mal darüber reden. Morgen Abend in der Blauen Bar? Ich verspreche Ihnen, bis dahin über alles, was Sie gesagt haben, gründlich nachzudenken."

Er stand sofort auf.

„Sie müssen mich nicht rausschmeißen. Ich weiß, wann es genug ist. Da es kein Bier mehr gibt, fällt mir der Abschied nicht schwer", sagte er grinsend.

* * *

Den Abend verbrachte ich bei Caroline.

Sie hatte mitbekommen, dass ich Besuch gehabt hatte, und fing sofort an, mich mit Fragen zu löchern.

„Ja, dein Freund, der Privatdetektiv, war da. Er ist eine tragisch-komische Figur, findest du nicht auch? Er tut sehr geheimnisvoll, benimmt sich zeitweise wie ein Geheimagent. Anderseits ist er eine richtige Plaudertasche und gibt ständig irgendwelche Binsenweisheiten von sich."

Über den Inhalt des Gesprächs mit Dieter wollte ich nicht mit ihr reden. Ich hatte heute genug geredet.

Als sie mich über Stefanies Tod auszufragen begann, wehrte ich ab.

„Bitte nicht jetzt. Ich kann nicht mehr."

Caroline sah mich mitleidig an.

„Okay. Magst du dir einen Film ansehen?"

Da ich keinen Fernseher besaß, leistete ich ihr hin und wieder beim Fernsehen Gesellschaft.

Wir schauten uns eine Dokumentation über den Sturz und die Hinrichtung von Nicolae Ceaușescu, dem früheren rumänischen Präsidenten und Diktator, an.

Bisher hatte ich mich nie besonders für Rumänien interessiert. Seit ich Maya kannte, war ich begierig nach mehr Informationen über dieses Land, seine Kultur und seine Menschen.

Caroline konnte es nicht lassen, andauernd ihren Senf zu diesen dramatischen Ereignissen zu geben. Manchmal hatte es fast den Anschein, als wäre sie persönlich dabei gewesen.

Ich war an ihre Kommentare gewöhnt. Schlimmer fand ich es, wenn sie während eines Films Schauspieler kritisierte oder Drehbuchautorin spielte und Dialoge, während sie stattfanden, lautstark veränderte.

Ich verzichtete darauf, mir die der Doku folgende Historikerdiskussion anzuhören, und verließ meine putzmuntere Nachbarin lange vor Mitternacht.

36.

Um sieben Uhr morgens wurde ich von der Alarmanlage eines Autos geweckt, die nicht mehr verstummen wollte.

Der lange Schlaf hatte mich gestärkt. Ich fühlte mich fit und unternehmungslustig.

Nach dem Frühstück spazierte ich durch die Innere Stadt. Ich beabsichtigte, Maya zuhause zu überraschen. Ein sehr gewagter, ja beinahe verwegener Entschluss.

In der Blauen Bar konnten wir uns nie länger ungestört unterhalten. Zwischen uns war so vieles unausgesprochen. In den letzten Tagen war doch einiges passiert. Ich hatte mir vorgenommen, ihr endlich die Wahrheit zu sagen.

An einem Kiosk auf der Kärntnerstraße kaufte ich einen riesigen Strauß orange Tulpen. In der Blauen Bar stand öfters eine Vase mit frischen Tulpen auf der Theke. Ich vermutete, dass das ihre Lieblingsblumen waren.

Hoffentlich würde sie meine Entschuldigung dafür, dass ich Jonas in meine Angelegenheiten mit hineingezogen hatte, annehmen.

Am Stephansplatz tummelten sich unzählige Touristen. Ich kämpfte mich durch die Menschenmassen, sorgfältig darauf bedacht, dass die Blumen keinen Schaden erlitten. Es war ein richtiger Spießrutenlauf.

In einer Bäckerei erstand ich zwei Croissants und zwei Semmeln. Dann spazierte ich die Rotenturmstraße hinunter zum Schwedenplatz. Auch hier herrschte Gedränge. Die Straßenbahn- und U-Bahn-Stationen waren verdreckt. Ein strenger Geruch nach ranzigem Fett und Urin lag in der Luft.

Am Donaukanal waren hauptsächlich junge Leute unterwegs. Verliebte Pärchen, junge Mütter mit Kinderwägen, Joggerinnen und sportliche Burschen auf Skateboards.

Schade, dass Oswald und ich als Jugendliche diesen Ort nicht für uns entdeckt hatten. Angeblich fanden hier abends tolle Freiluft-Partys statt.

Der starke Regen der letzten Tage hatte der Natur gutgetan, üppiges Grün säumte das gräulich schimmernde Wasser.

Über die Schwedenbrücke gelangte ich hinüber in die Leopoldstadt. Ich schlenderte vorbei an dem von Jean Nouvel erbauten Design Tower, in dem sich einige schicke Geschäfte, ein Hotel und ein Restaurant im letzten Stock mit einem fantastischen Blick über die Stadt befanden.

Maya wohnte in einem alten Haus am Anfang der Praterstraße. Ein kleiner Platz mit hübschen Läden und einladenden Gastgärten unter hohen Bäumen. Keine schlechte Wohngegend, dachte ich.

Ein sanfter Windhauch, leises Blätterrascheln, ein schüchterner Sonnenstrahl. Der Frühling meldete sich zurück.

Als ich vor dem Hauseingang stand, zögerte ich, bei Marin anzuläuten. Vielleicht war es doch keine so gute Idee, sie an einem Sonntagmorgen zu überfallen?

Das Haustor war offen. Ich ging hinein. Da ich nicht wusste, in welchem Stockwerk sich ihre Wohnung befand, blieb ich vor jeder Tür stehen und sah mich meist vergeblich nach einem Namensschild um.

Im zweiten Stock entdeckte ich endlich ein kleines Schild, auf dem „Maya & Jonas" stand.

Das Stiegenhaus benötigte dringend einen neuen Anstrich und der Steinboden sah nicht sehr sauber aus. Die Bassena diente als Gewürzbord. Salbei, Minze und Rosmarin verströmten einen angenehmen Duft.

Ich drückte kurz auf den Klingelknopf.

Drinnen rührte sich nichts.

Ich läutete energischer und klopfte gleichzeitig mit der anderen Hand an die Tür.

Plötzlich stand Maya vor mir.

Mit zerzaustem Haar, aufgerissenen Augen und geröteten Wangen erweckte sie den Eindruck, an den Haaren aus dem Bett gezerrt worden zu sein.

Sie war nur mit einem T-Shirt bekleidet, das ihr knapp über den Po reichte.

Ich konnte meinen Blick nicht von ihren wohlgeformten Beinen wenden.

Sie bemerkte es und fuhr mich an: „Was gibt es da zu gaffen? Haben Sie noch nie nackte Frauenbeine gesehen?"

Ich verkniff mir eine freche Antwort. Verlegen versuchte ich zu erklären, warum ich sie um diese frühe Stunde aus dem Bett geläutet hatte, und hielt ihr den Blumenstrauß und das frische Gebäck vor die Nase.

„Ich möchte Frie...den schließen", stammelte ich.

Ihr Gesichtsausdruck wurde weicher.

„Es gibt heute keine Krautrouladen", sagte sie.

„Schade, aber deswegen bin ich nicht gekommen."

„Was wollen Sie dann von mir?"

„Mich entschuldigen." Ich drückte ihr die Tulpen, samt dem Papier, in die Hand. Ein kleines Lächeln umspielte ihren schönen Mund.

„Kommen Sie erst einmal herein. Mein Gott, das sind ja mindestens dreißig Stück. So eine große Vase habe ich gar nicht", murmelte sie.

Konnte ich nichts richtig machen? Es tat mir leid, sie mit dem riesigen Strauß in Verlegenheit gebracht zu haben.

Während sie sich auf die Suche nach einem passenden Gefäß für die Blumen machte, sah ich mich um.

Bad und WC waren im großen Vorzimmer nachträglich eingebaut worden.

Die Wohnung war relativ hell und freundlich. Die Küche mit einem Esstisch für vier Personen wirkte sehr gemütlich. Verstohlen warf ich einen Blick durch die offenstehenden Türen in die anderen beiden Räume.

Maya schien eine Vorliebe für skandinavisches Design zu haben. Ihre Möbel stammten allerdings nicht von IKEA, sondern waren aus Vollholz. Alles wirkte sehr gepflegt, aber ein wenig bieder.

Sie bemerkte mein Interesse an ihrer Einrichtung, als sie mit einem weißen Plastikeimer für die Tulpen aus dem Bad zurückkam.

„Ich habe umgestellt, als Jonas ausgezogen ist, schlafe jetzt im ehemaligen Kinderzimmer. Mein früheres Schlafzimmer habe ich in ein Wohnzimmer verwandelt. Kommen Sie weiter."

„Soll ich die Schuhe ausziehen?"

„Nein, behalte sie an. Heute regnet es ja nicht."

Bücherschränke, ausziehbares Bettsofa, Couchtisch, ein bequemer Fauteuil. Kommode, Flachbildfernseher. An den Wänden hingen gerahmte Drucke. Vorwiegend Filmplakate und Poster von preisgekrönten Fotos.

„Tolle Fotos", sagte ich verlegen.

Sie zuckte mit den Achseln.

„Ich bin wirklich nur gekommen, um mich zu entschuldigen. Nach dem Tod meiner Patientin und dem ganzen Medienwirbel geriet ich in Panik. Ich wollte nichts wie weg..."

„Jetzt hör endlich auf mit diesem Entschuldigungsquatsch. Jonas hat mir erzählt, dass er dir angeboten hat, bei ihm unterzutauchen. Ist ja auch keine große Sache gewesen. Ich bin einfach total erschrocken und habe überreagiert. Schwamm drüber. Okay?"

Ähnlich wie Dieter duzte und siezte sie mich abwechselnd.

„Magst du einen Kaffee?"

„Gerne!"

„Wie trinken Sie ihn? Milch und Zucker?"

„Schwarz bitte. Bleiben wir doch beim Du", bat ich sie.

Ich stand nach wie vor auf der Türschwelle zwischen Wohnzimmer und Küche und sah ihr dabei zu, wie sie die Espressomaschine anwarf.

„Setz dich endlich", forderte sie mich auf.

Meine unbeholfene Art hätte mich fast selbst zum Lachen gebracht. Ich benahm mich wie ein verliebter Pubertierender. Es fehlte gerade noch, dass ich errötete, wenn sie mich ansah.

Sie konnte Gedanken lesen. „Ich mag schüchterne Männer", sagte sie lächelnd.

„Schön, dass du wenigstens irgendetwas an mir magst."

„Oh, ich mag einiges. Zum Beispiel deine schmalen Hände und deine traurigen blauen Augen."

Ich lachte verlegen und wollte mich mit einem Kuss bedanken. Der Kuss verrutschte, landete auf ihrem zerzausten Haar.

„Und am meisten mag ich an dir, dass dir nicht bewusst ist, wie attraktiv du bist."

Beinahe musste ich wieder lachen. Ich hielt mich nicht für besonders gutaussehend. Anscheinend stimmte mein Selbstbild nicht mit Mayas Bild von mir überein. Oder war sie doch ein bisschen verliebt in mich? Anders konnte ich mir ihre Komplimente nicht erklären.

Ich wagte es nicht, sie noch einmal zu küssen, sah ihr nur tief in die Augen.

Sie kam einen Schritt näher, nahm meinen Kopf in ihre Hände und küsste mich auf den Mund.

Ich erwiderte ihren Kuss und ließ sie nicht mehr los.

Der Kaffee wurde kalt.

Wir waren inzwischen eng umschlungen auf der Wohnzimmercouch gelandet.

Plötzlich löste sie sich aus meiner Umarmung, wandte mir den Rücken zu und begann sich auszuziehen.

Ich legte ihr die Hände auf die Schultern. Behutsam drehte ich sie zu mir um und half ihr beim Ausziehen.

Während ich meine Hände über ihren nackten Rücken gleiten ließ, öffnete sie die Knöpfe meines Hemdes.

Als ich sie hochhob, schlang sie ihre Beine um mich.

Ich wollte es nicht im Stehen mit ihr treiben und auch nicht in ihrem Bett. Ich sah andauernd Toni vor mir, seinen kräftigen, stark behaarten Körper.

Was für ein Déjà-vu! Unwillkürlich musste ich an Nadine denken. Sie hatte mich wegen eines wesentlich älteren Mannes sitzen lassen. Könnte sich diese Geschichte mit Maya wiederholen? Musste ich wieder mit einer Vaterfigur konkurrieren?

Nadine beim Vögeln mit meinem Vater zu sehen, war für mich ein traumatisches Erlebnis gewesen. Vielleicht versuchte ich ja, dieses Trauma zu bewältigen, indem ich Maya nun einem älteren Mann wegnahm, falls zwischen den beiden noch immer was lief.

Wenn ich mit der Analysiererei nicht aufhörte, würde sich bei mir bald nichts mehr regen.

Maya streifte mir die Hose runter.

Die hässlichen Erinnerungen waren plötzlich wie weggewischt.

Ich brachte sie zum Sofa, liebkoste ihre wundervollen Brüste, fuhr mit meiner Zunge über ihren Bauch und hielt erst kurz vor ihrer Scham an.

Seit langem hatte mich keine Frau mehr mit solch starkem Verlangen angesehen. Ich konnte mich nicht länger zurückhalten, legte mich auf sie und liebte sie zärtlich und stürmisch zugleich.

Nach einer Weile wechselte sie die Stellung, setzte sich auf mich, bewegte sich schnell. Ihr Rücken wölbte sich. Sie warf ihren Kopf von einer Seite zur anderen.

„Bitte nicht aufhören", flüsterte sie, als sich ihr Körper kurz versteifte.

Ich konnte mich gerade noch zurückhalten.

Durch die Fenster drang der Verkehrslärm. Die Sonne sickerte durch die dunkelblauen Vorhänge und ich fühlte mich beinahe glücklich.

Wir sprachen kaum miteinander, als wir den Rest des Vormittags auf dem Sofa verbrachten. Aber wir konnten die Hände nicht voneinander lassen. Nachdem wir uns ein zweites Mal geliebt hatten, begannen Kirchenglocken zu läuten. Sehr passend, denn ich kam mir ohnehin wie im siebten Himmel vor.

Sie schien das Geläute weniger romantisch zu finden, sprang auf und drängte mich zu gehen.

Erwartete sie noch anderen Besuch? Würde als Nächster Toni vor der Tür stehen?

Sie schien mein Misstrauen zu spüren.

„Jonas hat sich angekündigt. Er will am frühen Nachmittag vorbeischauen. Ich weiß nicht, was für ihn früher Nachmittag bedeutet, womöglich tanzt er gleich an."

Offensichtlich wollte sie verhindern, dass Jonas mitbekam, was zwischen uns lief. Ich war ein bisschen gekränkt, andererseits froh, wegen Jonas und nicht wegen eines Rivalen weggeschickt zu werden.

Zwar hätte ich gern mit Maya über all die furchtbaren Ereignisse der letzten Tage geredet, aber es schien mir vernünftiger, sie nicht damit zu belästigen.

37.

Die wärmende Frühlingssonne hing über der Stadt. Die Straßencafés im ersten Bezirk waren voll sonnenhungriger Menschen. Jung und Alt spazierte durch den Burggarten, bevölkerte Bänke oder ließ sich auf dem noch feuchten Rasen nieder.

Ich kehrte in einem Eissalon ein, genoss einen riesigen Bananensplit und einen starken Espresso.

Kaum war ich zuhause, rief ich Maya an und sagte ihr, wie schön der heutige Morgen für mich war und dass ich sie unbedingt bald wiedersehen möchte.

Ihre Stimme klang kühl. Sie war kurz angebunden. War Jonas schon bei ihr? Oder hatte sie den Sex mit mir nicht genossen? Hatte ich sie enttäuscht? Die alten Selbstzweifel und Minderwertigkeitsgefühle kehrten zurück.

Eine Frau wie Maya hatte bestimmt zahlreiche Bewunderer und konnte sich ihre Liebhaber aussuchen. Dass sie ausgerechnet mich gewählt hatte, war unglaublich. Anstatt dankbar zu sein, ließ ich mich von Eifersucht quälen.

In den vielen Nächten in der Blauen Bar hielt ich oft nach potenziellen Liebhabern Ausschau. Aber Maya verhielt sich allen männlichen Gästen gegenüber gleichermaßen reserviert. Nur zu Toni, ihrem Chef, schien sie eine engere Beziehung zu pflegen, was mich aufgrund ihrer gemeinsamen Vorgeschichte besonders schmerzte. Ich brauchte Klarheit, wollte unbedingt wissen, ob sie nach wie vor ein Verhältnis hatten. Vielleicht sollte ich sie einfach fragen, ob ich momentan der einzige Mann war, mit dem sie schlief?

Eine blödere Idee hast du nicht, fragte meine innere Stimme.

Ich sagte mir selbst vor, dass es sich bei Verliebtheit um einen emotionalen Ausnahmezustand handelt. In unserem Körper findet eine vermehrte Ausschüttung von Dopamin und Adrenalin statt, die zu Euphorie und Erregung führen. Verliebtheit ist eine Sonderform des Wahnsinns, fielen mir auch Sigmund Freuds Worte ein.

Ein Anruf riss mich aus meinen Gedanken.

Axel.

Ich hatte gestern nach Dieters Besuch darauf vergessen, ihn zurückzurufen.

„Ich muss unbedingt mit dir reden, bin gerade in deiner Nähe. Kann ich auf einen Sprung vorbeischauen?"

Eigentlich wollte ich den restlichen Tag damit verbringen, an die schönen Stunden mit Maya zu denken, schaffte es aber nicht, Axel abzuweisen.

„Ach Maya", seufzte ich, nachdem ich aufgelegt hatte.

War sie launisch? Ich verstand ihren Stimmungswechsel nicht. Hatte ich etwas gesagt oder getan, das sie verletzt hatte? Auch wenn die menschliche Psyche mein Spezialgebiet war, blieben mir meine eigenen zwischenmenschlichen Beziehungen oft ein Rätsel.

Leider hatte ich keine Zeit, länger über Maya nachzudenken. Es läutete an meiner Tür.

Da im Wohnzimmer große Unordnung herrschte, führte ich Axel in die Ordination. Sobald der Tatort freigegeben worden war, hatte ich sauber gemacht. Die Möbel standen aber noch nicht alle wieder an ihrem Platz. Ohne Le-Corbusier-Liege und Aktenschrank kam mir der Raum ziemlich leer vor.

Ich ließ mich auf meinen Schreibtischstuhl fallen und bot Axel den für Patienten vorgesehenen Sessel an.

„Ist ... ist es hier passiert?" Axel fühlte sich sichtlich unbehaglich.

„Ja, hier bei der Tür ist Frau Amann gelegen."
„Schrecklich."
Ich dachte, er wollte mit mir über Stefanie reden. Doch er erwähnte ihren Tod mit keinem Wort, sondern begann, von seinem Job zu sprechen.
Mich interessierte sein Gequatsche nicht.
„Der Tod deiner Ex-Frau scheint dir nicht sehr nahezugehen", unterbrach ich ihn.
„Wundert dich das? Du hast sie ja auch näher kennengelernt." Sein anzügliches Zwinkern ärgerte mich. Wusste denn ganz Wien über Stefanie und mich Bescheid?
„Die Polizei denkt, dass sie ermordet worden ist."
„Habe ich auch gehört. Aber das kann ich mir nicht vorstellen."
Eine kaum hörbare Veränderung in seiner Stimme, ein Zug von Unruhe schärfte meine Aufmerksamkeit.
„Sie war sehr labil", fuhr er fort. „Nach außen gab sie sich als starke, selbstbewusste Karrierefrau. Im Laufe unserer Ehe habe ich sie völlig anders erlebt. Im Grunde war sie eine richtige Landpomeranze und sehr unsicher. Sie fühlte sich ständig zu wenig beachtet und konnte nie genug kriegen, nie genug Sex, nie genug Geld, nie genug Erfolg. Stefanie war ewig unzufrieden. Ihren Frust hat sie am liebsten an mir ausgelassen. Die Ehe mit ihr war die reinste Hölle für mich."
„Also vermisst du sie nicht?"
„Hör schon auf", unterbrach er mich. „Ich habe mit ihrem Tod nichts zu schaffen. Seit der Scheidung hatten wir so gut wie keinen Kontakt mehr miteinander."
„Da habe ich anderes gehört. Ihr sollt euch in letzter Zeit wieder nähergekommen sein."
„Von wem hast du diesen Schwachsinn?"
„Weiß ich nicht mehr. Aber auf Oswalds Party habe ich selbst gesehen, wie ihr miteinander geredet habt."

„Mag sein. Ich kann mich nicht erinnern. Wahrscheinlich hat sie mir ein paar bissige Bemerkungen an den Kopf geworfen."

„Danach sah es nicht aus. Hast du sie danach noch einmal getroffen?"

„Nein, das habe ich doch gerade gesagt."

Seine Antwort kam zu schnell. Irgendetwas stimmte nicht.

Axel wechselte das Thema und versuchte, mich über Anna Maria auszuhorchen.

„Die Mayerbach war deine Patientin. Du hast sie also gut gekannt. Schlimme Geschichte. War sie medikamentensüchtig oder wie konnte das passieren?"

Ich gab ihm keine Antwort.

„Du darfst nicht darüber reden, ich weiß, aber man kann sich nur wundern. Warum bringt sich so eine erfolgreiche Frau um? Sie hatte einen attraktiven Mann, eine wunderschöne Villa, eine gut gehende Galerie und mehr Geld, als sie ausgeben konnte."

Mir ging sein Geschwätz auf die Nerven.

„Ich mache uns Kaffee", sagte ich und begab mich in die Küche.

Als ich mit dem Kaffee zurückkam, stand Axel über meinen Schreibtisch gebeugt und durchwühlte einen Stapel ausgedruckter Sitzungsprotokolle.

„Was suchst du?", fuhr ich ihn an.

Er zuckte zusammen, sah mich schuldbewusst an.

„Nichts. Ich habe mir nur die Titel der Bücher auf deinem Schreibtisch angesehen", stammelte er verlegen.

„Du hast in meinen Protokollen gelesen."

„Quatsch. Habe ich nicht."

Plötzlich kam mir der Gedanke, dass Axel den Einbruch begangen und meine Ordinationshilfe, die ihn dabei erwischt hatte, niedergeschlagen haben könnte.

Ich packte ihn an den Schultern und beutelte ihn.

„Sag mir endlich, was du hier willst."

„Reg dich ab, Mann. Ich war neugierig, was dir diese Psychos erzählen."

Am liebsten hätte ich ihm meine Aufzeichnungen um die Ohren gehauen. Nur mühsam beherrschte ich mich und fragte ihn noch einmal: „Warum bist du gekommen? Am Telefon hast du gesagt, du musst dringend mit mir reden. Worum geht es?"

„Das ist nicht so einfach. Ich weiß nicht, wo ich anfangen soll."

„Am besten bei der Wahrheit."

Er setzte sich wieder hin, trank einen Schluck Kaffee und begann so leise zu sprechen, dass ich kaum ein Wort verstand.

„Lauter bitte."

Er räusperte sich.

„Oswald und ich sind nach dem Studium lose miteinander befreundet geblieben. Erst als ich die Karriereleiter einer Pharmafirma hochgeklettert bin, hat er wieder näheren Kontakt zu mir gesucht. Eines Tages hat er mir einen Plan unterbreitet, wie wir beide ein lukratives Nebengeschäft aufziehen könnten. Ich erspare dir die Details. Es ging um Schmerzmittel, die noch nicht zugelassen waren, chefarztpflichtige Medikamente, diverse Wunderpillen, Schlankmacher etc. Ich habe ihn mit diesen Sachen versorgt und er hat sie an seine wohlhabenden Patienten verscherbelt."

„Du sprichst von illegalem Handel mit Betäubungsmitteln und anderen Medikamenten oder verstehe ich da was falsch?"

Er zuckte zusammen.

„Und was willst du von mir? Soll ich in eure schmutzigen Geschäfte mit einsteigen?"

Er druckste weiter herum.

„Sag schon!"

Endlich rückte er mit der Sprache raus.

„Rede bitte mit Oswald. Auf dich hört er eher. Wenn er so weitermacht, wird er mal von jemandem angezeigt werden und seine Lizenz verlieren. Und mich wird er dann mit hineinziehen. Ich würde ebenfalls meinen Job verlieren ...", sagte er.

„Ich werde mich hüten, mich einzumischen. Die Geschichte geht mich nichts an."

„Ich kapier ja, warum er das alles macht. Das Wasser steht ihm bis zum Hals. Mit seinem neuen Gesundheitszentrum hat er sich total übernommen. Auf Anraten irgendwelcher ominöser Berater hat er investiert und investiert. Geblieben sind ihm eine Menge Schulden. Keine Bank will ihm mehr einen Kredit geben. Dieses Lifestyle-Zentrum gehört ohnehin längst den Banken. Zuletzt hat er sich sogar mit halbseidenen Leuten eingelassen. Das sind echte Kredithaie, die verstehen keinen Spaß. Seit Kurzem verkehren auch Typen aus dem Wiener Rot... Rotlichtmilieu bei ihm", stammelte er.

„Wie bitte? Von finanziellen Schwierigkeiten hat er mir kein Wort gesagt."

„Hat er dich noch nicht angepumpt? Das wundert mich. Er hat es sogar bei mir versucht, obwohl er weiß, dass Stefanie mich bei der Scheidung finanziell fast ruiniert hat. Dieses Luder hat mich ein Vermögen gekostet", seufzte er.

Ich konnte es nicht leiden, wenn Männer über ihre Ex-Frauen abfällig sprachen. Anderseits erinnerte ich mich an all die Beschimpfungen, die ich Nadine, als ich sie damals mit meinem Vater beim Vögeln erwischt hatte, im Geiste an den Kopf geworfen hatte. Daher hielt ich den Mund.

„Ich habe mich gefragt, warum ich sie unbedingt heiraten habe müssen. Sie hatte es von Anfang an auf mein Geld abgesehen. Sie und Oswald sind sich sehr ähnlich. Typische Aufsteiger ..."

So wie du, hätte ich am liebsten gesagt. Doch ich schwieg und ließ ihn weiterjammern.

„Ich habe mich langsam wieder aufgerappelt, komme halbwegs zurecht, aber richtig flüssig bin ich bei Gott nicht. In letzter Zeit habe ich mich sehr einschränken müssen, habe Tag und Nacht gearbeitet. Oswald hingegen lebt nach wie vor auf großem Fuß. Du kennst ihn ja, nur das Beste ist gut genug für ihn."

„Schluss jetzt! Selbst wenn das stimmen würde, ist er mein Freund und ich hasse solches Getratsche über Freunde."

Oswalds Kindheit war die Hölle. Er hatte hart gearbeitet, um es bis nach oben zu schaffen. Typen wie Oswald und Axel mussten, um in die sogenannte bessere Gesellschaft aufzusteigen, ihre ganze Energie aufwenden. Und das machte sie gleichgültig, zynisch und unsensibel. Außerdem mangelte es ihnen, so wie den meisten Menschen, an Selbstreflexion.

Ich hatte leicht reden. Ich musste nie um etwas kämpfen, hatte von Anfang an die besten Ausbildungsmöglichkeiten und Karrierechancen und genügend Geld. Der einzige Kampf, den ich je geführt hatte, war der um meine kleine, private Freiheit in Berlin gewesen.

„Wenn du so große Angst hast, dass dich Oswald mit seinen krummen Geschäften ruiniert, warum hast du dich nicht schon längst an die Polizei gewandt?"

„Polizei? Bist du verrückt geworden? Ich stecke ja mit drin."

„Es ist besser, du gehst. Ich will von euren Machenschaften nichts wissen. Lasst mich einfach in Frieden."

„Hast du heute noch was vor?"

Er schenkte mir einen verschlagenen Blick.

„Nichts Besonderes. Vielleicht schaue ich auf einen Sprung bei Oswald vorbei. Mal sehen, was er zu deinen Anschuldigungen zu sagen hat."

„Nein, um Himmels willen! Du darfst ihm auf keinen Fall verraten, dass ich dir von seinen illegalen Geschäften erzählt habe. Der macht mich fertig. Er hat mich voll in der Hand", jammerte er.

„Wie das?"

„Hast du mir nicht zugehört? Ich habe ihn mit all diesen nicht zugelassenen Medikamenten versorgt, da ich nach der Scheidung dringend Geld benötigt habe. Das habe ich dir doch gerade erklärt."

Sein vorwurfsvoller Ton behagte mir nicht. Ich hatte endgültig die Nase voll.

„Hau ab!", herrschte ich ihn an.

Er zögerte immer noch.

Ich stand auf und ging voraus. Es blieb ihm nichts anderes übrig, als mir zu folgen.

Nach diesem unerfreulichen Besuch fühlte ich mich zu aufgewühlt, um ein Buch zu lesen oder mir einen Film anzusehen. Wegen des mittlerweile miesen Wetters kam leider auch kein ausgedehnter Spaziergang in Frage.

Dass ich vorhätte, Oswald zu besuchen, hatte ich nur gesagt, um Axel zu provozieren.

Die Aussicht auf einen einsamen Abend in meiner Wohnung war nicht sehr verlockend. Ich hatte weder Hunger noch Durst. Und schlafen konnte ich sowieso nicht.

Eine Weile starrte ich aus dem Fenster. Mein Handy klingelte. Ich hob nicht ab. Als es erneut läutete, warf ich einen Blick auf das Display.

Nadine.

Nein danke! Die fehlte mir heute gerade noch.

Als eine Benachrichtigung eintraf, schaltete ich den Ton auf lautlos.

Das Wetter hatte definitiv umgeschlagen. Nach dem kurzen Hoch waren Regen und Wind zurückgekehrt. Der Winter war lang gewesen. Der vom Kalender verkündete Frühling blieb reine Illusion.

Dass Oswald nicht ganz sauber war, ahnte ich schon länger. Dass er mit Kriminellen verkehrte, war mir neu. Ich machte mir ernsthaft Sorgen um ihn. Gleichzeitig ging mir die Idee, dass Axel seine Ex-Frau auf dem Gewissen haben könnte, nicht aus dem Kopf.

Mir fielen auch Anna Marias Worte wieder ein. Sie hatte gemutmaßt, dass einer von Stefanies Callboys ihr eines Tages etwas antun würde. Vielleicht nicht gerade ein Callboy, denn die waren ja leicht aufzuspüren, aber sie könnte in einer der Bars, die sie immer besucht hatte, den Falschen abgeschleppt haben.

Ich spürte ein leichtes Kratzen im Hals, meine Nase war verstopft und ich schwitzte fürchterlich.

Du musst raus an die Luft, bevor du Beklemmungen kriegst, ermahnte mich meine innere Stimme.

Ich hatte lange keine Panikattacke mehr gehabt. Doch ich erinnerte mich sehr gut an die ersten Anzeichen: Herzrasen, Schwitzen, Atemprobleme ...

38.

Ich sprang auf, zog eine warme Jacke an, schlang sogar einen Schal um den Hals und eilte hinunter auf die Straße. Als ich an der Ecke einer Nebenstraße den kleinen Wagen einer Carsharing-Firma erblickte, zückte ich mein Handy, erledigte die Anmeldung, stieg ein und fuhr los.

Im Inneren des Wagens roch es nach einem Desinfektionsmittel. Alles war so ordentlich, als wäre der Wagen gerade erst gekauft worden.

Der Regen hatte ausgedehnte Pfützen auf der Straße hinterlassen, in denen sich die Lichter der Leuchtreklamen spiegelten.

Ich fuhr den Ring entlang, vorbei an all diesen Monstrositäten! Alles war Neo. Neogotik, Neorenaissance, Neobarock.

Nach der Uni bog ich ab Richtung neunter Bezirk.

Die wuchtigen Gründerzeitbauten verbesserten meine trübe Stimmung nicht.

Selbst stinknormale Zinshäuser protzten mit Fassaden voller Schnörkel und neoklassizistischen Skulpturen, Ornamenten und anderem Zierrat.

Gerade deprimierte mich Wien wieder einmal. Mir war bewusst, dass ich ein sehr ambivalentes Verhältnis zu meiner Heimatstadt hatte.

Eine Weile fuhr ich ziellos herum. Nicht einmal „Hit the Road Jack", gesungen von Ray Charles, ließ mich all den Stress der letzten Tage vergessen.

Schließlich landete ich im neunzehnten Bezirk und irgendwann auf der Höhenstraße.

Ich beschloss, mir das renovierte Rondell-Café am Cobenzl anzusehen, hoffte, die neuen Besitzer hatten den Fünfziger-Jahre-Chic beibehalten.

Als Student war ich mit Nadine öfters dort oben gewesen. Die grandiose Aussicht auf die Stadt interessierte uns damals nicht, wir liebten das Rondell, weil es so altmodisch war und meistens menschenleer. Außerdem waren die benachbarten Weingärten ein ideales Plätzchen für uns. Wir liebten uns nicht nur einmal unter den Rebstöcken und stärkten uns danach mit einem Glas Wein im Café.

Nadine, Oswald, Axel ... Was war bloß aus meinen Jugendfreunden geworden?

Ein größenwahnsinniger, hochverschuldeter Promi-Arzt, ein krimineller Pharmaboss und eine versnobte Society-Lady.

Du hast eben einen Hang zu schlechter Gesellschaft. Das habe ich dir immer schon gesagt, hörte ich die Stimme meines Vaters.

Das sagst ausgerechnet du. Wer hat diese Frau denn geheiratet?

Sie hat vorgegeben schwanger zu sein.

Und darauf ist der große Herr Doktor reingefallen? Ich krieg gleich einen Lachkrampf.

Du musst immer alles ins Lächerliche ziehen. Vor allem, wenn es unangenehm wird.

Ich beendete das stumme Zwiegespräch mit meinem verstorbenen Vater, da mich in diesem Moment der Strahl eines voll aufgedrehten Scheinwerfers blendete. Erschrocken zuckte ich zusammen und verriss das Lenkrad.

Der Wagen war knapp hinter mir. Der Fahrer versuchte eindeutig mich von der Straße abzudrängen. Ich konnte die Person am Steuer nicht sehen.

Soweit ich feststellen konnte, handelte es sich um einen großen dunklen Geländewagen. Ich fuhr einen Mini. Meine Chancen gegen dieses Ungetüm waren gleich null. Trotzdem stieg ich aufs Gas.

Mit stierem, geradeaus gerichtetem Blick raste ich die Höhenstraße entlang.

Bei dem hellleuchteten Rondell am Cobenzl bog ich scharf links ab und hielt direkt vor dem Weingut auf der anderen Straßenseite.

Der andere bremste ebenfalls und fuhr dann weiter den Berg hinunter Richtung Grinzing. Von hinten sah der Wagen aus wie ein Land Rover Discovery. Das Kennzeichen konnte ich nicht entziffern. Es war total verschmutzt. Ich bildete mir ein, dass vorhin, als ich in den Leihwagen gestiegen war, auf der gegenüberliegenden Straßenseite ein alter Geländewagen eingeparkt hatte.

Charlie fuhr einen breiten, tiefergelegten Golf GTI, einen sogenannten Lowrider, und keinen Land Rover, aber den konnte er sich ja von jemandem ausgeborgt oder geklaut haben. Im Grunde glaubte ich aber nicht, dass dieses Mal Charlie hinter mir her war.

Wer sonst könnte Interesse daran haben, dass ich einen Unfall baute? Obwohl ich es absurd fand, musste ich auch an Oswald und Axel denken. Oswald fuhr einen SUV und Axel besaß ebenfalls so ein umweltschädliches Ungetüm, das in Österreich noch nicht aus der Mode gekommen zu sein schien. Aber die beiden hatten keinen Grund, mich zu bedrohen oder mir gar nach dem Leben zu trachten.

Ich gab Gas und verfolgte den anderen mit meinem kleinen Auto. Meine depressive Stimmung war von einer Sekunde auf die andere verflogen.

Ich war so wütend, dass ich mich verkrampfte und das Lenkrad noch einmal verriss. Beinahe streifte ich ein entgegenkommendes Fahrzeug.

Heftig trat ich auf die Bremse, würgte den Motor ab. Es schleuderte mich Richtung Windschutzscheibe. Der Sicherheitsgurt verhinderte im letzten Moment, dass mein Kopf gegen die Scheibe knallte.

Ich musste mich beeilen. Wenn ich den Land Rover hier nicht im Auge behalten konnte, würde er mir spätestens am Gürtel entwischen.

Der andere fuhr zügig, war aber darauf bedacht, keine Geschwindigkeitsbeschränkungen zu überschreiten.

Voll konzentriert starrte ich auf den weißen Mittelstreifen, der unter mir vorbeiraste.

Als der Verkehr dichter wurde, vermied ich Überholmanöver, die dem anderen im Rückspiegel auffallen konnten. An der nächsten Ampel ließ ich mich zwei Wagen zurückfallen.

Ich folgte ihm bis hinunter zum Donaukanal. Bei der Autobahnauffahrt im neunten Bezirk verlor ich ihn aus den Augen.

39.

Nach diesem anstrengenden Autorennen sehnte ich mich nach einem eiskalten Bier.

Ich fuhr in den ersten Bezirk hinein und rief Maya an, fragte, ob ich heute kurz bei ihr vorbeischauen solle.

„Lieber nicht. Ich brauche Abstand."

Trotzdem stellte ich den Mini in einem Halteverbot ab und eilte in die Blaue Bar. Zum einen wollte ich wissen, was los war, zum anderen ließ mich meine Sehnsucht nach ein paar aufbauenden Worten ihrem Wunsch zuwiderhandeln.

Mir war bewusst, wie zerknittert ich aussah. Mein Hemdkragen war nicht mehr sauber, die Brille ebenso schmutzig wie mein Hemd, die Jeans waren mir zu weit und mein Haar war ungekämmt. Aber es war ein tröstliches Gefühl, wieder hier zu sein. In diesem Lokal fühlte ich mich mehr zuhause als in meiner Wohnung.

Maya nickte mir kurz zu, wich aber meinen Blicken aus und ließ mich allein an der Theke stehen, während sie sich mit zwei anderen Gästen an einem Tisch unterhielt.

„Erklärst du mir bitte, was los ist. Habe ich etwas falsch gemacht?", fragte ich, als sie nach einer kleinen Ewigkeit zurückkehrte.

„Was willst du von mir? Ich arbeite."

„Das sehe ich." Ich deutete mit dem Kopf auf die beiden Männer, mit denen sie sich so lange unterhalten hatte.

„Bist du etwa gar auf meine Gäste eifersüchtig?", fragte sie gereizt.

„Blödsinn. Ich hatte Sehnsucht nach dir, habe den ganzen Tag an dich gedacht."

Ich war müde, hätte dringend ein paar Stunden Schlaf gebraucht, doch sie hatte anderes mit mir vor. Sie suchte Streit. Wobei ich jetzt, wo es zu spät war, vermutete, dass mein trotziger Impuls, doch vorbeizukommen, daran nicht ganz unschuldig war.

Maya teilte weiter aus. „Du musst viel Zeit haben. Hör zu, wir sind nicht kompatibel. Wir leben in verschiedenen Welten, haben völlig unterschiedliche Interessen, wir passen einfach nicht zusammen."

„Wie meinst du das?"

„Du bist ein typischer Vertreter der Generation X. Ihr seid stolz auf eure Bildung und zeigt gerne, was ihr euch alles leisten könnt. Außerdem seid ihr alle Egoisten und krankhaft ehrgeizig. Zynismus, Konkurrenzdenken, Konsumrausch ..."

„Interessant, du bezichtigst mich, dem Konsumrausch verfallen zu sein", unterbrach ich sie. „Woran merkst du das bitte? An meinem schicken Outfit?" Ich deutete auf meine nicht sehr saubere Kleidung.

„Siehst du? Du bist zynisch. Das meinte ich."

Sie war ungerecht. Das ärgerte mich am meisten. Man konnte mir vieles nachsagen, ein Konsumtrottel war ich wirklich nicht. Weder legte ich Wert auf teure Marken oder Luxusprodukte, noch war ich ein Konkurrenzwurstel.

„Und welcher Generation fühlst du dich zugehörig?", fragte ich ironisch.

„Ich bin 1984 geboren. Wir Millennials haben andere Prioritäten als ihr. Für uns sind alternative Sichtweisen und Lebensentwürfe wichtig."

„Woher hast du diesen Unsinn? Aus einem dieser Hochglanzmagazine, die hier herumliegen? Was kommt als Nächstes? Passen auch unsere Sternzeichen nicht zusammen? Ich bin eine Waage, falls du nachsehen möchtest." Ich deutete auf den Stapel Zeitschriften am Fensterbrett.

Sie funkelte mich wütend an und ging physisch auf Distanz, verschränkte ihre Arme wie ein Schutzschild vor ihrer Brust.

„Verzeih bitte. Sag mir, was wirklich los ist."

Endlich rückte sie mit der Sprache raus.

„Du schneist hier herein, bringst mein Leben durcheinander, mischst dich in alles ein, nistest dich bei meinem Sohn ein und belästigst sogar meinen Chef mit deinen Frauengeschichten. Du machst nichts als Ärger."

Mir reichte es, doch sie war noch nicht zu Ende.

„Allein wie du dich benimmst. Immer von oben herab und supercool. Du bildest dir ein, uns Normalsterblichen haushoch überlegen zu sein, uns zu durchschauen mit deinem professionellen Analytiker-Blick. Wenn du einen mit deinen eiskalten Augen anstarrst, hat man den Eindruck, du kannst Gedanken lesen. Von dir selbst gibst du nichts her, erzählst nichts von dir, bringst aber die anderen dazu, sich dir anzuvertrauen. Genießt du die Macht, die du über sie gewinnst, wenn du über ihre Probleme Bescheid weißt? Ich finde das erbärmlich!"

Mir hatte es die Sprache verschlagen. Das Gegenteil war der Fall. Ich hatte ihr mein halbes Leben anvertraut und wusste bis heute nur wenig über sie. Momentan schien es mir sinnlos, sie auf diese Verkehrung ins Gegenteil hinzuweisen. Ich sah keinen anderen Ausweg, als wortlos das Lokal zu verlassen.

Sie ließ mich nicht gehen.

Sie sei kein One-Night-Stand und auch kein Trostpflaster, fuhr sie fort. Sie behauptete zu wissen, dass ich mit der Witwe meines Vaters etwas am Laufen hätte.

Ich tippte auf Charlie. Nun hat er also doch noch seine Rache gehabt, dachte ich. Kurz flackerte ein Funken von Zorn in mir auf. Hatte sie mehr Kontakt mit ihrem Ex, als sie früher behauptet hatte?

Aber wie war Charlie auf diese Idee gekommen? Er kannte ja weder Nadine noch die Vorgeschichte von Nadine und mir. Oder hatte Maya dieses Gerücht von Dieter? Nein. Der Privatdetektiv redete zwar allerhand Unsinn daher, wenn er angesäuselt war, doch er war keine Tratschtante.

Plötzlich fiel mir ein, dass Dieter, bevor wir uns näher kennenlernten, gedacht hatte, ich sei Nadines Liebhaber. Womöglich hatte er früher einmal diesen Verdacht Maya gegenüber geäußert?

Fast entkam mir ein Lächeln, als mir plötzlich klar wurde, dass Maya eifersüchtig war. Wie wunderbar! Das besänftigte mich, auch wenn mich ihre harten Worte vorhin ziemlich getroffen hatten.

„Bitte glaub mir, Nadine bedeutet mir nichts mehr. Sie ist mir vollkommen gleichgültig."

Verschämt begann ich, ihr die peinliche Dreiecksgeschichte zwischen Nadine, meinem Vater und mir in Kurzfassung zu schildern.

Sie ließ mich nicht ausreden.

„Das spielt keine Rolle. Ich will mein Leben nicht länger von euch Männern bestimmen lassen", unterbrach sie mich. „Ihr stehlt uns Frauen die Freiheit, oder besser gesagt, wir Idiotinnen geben sie freiwillig her. Dabei ist die Freiheit viel mehr wert als jeder Mann."

Ich sah es an ihren Augen, ihrem Mund, alles deutete auf Ablehnung hin.

„Stör ich euch Turteltäubchen", unterbrach uns Dieter.

„Ja, du störst", sagte ich.

„Das tu ich mit Vorliebe", sagte er und ließ sich auf dem leeren Hocker neben mir nieder.

Ich hatte gerade von Nadines Untreue gesprochen.

„Verletzte Frauen sind zu allem fähig", mischte er sich sofort ein.

„Hast du noch mehr frauenfeindliche Sprüche drauf", fuhr Maya ihn an und wandte sich von uns ab.

Ich schenkte ihm einen vernichtenden Blick. Mit seiner depperten Bemerkung hatte er all meine Bemühungen, sie zu besänftigen, zunichte gemacht.

„Du solltest lieber die Finger von ihr lassen", murmelte er, als sich Maya um neue Gäste kümmerte.

Ich runzelte die Stirn.

„Schau mich nicht so verdattert an. Ich mein's gut mit dir. Sie gehört Toni."

„Was soll das heißen?"

„Toni ist hier der King. Ihm gehört alles, die Bar inklusive Inventar und der schönen Geschäftsführerin. Hast du das noch nicht kapiert? Er war kurz vor dir hier.

Sie haben sich heftig gestritten, und du kriegst halt jetzt ihren Frust ab."

Obwohl mir sein Getratsche zuwider war, wollte ich es genau wissen. „Das heißt, sie sind zusammen? Liebt sie ihn?"

„Wer redet von Liebe? Sie vögeln miteinander. Sie ist ihm zu Dank verpflichtet. Und sie hat Schulden bei ihm. Du bildest dir doch nicht ein, dass Toni ein Menschenfreund ist. Der schenkt keinem was."

„Das klingt ja nach Leibeigenschaft." Ich verstand nun ihr komisches Gerede von Freiheit besser.

„Könnte man sagen."

Ich war entsetzt und enttäuscht, meine schlimmsten Befürchtungen bestätigt zu bekommen. Ich wusste ja, dass Maya in der Vergangenheit mit ihrem um zwanzig Jahre älteren Chef geschlafen hatte. Trotzdem hoffte ich inständig, dass diese Geschichte inzwischen vorbei war.

Dass ihr nicht grauste vor dem alten Sack? Er war zwar nur zehn Jahre älter als ich, aber ich fand ihn plötzlich ungustiös, ja richtig ekelhaft.

Ich zweifelte keine Sekunde daran, dass Dieter die Wahrheit gesagt hatte. Im Grunde hatte Jonas damals, als ich bei ihm untergeschlupft war, auch angedeutet, dass noch immer etwas zwischen seiner Mutter und Toni lief. Ich hatte es nur nicht hören und vor allem nicht glauben wollen.

Am liebsten hätte ich sie sofort zur Rede gestellt. Warum hüpfte sie mit mir ins Bett und machte mir Hoffnungen, wenn sie sich Toni verpflichtet fühlte? Eine gewisse Trägheit, zusammen mit Müdigkeit und Alkohol, hielt mich zurück.

Ich schwor mir jedoch, keinen Fuß mehr in dieses Etablissement zu setzen, wenn Maya ihre Affäre, oder was auch immer das war, mit Toni nicht beendete.

Anstatt nach Hause ging ich auf die Toilette.

Deprimiert betrachtete ich mich in dem vergilbten Spiegel. Ich konnte es nicht fassen, dass Maya mit diesem alten Kerl vögelte. Der Schock stand mir ins Gesicht geschrieben. Ich sah fürchterlich aus, meine Haut war grau und mein linkes Auge schillerte in allen Farben.

Geld und Macht üben eben eine besondere Anziehung auf Frauen aus, hörte ich meinen Vater spotten.

War Maya eine dieser Frauen, die Männer mit Geld liebten und bereit waren, alles zu tun, was so ein Mann von ihnen erwartete? Oder stimmte es, dass sie nur mit ihm schlief, weil sie von ihm abhängig war? Bei so einer taffen Frau wie Maya konnte ich mir das schwer vorstellen.

Als ich in die Bar zurückkehrte, versuchte ich, wieder Augenkontakt mit ihr herzustellen. Sie tat sehr beschäftigt, räumte den Geschirrspüler aus und wischte die ohnehin saubere Arbeitsplatte ab.

Der Drang, sofort mit ihr über ihr Verhältnis mit Toni zu reden, war übermächtig, doch ich hielt den Mund. Sonst sagte ich noch etwas, das ich nachher bereuen würde. Ich starrte sie nur verletzt an, als ich ihr mein leeres Glas über den Tresen reichte.

„Geh jetzt. Du gehörst ins Bett. Du siehst erbärmlich aus", sagte sie nicht unfreundlich. „Ich werde in Ruhe über alles nachdenken", fügte sie hinzu.

Sie hatte ein Problem mit Nähe. Und ich war ihr zu nahe gekommen. Anders konnte ich mir ihr abweisendes Verhalten und die für mich nicht nachvollziehbaren Anschuldigungen nicht erklären. Dass ich in meinem Beruf oft in einer Machtposition war, geschenkt. Aber ich hatte nicht das Gefühl, dass ich den Analytiker in meinen privaten Beziehungen raushängen ließ. Hatte ich mich heute doch etwas zu fordernd und besitzergreifend verhalten? Oder war das Problem ein anderes? Was wusste ich schon von Frauen? Mir ging es ähnlich wie Sigmund Freud. Auch für mich waren Frauen nach wie vor ein rätselhafter dunkler Kontinent.

„Ich rufe dich an", rief Maya mir nach, als ich gegen Mitternacht mit gesenktem Kopf und feuchten Augen und ohne mich von Dieter zu verabschieden die Blaue Bar verließ.

Wütend und traurig zugleich stapfte ich durch die dunklen Gassen der Innenstadt. Ich begegnete niemandem, vernahm nichts als das Echo meiner eigenen Schritte.

Mayas Verhältnis mit Toni und ihre unsinnigen Argumente, warum sie und ich nicht zusammenpassten, gingen mir nicht aus dem Sinn.

Der Generationenquatsch konnte mir gestohlen bleiben. Ich hielt nichts von Verallgemeinerungen. Dass wir in verschiedenen Welten lebten, stimmte. Und das machte es mir auch so schwer, Zugang zu ihr zu finden.

Maya hatte eine triste Kindheit gehabt. Ich ebenfalls. Bei ihr war die Armut hinzugekommen. Schwanger mit neunzehn, Alleinerzieherin, Scheiß-Jobs, miese Wohnverhältnisse und ständiger Geldmangel. Verglichen mit ihr, war ich sehr privilegiert aufgewachsen und hatte auch später in Berlin, abgesehen von meinen psychischen Problemen, ein sorgenfreies Leben geführt.

Ich fühlte mich ihr nicht überlegen, aber warum hatte ich ihr gegenüber Schuldgefühle? Deuteten diese nicht doch auf ein Überlegenheitsgefühl hin? Im Moment war ich zu durcheinander, um mich selbst zu analysieren. Bedauerte ich sie? Wollte ich ihr helfen? Sie retten?

Oh nein! Mir schwirrte der Kopf. Vaters Stimme machte es noch schlimmer:

Die Rolle des weißen Ritters passt nicht zu dir. Schau lieber, dass du mit dir selbst zurechtkommst.

Ich bemühte mich, die lästige Stimme zum Schweigen zu bringen, versuchte, an etwas anderes zu denken.

Als ich den Ring erreichte, begann es zu regnen.

Die Hände in den Manteltaschen, den Schal über die Brust verschlungen, überquerte ich die nasse Straße.

Warum rennst du immer Frauen hinterher, die nicht an dir interessiert sind, hörte ich wieder die Stimme meines Vaters, als ich mich meinem Haus näherte.

Unwillkürlich musste ich an meine Mutter denken. Sie war für mich unerreichbar gewesen, hatte in ihrer eigenen Welt gelebt, einer Welt voller Musik und Bücher. Das echte Leben war ihr zu langweilig gewesen. Ihrer Vorliebe für Kriminalromane verdankte ich meinen altmodischen Vornamen. Sie war ein großer Fan von Agatha Christie und Sir Arthur Conan Doyle gewesen. Ich hatte Glück gehabt, ich hätte auch Hercule oder Sherlock heißen können.

Um ein Uhr früh kam ich heim.

Zum ersten Mal seit Jahren verspürte ich Lust, mich zu betrinken. Ich nahm einen großen Schluck von dem alten Whisky, den ich im Bücherregal hinter den Kriminalromanen meiner Mutter entdeckt hatte.

Ich hatte leichte Halsschmerzen und fühlte mich schwach. Eine Weile starrte ich an die Decke. Es gab so vieles, an das ich denken musste. Maya und ihre Abhängigkeit von Toni, die illegalen Machenschaften meiner Jugendfreunde, der Tod von Anna Maria und die angebliche Ermordung Stefanies ...

Erst gegen zwei Uhr morgens schlief ich ein.

40.

Als ich um fünf Uhr früh erwachte, hörte ich mich selbst leise jammern.

Ich hatte einen schweren Kopf und Hals- und Gliederschmerzen. Stöhnend und zähneknirschend wälzte ich mich in den nassgeschwitzten Laken. Ich hatte eine Art Filmriss, hatte keine Ahnung, wie ich nach Hause gekommen war, aber zumindest lag ich in meinem Bett. Hätte ich gestern Abend mehr als zwei Bierchen und einen kleinen Whisky getrunken, hätte ich auf einen Kater getippt.

Auf der Ringstraße ging es um diese frühe Stunde noch friedlich zu.

Ich schleppte mich ins Bad und betrachtete mich im Spiegel. Was ich sah, begeisterte mich nicht. Meine Augen waren verschwollen und meine Nase war stark gerötet.

Umso länger ich mich im Badezimmerspiegel betrachtete, desto mehr Anzeichen des nahenden Alterns fielen mir auf. Im unbarmherzigen Licht der Leuchtstoffröhre waren die höher werdenden Schläfen, die grauen Strähnen in meinem Haar und die kleinen Falten um Augen und Mund nicht mehr zu übersehen. Ich sah eher aus wie ein Sechzigjähriger als wie ein bald fünfzigjähriger Mann. Außerdem strahlte ich eine gewisse Farblosigkeit aus, was auch an meiner dunklen Kleidung lag. Ich bevorzugte Schwarz, auch bei meinen Pyjamas. Vielleicht weil ich Gefallen daran gefunden hatte, dass mir Schwarz etwas Diabolisches verlieh, wie Caroline immer behauptete?

Ich machte mir einen Kaffee. Während ich die braune Flüssigkeit in die Tasse laufen sah, fragte ich mich, ob ich nicht vorzeitig gealtert war. Eine schlimme Nacht und schon drohte ich zusammenzuklappen.

In den Morgennachrichten auf Ö1 brachten sie eine für Wien ungewöhnliche Meldung. In der Nähe der Alten Donau war ein Wolf gesichtet worden.

***

Der gestrige Abend lag mir schwer im Magen. Die Verfolgungsjagd auf der Höhenstraße, das Rondell am Cobenzl, die Jugenderinnerungen, Maya und Toni ...

Irgendwann griff ich nach meinem Handy und hörte die Mailbox ab.

Nadine hatte gestern mehrmals versucht, mich zu erreichen. Sie klang verärgert und leicht illuminiert, als sie sagte, dass sie mit mir über das Wohnrecht im Haus an der Alten Donau reden müsse.

Ich holte mir einen zweiten Kaffee, bevor ich sie zurückrief.

Als Erstes fragte ich sie nach dem Wolf, der angeblich an der Alten Donau gesehen worden war.

„Lass den Quatsch", fuhr sie mich an und begann sofort zu lamentieren. „Ich ertrage diese Ungewissheit nicht länger. Du kannst mich jederzeit vor die Tür setzen. Ich bin komplett von deiner Gunst abhängig, das ertrage ich nicht! Wir müssen uns wegen des Hauses etwas überlegen. Ich möchte zumindest das Wohnrecht."

„Nicht am Telefon, Nadine! Wir können uns demnächst einmal zusammensetzen. Obwohl, ich bin nicht bereit, dir das Haus zu überlassen ..."

Sie ließ mich nicht ausreden, schlug vor, dass wir uns gleich heute treffen sollten.

Mir fiel auf die Schnelle keine passende Ausrede ein.

Als ich mich mittags auf den Weg machte, passte mich Caroline am Gang ab.

Sie fragte, warum ich gestern Abend nicht mehr bei ihr vorbeigeschaut hatte.

Ich sagte, dass ich mich seit gestern krank fühlen würde.

„So schlimm kann es nicht sein, wenn du schon wieder spazieren rennst."

„Ich muss Nadine treffen. Es geht um das Haus."

„Lass dich bloß nicht von ihr beschwatzen."

„Keine Angst, sie kriegt es nicht."

Nadine hatte das Lieblingslokal meines Vaters in der Innenstadt vorgeschlagen, was mir äußerst taktlos vorkam.

Ich nahm die Abkürzung durch den Burggarten. Schleppte mich an der Albertina vorbei bis zum Graben und bog hinter dem Stephansdom in eine enge Gasse ein.

Nadine traf zur selben Zeit wie ich vor dem Lokal ein.

Ich streckte ihr die Hand entgegen. Sie ergriff sie nicht.

„Händeschütteln ist seit Corona aus der Mode", versuchte sie zu scherzen und musterte mich von oben bis unten. Ihr Blick war von kühler Gleichgültigkeit.

Als ich mich schnäuzte, fuhr sie mich an: „Wie du aussiehst! Bist du krank? Du hättest im Bett bleiben sollen."

„Ich bin nur erkältet."

„Nicht, dass du mich ansteckst."

Das alte Wiener Beisl, in dem früher zahlreiche Prominente verkehrten, wurde heute vorwiegend von Touristen frequentiert.

Kaum hatten wir an einem Tisch beim Fenster Platz genommen, legte sie mir ihr Anliegen dar.

Sie hatte sich bei ihrem Anwalt informiert. Ihr schwebte ein eingetragenes Wohnrecht vor. Das Haus bliebe in meinem Besitz, sie würde aber auf unbestimmte Zeit darin leben und alle laufenden Kosten übernehmen.

Sie sprach schnell und geriet ins Keuchen. Offensichtlich fiel es ihr schwer, ihre Gefühle im Zaum zu halten.

Obwohl ich nicht vorhatte, in das Haus an der Alten Donau zu ziehen, dachte ich nicht im Traum daran, ihr das Wohnrecht zu überschreiben. Ich beschloss, sie hinzuhalten, fühlte mich heute nicht stark genug für eine heftige Auseinandersetzung.

„Ich werde darüber nachdenken und mich natürlich mit meinem Anwalt besprechen", sagte ich, um das leidige Thema zu beenden.

Sie unterdrückte ihren Unmut, da in diesem Moment das Essen serviert wurde. Ich hatte Kalbsgulasch mit Nockerl bestellt.

„Das hat auch dein Vater immer hier gegessen."

Plötzlich verspürte ich keinen Appetit mehr.

„Und wie geht's dir?", fragte sie eine Spur freundlicher. „Ich habe erfahren, dass du in Schwierigkeiten steckst."

„Hast du mit Oswald gesprochen?"

„Nein, Axel hat es mir erzählt."

„Du bist auch mit ihm in Kontakt geblieben?"

„Ja. Warum fragst du?"

„Ich meine mich zu erinnern, dass du ihn früher nicht leiden konntest. Du hast ihn sogar als Schleimer bezeichnet."

„Menschen können sich ändern. Er hat sich nach dem Tod deines Vaters als wahrer Freund erwiesen. Ich weiß nicht, was ich ohne ihn und Ossi getan hätte.

Oswald hat sich um das Organisatorische gekümmert, aber er ist nicht der Sensibelste, wie du weißt. Seelischen Beistand hat mir Axel geleistet."

Ihre Stimme klang plötzlich weich und sanft.

Oh mein Gott! War Axel der Mann auf den Fotos? Hatte sie mit ihm ein Verhältnis gehabt? War sie die Frau, wegen der sich Stefanie von Axel scheiden lassen hatte?

In diesem Moment höchster Verwirrung wusste ich mir nicht anders zu helfen, als ein verkümmertes Lächeln in ihre Richtung zu schicken.

„Lass uns von etwas anderem reden. Die Erinnerungen an diese schreckliche Zeit sind zu schmerzlich für mich", seufzte sie.

So leicht ließ ich sie nicht davonkommen. Ich fragte sie ganz direkt: „Ist Axel verliebt in dich?"

„Um Himmels willen! Was du wieder denkst. Nein, wir sind nur gute Freunde."

Ihr gekünsteltes Lachen und der kokette Blick, den sie mir bei diesen Worten zuwarf, verrieten mir, dass sie nicht die Wahrheit sagte.

Ich hielt es für sinnlos, dieses Thema weiter zu verfolgen. Aus Erfahrung wusste ich, dass Nadine eine noch hartgesottenere Lügnerin war als Anna Maria.

Ich erzählte ihr von der Hetzjagd auf mich im Netz.

Sie gab sich verständnisvoll. Hörte mir aber nicht lange zu, sondern begann, mir ihr Martyrium an der Seite meines egozentrischen und patriarchalischen Vaters zu schildern.

Ich schob meinen halbvollen Teller in die Tischmitte. Ich fühlte mich nicht wohl und fragte mich, wie ich dieses anstrengende Treffen abkürzen konnte. Der Schlafmangel machte mich griesgrämig, dieses Mittagessen ebenfalls. Schade um die verschwendete Zeit.

Nadine schien ebenfalls unter Appetitlosigkeit zu leiden. Sie pickte wie ein Vögelchen in ihrem Backhendlsalat herum.

Sogleich fiel mir einer der blöden Sprüche meines Vaters ein: So wie die Menschen essen, so ficken sie auch.

Widerwillig musste ich an die Liebesnächte mit Nadine denken. Durch besondere Leidenschaft hatte sie sich nie ausgezeichnet.

Du angeblich auch nicht, hörte ich meinen Vater lachend sagen.

„Ich habe ihn geliebt, egal, wie es für andere wirkte", plapperte Nadine weiter.

Meinen Gesichtsausdruck richtig deutend, bekräftigte sie noch einmal: „Es war Liebe. Das musst du mir glauben."

Der geeignete Zeitpunkt war gekommen, um sie auf die eindeutigen Fotos anzusprechen. Ich verpasste diese Gelegenheit und versuchte stattdessen, mehr Details über den Tod meines Vaters in Erfahrung zu bringen.

„Wir hatten getrennte Schlafzimmer, weil er so unerträglich laut geschnarcht hat. Daher habe ich erst in der Früh, als er nicht zum Frühstück heruntergekommen ist, nach ihm gesehen. Und da war er schon tot."

Ihre Augenlider flatterten. Ich befürchtete, sie würde gleich in Tränen ausbrechen. Doch sie fing sich rasch wieder.

„Ich habe Oswald angerufen, er war ja unser Hausarzt. Er ist sofort gekommen. Ossi hat auch nur mehr seinen Tod feststellen können. Er war mir damals trotzdem eine große Hilfe. Ich war total geschockt, mit mir war nichts anzufangen. Er hat sich um alles gekümmert, die Dokumente herausgesucht, den zuständigen Totenbeschauarzt und ein Bestattungsunternehmen angerufen ... Ach, es war einfach schrecklich! Bitte lass uns das Thema wechseln."

Noch immer schwirrte in meinem Kopf der Gedanke herum, wie leicht es für Nadine gewesen wäre, meinem Vater eine Überdosis Insulin zu verabreichen. Da ich sie unmöglich direkt fragen konnte, ob sie meinem Vater eine tödliche Injektion verpasst hatte, sagte ich: „Laut Aussage seines Internisten hat er nicht unter Herzschwäche gelitten. Er hatte Diabetes, sonst war er angeblich kerngesund."

„Diese Diabetes-Sache ist mir ein Rätsel. Oswald hat mir schon davon erzählt. Dein Vater hat das nie erwähnt."

„Er hat sich also kein Insulin gespritzt? Das hättest du bemerkt."

„Natürlich!"

Sie blickte mich verärgert an.

Da ich nicht wusste, worüber ich sonst noch mit ihr reden sollte, verlangte ich die Rechnung.

Wir verabschiedeten uns vor dem Restaurant.

„Wenn ich schon mal in der Stadt bin, kann ich gleich auch ein paar Einkäufe erledigen", sagte Nadine. „Ich brauche einen neuen schwarzen Mantel. Morgen ist das Begräbnis von Anna Maria von Mayerbach. Ich nehme an, wir sehen uns dort."

Ich schüttelte den Kopf, murmelte „keine Zeit" und entfernte mich schnellen Schrittes.

Mayerbach war das Stichwort! Ich hatte vergessen, dass die Mayerbachs ein flottes Cabrio und einen Geländewagen in der Garage stehen hatten. Anna Maria hatte sich einmal darüber beklagt, dass ihr Mann ständig ihr Cabrio anstatt seines alten Land Rovers benützen würde.

Eugen hatte mich über die Höhenstraße gejagt. Wer sonst! Er musste befürchten, dass mir seine Frau von seinen brutalen Übergriffen erzählt hatte. Bestimmt hatte er versucht, an meine Aufzeichnungen zu kommen, war in meine Ordination eingebrochen und schlug Frau Amann nieder. Da er nicht fündig wurde, beschloss er, Anna Maria und mich zu beseitigen. Bei Anna Marias Tod hatte er bestimmt nachgeholfen. Und mich wollte er durch einen Verkehrsunfall loswerden.

Am liebsten wäre ich sofort zu ihm hinausgefahren und hätte ihn zur Rede gestellt.

Bleib cool, du Idiot, sonst landest du wirklich noch im Knast, meldete sich meine innere Stimme.

Ich winkte mir ein Taxi herbei.

„Wohin soll's gehen?"

Ich wollte dem Fahrer die Adresse der Mayerbachs nennen, als ich es mir plötzlich anders überlegte: „Zum Zentralfriedhof. Haupttor."

41.

Seit dem Begräbnis war ich nicht mehr am Grab meines Vaters gewesen. Nach seinem Tod hatte sich Nadine um alles zu kümmern. Sie beschaffte ein eigenes Grab für ihn. Meine Mutter war in der Familiengruft neben ihren Eltern bestattet worden. War dort für meinen Vater kein Platz mehr gewesen? Oder wollte Nadine ihn selbst im Tod nicht mit seiner ersten Frau vereint sehen?

Es gab noch keinen Grabstein. Auch die Wahl des passenden Steines hatte ich Nadine überlassen.

Am Fuß des einfachen provisorisch aufgestellten Holzkreuzes hatte sich Laub angesammelt. Ich schob es mit den Füßen zur Seite und legte die Blumen, die ich an einem Stand beim Tor gekauft hatte, dorthin.

Am Nachbargrab bemühte sich eine kniende ältere Frau mit einer kleinen Schaufel das Unkraut zu entfernen.

„Mein Mann ist vor fünf Jahren gestorben, aber ich halte es keinen Tag ohne ihn aus. Die letzten zwei Wochen hat mich die Grippe ans Bett gefesselt. Das sieht man gleich." Sie deutete auf den hübschen Löwenzahn, den sie gerade ausgegraben hatte.

Meinen Blumenstrauß kommentierte sie mit den Worten: „Darüber wird sich der Herr Primar bestimmt freuen. Schön, dass Sie ihn besuchen. Ich fürchte, sonst kommt nie jemand. Man hat ihn ganz allein gelassen. Eine Schande! Sind Sie ein Verwandter?"

„Nein, ich habe ihn nur flüchtig gekannt." Warum ich meinen Vater verleugnete, wusste ich im Moment nicht so genau. Vielleicht um mir Vorwürfe der treuen Witwe zu ersparen?

Auf dem Rückweg dachte ich an das morgige Begräbnis von Anna Maria. Eugen von Mayerbach hatte mich nicht eingeladen. Das war auch nicht zu erwarten gewesen. Ob sie wohl hier am Zentralfriedhof bestattet wurde?

Plötzlich bildete ich mir ein, dass mich jemand beobachtete.

Ich sah mich um.

Weit und breit war kein Mensch zu sehen.

Ich beeilte mich, zum Tor zu kommen.

Unwillkürlich musste ich an den Wolf denken, den ich beim Begräbnis meines Vaters gesichtet hatte. Ob er sich immer noch hier herumtrieb? Oder war es doch ein Hund gewesen? Wölfe waren scheu und mieden die Nähe von Menschen. Hier gab es allerdings nur mehr Tote.

Hast du einen Trip eingeworfen oder bist du verrückt geworden? Nur Irre leiden unter Wahnvorstellungen, meldete sich die Stimme meines Vaters.

Typisch, als ich an seinem Grab gestanden war, hatte er nicht mit mir gesprochen. Kaum fühlte ich mich unwohl, hackte er auf mir herum.

Kalter Wind war aufgekommen. Ich fror erbärmlich und zitterte am ganzen Körper, als ich endlich das Haupttor erreichte.

* * *

Den Abend verbrachte ich bei Caroline. Sie hatte keine Angst vor Ansteckung, brühte mir griechischen Bergtee auf und knallte einen Teller mit Hühnersuppe auf den Tisch.

„Die habe ich extra für dich gekocht. Hühnersuppe ist das einzige Gericht, das ich wirklich gut hinkriege. Du hast dich heute Mittag so erbärmlich angehört."

„Woher hast du das Huhn und das Suppengemüse?"

„Die Neue, diese nette junge Frau, die vor Kurzem in die ehemalige Hausmeisterwohnung eingezogen ist, war für mich am Naschmarkt einkaufen."

Caroline hatte anscheinend nicht nur mich, sondern auch andere Hausbewohner unter ihrer Fuchtel.

Sie bestand darauf, dass ich zwei Teller Suppe aß und einen halben Liter Tee trank, und nebelte mich mit ihren Joints ein.

Ich erzählte ihr von meinem Treffen mit Nadine.

„Das Gespräch war sehr unergiebig. Sie hat behauptet, von der Zuckerkrankheit meines Vaters nichts gewusst zu haben. Vielleicht hatte er das einfach für sich behalten, weil diese körperliche Schwäche an seinem Ego gekratzt hatte?"

„Ach Arturo, du bist so gutgläubig", seufzte Caroline.

Sie nannte mich nur Arturo, wenn sie mich besonders lieb hatte, was nicht sehr oft der Fall war. Normalerweise sagte sie Arthur zu mir, und wenn sie böse mit mir war, sagte sie Herr Doktor.

„Du hast dich natürlich mit dieser Aussage begnügt?"

„Hätte ich sie fragen sollen, ob sie ihm eine Überdosis Insulin verpasst hat?"

„Warum nicht? An ihrer Reaktion hättest du ablesen können, ob du ins Schwarze getroffen hast."

Hielt sie mich für einen Hellseher?

„Der Totenbeschauarzt hat jedenfalls keine Einstiche bemerkt", sagte ich.

„Ich bezweifle, dass der die Leiche deines Vaters genauer untersucht hat. Wenn der Hausarzt bereits die Todesursache festgestellt hat, wird er den Totenschein einfach unterschrieben haben. Ihr Ärzte haltet doch alle zusammen."

„Vorurteile, liebe Caroline!"

„Ach was."

Sie war eingeschnappt, drehte sich einen weiteren Joint und schwieg.

„Vielleicht unterstelle ich Nadine nur, dass sie beim Tod meines Vaters nachgeholfen hat, weil sie mir gerade so auf die Nerven geht."

„Das müssen Sie selbst wissen, Herr Doktor."

„Sie hat bestimmt damit gerechnet, dass sie wenigstens eine Immobilie erben wird. Ich kann verstehen, dass sie zumindest das Wohnrecht möchte."

„Hast du etwa gar Mitleid mit ihr?"

„Aber nein ..."

„Dass du diese Frau im Haus deiner Mutter kostenlos wohnen lässt, bis sie eine neue Bleibe gefunden hat, ist sehr großzügig von dir, wird dir von dieser arroganten

Person aber nicht gedankt. Ich frage mich, worauf sie sich so viel einbildet. Mich hat sie kaum gegrüßt, wenn sie mir im Stiegenhaus begegnet ist. Dafür hat sie sich mehrmals über meinen Kater beschwert. Als er klein war, ist ihm manchmal ein Lackerl im Stiegenhaus entkommen. Ach, ich darf gar nicht an dieses Theater denken. Das treibt heute noch meinen Blutdruck in schwindelnde Höhen. Wie konntest du dich in so eine Tussi verlieben? Hast wohl unter Geschmacksverirrung gelitten."

Als ich nicht reagierte, fuhr sie fort, über Nadine zu schimpfen.

„Sie ist eine gnadenlos berechnende Frau. Ich sage es dir, sie hat beim Tod deines Vaters ihre Finger mit im Spiel gehabt. Und jetzt hat sie natürlich Angst, dass du dahinterkommen könntest. Vermutlich hat sie all die Jahre angenommen, dass dein Vater dich enterbt hat. Verzeih, es hätte ihm ähnlichgesehen, dass er sie absichtlich in dem Glauben ließ, sie wäre seine Alleinerbin."

Mein Kopf fühlte sich schwer an. Es fiel mir nicht leicht, mich auf ihr Gerede zu konzentrieren.

Ihre Worte prallten jedoch nicht an mir ab. Ich begann mir auszumalen, wie mein Vater gestorben war, bezweifelte aber, trotz aller Gedankenspiele und Was-wäre-wenn-Szenarien, dass ihm Nadine Insulin verabreicht hatte. Einen Mord traute ich meiner ersten großen Liebe nicht zu.

42.

Dank Hühnersuppe fühlte ich mich am nächsten Morgen besser. Ich schnupfte und hustete noch, aber mein Kopf war wieder halbwegs klar.

Da ich mich nach wie vor nicht für fähig hielt, meine Patienten zu behandeln, standen mir viele Stunden sinnloser Grübelei bevor.

Die Polizei hatte mich in den letzten Tagen in Frieden gelassen. Anscheinend zählte ich nicht mehr zu den Verdächtigen.

Ich wollte unbedingt wissen, wie sie mit den Ermittlungen vorankamen. Sollte ich bei der Kripo anrufen und fragen?

Sie würden mir sicher keine Auskunft geben.

Die Ungewissheit, ob meine Sprechstundenhilfe überlebte, und vor allem Anna Marias und Stefanies Tod beschäftigten mich so sehr, dass ich mich auf nichts anderes konzentrieren konnte. Ich hörte weder Nachrichten, noch las ich Zeitungen, auch das Telefon hob ich nicht ab, obwohl es mehrmals klingelte.

Nach dem dritten Kaffee beschloss ich Dieter anzurufen. Eventuell konnte er mir helfen, etwas über die laufenden Ermittlungen in Erfahrung zu bringen. Mehr und mehr Fragen hatten sich angehäuft, auf die ich keine Antwort fand.

Ich hatte vor, mich mit ihm für heute Abend in der Blauen Bar zu verabreden.

Mir war bewusst, dass ich vor allem eine Gelegenheit suchte, Maya wiederzusehen. Ich musste diese Missverständnisse zwischen uns ein für alle Male aus der Welt schaffen.

Ich liebte sie. Das war mir letzte Nacht klar geworden. Es war keine flüchtige Verliebtheit und schon gar kein One-Night-Stand. Ich war richtig besessen von ihr. Jeder Tag, an dem ich sie nicht sah, war ein verlorener Tag. Ich konnte mir sogar vorstellen, mit ihr zusammenzuleben. Für Maya war ich bereit, meine kostbare Freiheit aufzugeben.

Ich sehnte mich nach ihrer Stimme, ihrem Lächeln, ihren wunderschönen grünen Augen. Ich war verrückt nach ihrem Körper, ihren Händen, wollte sie spüren, sie lieben ...

Auf einmal sah ich Tonis klobige Hände vor mir, sah, wie sie von Maya Besitz ergriffen. Mir wurde beinahe übel. Verzweifelt versuchte ich, dieses Bild zu verscheuchen. Es blieb an meinem inneren Auge haften.

Erst der Stimme meines Vaters gelang es, mich in die Realität zurückzuholen.

Du führst dich auf wie ein verliebter Hanswurst. Kommst du dir nicht selbst lächerlich vor?

Ich riss mich zusammen, rief den alten Ex-Polizisten an.

Dieter schien erfreut über meinen Anruf und brummte: „Na endlich kommst du auf Trab."

Auf seinen Vorschlag hin verabredeten wir uns nicht in der Blauen Bar, sondern im Büro seines verschwundenen Freundes. Er gab mir die Adresse durch.

Die Detektei befand sich im dritten Bezirk, in der Nähe des Botschaftsviertels.

Als ich meine Wohnungstür zusperrte, kam Caroline im Pyjama auf den Gang hinaus.

„Wo gehst du hin? Bist du schon wieder fit?"

„Halbwegs", murmelte ich.

„Unkraut verdirbt nicht. Sag, was hast du vor?"

„Ich treffe mich mit deinem Herrn Dieter", antwortete ich schmunzelnd.

„Ah, interessant. Du musst mir nachher unbedingt Bericht erstatten."

***

Wien, dritter Bezirk. Botschaftsviertel. Lieblingsgegend der Spione.

Die Zwiebeltürme der russisch-orthodoxen Kirche grüßten von Weitem.

Das Büro von Dieters Freund, dem verschollenen Markus Wolf, befand sich in der Ungargasse in einem nicht renovierten Biedermeierhaus.

Gleich nebenan gab es eine gute Bar mit hervorragender Jazz- und Soul-Musik. Leider war es zu früh für einen kleinen Abstecher. Die Bar sperrte erst abends auf.

Das Büro im Parterre bestand aus einem großen Raum, einer kleinen Teeküche und einer Toilette. Früher hatte es wohl einem Geschäft als Lager gedient. Denn die Fensterscheiben waren aus undurchsichtigem Milchglas.

Trotz eingeschalteten Elektrostrahlers herrschte in der Detektei eine frostige Temperatur.

Die Einrichtung war spartanisch. Ein mit Papieren, überquellenden Aschenbechern und leeren Gläsern vollgeräumter Schreibtisch, ein Drehstuhl, zwei unbequeme Besucherstühle und ein Aktenschrank.

Dieter empfing mich mit den Worten: „Sie ist tot."

Im ersten Moment wusste ich nicht, wen er meinte.

Er schien meinen irritierten Blick zu bemerken.

„Deine arme Sprechstundenhilfe hat ausgelitten. Sie haben gestern in der Früh die Apparate abgedreht. Da war nichts mehr zu machen."

Oh nein! Obwohl ich damit gerechnet hatte, dass sie es nicht schaffen würde, traf mich diese Nachricht schwer.

Ehe ich meine Sprache wiederfand, reichte er mir ein volles Schnapsglas.

„Trink. Der hilft. Mein Wolfi hat auf ihn geschworen."

Ich rührte den Schnaps nicht an.

Dieter hatte sich inzwischen bei seinen ehemaligen Kollegen von der Kripo umgehört. Obwohl noch kein Autopsie-Bericht vorlag, stand fest, dass Frau Amann an einer Gehirnblutung gestorben war.

„Nicht der Schlag mit der schweren Lampe war tödlich, sie ist unglücklich gestürzt, mit dem Hinterkopf auf die Kante eines metallenen Schränkchens gefallen."

„In dem hat sich früher die Patientenkartei meines Vaters befunden", murmelte ich.

„Nach dem Einbrecher, der sie überfallen hat, wird noch gefahndet. Leider wird er nur wegen Einbruchs und Körperverletzung mit Todesfolge oder wegen fahrlässiger Tötung angeklagt werden und nicht wegen Mordes, da kein Vorsatz bestanden haben dürfte."

Ich sah Dieter, der sich auf einmal wie ein Jurist ausdrückte, verwundert an.

„Da es keine Personenbeschreibung gibt, wird es schwierig sein, ihn ausfindig zu machen", fuhr er fort.

„Und warum hat man mich über ihren Tod nicht informiert?", fragte ich.

„Du bist kein Angehöriger. Außerdem habe ich dich angerufen, aber du hebst ja nie ab."

Ich ging auf seinen Vorwurf nicht ein, ließ ihn weiterreden.

Er berichtete nun, dass Anna Marias Tod als Unfall qualifiziert und der Fall zu den Akten gelegt worden war.

Was Stefanies Tod betraf, hatten sich Dieters frühere Kollegen bedeckt gehalten. In diesem Fall bestand nach wie vor Mordverdacht. Auch Dieter glaubte, dass sie ermordet worden war.

„Angeblich haben sie seit Kurzem ihren Ex-Mann im Visier. Es soll eine Lebensversicherung geben, und er ist der Begünstigte. Ich weiß leider nichts Genaueres. Es kann sich auch um ein Gerücht handeln."

„Mein Freund Oswald hat diese Lebensversicherung letztens ebenfalls erwähnt", warf ich ein. „Er ist überzeugt davon, dass Axel seine geschiedene Frau nicht getötet hat, befürchtete allerdings, dass die Polizei anderer Meinung ist, und hat ihm geraten, sich schleunigst einen Anwalt zu suchen. Ehrlich gesagt, kann ich mir auch nicht vorstellen, dass Axel Schiller seine Frau umgebracht hat. Wir kennen uns seit frühester Jugend."

„Jeder ist imstande zu töten, wenn man ihn nur genügend in die Enge treibt."

Ich schüttelte den Kopf. „Er mag zwar ein windiger Kerl sein, aber er ist kein Mörder."

Ich behauptete das mit fester Stimme, obwohl ich Axel inzwischen durchaus einen Mord zutraute, doch das musste ich dem alten Schnüffler nicht unbedingt auf die Nase binden.

Er ließ es dabei bewenden.

„Und mich verdächtigen deine Kollegen nicht mehr?", fragte ich.

Er schüttelte den Kopf. „Du hast ja jetzt ein Alibi."

„Was für ein Alibi?"

„Deine Nachbarin hat ausgesagt, dass sie dich an jenem Abend, als die Anwältin gestorben war, nach Hause kommen gehört hatte. Ihr Kater schlägt angeblich immer Alarm, wenn die Lifttür geschlossen wird. Sie hat dich durch den Türspion gesehen. Danach hätte bei dir bis ein Uhr Früh das Licht gebrannt. Das hat sie von ihrem Fenster aus beobachtet. Außerdem hat sie dich herumrumoren gehört."

Ich war sprachlos. Was hatte sich Caroline bloß dabei gedacht? Hielt sie mich etwa gar eines Mordes fähig? Wenn die Polizei bei ihren Ermittlungen dahinterkam, dass ich gar nicht zuhause, sondern bei Jonas war, konnte sie in Teufels Küche kommen. Und Maya würde dieses Mal zu Recht sauer auf mich sein, weil ihr Sohn dann tatsächlich in einen Mordfall verwickelt wäre.

Ich musste Caroline klarmachen, dass sie sich nicht länger einmischen durfte.

Dieter schien mittlerweile das Interesse an Stefanies gewaltsamem Tod verloren zu haben.

„Ich muss dir unbedingt noch etwas Wichtiges erzählen", sagte er.

Bei seinen Nachforschungen war er auf eine andere Geschichte gestoßen, die ihm offensichtlich Kopfzerbrechen bereitete.

„Es geht um einen regen Handel mit illegalen oder chefarztpflichtigen Medikamenten. Anscheinend gibt es schwarze Schafe unter der Wiener Ärzteschaft. Wolfi hat sich einige Notizen gemacht, aber leider keine Namen notiert. In seinen Aufzeichnungen ist nur von Medizinern die Rede.

Vor allem in den Wiener Nobelbezirken soll es einen oder mehrere Ärzte geben, die süchtig und aggressiv machende, nicht zugelassene Schmerzmittel mit hohem Gewinn an ihre Patienten verscherbeln. Ich hab's ja immer schon gesagt: Die wahren Dealer sind die Ärzte."

„Jetzt hör aber auf! Du kannst nicht die gesamte Ärzteschaft verteufeln, nur weil einer krumme Sachen macht."

Er ignorierte meine Worte und fuhr fort: „Bei diesen speziellen Doktoren kriegst du alles, was dein Herz begehrt, wenn du die hohen Preise bezahlen kannst."

Ich versuchte neutral dreinzuschauen, hoffte, er merkte mir nicht an, dass ich befürchtete, es könnte von Oswald und Axel, der zwar nicht als Arzt praktizierte, aber auch Mediziner war, die Rede sein.

„Woher sie diese Sachen haben, weiß ich nicht. Wahrscheinlich beziehen sie alles über einen Zwischenhändler. In der Szene munkelt man von illegalen Laboren in Tschechien oder sonst irgendwo in Osteuropa. In diesen Laboren werden auch massenhaft Crystal Meth und synthetische Partydrogen erzeugt. In Wolfis Unterlagen steht was von illegalen Amphetaminen wie Speed, das eine ähnliche Wirkung wie Kokain haben soll. Ich kenne mich mit diesen Modedrogen nicht aus. Wolfi hingegen hat versucht, immer am neuesten Stand zu sein. Du musst wissen, er und ich waren wie siamesische Zwillinge. Zwischen uns hat kein Blatt Papier gepasst. Wir waren unzertrennlich und haben uns perfekt ergänzt. Trotzdem muss ich leider zur Kenntnis nehmen, dass er doch ein paar Geheimnisse vor mir gehabt hat."

Sein enttäuschter Dackelblick hätte mir fast ein Grinsen entlockt.

„Schau her, was ich in der Schreibtischlade gefunden habe."

Er zeigte mir ein vergilbtes graues Schulheft und einen Packen Bankauszüge.

„In dem Heft hat mein Freund all seine Einnahmen und Ausgaben notiert. In dieser Hinsicht war er altmodisch. Er hat keinen Computerprogrammen getraut, hat lieber handschriftlich Buch über seine Finanzen geführt. Obwohl ich viel Schreibkram für ihn erledigt habe, hat er seine Steuererklärung immer selbst gemacht. Er war eben ein Pedant, hat, wie gesagt, peinlich genau jeden Cent, den er eingenommen oder ausgegeben hatte, aufgeschrieben. In den letzten Wochen, bevor er verschwunden ist, hat er jedoch offenbar einiges an Schwarzgeld kassiert. Jedenfalls scheinen diese Summen in seinen Bankauszügen nicht auf. Ich habe das, bevor du gekommen bist, genau kontrolliert. Ich weiß, dass er öfters schwarzgearbeitet hat, aber es hat sich nie um große Dinge gehandelt. Er hat höchstens mal einen Tausender Schweigegeld von einem der Männer kassiert, die er bei einem Seitensprung erwischt hatte. Am 3. November aber hat er ganze zehntausend eingestrichen, am 7. November weitere fünftausend. Auch für den 12. November sind fünftausend vermerkt, wobei hinter diesem Betrag ‚offen‘ steht. Das stinkt doch förmlich nach Erpressung. Wolfi ist um den 8., 9. November herum verschwunden."

„Und wen, denkst du, hat er erpresst und warum?"

„Einen dealenden Arzt, nehme ich an."

„Oder es ging um eine andere Geschichte."

„Hey, du hast recht, er könnte natürlich auch den Liebhaber deiner Stiefmutter erpresst haben."

„Bitte nenn sie nicht meine Stiefmutter. Ich war mit ihr verlobt, bevor sie sich meinen Vater geangelt hat."

„Echt? Wow! Warum hast du mir das nicht früher gesagt?"

Seine Verblüffung über meine Eröffnung wirkte unecht.

Vielleicht hatte er nichts von meiner Verlobung mit Nadine gewusst, aber hatte er Maya damals, nachdem er die Fotos von Nadine und ihrem Liebhaber entdeckt hatte, nicht sogar erzählt, dass Nadine und ich ein Verhältnis haben mussten?

„Warum sollte ich? Das geht dich eigentlich nichts an", erwiderte ich.

„Ich hab gedacht, wir sind Freunde."

Beinahe hätte ich gelacht, wollte ihn aber nicht kränken. Ich mochte den alten Säufer inzwischen ganz gern, von Freundschaft konnte aber keine Rede sein.

43.

Auf dem Heimweg gingen mir weder die Erpressungsgeschichten noch die dealenden Ärzte aus dem Kopf.

Axel und Stefanie hatten mir unabhängig voneinander von Oswalds Nebengeschäften erzählt. Auch wenn er mit Botox und Co. seinen Kompetenzbereich überschritten hatte, konnte ich mir nicht vorstellen, dass mein Freund tatsächlich im Drogenbusiness gelandet war. Er war Drogen nie zugeneigt gewesen und sicher nie suchtgefährdet. Er hatte, als wir jung waren, nicht einmal Zigaretten angerührt und trank bis heute nur gelegentlich Alkohol, und wenn, dann in Maßen. Was Axel betraf, war ich mir nicht so sicher. Er schien zumindest dem Alkohol nicht abgeneigt zu sein. Der Einzige von uns dreien, der tatsächlich Erfahrung mit illegalen Drogen hatte, war ich.

Plötzlich kam mir ein viel schrecklicherer Gedanke. Wenn es tatsächlich stimmte, was Axel mir erzählt hatte, konnte Oswald in seiner momentanen prekären Situation keinen Skandal riskieren. Was wäre gewesen, wenn ihn Anna Maria, genau wie mich, des Missbrauchs beschuldigt hätte? Das hätte ihm das Genick gebrochen und er hätte durchaus einen Grund gehabt, Anna Maria zum Schweigen zu bringen. Ich traute Oswald nicht zu, Patientinnen zu vergewaltigen. Aber was war, wenn ich mich irrte? Stefanie hatte über den Missbrauchsvorwurf gegen mich Bescheid gewusst. Wenn Anna Maria ihr auch Oswalds Namen genannt hatte, war Stefanie sogar zuzutrauen, dass sie ihn deswegen erpresst hatte ... Oh Gott!

Ich verwarf dieses furchtbare Gedankenspiel sofort wieder. Mein Freund war weder ein Vergewaltiger noch ein eiskalter Mörder, genauso wenig wie Axel.

Das ungute Gefühl blieb bestehen.

Mein ruhiges Leben war völlig aus der Bahn geraten. Hatte ich mich vor Kurzem noch gelangweilt und über all die braven Spießer in meinem Umfeld beklagt, war ich nun umgeben von Lügnern, Säufern, Dealern und womöglich sogar von Mördern.

Ich sehnte mich nach Maya, nach ihren Küssen, ihren zarten Händen, ihrem wundervollen Körper. Ich vermisste sie so sehr. Aber ich wagte es nicht, sie zu besuchen. Sie hatte gesagt, sie würde mich anrufen. Ich musste Geduld haben und auf ihren Anruf warten.

Mein Handy vibrierte in meiner Hosentasche, als ich meine Wohnung betrat.

Caroline. Natürlich. Wer sonst.

Ich hob ab.

„Komm einen Sprung rüber. Ich muss mit dir reden."

Ich ahnte, worum es ging.

„Ach, Caroline, du bist ein Schatz, aber ich benötige kein falsches Alibi. Ich habe Stefanie nicht umgebracht. Wenn die Polizei herausfindet, dass du sie angelogen hast, steckst du ernsthaft in Schwierigkeiten."

„Dann spiel ich halt die demente Alte. Eine Rolle, die ich zeit meines Lebens immer abgelehnt habe. Dabei könnte ich wunderbar eine Alzheimerpatientin mimen, besser als all diese Hollywood-Tanten."

„Da bin ich mir sicher. Aber lass es bitte bleiben. Halte dich in Zukunft aus diesem Schlamassel raus!"

„Du hast dich doch heute mit Herrn Dieter getroffen. Was hat er gesagt?"

Ich beschloss, ihr nichts mehr zu erzählen. Frau Amanns Tod würde ich ihr zu einem späteren Zeitpunkt schonend beibringen. Es war ein Fehler gewesen, sie in diese Geschichte mit hineinzuziehen.

Ich fand es gut, dass sie in ihrem Alter noch neugierig war und sich für andere Menschen interessierte, aber illegaler Medikamentenhandel, Drogengeschäfte und vor allem mysteriöse Todesfälle waren nun wirklich keine passende Freizeitbeschäftigung für eine fünfundachtzigjährige Dame.

***

Maya rief an. Sie klang leicht verlegen, als sie fragte, ob ich vorhätte, heute Abend in der Blauen Bar vorbeizuschauen.

Hocherfreut kündigte ich meinen Besuch für zwanzig Uhr an. Lieber hätte ich sie privat getroffen. Aber wenn ich es geschickt anstellte, ließ sie sich vielleicht nach der Arbeit von mir nach Hause bringen. Immerhin hatte sie nach unserer dummen Auseinandersetzung einen ersten Schritt getan. Ich durfte nichts überstürzen, musste vernünftig bleiben. Hoffte aber, sie würde nun, da wir miteinander geschlafen hatten, ihre Affäre mit Toni beenden.

Ein frommer Wunsch, hörte ich meinen Vater lästern.

Als ich meinen Kleiderschrank nach einem passablen Outfit für heute Abend durchsuchte, musste ich an die tote Anna Maria denken, die sich immer exzentrisch gekleidet hatte, um jeden Preis hatte auffallen wollen.

Ich schämte mich, ihr nicht das letzte Geleit gegeben zu haben, aber meine Anwesenheit bei ihrem Begräbnis hätte einen Skandal ausgelöst. Dafür hätte Eugen garantiert gesorgt.

Ich hatte nichts mehr von ihm gehört, hoffte, er hatte aufgegeben, mich mit seinem Hass zu verfolgen, nachdem es ihm auf der Höhenstraße nicht gelungen war, mich in einen Unfall zu verwickeln. Es war auch keine Anzeige bei mir eingetroffen. Obwohl es mich nichts anging, hätte ich gerne gewusst, was er jetzt machte, ohne ihr Geld, ihr Haus und ihre Galerie. Ein leiser Verdacht, dass er Mitschuld an ihrem Tod hatte, war bestehen geblieben.

Ob Oswald noch in Kontakt mit Eugen von Mayerbach stand? Nadine war auf dem Begräbnis gewesen. Oswald ebenfalls, nahm ich an. So ein Event war ein Pflichttermin für die Wiener Society. Diesen Auflauf der Eitelkeiten und Adabeis hatte ich ja beim Begräbnis meines Vaters selbst miterlebt.

Sobald alle Todesfälle geklärt waren und ich es schwarz auf weiß hatte, dass Oswald mit keinem etwas zu tun gehabt hatte, würde ich ihm meine finanzielle Hilfe anbieten. Und ich musste auch auf jeden Fall versuchen, ihn dazu zu bringen, mit diesen illegalen Geschäften Schluss zu machen.

Ich wollte Oswald anrufen, doch ein Blick auf die Uhr verriet, dass es noch zu früh war. Oswald arbeitete bis neunzehn Uhr.

Ich sah aus dem Fenster. Ein Wolkenbruch ging gerade auf die Stadt nieder. Dicke Tropfen prasselten gegen die Fensterscheiben.

Du bist und bleibst ein Balkon-Muppet, hörte ich meinen Vater sagen. Siehst einfach zu, wie deine Patienten und Bekannten einer nach dem anderen ermordet werden.

Obwohl meine Angst, in den Augen meines Vaters zu versagen, nachgelassen hatte, gab ich ihm ausnahmsweise recht.

Ich musste irgendetwas unternehmen, allein, um die Zeit bis zu meinem Rendezvous mit Maya totzuschlagen. Meine Nervosität steigerte sich von Minute zu Minute.

Ich dachte an den kommenden Abend. Sollte ich Maya erzählen, dass Frau Amann gestorben war? Interessierte sie das? Ich hatte ihr natürlich von dem Einbruch erzählt, sie wusste allerdings nichts von meinem Verdacht, dass Charlie bei mir eingebrochen war. Und das war besser so. Es würde alles verkomplizieren. Vielleicht wollte sie lieber mehr über meine Beziehung zu Nadine erfahren. Auch nicht gerade ein angenehmes Thema für mich.

Apropos Nadine. Ich überlegte sie zu besuchen. Bei diesem Starkregen war sie nachmittags bestimmt zuhause anzutreffen.

Bester Laune und voller Tatendrang rief ich Dieter an und sagte ihm, dass ich noch einmal mit Nadine reden und deshalb zu ihr an die Alte Donau fahren würde.

„Dieses Mal will ich sie ganz direkt fragen, wer der Mann auf diesen Fotos ist."

„Keine gute Idee. Diese Frau ist gefährlich."

„Ach komm. Ich kenne sie seit meiner Jugend."

„Ich weiß."

„Ich werde sie mit den Fotos konfrontieren und dann werde ich ja sehen, wie sie reagiert."

„Ich komme mit."

„Nein, das mache ich besser allein. Wenn du dabei bist, wird sie sicher nicht mit der Sprache rausrücken."

Ich hatte vor, mich von ihr nicht vollquatschen zu lassen. Bei unserem letzten Treffen hatte sie mir über den Tod meines Vaters nur das erzählt, was ich ohnehin wusste. Ich wollte etwas Neues erfahren.

„Ich muss nicht mit reingehen, kann draußen auf dich warten. Und sollte sie ausrasten ..."

„Ich bitte dich! Du weißt, wie sie aussieht. Ich bin ihr körperlich haushoch überlegen."

„Und wenn sie bewaffnet ist?"

Mir entkam ein Grinsen. Nadine als Revolverheldin war eine völlig absurde Vorstellung.

„Wir sind nicht im Wilden Westen."

„Du unterschätzt die Frauen", sagte er.

„Keineswegs. Im Gegenteil, ich fürchte mich vor den meisten. Aber nicht vor Nadine. Wir sehen uns heute Abend in der Blauen Bar."

Ich legte auf, bevor ihm weitere unsinnige Argumente einfielen, mich von meinem Vorhaben abzuhalten.

Mir lief die Zeit davon. Stefanie war seit fast einer Woche tot und es gab keine konkrete Spur von ihrem Mörder. Auch Anna Marias Tod war, zumindest für mich, nicht völlig aufgeklärt. Und der Mann, der Frau Amann getötet hatte, befand sich auf freiem Fuß. Dazu kam noch das diffuse Unbehagen, wenn ich an die pikanten Fotos von Nadine und ihrem Liebhaber dachte und an das, was ich über den Gesundheitszustand meines Vaters erfahren hatte. Ich hatte das Gefühl, dass sich die verschiedenen Fäden immer mehr ineinander verhedderten. Der Eindruck, gegen die Zeit arbeiten zu müssen, wurde langsam übermächtig.

Ich meldete mich bei Nadine nicht vorher an, damit sie keine Chance hatte, mich abzuwimmeln.

Um von Anfang an für positive Stimmung zwischen uns zu sorgen, packte ich den von ihr so heiß begehrten Kokoschka in eine Noppenfolie und klemmte mir das Bild unter den Arm, bevor ich das Haus verließ.

Dann organisierte ich mir ein Mietauto, verstaute den Kokoschka im Kofferraum und fuhr los.

Beim Praterstern geriet ich in einen Stau. Der Berufsverkehr war um diese Zeit am schlimmsten.

Nach einer Stunde erreichte ich endlich die Alte Donau. Ohne den Schutz der Dunkelheit bot das

Ufer an diesem späten Nachmittag einen trostlosen Anblick.

Ich öffnete die Fenster des Wagens, als ich im Schritttempo die Zufahrtsstraße entlangfuhr, und genoss den Wind im Gesicht, die kalte Luft und den Anblick des Wassers mit seinen diversen Schattierungen von grünlich bis dunkelblau.

Als der schmutziggraue Tag in schmuddeliger Dämmerung versank, ging die Straßenbeleuchtung an. Die unheimlichen Formen und Schatten entlang der Straße entpuppten sich als Schutthaufen, Müllcontainer und Bauhütten.

Ich parkte unter einer alten Trauerweide an der Uferböschung, einige Meter entfernt von der Hauseinfahrt, stellte den Motor ab, schaltete die Scheinwerfer aus und stieg aus dem Wagen.

Der Nieselregen verwischte den gelben Schein der Straßenlaterne. Außer mir war kein Mensch unterwegs.

Schemenhafte Gestalten geisterten durch meinen Kopf, als ich auf der mit Kies bestreuten Fläche, direkt vor dem Fußweg, der zum Haus führte, Nadines SUV stehen sah. Sie schien aber nicht daheim zu sein, denn es brannte kein Licht.

Zwar besaß ich Schlüssel, doch es war mir unangenehm, das Haus in ihrer Abwesenheit zu betreten. Da ihr Auto vor der Tür stand, konnte sie sowieso nicht weit sein. Spazieren war, Regen hin oder her, überhaupt nicht ihr Ding.

Ich sah mich auf meinem Grundstück ein wenig um. Seit meiner Rückkehr nach Wien war ich noch kein einziges Mal hier gewesen.

Das einstöckige Haus mit Flachdach bestand hauptsächlich aus Glas und Beton und ähnelte einem Bunker. Es kam mir heute kleiner vor als früher.

Ich verbrachte viele Sommer an der Alten Donau, zog mit meiner Mutter meistens Anfang Juni hierher und fuhr mit der U-Bahn in die Schule.

Sie hatte nichts dagegen, wenn ich Oswald und andere Freunde nachmittags mitbrachte. Wir trieben uns sowieso im Freien herum und störten sie nicht beim Lesen oder Klavierspielen. Mein Vater besuchte uns an den Wochenenden. An den Arbeitstagen fand er es zu beschwerlich, abends zur Alten Donau hinauszufahren.

An diese Wochenenden erinnerte ich mich nicht gern. Er brauchte seine Ruhe, erlaubte keine Besuche und verbot meiner Mutter und mir sogar, Klavier zu spielen.

In den Ferien übernachteten Oswald und ich öfters im Bootshaus. Dort rauchten wir, beziehungsweise ich, die ersten Zigaretten und erlebten beim Flaschendrehen unsere ersten Küsse. An einem kühlen Sommerabend hätten wir die morsche Hütte beinahe abgefackelt, da wir auf die glorreiche Idee gekommen waren, auf der kleinen Plattform vor dem Bootshaus ein Lagerfeuer zu entfachen.

Ich erinnerte mich auch noch sehr gut an den Tag, an dem wir mit unserem Segelboot gekentert waren. Eine misslungene Halse bei stürmischem Wind brachte nicht nur das Boot zum Kippen, sondern hätte mich beinahe das Leben gekostet.

Der Baum schlug um, erwischte mich an der Stirn. Ich fiel über Bord und ging unter wie ein Stein. Als ich wieder hochkam, geriet ich in Panik, zappelte wild herum und schluckte Unmengen von Wasser. Oswald sprang mir nach und rettete mich. Wir hatten kurz zuvor gemeinsam den Rettungsschwimmerschein gemacht. Zwar hätte er mich mit seinem festen Griff um den Hals fast erwürgt, aber er brachte mich heil an Land.

Anstatt froh zu sein, dass uns nichts passiert war, machte mein Vater einen Riesenaufstand wegen des leicht beschädigten Bootes. Er prügelte so lange auf mich ein, bis meine Mutter drohte, die Polizei anzurufen. Oswald bekam Besuchsverbot und für die Reparatur des Bootes zog mein Vater mir damals monatlich die Hälfte von meinem Taschengeld ab.

Inzwischen war es fast neunzehn Uhr. Sollte ich die Aussprache mit Nadine nicht besser verschieben? Ich musste mich beeilen, wenn ich rechtzeitig in der Blauen Bar sein wollte.

44.

Ein krächzender Schrei ertönte über mir. Ich hob den Kopf.

Krähen kämpften gegen den Wind auf der Suche nach einem Nachtquartier. Es war noch nicht ganz dunkel.

Plötzlich verfärbte sich das Wasser blauschwarz.

Ich war so in alte Erinnerungen versunken gewesen, dass ich nicht auf den Himmel geachtet hatte.

Die dunklen Wolken begannen sich erneut zu entladen. Im strömenden Regen konnte man kaum mehr die Hand vor seinen Augen sehen.

Am Ende der mit Gras bewachsenen Steinstufen befand sich das alte, von Trauerweiden überragte Bootshaus und davor eine kleine, zum Teil überdachte Holzplattform.

Rasch flüchtete ich unter das Vordach. Doch der Wind peitschte den Regen nicht nur übers Wasser, sondern sogar über den Steg bis zur Tür, die leider verschlossen war.

Rings um die Hütte führte ein schmaler Holzsteg. Auf der Rückseite des Bootshauses befand sich eine kleine Luke. Sie war etwa einen Meter dreißig hoch und sechzig Zentimeter breit. An der Luke hing kein Schloss mehr. Die quietschende Tür ging nach innen auf. Ich zwängte mich durch die Luke, stieß mit der Stirn gegen einen Balken. Ein Glas meiner zarten Nickelbrille ging zu Bruch.

„Verdammt! Jetzt auch noch die Ersatzbrille!" Ich nahm sie ab, steckte sie in meine Hosentasche und schlüpfte in die Hütte. Die Luke ließ ich einen Spalt offen.

Der Geruch von Moder und Fäulnis hing schwer in der Luft. Drinnen war es kalt, klamm und stockfinster. Meine Augen mussten sich erst an die Dunkelheit gewöhnen.

Ein breiter Laufsteg führte innen rund um das seichte Wasser am Ufer. An den Wänden hing Bootszubehör, Bojen, Schwimmwesten und Bootshaken, aber es gab kein Boot mehr.

Die Planken waren morsch. Durch die großen Zwischenräume der Bretter konnte man früher den mit kleinen Steinen und Laub bedeckten Grund sehen. Heute war es zu dunkel.

Die Wellen klatschten an die Holzpfähle des Stegs. Es war nicht das einzige unheimliche Geräusch. Ein seltsames Heulen übertönte das Prasseln des Regens und das monotone Geräusch der Wellen. Der Wind?

Das Heulen wurde schwächer, klang fast wie das Jaulen eines Hundes.

Ich erschrak. Woher kamen diese Laute?

Ich richtete mein Handylicht auf die Holzplanken am Boden.

Bewegte sich da unten nicht etwas?

Ich erinnerte mich, dass früher ein Zweitschlüssel für die Tür des Bootshauses auf dem Türstock gelegen war.

Er lag noch dort.

Ich sperrte von innen auf und kniete mich auf die Plattform, beugte meinen Kopf hinunter und beleuchtete mit dem Handy den schlammigen Boden unter der Hütte.

Vor Schreck wäre mir beinahe das Telefon ins Wasser gefallen.

Ich starrte in die Augen eines Wolfes.

Er hatte sich mit einem Bein in einem verrotteten Seil verfangen. Zähnefletschend knurrte er mich an.

Ich erstarrte, bekam keine Luft mehr. Und ich hatte Angst. Lähmende Angst.

Die Finger meiner linken Hand verkrampften sich in meiner Jackentasche und meine Knie zitterten erbärmlich.

Hilflos auf der nassen Plattform hockend, überlegte ich krampfhaft, was ich tun sollte.

Dem Wolf war es inzwischen gelungen, sich zu befreien. Er kroch unter dem Bootshaus durch und verschwand im Gestrüpp des Nachbargrundstücks.

Während ich versuchte mich von dem Schock zu erholen, fiel das Licht meines Handys auf einen menschlichen Fuß, der aus dem Schlamm ragte, und weiter hinten blinkte etwas. Ich konnte nicht genau sehen, was es war.

„Um Himmels willen!", schrie ich.

Plötzlich vernahm ich ein Geräusch hinter mir.

War der Wolf zurückgekehrt?

Langsam drehte ich mich um.

Auf der Wiese stand ein großer Mann. Er hatte den Kragen seines Mantels hochgestellt und trug seinen Hut tief ins Gesicht gezogen.

Ich war wenige Meter von ihm entfernt, konnte aber ohne Brille sein Gesicht nicht deutlich sehen.

Was suchte er hier? Hatte er es auf mich abgesehen? Trotz der Kälte fing ich an zu schwitzen und der Puls klopfte mir bis zum Hals.

Das Licht meines Handys funktionierte nicht mehr, der Akku hatte den Geist aufgegeben. Es gab kein Entkommen. Der Mann, der gebaut war wie ein Schrank, versperrte mir den Weg an Land. Ein Sprung ins kalte Wasser war die einzige Fluchtmöglichkeit. Ich atmete tief durch und bereitete mich innerlich auf den Kälteschock vor.

„Was suchst du, Doktor?"

Noch nie war ich so froh gewesen, Dieters versoffene Stimme zu hören.

Erleichtert erhob ich mich.

„Da liegt je... jemand", stammelte ich und deutete unter die Hütte.

Dieter kam schwer schnaufend auf mich zu und bückte sich.

„Ich sehe nichts."

„Hast du auf deinem Handy eine Lampenfunktion? Mein Akku ist leer."

„Weiß nicht", murmelte er. „Im Auto hab ich eine Taschenlampe."

„Hol sie bitte. Da unten im Schlamm liegt ein Toter. Ein Wolf scheint ihn ausgebuddelt zu haben."

„Wolf?", schrie er.

„Ja, ich habe ihn verscheucht. Er hatte sich in einem verrottenden Seil verfangen, ist aber von selbst wieder losgekommen."

„Bist du betrunken, Doktor?"

„Nein. Glaub mir, da war ein Wolf."

„Mein Gott, ich hab schon gedacht, du hast meinen Freund Wolf dort unten gefunden", seufzte er.

„Ich habe keine Ahnung, wer es ist, habe nur einen Fuß gesehen und irgendetwas Silbernes. Wir brauchen unbedingt Licht."

„Mein Wagen steht weiter weg und mir tut das Knie weh. Bei so einem Sauwetter sind die Schmerzen besonders schlimm ...", stöhnte er.

„Ich kann die Taschenlampe holen, wenn du mir deine Autoschlüssel gibst. Was fährst du für einen Wagen?"

„Einen alten Renault Megane, so einen, wie ihn auch die französische Polizei fährt. Die Lampe liegt vorne im Handschuhfach."

Der Regen hatte nachgelassen, als ich durch das aufgeweichte Gras zur Straße hinaufstapfte und mich auf die Suche nach einem Renault Megane machte.

Als ich mit der Lampe zum Bootshaus zurückkehrte, war es nach wie vor finster im Haus. Nadine schien noch nicht zurückgekommen zu sein. Und das war gut so. Mir schauderte bei der Vorstellung, wie sie sich aufgeführt hätte, wenn wir gemeinsam auf den Wolf oder gar die Leiche gestoßen wären.

In der Dunkelheit sah ich ohne Brille kaum mehr die Stufen, die zum Bootshaus hinunterführten. Und ich sah auch keinen Dieter.

Die Tür der Hütte stand sperrangelweit offen, aber drinnen war er nicht.

„Dieter, wo bist du?"

Keine Antwort.

Ich wurde nervös. In der kurzen Zeit konnte er nicht spurlos verschwunden sein.

Leises Schluchzen. Zuerst gelang es mir nicht festzustellen, woher es kam. Doch auf einmal war mir alles klar. Dieter war unter das Bootshaus gekrochen. Wie er das geschafft hatte, war mir ein Rätsel.

Ich schaltete die Taschenlampe ein und beugte mich über die Plattform.

Der dicke Detektiv hockte ganz hinten unter der Hütte im Schlamm.

Ich leuchtete ihn an.

Sein Gesicht hielt er zur Hälfte hinter seinen Händen verborgen. Der Schweiß rann ihm über die Schläfen und seine Haare klebten an seinem Kopf.

Er gab unverständliche grunzende Geräusche von sich. Weinte er?

Vorsichtig ließ ich mich von der Plattform aus hinuntergleiten.

Das Wasser reichte mir bis zu den Waden. Meine ledernen Sportschuhe waren damit im Eimer, aber auf solche Kleinigkeiten konnte ich jetzt keine Rücksicht nehmen.

Ich musste auf allen vieren kriechen, um zu Dieter zu gelangen. Den Fuß, der aus dem Schlamm ragte, versuchte ich so weit wie möglich zu umgehen.

„Bleib, wo du bist", krächzte Dieter. „Schlimm genug, dass ich auf ihm herumgetrampelt bin."

Erst jetzt bemerkte ich, dass der Tote zum Teil freigelegt worden war.

Ein Schauer lief mir über den Rücken.

Der Mann war größer und schwerer als ich. Er war noch bekleidet, allerdings war die Kleidung völlig zerrissen. Am besten erhalten war seine schwarze Bomberjacke mit silbernen Streifen, die ich vorhin glitzern gesehen hatte. Von seinen dunklen Jeans waren nur mehr Fetzen übrig. Am rechten Fuß, dem Fuß, den ich entdeckt hatte, trug er einen schwarzen Schuh. Der zweite Schuh samt Fuß fehlte. Auch seine Hände, vor allem die Fingerspitzen, waren angenagt.

Der Strahl meiner Lampe streifte den Kopf des Mannes.

„Nein", schrie ich.

Die Lampe fiel mir aus der Hand.

Während meines Medizinstudiums hatte ich einige Leichen zu Gesicht bekommen, aber das, was ich hier sah, war so entsetzlich, dass mir übel wurde.

Bevor ich mich übergab, machte ich ein paar Schritte zurück ins tiefere Wasser.

Die komplette vordere Schädelhälfte des Mannes war nicht mehr vorhanden.

Die Augenhöhlen waren leer. Von Nase und Ohren waren nur mehr Stummel übrig. Sein vorstehender Kiefer hingegen war relativ unversehrt.

Ich holte die Lampe aus dem Schlamm. Zum Glück funktionierte sie noch.

„Bist du dir sicher, dass es sich um deinen Freund handelt?", fragte ich mit zitternder Stimme.

„Ja." Der große, dicke Mann kämpfte wieder mit den Tränen.

„Der Wolf hat nicht viel übergelassen."

„Das war kein Wolf. Wölfe fressen sich nicht gegenseitig, behaupten zumindest die Beduinen", flüsterte er, so als befürchtete er, der Tote könnte ihn hören.

„Komm bitte da raus. Meine Füße sind schon steifgefroren", sagte ich und schwang mich auf die Plattform.

Dieter kroch, ebenfalls auf allen vieren, unter der Hütte hervor.

Ich half ihm hinauf.

Wir setzten uns ins Bootshaus. Doch drinnen war es nicht wärmer als im Freien. Die Taschenlampe ließ ich eingeschaltet, stellte sie nur auf eine niedrigere Stufe. Obwohl außer uns und dem Toten weit und breit keine Menschenseele hier draußen war, fühlte ich mich wohler bei Licht.

Ich zog meine Schuhe und Socken aus und sah mich nach einer Decke um. Früher lagen immer Fleece-Decken im Bootshaus herum.

„Den Wolf hast du dir eingebildet", sagte Dieter plötzlich. „Das Viech, das du gesehen hast, war bestimmt ein Hund. Hunde sind sehr begabt im Auffinden von Leichen. Ihre empfindlichen Nasen können den Geruch der bei der Verwesung freigesetzten Gase durch mehrere Erdschichten aufspüren."

„Vielleicht besitzen auch Wölfe diese Fähigkeit", warf ich ein.

„Davon hätte ich gehört. Ich weiß nur, dass Leichenspürhunde schon Leichen entdeckt haben, die vor über hundert Jahren verscharrt worden sind."

Dieter war nach wie vor anzumerken, wie sehr ihm der grauenvolle Anblick seines toten Freundes zugesetzt hatte. Durch seine Rederei versuchte er, den Schock zu überspielen.

„Jemand hat ihm aus nächster Nähe eine Ladung Schrot verpasst", sagte er.

„Du meinst, deinem Freund wurde absichtlich mit einer Schrotflinte mitten ins Gesicht geschossen?"

„Dieses Schwein", murmelte er. Es klang wie ein Schluchzen.

Bei dem Täter musste es sich um einen gefühlskalten, sehr brutalen Menschen handeln, dachte ich, sagte es aber nicht laut.

45.

Plötzlich erblickte ich die Silhouette einer Frau vor der offenstehenden Tür des Bootshauses. Ich richtete die Taschenlampe auf sie.

Dieter und ich zuckten gleichzeitig zusammen, als wir in die Mündung eines Gewehrs schauten.

Auf den zweiten Blick erkannte ich die alte Schrotflinte meines Vaters, mit der er manchmal auf Entenjagd gegangen war.

Ich sprang auf und rief: „Nadine! Ich bin es, tu die Waffe weg!"

„Setz dich sofort wieder hin", zischte sie.

„Bist du verrückt geworden?", schrie ich, senkte aber die Stimme und sagte ganz ruhig: „Das ist Herr Dieter Klein." Ich deutete auf den Detektiv, der mit eingezogenem Kopf und hängenden Schultern völlig teilnahmslos sitzengeblieben war.

Sie zielte nach wie vor auf uns.

„Wir wollen doch nur mit dir reden."

Meine Hoffnung, die Situation zu entschärfen, wenn es mir gelang, sie in ein Gespräch zu verwickeln, erwies sich als falsch.

„Setzen!", schrie Nadine, als ich einen Schritt auf sie zu machte.

Ich versuchte meine Chancen einzuschätzen, sie zu erreichen und ihr die Flinte abzunehmen, bevor sie abdrücken konnte.

„Du denkst, ich werde nicht schießen?", fragte sie hämisch grinsend. „Da irrst du dich, mein Lieber. Ich habe euch für Einbrecher gehalten. Es war Notwehr!"

Als ich ihren hasserfüllten Blick sah, wusste ich, dass sie es ernst meinte. Und plötzlich war mir auch klar, dass sie Dieters Freund umgebracht hatte.

Während ich noch mit dieser furchtbaren Erkenntnis haderte und mir die Frage nach dem Warum stellte, stürzte sich Dieter wie ein wilder Stier mit dem Kopf voran auf sie und brachte sie zu Fall.

Sie hatte die Flinte auf mich gerichtet. Ein Schuss ging los.

Ich blieb unversehrt. Die Schrotkörner landeten in der Decke.

Dieter kniete sich auf sie und legte seine Hände um ihren Hals.

Sie rang nach Luft, krächzte erbärmlich und schlug verzweifelt um sich.

Ihre Schläge schienen ihn nicht zu tangieren. Er würde sie eigenhändig erwürgen, wenn ich nicht einschritt.

„Dieter, es reicht", schrie ich.

Er reagierte nicht.

Sie hörte auf, sich zu wehren.

Ich warf mich auf ihn, packte ihn an den Oberarmen und versuchte, ihn von ihr wegzureißen.

Er musste sie mit einer Hand loslassen, um mich abzuschütteln. Doch ich hing wie eine Klette an ihm.

„Sie kriegt lebenslänglich. Das ist schlimmer als der Tod", sagte ich.

Nach ein paar Sekunden ließ er sie los.

Nadine rührte sich nicht mehr.

Ich legte eine Hand auf ihren Hals, fühlte ihren Puls.

Sie war noch am Leben.

Langsam kam sie wieder zu sich.

Als sie heiser zu schimpfen begann, herrschte ich sie an: „Halt den Mund, sonst beende ich, was er angefangen hat."

Dieter nickte mir anerkennend zu, nahm ein dünnes Seil von der Wand, fesselte ihre Hände und Füße, trug sie ins Bootshaus und legte sie auf den feuchten Bretterboden.

„Willst du nicht die Polizei anrufen", fragte ich ihn.

„Gleich. Zuerst muss ich mit der Lady etwas klären."

„Warum hast du meinen Freund erschossen?", fragte er sie.

Obwohl ich wusste, wie sehr Dieter der Leichenfund zu schaffen machte, merkte man ihm seinen Schmerz gerade nicht an. Er kehrte wieder den Ex-Polizisten heraus.

Sie antwortete nicht.

Er packte sie an den Fesseln, zerrte sie hoch.

„Okay, ins Wasser mit dir! Ersaufen ist kein schöner Tod, das sag ich dir."

Er traf tatsächlich Anstalten, sie hinauszuschleppen.

Dieses Mal hielt ich mich raus. Zwar missbilligte ich seine Methoden, doch wenn es ihm gelang, ihr ein Geständnis zu entlocken, konnte mir das nur recht sein.

„Ich war's nicht. Ich habe niemanden erschossen", jammerte Nadine.

„Wer war es dann?"

Hilfesuchend schaute sie mich an.

„Das wüsste ich auch gerne", sagte ich. „Jetzt rede endlich oder hast du Lust zu ertrinken? Ein zweites Mal werde ich ihn nicht zurückhalten."

„Ich war auf der Heimfahrt von einer Party in Döbling. Ein Wagen ist knapp hinter mir hergefahren", begann sie zögernd. „Als ich ihn bei der Donaubrücke noch immer nicht losgeworden war, habe ich es mit der Angst zu tun bekommen und Oswald angerufen. Ich habe ihm gesagt, dass mich jemand verfolgen würde und ich mich nicht nach Hause traue. Hier draußen ist es unheimlich. Viele Häuser stehen um diese Zeit leer." Während sie sprach, hatte sie die ganze Zeit nur mich angesehen.

„Komm zur Sache!", schnauzte Dieter sie an.

Sie wandte sich an mich. „Oswald ist nicht sehr hilfsbereit, wie du weißt, aber ich habe ihn überreden können, dass er mich beim Haus trifft."

Ich verzog keine Miene.

„Er ist also zur Alten Donau gefahren und war früher hier als ich, da ich extra einen Umweg gemacht habe." Sie hielt inne.

„Und weiter?" Geduld schien nicht zu Dieters Stärken zu zählen.

„Er hat mich ins Haus geschickt und meinen Verfolger, der offenbar auch auf direktem Weg hierhergekommen war und ums Haus schlich, im Garten abgepasst."

Wieder geriet sie ins Stocken.

„Was dann passiert ist, weiß ich nicht so genau. Ich war ja nicht dabei. Oswald hat mir erzählt, dass er den Eindringling gestellt habe. Als der Typ abhauen wollte, habe sich ein Schuss gelöst ... Es war ein Unfall, es war so schrecklich ..." Sie begann zu heulen.

Obwohl ich normalerweise hilflos auf weibliche Tränen reagierte, ließ mich ihr Geplärre kalt.

„Woher hatte er die Schrotflinte?", fragte ich.

Ihre Antwort kam schnell.

„Aus der Garage. Die hängt dort seit einer Ewigkeit. Das müsstest du eigentlich wissen."

„Rufen wir ihn an. Dann werden wir ja sehen, ob du uns die Wahrheit gesagt hast."

„Gib mir dein Handy", bat ich Dieter.

Ich rief Oswald an und erzählte ihm kurz zusammengefasst die Geschichte, die Nadine uns aufgetischt hatte.

Er schwieg.

Als ich ihn bat, zur Alten Donau zu kommen, fuhr er mich an: „Seid ihr jetzt alle komplett verrückt geworden? Ich habe mit dieser Sache nichts zu tun."

Das Handy hatte ich auf laut gestellt, damit Dieter und Nadine mithören konnten.

„Es war deine Idee, ihn im Schlamm unter der Hütte zu vergraben. Du hast gesagt, dass ihn dort niemand finden wird", schluchzte Nadine.

Mir reichte es. Meine Füße waren tiefgefroren, meine Hose war pitschnass und mein Kopf drohte zu platzen. Ich war am Ende meiner Kräfte.

„Hast du diesen Mann getötet, ja oder nein?", schrie ich ins Telefon.

„Natürlich nicht! Sie hat den Mann für einen Einbrecher gehalten und ist in Panik geraten. Hat einfach abgedrückt. Danach hat sie mich angerufen, sie war völlig aufgelöst ..."

„Er lügt", schrie Nadine.

„Ich sollte die Drecksarbeit für sie erledigen", fuhr Oswald unbeirrt fort.

„Und du hast ihr natürlich geholfen", sagte ich.

„Was ist mir anderes übriggeblieben? Sie hat mich richtig angefleht. So bin ich halt raus zu ihr und ..."

„So war es nicht", kreischte Nadine.

„Halt den Mund", brüllte Dieter. „Ich will hören, was er zu sagen hat."

„Wer ist das?", fragte Oswald. „Seid ihr nicht allein?"

Ich beantwortete seine Frage mit einer Gegenfrage.

„Das heißt, du hast die Leiche unterm Bootshaus vergraben?"

Er legte auf.

„Dieses feige Schwein! Das wird er mir büßen", schimpfte Nadine.

Dieter riss mir das Handy aus der Hand, ging hinaus auf die Plattform und rief die Polizei an.

Wir konnten drinnen jedes Wort hören.

Er schilderte seinen Ex-Kollegen ausführlich, was passiert war. Zuletzt bemerkte er stolz, dass er die Täterin bereits in Gewahrsam genommen habe.

„Ihr müsst die Lady nur mehr abholen. Ich serviere sie euch auf einem Silbertablett."

Nachdem er aufgelegt hatte, kehrte er nicht mehr in die Hütte zurück.

Nadine beteuerte bibbernd ihre Unschuld und flehte mich an, ihr die Fesseln abzunehmen.

„Mach mich los. Ich kann sowieso nirgendwohin. Müsst ihr mich denn so barbarisch behandeln?"

Ich zog meine nassen Schuhe an und ging auch nach draußen, machte ein paar Turnübungen, um mich aufzuwärmen. Ein sinnloses Unterfangen. Doch alles war besser, als mit dieser schrecklichen Frau im Bootshaus zu hocken und mir ihre Lügengeschichten und ihr Gejammer anzuhören.

46.

Es hatte aufgehört zu regnen. Der Mond kam hinter den Wolken hervor und ließ das Ufer der Alten Donau in gelblich weißem Licht erstrahlen.

Wir mussten nicht lange auf die Polizei warten.

Dieter passte seine Ex-Kollegen am Gartentor ab.

Zwei Beamte nahmen Nadine die Fesseln ab, legten ihr Handschellen an und brachten sie zu einem Streifenwagen. Als sie an Dieter und mir vorbeikamen, versuchte ich, Augenkontakt zu ihr herzustellen. Sie würdigte mich keines Blickes.

Wir mussten uns ein paar Meter entfernen, sollten aber in der Nähe bleiben und uns zur Verfügung halten.

„Die hätte uns kaltblütig erschossen. Nach dem ersten Mord sinkt die Tötungshemmung", murmelte Dieter.

Die Leute von der Spurensicherung stellten Scheinwerfer auf und beleuchteten das Gelände um das Bootshaus. Aus einigen Metern Entfernung sahen wir schweigend dabei zu, wie sie die Hütte mit rotweißen Bändern absperrten. Inzwischen waren auch die Techniker und eine Gerichtsmedizinerin eingetroffen.

Ich staunte über dieses Großaufgebot.

Die Leiche von Dieters Freund wurde in kürzester Zeit vollständig freigelegt.

Ich war froh, dass mir der genauere Blick auf Wolfs sterbliche Überreste zumindest jetzt erspart blieb.

Dieter humpelte vor bis zur Absperrung und ließ die Kriminalbeamten nicht aus den Augen. Es kam mir vor, als wolle er den Abtransport seines Freundes überwachen.

Ein paar Minuten später nahm ihn einer der Polizisten zur Seite und stellte ihm einige Fragen.

Ein anderer Beamter kam zu mir und nahm meine Aussage auf.

Ich antwortete kurz und sachlich, vermied es, meine eigene Theorie über diese Tat zu äußern.

Dieter war redseliger. Seine Einvernahme dauerte eine kleine Ewigkeit. Ich hätte gerne gehört, was er ihnen erzählte.

„Ich habe ihnen geraten, deinen Freund auch gleich festzunehmen", sagte Dieter, als er endlich fertig war und sich zu mir gesellte.

Er schien wieder der Alte zu sein.

„Schließlich hat dieser Doktor ihr zumindest bei der Beseitigung der Leiche geholfen. Das ist kein Kavaliersdelikt."

„Hoffentlich werde ich Gelegenheit haben, vorher mit ihm allein zu reden. Ich nehme an, er wird sich bald stellen und gegen Nadine aussagen ..."

„Das glaube ich dir, vor allem nach dem Telefonat, das ich mitangehört habe", unterbrach er mich. „Deine Freunde sind ein feines Pärchen. Inzwischen bin ich mir sicher, dass es sich bei dem strammen Hengst auf den Fotos um deinen Doktorfreund handelt."

„Wie kommst du auf diese Idee?" Ich gab mich erstaunt, obwohl ich seinen Verdacht insgeheim teilte.

„Ich habe mir den feinen Herrn vor Kurzem genauer angesehen. Der ist ziemlich muskulös gebaut, tippe auf gutes Fitnessstudio, und das war der Typ auf den Fotos auch. Ich war in seiner Praxis. Ganz schön protzig, dieses Gesundheitszentrum. Überall Werbung für Anti-Aging-Produkte und Nahrungsergänzungsmittel. Zuerst haben mich die hübschen Mädels bei der Anmeldung nicht zu ihm vorgelassen. Aber ich kann sehr hartnäckig sein, habe erwähnt, dass ich ein Freund von dir bin. Daraufhin haben sie den Herrn Doktor angerufen. Und sogleich öffneten sich die Tore der heiligen Hallen. Es geht eben nichts über Vitamin B, selbst bei Arztbesuchen."

„Davon hast du mir bisher nichts erzählt."

„Ich war mir lange unsicher, auf welcher Seite du stehst, ob du ihn als Freund nicht zu sehr idealisierst. Was wollte ich eigentlich sagen? Ach ja, ich habe ihn gefragt, ob er mir nicht ein Mittelchen gegen meine Trunksucht verschreiben könne."

„Und?"

„Er hat mir gleich mehrere Sachen anzudrehen versucht, ohne Rezept, gegen Barzahlung. Ich habe ihm gesagt, dass ich es mir noch überlegen will, und bin gleich wieder abgezischt."

„Hast du dir die Namen dieser Medikamente gemerkt?"

„Wo denkst du hin. Das war alles Lateinisch. Sicher lauter illegales Zeug, sonst hätte er es mir ja verschreiben können."

„Gut, dass du mich an diese Medikamenten-Geschichte erinnerst. Jonas hat mich heute vergeblich zu erreichen versucht. Er hat mir eine Nachricht auf meiner Mailbox hinterlassen. Die habe ich erst abgehört, als ich hierher unterwegs war. Sein Vater hat ihm den Namen des Arztes, den er mit Medikamenten vom Schwarzmarkt beliefert hat, nicht verraten. Aber er hat sich bereit erklärt, mir den Namen gegen eine kleinere Summe zu nennen. Jonas möchte bei dem Treffen von Charlie und mir dabei sein. Um mich vor weiteren Schlägen zu beschützen, nehme ich an. Im Trubel der Ereignisse habe ich darauf vergessen, ihn zurückzurufen."

„Gut so, aber besser, wir beide knöpfen uns diesen Charlie erst einmal allein vor."

„Nicht heute Nacht. Ich bin völlig fertig."

„Ein Absacker bei Maya muss drin sein. Wir haben noch einiges zu besprechen. Du glaubst doch nicht im Ernst an dieses Märchen vom Einbrecher. Es war kaltblütiger Mord. Sie hat Wolfi umgelegt, weil er sie knallhart erpresst hat. Du hast die Fotos, die er von den beiden gemacht hat, ja gesehen. Wenn er die Bilder deinem Alten gegeben hätte, wäre Madame auf der Straße gelandet und Wolfis Job wäre beendet gewesen. Ich bin richtig sauer auf ihn, hätte ihn nicht für so gierig gehalten. Wahrscheinlich hat er wieder einmal

Geld für seine Wetten gebraucht. Er war verrückt nach Pferdewetten. Wie oft habe ich ihm gesagt, er soll diesen Wahnsinn seinlassen." Er stieß einen tiefen Seufzer aus und wischte sich mit der Hand über die Augen." Lassen wir das. Wir beide haben heute Grund zu feiern. Schließlich haben wir gerade den Mord an Wolfi aufgeklärt."

Mir war so gar nicht nach Feiern zumute und ihm sicher auch nicht. Er wollte nur nicht allein sein, sich lieber gemeinsam mit mir betrinken. Mir war jedoch eher nach einem heißen Bad oder zumindest nach einer warmen Decke.

Dieter winkte jemandem zu.

„Der eine von der Spurensicherung ist ein alter Spezi von mir. Warte einen Moment."

„Ich fahre voraus. Wir sehen uns gleich bei Maya", sagte ich und entfernte mich, während Dieter zurück zum Fundort der Leiche humpelte.

„Bis später", rief er mir nach.

Als ich zu meinem Wagen ging, entdeckte ich in der Einfahrt des schräg gegenüberliegenden Hauses einen alten Land Rover mit einem verdreckten Nummernschild.

„Verdammt!"

Ich zweifelte keine Sekunde daran, dass es sich hier um den Wagen handelte, der mich auf der Höhenstraße verfolgt hatte. Bestimmt hatte Nadine ihn sich von ihrem Nachbarn ausgeborgt. Sie hatte mich also an jenem Abend von der Straße abzudrängen versucht und nicht Eugen von Mayerbach.

Auf dem Grundstück daneben wurde ein neues Haus errichtet. Eine Straßenlaterne erhellte einen Teil der Baustelle. Arbeiter hatten frischen Zement eingelassen. Das Fundament schien noch nicht trocken zu sein.

Das wäre doch ein ideales Grab für Dieter und mich gewesen. Auch wenn Nadine deutlich stärker war, als sie aussah, hätte sie sicher Oswalds Hilfe benötigt, um unsere Leichen hierherzukarren.

Als ich zu meinem Wagen ging, fühlte ich mich beobachtet, aber auf der Straße war kein Mensch zu sehen. Auch hinter den Fenstern der umliegenden Häuser brannte kein Licht.

Es musste aber auch nicht zwingend ein menschliches Wesen sein, das mich im Auge behielt. Der lauernde Blick des Wolfes unter dem Bootshaus ging mir nicht aus dem Kopf.

Bevor ich ins Auto stieg, sah ich mich noch einmal um.

Ich war mir nach wie vor sicher, dass es sich um einen Wolf gehandelt hatte, der sich auf der Suche nach Futter an die Alte Donau verirrt hatte. Nadine hätte sich womöglich gar nicht die Mühe machen müssen, uns einzuzementieren. Er hätte seine helle Freude an den Überresten von Dieter und mir gehabt.

47.

Kaum betrat ich die Blaue Bar, fühlte ich mich besser. Ich hatte die Heizung im Wagen aufgedreht, meine Jeans waren fast trocken und selbst die ledernen Sportschuhe fühlten sich angenehm warm an. Trotzdem würde ich morgen wahrscheinlich mit einer fürchterlichen Erkältung aufwachen.

Ich war der einzige Gast. Ausnahmsweise hoffte ich, dass Dieter bald aufkreuzte. Bevor er nicht da war, wollte ich Maya nichts von dieser Horrorgeschichte erzählen.

Sie empfing mich mit einem gezwungen wirkenden Lächeln.

„Jonas hat dich gesucht. Was will er von dir?"

„Hat er dir das nicht gesagt?"

„Nein."

Sogleich veränderte sich ihr Gesichtsausdruck. Sie sah mich besorgt an.

„Ich habe wirklich keine Ahnung."

„Was habt ihr für Heimlichkeiten miteinander?"

Die Stimmung drohte zu kippen.

„Ach ja ...", begann ich und tischte ihr eine fadenscheinige Geschichte auf, sagte, ich hätte meinen MP3-Player bei Jonas liegengelassen.

Ihre gerunzelte Stirn verriet, dass sie mir nicht glaubte.

Ich war kein guter Lügner.

„Raus mit der Sprache!"

Ihr scharfer Ton missfiel mir. Ich zuckte zusammen.

„Ich da... darf es dir eigentlich nicht sa...gen. Ich ha... habe es ihm ver... versprochen", stotterte ich.

Ich tat, als rückte ich nun mit der Wahrheit heraus. Dieses Mal war ich überzeugender, da es sich nur um eine halbe Lüge handelte.

Ich verriet ihr, dass Jonas ernsthaft vorhatte mit dem Dealen aufzuhören und sich auf den Internet-Handel zu verlegen. „Ich habe ihm versprochen, dir nichts davon zu sagen. Denn wenn es nicht gleich klappt, wärst du sicher sehr enttäuscht."

Sie war sprachlos.

„Ich rufe ihn morgen zurück", sagte ich leise.

„Und du denkst, das wird gut gehen? Sind das nicht auch so halbkriminelle Geschäfte?"

„Ich habe ihm geraten, sich eine Steuernummer zu besorgen. Dann kann er legal mit all diesen Sachen handeln. Aber bitte behalte das für dich, sonst erzählt er mir nichts mehr."

„Keine Angst, ich kann Geheimnisse bewahren."

Ihr vieldeutiger Blick verunsicherte mich erneut. Doch es schien wieder alles in Ordnung zu sein. Sie drückte mir sogar einen Kuss auf die Wange und flüsterte: „Du bist ein Schatz!"

Mehr an Ermutigung war nicht nötig. Ich ging zu ihr hinter die Theke und drängte sie in die Küche. Es war mir egal, ob jemand hereinkam und uns erwischte, ich sehnte mich nach einem richtigen Kuss. Und den bekam ich auch hinter dem Perlenvorhang.

Zärtlich strich ich über ihr Haar, ihren Nacken, ihren Rücken.

Mein Verlangen nach ihr war so stark, dass ich auf Toni und sogar auf die Leiche unterm Bootshaus vergaß.

Langsam ließ ich meine Hände unter ihr T-Shirt gleiten und streichelte ihre Brüste, bis sie leise stöhnte.

„Ich habe deine Hände vermisst", flüsterte sie.

In diesem Moment begann der Vorhang hinter mir zu rascheln.

„Oh, pardon!"

Beim Klang von Dieters heiserer Stimme zuckte ich zusammen. Fast wäre ich umgekippt.

Dieser unmögliche Mensch steckte seinen Kopf durch den Vorhang und grinste uns unverschämt an.

„Ich kann euch mein Bett anbieten", flüsterte er.

„Hau ab", sagte ich ebenfalls leise.

Er verschwand tatsächlich. Ich strich über Mayas Gesicht, das sich leicht gerötet hatte.

„Der alte Idiot wird den Mund halten. Du brauchst keine Angst zu haben."

„Ist mir egal", sagte sie trotzig.

Ich wusste, dass es ihr nicht egal war. Und das sagte ich auch.

„Was passiert, wenn Toni von uns erfährt?"

Als ich ihren entsetzten Blick bemerkte, bereute ich diese Frage sogleich.

Als sie sich wieder gefangen hatte, zog sie sich in ihr Schneckenhaus zurück, setzte eine abwehrende Miene auf und sagte abfällig: „Männer tratschen mehr als Frauen."

So leicht ließ ich mich nicht abspeisen.

„Schläfst du noch mit ihm?"

„Was geht dich das an? Mein Körper gehört mir."

„Aber du liebst ihn nicht."

Sie wollte zurück an die Theke.

Ich hielt ihren Arm fest und sah ihr in die Augen.

„Findest du nicht, dass du mir eine Antwort schuldig bist?"

„Ich schulde dir gar nichts! Lass mich los!"

Ihre Pupillen weiteten sich. Ich fand sie wunderschön in ihrer Wut.

Menschen mit erweiterten Pupillen gefallen allen, dachte ich. Sie strahlen sexuelles Interesse aus, während man kleine Augen mit Bösem assoziiert.

„Du musst keine Angst vor Toni haben. Wenn du willst, kaufe ich ihm die Blaue Bar ab. Ich möchte mich sowieso verändern …"

„Von einer Abhängigkeit in die nächste? Nein danke! Ihr Männer glaubt immer, alles kaufen zu können", unterbrach sie mich.

„Sag mir, warum du mit ihm schläfst. Bitte!"

„Ich fühle mich ihm verpflichtet. Damals, als ich ohne Job, ohne Wohnung und mit einem Kleinkind am Hals nicht mehr weiterwusste, hat er mir Arbeit und Wohnung verschafft. Auch in späteren Jahren hat er mir finanziell öfters ausgeholfen. Aber wir hatten nie eine richtige Beziehung. Es ging ihm von Anfang an nur um Sex."

„Wollte er dich nicht sogar heiraten?"

„Zu Beginn, ja. Damals war er in mich verliebt, hat mir teure Geschenke gemacht und mich groß ausgeführt. Ich war jung und war nie richtig verwöhnt worden. Natürlich hat er mir mit seinem weltmännischen Gehabe imponiert. Aber diese Phase war rasch vorbei. Er hat eine andere geheiratet. Wir sind weiter miteinander ins Bett, auch wenn es nie die große Leidenschaft war."

„Du schläfst also aus Dankbarkeit mit ihm?"

„Und aus Gewohnheit, weil es bequem ist. Ich will keine enge Beziehung mehr. Die eine Ehe mit Charlie hat mir gereicht. Große Gefühle können mir gestohlen bleiben. Außerdem liebe ich meine Unabhängigkeit. Und durch dieses Arrangement mit Toni muss ich mich auch nicht auf den diversen Datingportalen herumplagen."

Der verbitterte Zug um ihren Mund missfiel mir.

„Unabhängigkeit? Ich habe mich wohl verhört. Du bist von diesem Kerl abhängig. Oder könntest du jederzeit mit ihm Schluss machen?"

„So einfach ist das nicht. Er hängt an mir."

„Und stellt Besitzansprüche." Ich erinnerte mich an Dieters Worte.

„So ist er eben. Aber ich kann vögeln, mit wem ich will, solange ich auch ihm zur Verfügung stehe."

„Deine Eifersucht auf Nadine war also nur gespielt. Im Grunde war ich ein One-Night-Stand für dich oder besser gesagt ein morgendliches Intermezzo."

„Nein, das stimmt nicht." Sie sah mich verzweifelt an.

„Ich habe mich blöderweise in dich verliebt", flüsterte sie.

Mehr musste sie nicht sagen. Ich umarmte sie stürmisch, vergrub mein Gesicht in ihrem Haar und sagte, dass ich sie liebte.

Laute Stimmen ließen uns aufschrecken. Die kleine Bar füllte sich.

„Alles geklärt?" Dieter zwinkerte mir anzüglich zu, als wir an die Theke zurückkehrten.

Maya nahm die Bestellungen entgegen. Nachdem sie die Neuankömmlinge bedient hatte, gesellte sie sich wieder zu uns.

Dieter berichtete ihr sofort von unserem Abenteuer an der Alten Donau. Er schmückte die Geschichte mit einigen Details aus, an die ich mich nicht erinnern konnte. Ich ließ ihn reden, ohne ihn zu korrigieren. Ich musste zugeben, dass er nicht nur sich selbst sehr heldenhaft darstellte, sondern auch meinen Mut und meine Entschlossenheit lobte.

Maya hörte ihm mit wachsendem Entsetzen in den Augen aufmerksam zu.

„Diese Frau hat den armen Mann tatsächlich aus nächster Nähe erschossen? Ich pack es nicht", sagte sie und sah mich forschend an. „Und wie geht es dir damit? Schließlich hast du sie mal geliebt."

Jetzt nicht das Falsche sagen, ermahnte ich mich.

„Es war eine Jugendliebe, das habe ich dir doch erzählt. Ich war sehr naiv und unerfahren. Mir liegt schon lange nichts mehr an ihr ..."

„Deshalb hat er ja auch gleich die Polizei angerufen", unterbrach Dieter mich. Gerade rechtzeitig, bevor ich mich durch wiederholte Beteuerungen meines Desinteresses an Nadine vielleicht sogar verdächtig machte.

Die Polizei hatte zwar er verständigt, aber solch kleine Notlügen waren erlaubt.

„Genug für heute", sprach Dieter ein Machtwort und bat Maya, ihren Ex-Mann anzurufen. „Wir müssen noch heute Nacht mit ihm reden", sagte er und zwinkerte mir wieder zu. „Es geht um eine andere Sache. Bitte frag mich nicht, worum. Ich kann es dir nicht sagen."

Maya wollte aufbrausen, doch dieses Mal besänftigte ich sie. „Er interessiert uns nicht. Wir möchten nur einen Namen von ihm."

„Mir ist egal, was mit ihm passiert. Im Gegenteil, vielleicht wäre es für Jonas besser, wenn Charlie wieder in den Knast muss", sagte sie, griff nach ihrem Handy und bestellte ihren Ex-Mann in die Bar.

48.

Nach einer halben Stunde tauchte Charlie auf. Als er das Empfangskomitee erblickte, machte er sofort kehrt.

Obwohl ich vor Müdigkeit kaum mehr stehen konnte, sprintete ich ihm nach. An der nächsten Straßenecke holte ich ihn ein, packte ihn von hinten.

„Ich übernehme ihn", sagte Dieter, der mir hinterhergehumpelt war.

Er schnappte Charlie am Kragen seiner Jacke und zerrte ihn zum Eingangstor neben der Blauen Bar.

Das Tor war offen.

Gemeinsam schleppten wir Charlie in den kleinen Hinterhof. Dieter drückte ihn an die Feuermauer.

Ich unterstellte ihm, in meine Ordination eingebrochen zu sein und Frau Amann getötet zu haben.

„Nein, das war ich nicht. Ich habe nichts davon gewusst, bis Jonas mir irgendwann davon erzählt hat."

„Wir werden Jonas fragen, und wehe, du lügst", sagte ich.

„Ich hatte damit wirklich nichts zu tun", beteuerte er mit weinerlicher Stimme.

Merkwürdigerweise glaubte ich ihm.

Dieter schien nicht meiner Meinung zu sein. Er schlug mit der rechten Faust auf Charlie ein.

„Sag die Wahrheit oder du bist tot."

Charlie versuchte, Dieters Schläge abzuwehren, geriet dadurch aber noch mehr in Atemnot. Sein Gesicht lief rot an und er begann nach Luft zu japsen.

Ich konnte nicht länger zusehen, wie der Dicke den Mann malträtierte.

„Hör auf!", herrschte ich ihn an, als er zum nächsten Schlag ausholte.

Er schaute mich finster an, ließ aber seinen Arm sinken.

„I... ich war n... nie in diesem Haus, ich schwör's", stammelte der bis zum Anschlag zugekiffte Typ. Er hatte den typischen Tunnelblick.

Obwohl ich Mitleid mit Charlie hatte, stellte ich ihm noch eine Frage.

„Wir haben gehört, dass du auch einen Arzt mit illegalen Medikamenten belieferst. Wie heißt der Mann?"

Er zuckte mit den Schultern.

„Raus mit der Sprache!"

„Ich weiß nicht, wovon du redest."

„Wie heißt der Arzt, den du mit deinem Scheiß-Zeug versorgst? Wir hätten gern einen Namen von dir gehört", wiederholte Dieter meine Frage. „Spuck's endlich aus."

Ehe ich mich versah, hatte er Charlie eine kräftige Ohrfeige verpasst.

„Mal langsam", sagte ich leise.

Aus Charlies Nase tropfte Blut. Er ließ sich zu Boden gleiten, war nur mehr ein Häufchen Elend.

„Bi... Bischof", stammelte er.

„Nie gehört", sagte ich.

„Nein, so ähnlich ..."

Dieter zerrte ihn mit einer Hand hoch und holte mit der anderen aus, um erneut zuzuschlagen.

„Wartet! Pabst, ja, das war's. Doktor Pabst."

Der Detektiv und ich wechselten einen kurzen Blick.

„Lass ihn laufen", sagte ich, da ich an Maya dachte.

Sie würde sauer reagieren, wenn wir ihren Ex vor ihrer Tür der Polizei übergaben. Und Toni würde das erst recht nicht goutieren.

Hast du jetzt etwa auch Angst vor diesem Großkotz, meldete sich sogleich die Stimme meines Vaters.

„Lass mich in Frieden", murmelte ich.

„Was hast du gesagt?", fragte Dieter.

„Nichts Wichtiges. Ich führe manchmal Selbstgespräche."

„Wenn ich dich noch einmal hier herumschleichen sehe, drehe ich dir den Hals um", drohte Dieter dem Dealer. „Und jetzt zisch ab!"

Charlie war kaum imstande, sich auf den Beinen zu halten, als er an der Hausmauer entlang hinaus auf die Straße stolperte.

Dieter zündete sich eine an und bot auch mir eine von seinen filterlosen Sargnägeln an. Gedankenlos nahm ich sie, inhalierte tief, atmete den Rauch heftig aus und musste fürchterlich husten.

„Klingst wie ein Lungenkranker auf der Intensivstation."

Ich dämpfte den Tschick sofort wieder aus.

Während Dieter sich auf die Glut seiner Zigarette zu konzentrieren schien, musste ich an Frau Amann denken, die von dieser Welt nichts mehr mitbekam. Hoffentlich ging es ihr, dort, wo sie jetzt war, besser als mir hier.

Von Mayas emotionalem Zugeständnis abgesehen, war diese ganze abscheuliche Geschichte eine einzige Katastrophe.

Junkies, Dealer, Schläger, ja sogar Mörder – wahrlich nicht die beste Gesellschaft für meinen Sohn, spottete die Stimme meines Vaters.

Es war zum Teil auch deine Gesellschaft, konterte ich im Stillen.

Dieter stieß den restlichen Rauch aus, der sich in seiner Lunge angesammelt hatte, und schnipste den Zigarettenstummel ins Kanalgitter.

Ich musste dringend auf die Toilette, die sich im Gang zum Hof befand.

Er folgte mir.

Ich mochte keine Pissoire. Bis heute war es mir unangenehm, beim Pinkeln begafft zu werden.

Dieter schien weniger empfindlich, im Gegenteil, er packte sein Glied aus und fummelte daran herum.

„Hab's mit der Prostata", vertraute er mir an, was ich gar nicht so genau wissen wollte.

Befriedigt wusch er sich nach vollbrachtem Werk die Hände und sagte: „Deinen Freund werden sie bald hopsnehmen. Der landet im Knast. Illegaler Handel mit Medikamenten, Beseitigung eines Mordopfers, und wer weiß, was der noch alles am Kerbholz hat."

Genau das fragte ich mich auch.

49.

Die Nacht verbrachte ich bei Maya.

„Mach's dir gemütlich, ich muss schnell ins Bad", sagte sie und deutete auf die Couch in ihrem Wohnzimmer.

Ich zog die Schuhe aus und warf mich angezogen auf das Sofa.

Mir war nach all den furchtbaren Ereignissen nicht nach Sex zumute. Ich sehnte mich mehr nach Zärtlichkeit und Geborgenheit und vor allem nach einem langen, tiefen Schlaf.

Maya hatte anderes mit mir vor. Als sie aus dem Bad zurückkam, ergriff sie die Initiative, knöpfte mein Hemd auf, massierte meine verkrampften Schultern und streichelte danach liebevoll meine Brust und meinen Bauch.

Ich genoss den Duft ihrer Haut und ihres Haares und die Wärme ihres weichen Körpers, war aber zu müde, um ihre Liebkosungen zu erwidern, küsste sie nur zärtlich auf den Hals.

Langsam begann sie sich zu entkleiden. Auch ich zog meine Jeans aus.

Sie ergriff meine Hände, schlang sie um ihren Körper. Eng aneinandergeschmiegt blieben wir eine Weile auf der schmalen Couch liegen. Fast wäre ich eingeschlafen.

„Komm, lass uns ins Bett gehen", sagte sie irgendwann und stand auf.

Panik überkam mich. Ich sah den nackten Toni dort liegen. Rasch zog ich sie zurück auf die Wohnzimmercouch.

„Ist es wegen Toni?", fragte sie und strich mir die Haare aus der Stirn.

Ich nickte, befürchtete, meine Stimme könnte ihr verraten, dass mir zum Heulen zumute war.

Du denkst zu viel, mein Sohn. Dieses ständige Analysieren führt zu nichts, hörte ich meinen Vater sagen.

Ausnahmsweise musste ich ihm einmal recht geben.

In dieser Nacht schliefen wir nicht miteinander. Aber wir redeten bis in die frühen Morgenstunden. Wir waren beide übermüdet, konnten aber keinen Schlaf finden.

Ich schilderte ihr haargenau die letzten Ereignisse. Nadines gescheiterter Versuch, mich auf der Höhenstraße umzubringen, schockierte sie dermaßen, dass sie zu weinen anfing.

Ich trocknete ihre Tränen mit meinen Lippen.

Dann setzte sie sich auf und begann zu sprechen, sprach über ihre Vergangenheit, über ihre Probleme mit Jonas und vor allem über ihre Wut auf Charlie.

Um keinerlei Missverständnisse mehr zwischen uns aufkommen zu lassen, fragte ich sie nach der IKEA-Tasche mit der Schmutzwäsche, die er ihr gebracht hatte.

Ihre Reaktion überraschte mich.

Zuerst sah sie mich irritiert an, dann lachte sie und sagte: „Hast du etwa gedacht, in der Tasche wäre Stoff versteckt gewesen? Du bist sowas von misstrauisch. Ich fasse es nicht! Nein, der Trottel hat seine Waschmaschine kleingekriegt und hatte nichts Sauberes mehr zum Anziehen. Anstatt in einen Waschsalon zu gehen oder bei Jonas zu waschen, hat er sich gedacht, er kann mich als Wäschermädel benützen. Da hat er sich geschnitten. Ich wollte in der Bar keinen Aufstand machen. Muss ja nicht jeder mitkriegen, dass ich mal mit so einem Versager zusammen war. Am nächsten Tag habe ich ihm seine dreckigen Sachen vor seine Wohnungstür gestellt. Das war's. Er wird es nie mehr wagen, mich mit seiner schmutzigen Wäsche zu belästigen."

Ich konnte es mir nicht verkneifen, wieder von Toni anzufangen.

Ein Blick in ihre funkelnden Augen genügte. Ich wusste sofort, dass es ein Fehler war.

Sie schien nicht gewillt, ihr Verhältnis mit Toni zu beenden.

„Das hat nichts mit dir zu tun", sagte sie.

Ich setzte an zu protestieren. Sie drückte mir einen Kuss auf den Mund.

„Ich will nicht darüber reden. Ich habe mich in dich verliebt, aber ich werde Toni nicht aufgeben. Schon gar nicht jetzt, wo seine vierte Ehe gerade in die Brüche geht und er momentan in großen finanziellen Schwierigkeiten steckt. Nein, das wäre nicht fair ihm gegenüber. Außerdem will ich meinen Job behalten. Das Thema Toni ist für uns in Zukunft tabu, versprichst du mir das?"

Ich hatte andere Pläne, hütete mich aber, ihr davon zu erzählen, um die harmonische Stimmung nicht zu gefährden. Denn sie fühlte sich garantiert bevormundet, wenn ich anbot, ihr ein eigenes Lokal zu finanzieren. Mich selbst sah ich als Barpianisten.

Beseelt von dieser Zukunftsvision schlief ich idiotisch lächelnd in ihren Armen ein. Doch die Stimme meines Vaters ließ mich selbst im Schlaf nicht in Frieden. Träume weiter, du Spinner, hörte ich ihn sagen.

50.

Ich öffnete das Fenster und schaute auf den Ring hinunter.

Die prächtigen Fassaden der Ringstraßenbauten erstrahlten in künstlichem Licht. Der Lärm der Straßenbahnen vermischte sich mit Gelächter und lauten Stimmen. Das ganz normale Leben.

Caroline, Dieter und ich hatten uns zu einer Art Besprechung in meinem Behandlungszimmer zusammengesetzt. Seit dem Leichenfund an der Alten Donau waren zwei Tage vergangen.

Der Detektiv kam direkt vom Polizeikommissariat. Angeblich brachte er uns interessante Neuigkeiten mit.

Er lümmelte im Sessel hinter meinem Schreibtisch. Caroline lag auf der Le-Corbusier-Liege. Romeo sprang zwischen den beiden hin und her.

Ich schloss das Fenster wieder und lief im Zimmer herum.

„Du hast abgenommen. Deine Hose hängt gleich unterm Hintern. Wenn du nicht aufpasst, bist du bald nur mehr ein Strich in der Landschaft", sagte Caroline.

Immer waren es die Frauen, die solch komische Beobachtungen machten. Ich ging auf ihre taktlose Bemerkung nicht ein.

„Setz dich endlich hin!"

Ich tat ihr den Gefallen, nahm auf dem Patientenstuhl Platz.

Während Dieter meiner Nachbarin noch einmal ausführlich die Ereignisse an der Alten Donau schilderte und Caroline nicht mit bissigen Bemerkungen über Nadine und Oswald sparte, hing ich meinen eigenen Gedanken nach.

„Es sind mir einfach zu viele Unfälle", sagte ich plötzlich. „Ich hätte gerne gewusst, welche Art von Unfall die feine Dame für mich als Nächstes vorgesehen hatte. Ich tippe auf einen zweiten Versuch mit einem Auto. Fußgänger leben gefährlich, wie wir wissen."

„Auf der Höhenstraße hätte sie dich ja eh beinahe erwischt", sagte Dieter.

„Davon hast du mir nie was erzählt. Wann war das?", fragte mich Caroline empört.

„Das tut jetzt nichts zur Sache."

„Tut es sehr wohl", beharrte sie.

„Ich bin unlängst von einem Land Rover fast von der Straße abgedrängt worden. Anfangs habe ich gedacht, Eugen von Mayerbach sei hinter mir her gewesen. An jenem schrecklichen Abend, als wir die Leiche von Dieters Kollegen entdeckten, habe ich in der Nähe von unserem Haus an der Alten Donau einen verschmutzten Land Rover bemerkt. Da ist mir bewusst geworden, dass ich mit meinem Verdacht falschgelegen habe. Ich kann nicht schwören, dass Nadine selbst am Steuer gesessen ist. Es ist genauso gut möglich, dass sich Oswald den Wagen ausgeborgt hat."

„Ich tippe eher auf Nadine. Sie ist kaltblütiger als er. Diese alte Kiste ist mir schon früher aufgefallen. Damals, als ich sie beschattet habe. Der Land Rover gehört ihrem Nachbarn. Der ist weit über achtzig und ziemlich gaga ..." Dieter schielte zu Caroline hinüber und murmelte: „Verzeihung, Madame."

„Von den geistigen Fähigkeiten unserer Polizei scheinen die beiden nicht viel gehalten zu haben", wechselte Caroline elegant das Thema.

„Versnobte Bande!", murmelte Dieter. „Bilden sich ein, superschlau zu sein und über dem Gesetz zu stehen. Eitelkeit kommt vor dem Fall, hat meine Mutter oft gesagt."

„Wo die Eitelkeit beginnt, hört der Verstand auf", glänzte Caroline mit einem Zitat von Marie von Ebner-Eschenbach.

Meine Nachbarin war heute in ihrem Element. Ich hatte sie selten so aufgekratzt erlebt. Der arme Dieter hingegen wirkte nach wie vor sehr mitgenommen. Es wird wohl eine Weile dauern, bis er über den Tod seines Freundes hinwegkommen wird, dachte ich.

„Lasst uns einmal alles, was wir wissen, zusammenfassen. Dann sehen wir, welche Fragen offengeblieben sind", schlug er vor und begann selbst noch einmal, die Todesfälle aufzurollen. Inzwischen benützte er ebenfalls meistens die Vornamen aller Beteiligten.

„Nadine hat meinen Freund Wolf erschossen, weil sie nicht gewillt war, sich weiter von ihm erpressen zu lassen. Der Gedanke, dass er die kompromittierenden Fotos von ihr und Oswald deinem Vater präsentieren würde, wenn das Geld ausblieb, musste sie in Panik versetzt haben. Ob sie mehr oder minder spontan abgedrückt hat, als sie ihn auf ihrem Grundstück entdeckte, oder die Tat geplant hatte, werden meine Kollegen schon herausfinden. Dass sie Wolfi dann mit Oswalds Hilfe unterm Bootshaus vergraben hat, steht fest. Das hätte sie alleine nicht geschafft. Etwa zwei Wochen später ist Arthurs Vater gestorben. Angeblich war es ein plötzlicher Herztod. Möglicherweise werden die beiden auch wegen Mordes an deinem Vater zur Rechenschaft gezogen. Der Leichnam müsste allerdings exhumiert werden. Hat die Polizei bereits mit dir darüber gesprochen?"

Ich verneinte.

Die Vorstellung, dass ich bei dieser Exhumierung womöglich dabei sein musste, behagte mir nicht.

Stell dich nicht so an. Was soll denn ich sagen? Nicht einmal in Frieden ruhen lässt man mich, hörte ich meinen Vater schimpfen.

„Übrigens hat bei der Vernehmung nicht Nadine die Nerven weggeschmissen, sondern dein Freund Oswald", fuhr Dieter fort. „Er ist fast zusammengebrochen, als sie ihm wegen deines Vaters mit einer Klage wegen Beihilfe zum Mord gedroht haben. Sein Anwalt hat ihm dazu geraten, kein Wort mehr zu sagen."

„Deine Theorie, dass dein Vater mit Insulin getötet wurde, dürfte den Ausschlag gegeben haben. Aus dir wird noch einmal ein guter Kriminalist."

„Wie bist du überhaupt auf diese Idee gekommen?", fragte Caroline.

Ich berichtete ihnen von meinem Gespräch mit dem Internisten Dr. Meier.

„Er hat meinem Vater wegen seiner erhöhten Blutzuckerwerte Metformin verschrieben. Oswald und Nadine haben jedoch vehement bestritten, dass er unter Diabetes gelitten habe. Das ist mir komisch vorgekommen. Warum sollten sie das leugnen? Ich habe mich an eine eindrückliche Vorlesung am Fachbereich für Gerichtsmedizin erinnert, in der die Dozentin erzählt hatte, man könne mit Insulin wunderbar morden, da dieses nicht so einfach nachgewiesen werden könne. Dann habe ich eins und eins zusammengezählt. Angenommen, Oswald hätte meinen Vater überredet, von Metformin auf Insulin umzusteigen, dann wäre es für Nadine ein Leichtes gewesen, ihm eine Überdosis zu verpassen. Sie konnten ausschließen, dass mein Vater herumerzählen würde, dass er jetzt Insulin spritzen müsse. So wie ich ihn kannte, hätte er auf alle Fälle das Bild des großen unsterblichen Primars aufrechterhalten wollen."

„Und das hast du den Bullen auch erzählt?"

Ich nickte.

Dieter stand auf, beugte sich über den Schreibtisch und klopfte mir anerkennend auf die Schulter. „Gute Arbeit, mein Junge!"

„Insulin? Das habe ich in diesem Zusammenhang noch nie gehört", sagte Caroline.

„Kreislaufversagen aufgrund massiver Unterzuckerung durch eine Überdosis Insulin, tja, das dürfte wohl öfter vorkommen, als man denken mag", murmelte ich. „Dass eine Exhumierung noch was bringt, wage ich zu bezweifeln. Insulin lässt sich nach so langer Zeit nicht mehr nachweisen."

„Wahrscheinlich hat Nadine ihm das Insulin verabreicht, während er geschlafen hat. Bevor sie zu Bett gegangen sind, hat es bestimmt einen schlimmen Streit gegeben. Er hat ihr die Scheidung angekündigt ..."

„Das sind reine Vermutungen, Caroline." Ihre besserwisserische Art ärgerte mich. Ich konnte mir eher vorstellen, dass sich der feine Herr Vater sowieso immer von Nadine als seiner persönlichen Arzthelferin die Spritzen verabreichen ließ.

„Oder hat Nadine etwa bereits gestanden, meinen Vater getötet zu haben?", fragte ich Dieter.

„Noch nicht."

„War das nicht sehr riskant? Nadine musste ja befürchten, dass bei einer Obduktion alles herauskommen würde", sagte Caroline.

„Sie ist selbst Medizinerin", warf ich ein. „Sie weiß, dass Insulin nicht lange nachweisbar ist. Und um nicht zu riskieren, dass ein fremder Arzt die Einstichstellen bemerkt, hatte sie Oswald herbestellt, der ihr dann geholfen hat, den Mord zu vertuschen. Aber wie gesagt, auch wenn ich mir fast sicher bin, dass mein Vater an einem hyperglykämischen Schock gestorben ist, ist es nach so vielen Monaten fast unmöglich, dies nachzuweisen."

„Den perfekten Mord gibt es nicht! Vielleicht haben wir Glück und es lassen sich noch Einstichstellen erkennen. Aber ehrlich gesagt, glaube ich, dass sich das mit der Exhumierung sowieso erübrigt. Ich bin mir sicher, dass Oswald bald das Handtuch werfen und gestehen wird, beim Tod deines Vaters die Finger im Spiel gehabt zu haben. Als die Kollegen ihn mit unserer

Theorie konfrontiert haben, war dein Freund ein einziges Nervenbündel und da waren sie noch lange nicht mit ihm fertig."

„Hör bitte auf, ihn als meinen Freund zu bezeichnen."

„Wie Sie wünschen, mein Herr", spöttelte Dieter.

„Ich nehme an, dieser Feigling wird Nadine allein für den Tod deines Vaters verantwortlich machen", fuhr er fort. „Aber damit wird er nicht durchkommen. Wahrscheinlich hat er ihr geholfen, den Mord zu planen oder zumindest ihn zu vertuschen. Sie werden ihn also wieder wegen Beihilfe drankriegen, wie schon im Fall meines Freundes. Die beiden Fälle hängen zusammen."

„Natürlich, daran gibt es keinen Zweifel", mischte sich Caroline erneut ein. „Sie hat deinen Vater ermordet, weil er hinter ihre Affäre gekommen ist."

„Das sind, wie gesagt, reine Mutmaßungen. Ich denke, er hat die kompromittierenden Fotos nicht gesehen", unterbrach ich sie.

„Oswald hat ausgesagt, dass Nadine große Angst vor einer Scheidung hatte", sagte Dieter.

„Sie hätte keinen Cent gesehen!", warf Caroline ein. „Dein Vater hat bei seiner zweiten Eheschließung auf Gütertrennung bestanden. Und dass du im Falle seines Todes den Großteil erben würdest, damit hat sie sicher nicht gerechnet ..."

„Ja, ja, ich weiß ..."

Ich hatte genug vom Ehedrama meines Vaters. Mich beschäftigte viel mehr der Tod meiner Patientin und so weihte ich Caroline und Dieter in meine neue Theorie ein.

„Nach der Ermordung des Privatdetektivs und dem Tod meines Vaters sind sich Nadine und Oswald vermutlich eine Zeit lang aus dem Weg gegangen", dachte ich laut nach. „In dieser Phase dürfte er Anna Maria, die ja bei ihm in Behandlung war, missbraucht haben. Ich nehme an, er hat sie einem seiner Hypnoseexperimente unterzogen und sich dabei an ihr vergangen. Denn später hat sie mir vorgeworfen, sie hypnotisiert und missbraucht zu haben. Also liegt der Verdacht nahe, dass da irgendetwas unter Hypnose passiert sein muss. Sensible und labile Menschen wie Anna Maria sind sehr empfänglich für Hypnose."

„Ich erinnere mich. Das hast du mir damals erzählt", warf Caroline ein.

„Als Anna Maria eine Analyse bei mir anfing, hat er befürchten müssen, dass sie mir von seinem Übergriff berichten wird. Dass sie selbst ihn anzeigen würde, war eher unwahrscheinlich. Welcher Polizist glaubt schon einer labilen Borderline-Patientin mehr als einem renommierten Arzt? Trotzdem wird ihm die ganze Geschichte Kopfzerbrechen bereitet haben. Ich hoffe, er hatte deswegen schlaflose Nächte! Inzwischen bin ich mir sicher, dass der Einbruch in meine Ordination auf sein Konto geht. Dieser Dreckskerl war auf der Suche nach meinen Aufzeichnungen von den Sitzungen mit Anna Maria. Zum einen musste er sichergehen, wie viel Anna Maria mir erzählt hat. Zum anderen hätten ihm schriftliche Aufzeichnungen endgültig das Genick brechen können. Er muss in Panik geraten sein, als Frau Amann aufgetaucht ist."

„Und hat sie brutal niedergeschlagen", unterbrach mich Dieter. „Die eine Verletzung auf ihrem Hinterkopf ist durch Fremdeinwirkung verursacht worden und nicht durch den Sturz. Wenn er es tatsächlich war, was noch nicht feststeht, wird er zusätzlich zu den Beihilfe-Delikten wegen Totschlags oder Körperverletzung mit Todesfolge angeklagt werden."

„Schade. Warum nicht wegen Mordes?" Caroline klang beinahe fröhlich.

Dieter ging nicht auf ihre Frage ein, sondern wandte sich an mich.

„Denkst du, dass Oswald deine Patientin Anna Maria, die ihm vielleicht doch mit einer Anzeige wegen Vergewaltigung gedroht hat, zum Schweigen gebracht hat?"

„Wie soll er das angestellt haben? Nein, ich glaube, das hat sie selbst erledigt."

„Laut Gerichtsmediziner ist sie zwischen drei und vier Uhr früh gestorben."

„In der verdammten Wolfsstunde", fluchte ich leise.

„Was hast du gesagt?", fragte Caroline.

„Nichts. Verzeih, ich wollte dich nicht unterbrechen, Dieter."

„Der feine Doktor Pabst hat mehrmals beteuert, Anna Maria nicht vergewaltigt zu haben. Zuletzt hat er aber gestanden, dass sie einmal Sex in beiderseitigem Einvernehmen hatten", fuhr er fort.

„Ich glaube ihm kein Wort. Anna Maria hat zwar auf Teufel komm raus geflirtet, aber es hat nicht zu ihrer Persönlichkeit gepasst, sich auf lockeren Sex einzulassen. Da sie nicht mehr aussagen kann, wird Oswald für die Vergewaltigung nicht mehr zur Rechenschaft gezogen werden können. Auch wenn ihr Tod ein Unfall war, die Medikamente hat sie bestimmt von ihm bekommen", sagte ich wütend.

„Laut Aussage des Gerichtsmediziners hat auch ein gefälschtes Quernac ihren Tod mitverursacht."

„Anna Maria hat nicht unter Diabetes gelitten. Quernac war medizinisch nicht indiziert. Im Gegenteil, es war sogar kontraindiziert, da sie unter Bluthochdruck litt. Das musste er als ihr Hausarzt wissen. Er hat es ihr absichtlich gegeben. Damit könnte ihn die Polizei wegen Mordes drankriegen ..."

Dieter wusste auch zu diesem Aspekt der Ermittlungen Interna: „Oswald hat geschworen, ihr diese Schlankheitspille nicht verkauft zu haben. Er hat gemeint, dass sie sich die Fälschung im Internet besorgt habe. Eine seiner Assistentinnen hat jedoch ausgesagt, dass er ihr bei ihrer letzten Konsultation sehr wohl dieses für sie lebensgefährliche Medikament mitgegeben hatte."

„Ich wette, dass auch ihre Anwältin Stefanie Schiller davon gewusst hat und Oswald nach dem Tod von Anna Maria die Hölle heiß gemacht hat. Womöglich hat sie ihn sogar erpresst."

„Der Pharma-Lobbyist, wie heißt ihr Ex-Mann noch mal?"

„Axel."

„Genau. Der hat ihr bestimmt von den illegalen Machenschaften Oswalds berichtet."

„Brauchte er gar nicht", warf ich ein. „Stefanie hat sich selbst Quernac von Oswald besorgen lassen und nicht den Mund gehalten, sondern jedem von Oswalds locker sitzendem Rezeptblock und Zugang zu illegalen Medikamenten erzählt. Auch mir. Gleich bei unserem ersten Treffen."

„Die Beweise legen nahe, dass deine Patientin ihrer Anwältin außerdem anvertraut hat, dass Oswald sie missbraucht hatte. Und ja, du hast ins Schwarze getroffen. Stefanie hat ihm nach Anna Marias Tod gedroht, ihn auffliegen zu lassen, wenn er sie in Zukunft nicht an seinen Geschäften beteiligen würde. Die Polizei hat ein gelöschtes Mail auf ihrem Laptop gefunden, in dem sie versprochen hat, ihn fertigzumachen, ihn zu ruinieren, wenn er nicht zahlt. In diesem Mail hat sie auch die Vergewaltigung Anna Marias erwähnt."

„Die war ein ganz schönes Biest", sagte Caroline. Es klang beinahe bewundernd.

„Jedenfalls hat sich Oswald mit ihr in ihrer Wohnung getroffen. Angeblich um das Geld zu übergeben. Er hat behauptet, sie seien in Streit geraten, es sei zu einem Handgemenge gekommen, bei dem sie über die Brüstung des Balkons gestürzt ist."

Mit verstellter Stimme äffte er Oswald nach: „Ich bin nicht mit der Absicht hingegangen, sie zu töten. Es war ein Unfall. Ich habe den Kopf verloren, bin durchgedreht. Sie war so zynisch, hat gedroht, mich zu vernichten, alles, was ich mir aufgebaut habe, zu zerstören. Sie ist sogar mit einer Champagnerflasche auf mich losgegangen ..."

„Käuflichkeit, Erpressung, Raffgier, Gewinne, Gewinne, Gewinne, immer dasselbe alte Lied ...", seufzte Caroline.

„Ich habe ja damals schon angedeutet, dass bei der Obduktion Druckstellen an ihrem Hals festgestellt worden waren." Dieter ließ sich nicht gerne unterbrechen.

„Woher wissen Sie das alles?", fragte Caroline erstaunt.

„Ich habe gute Beziehungen zur Kriminalpolizei und zur Gerichtsmedizin. Als meine früheren Kollegen dem Herrn Doktor kurz nach dem Tod der Anwältin einen Besuch abgestattet haben, hat er zwei Pflaster auf den Wangen picken gehabt. Die Gerichtsmedizinerin hat später Hautpartikel unter Stefanies Fingernägeln gefunden, die für eine DNA-Analyse ausgereicht haben. Die Anwältin dürfte sich zur Wehr gesetzt und ihren Angreifer gekratzt haben. Es ist nur eine Frage der Zeit, bis sie deinen Freund ... pardon ... dieses Schwein wegen Mordes anklagen werden."

Er strich sich mit einem Finger über die Kehle.

War Oswald tatsächlich ein Soziopath, der seine inneren Konflikte hinter einer Fassade der Normalität verbarg? Warum war mir nie aufgefallen, wie kalt und empathielos er war? Ich begann an meiner Menschenkenntnis zu zweifeln.

„Offensichtlich hat ihn das Leid, das er anderen zufügte, nicht tangiert", sagte ich nachdenklich.

„Das Gleiche trifft auf Nadine zu", sagte Caroline. Eine gewisse Genugtuung in ihrer Stimme war nicht zu überhören.

„Als ich Oswald vom Überfall auf meine Sprechstundenhilfe erzählt habe, hat er gemeint, das sei sehr bedauerlich, und sofort das Thema gewechselt. Und als wir über Anna Marias Tod gesprochen haben, hat er sich über ihre Körperfülle lustig gemacht."

„Ich habe dir gesagt, dass der Typ ein Arschloch ist", musste Caroline wieder einmal das letzte Wort haben.

Und ich hatte wieder einmal eine schlaflose Nacht. Meine Gedanken kreisten stundenlang um die Morde und die anderen Todesfälle.

Nadines brutale Tat hatte eine Kettenreaktion ausgelöst. Nachdem sie den Privatdetektiv erschossen hatte, war ihre Hemmschwelle zu töten gefallen. Anscheinend hatte sie keine Skrupel mehr gehabt, auch meinen Vater ins Jenseits zu befördern. Und Oswald spielte den Idioten für sie, half ihr bei der Beseitigung der Leiche von Markus Wolf und half ihr auch den Mord an meinem Vater zu vertuschen. War er ihr hörig?

Ich hätte ihn niemals für fähig gehalten, jemanden eigenhändig zu töten. Ärzte töteten manchmal, aber natürlich nicht absichtlich. Fehler passierten fast jedem Arzt im Laufe seiner Karriere, darum ging es nicht.

Das Bild, wie er hinter Frau Amann stand und sie mit dem Lampenfuß niederschlug, ging mir nicht aus dem Kopf. Den Mord an Stefanie wagte ich mir erst gar nicht auszumalen.

Was Anna Marias Tod betraf, fühlte ich mich nach wie vor mitschuldig. Ich machte mir große Vorwürfe, dass ich ihre Vergewaltigungsgeschichten zum Teil für Fantasien gehalten hatte. Die Gewalttätigkeit ihres Ehemannes hatte ich nie bezweifelt. Auch der Verdacht, dass sie bereits als Kind missbraucht worden war, lag nahe. Aber ich war nicht auf die Idee gekommen, dass ihr vor Kurzem noch jemand anderer Gewalt angetan haben könnte. Ich hatte damals, als Anna Maria mir von der Vergewaltigung unter Hypnose erzählt hatte, nicht verstanden, dass sie von einem anderen Arzt sprach. Ich bemerkte nicht, dass sie ihre traumatische Erfahrung auf mich projizierte, weil ich gekränkt war, dass sie mich beschuldigte, über sie hergefallen zu sein. Ich hätte durchschauen müssen, dass sie mich nur provozieren wollte und in Wahrheit von jemand anderem sprach. Sie war mit meiner professionellen Neutralität und gleichbleibenden Freundlichkeit nie zurechtgekommen, hatte mir um jeden Preis große Gefühle entlocken wollen. Da ich nicht auf ihre Liebesbeweise eingegangen war, versuchte sie, bei mir wenigstens negative Emotionen auszulösen.

Jetzt, wo ich meinen vermeintlichen Freund in einem anderen Licht sah, konnte ich mir sehr wohl vorstellen, dass Oswald sie sexuell genötigt hatte. Ich erinnerte mich an die Klagen so mancher seiner früheren Freundinnen, dass er im Bett rücksichtslos und brutal war.

Dass sich Anna Maria ihrem Vergewaltiger weiterhin ausgeliefert hatte, anstatt ihn anzuzeigen, konnte ich mir mit ihrer Borderline-Erkrankung erklären, von der ich mittlerweile überzeugt war. Voller Abscheu musste ich an die Szene bei Oswalds Geburtstagsfest denken, als sie sich nach einem Streit mit ihrem Ehemann auf seinen Schoß setzte und sich von ihm trösten ließ. Wer weiß, was an diesem Abend sonst noch passiert war?

Ob sich Oswald ebenfalls schuldig an ihrem Tod fühlte, würde ich wohl nie erfahren. Er hatte völlig verantwortungslos gehandelt, ihr Unmengen von Benzos und das gefährliche Rohypnol verschrieben und zuletzt dieses gefälschte Quernac verschafft. Er musste gewusst haben, dass dieses Medikament nicht nur bedenklich war, weil es gefälscht worden war, sondern auch, dass es in Kombination mit Anna Marias anderen Medikamenten tödlich sein konnte.

Anna Marias unfreiwilliger Tod hatte die nächste Katastrophe ausgelöst. Stefanie, die nie genug bekommen konnte, hatte Oswald erpresst. Er drehte durch. Gesellschaftliche Ausgrenzung wäre für Oswald das Schlimmste gewesen. Das hätte er nicht ertragen. Er hatte zu hart für seinen Aufstieg und seine Karriere gekämpft. Also musste er sie zum Schweigen bringen.

Jetzt, wo die Beweise auf dem Tisch lagen, bereute ich zutiefst, meinen Jugendfreund so lange in Schutz genommen zu haben. Obwohl immer wieder Zweifel aufgetaucht waren, hatte ich mir nicht vorstellen können, wozu dieser Mann alles fähig war.

Im Grunde hatte ich von Anfang an geahnt, dass Oswald indirekt Schuld an Anna Marias Tod trug. Mittlerweile hatte ich die traurige Gewissheit, dass er mit dem gefälschten Quernac ihren Tod ganz bewusst mitverursacht hatte.

Nach Stefanies tödlichem Sturz aus dem achten Stock hatte sich mein Verdacht gegen ihn noch verstärkt, auch wenn mir die Zusammenhänge noch unklar gewesen waren. Verzweifelt suchte ich nach anderen

Lösungen und erfand Ausflüchte für ihn, weil ich nicht wahrhaben wollte, dass mein ältester und bester Freund selbst vor Mord nicht zurückgeschreckt war.

Als Nächster wäre wohl ich an der Reihe gewesen. Sowohl Nadine als auch Oswald mussten inzwischen befürchten, dass ich den Tod meines Vaters weiter in Frage stellen würde und über die Vergewaltigung Anna Marias Bescheid wusste oder zumindest ahnte, was sie sonst noch alles verbrochen hatten.

Nadines Versuch, mich auf der Höhenstraße durch einen Unfall loszuwerden, war schiefgegangen. Vermutlich entwickelten sie aber danach einen anderen teuflischen Plan.

Arthur, du bist paranoid, hörte ich meinen Vater sagen.

Auf jeden Fall war es Oswald und Nadine gelungen, mich in massive Schwierigkeiten zu bringen. Mit Schaudern dachte ich an all die Beschuldigungen und Beschimpfungen im Netz und an den anfänglichen Verdacht der Polizei, dass ich meine Patientin und ihre Anwältin auf dem Gewissen hatte.

Würde ich meinen Beruf weiterhin ausüben können? Würden mir meine Patienten nach diesem Skandal noch vertrauen?

Merkwürdigerweise stimmte mich der Gedanke, meine Ordination schließen zu müssen, traurig. Hatte ich nicht vor Kurzem noch davon geträumt, alles hinzuwerfen und ein neues Leben zu beginnen? Meine Fantasie, mir als Barpianist die Nächte um die Ohren zu schlagen, erschien mir plötzlich kindisch und lächerlich.

EPILOG

Am nächsten Tag traf ich gegen Mittag mit Dieter im Polizeikommissariat zusammen.

Wir nickten uns kurz zu.

Nachdem ich meine Zeugenaussage unterschrieben hatte, sah ich ihn draußen auf dem Gang bei einem offenen Fenster stehen und qualmen.

Er schlug einen kleinen Spaziergang vor.

Kaum waren wir auf der Straße, sagte er: „Nichts wie weg hier. Ich will nichts mehr von Mord und Totschlag hören. Lass uns all diese Scheiße vergessen und das Leben genießen. Wie wär's mit einem Spritzer?"

„Man kann seine Vergangenheit nicht so einfach loswerden", sagte ich.

„Die Vergangenheit ist dein Spezialgebiet, Doktor. Ich beschäftige mich lieber mit der Zukunft."

Dieses Mal irrte er sich, auch ich dachte an die Zukunft, schaute nicht in die Vergangenheit wie sonst. Ich konnte es kaum mehr erwarten, dass es Abend wurde. Ich nahm mir vor, mit Maya ernsthaft über ihre Beziehung mit Toni zu reden und sie noch einmal zu bitten, ihn zu verlassen.

Langsam spazierten wir die Ringstraße entlang. Dieter hatte Mühe, mit mir Schritt zu halten.

Distanzlos, wie dieser Mensch nun einmal war, hängte er sich bei mir ein und zitierte den Schlusssatz aus dem Film „Casablanca": „Ich glaube, dies ist der Beginn einer wunderbaren Freundschaft."

Edith Kneifl
Tot bist du mir lieber
Die Drei vom Naschmarkt ermitteln
296 Seiten
ISBN 978-3-7099-7256-4

Ein Trio infernale wie Pech, Schwefel und Martini: Magdalena, Elvira und Sofia könnten unterschiedlicher nicht sein – und trotzdem sind sie ein eingeschworenes Team. Als die frischgebackene Detektivin Magdalena Musil vom Wiener Naschmarkt einem Internetbetrüger auf der Spur ist, wird sie von ihren Freundinnen bei der Suche natürlich tatkräftig unterstützt. Und dann ist der Netz-Gigolo plötzlich tot, und an seinem Grab steht mehr als eine trauernde Witwe …
Drei waschechte Wienerinnen ermitteln rund um den Naschmarkt: ein charmant-schwungvoller Kriminalroman voller Frauenpower und Wiener Schmäh von Krimi-Queen Edith Kneifl!

„eine österreichische Thriller-Autorin von internationalem Format"
Buchkultur, Michael Horvath

www.haymonverlag.at

Edith Kneifl
Der Tod ist ein Wiener
Die Drei vom Naschmarkt ermitteln
288 Seiten
ISBN 978-3-7099-7901-3

Düstere Spannung und Wiener Frauenpower: Die toughen Ermittlerinnen Magdalena, Sofia und Elvira haben einen Auftrag. Für die Kunsthändlerin Adele sollen sie eine Frau aufspüren, deren Lebensgeschichte auf geheimnisvolle Weise mit der Psychiatrie am Steinhof verwoben ist. Eigentlich leichtes Spiel für die Drei vom Naschmarkt. Doch dann stirbt Adele unter mysteriösen Umständen – und wertvolle Zeichnungen von Schiele und Kokoschka verschwinden aus ihrer Sammlung. Hat es jemand auf Adeles Erbe abgesehen? Oder tauchen hier die Gespenster der Vergangenheit auf? Packend und abgründig: Krimi-Queen Edith Kneifl blickt in Wiens dunkle Seele!

„die Grande Dame des österreichischen Kriminalromans"
Die Presse

www.haymonverlag.at

Edith Kneifl
Der Tod liebt die Oper
Ein historischer Wien-Krimi
264 Seiten
ISBN 978-3-7099-7879-5

Mord an der kaiserlichen Hofoper! Der charmante Privatdetektiv Gustav von Karoly schwelgt im Liebeskummer, da kommt ihm eine Einladung an die Oper sehr gelegen. Gespielt wird Otello. Doch als sich der Titelheld den Dolchstoß verpasst, sackt er getroffen zu Boden – das Blut ist echt. Der Dolch also auch … Gustav stürzt sich volley in die Ermittlungen zwischen Café Sacher und Wiener Graben. Die Spuren führen ihn schließlich bis ins mondäne Sommerfrische-Paradies des europäischen Hochadels: nach Opatija, wo ihn ein dramatischer letzter Akt erwartet. Königlich-kaiserliche Krimispannung mit echtem Sisi-Flair!

„unterhaltsames Lesevergnügen"
Steirer Krone, Christoph Hartner

www.haymonverlag.at

Edith Kneifl
Todesreigen in der Hofreitschule
Ein historischer Wien-Krimi
272 Seiten
ISBN 978-3-7099-7911-2

Von Liebenden, Attentätern und der gefährlichsten Frau der Welt: Vor der Wiener Hofburg sprengen Anarchisten eine Kutsche in die Luft. Wenig später wird ein böhmischer Kutscher in der Neuen Burg ermordet. Der charmante Privatdetektiv Gustav von Karoly tappt zunächst völlig im Dunkeln. Und auch eine geheimnisvolle Schöne gibt Gustav Rätsel auf – je tiefer er in die Ermittlungen eintaucht, desto näher kommt er ihr ...
Edith Kneifl, die Königin des Wien-Krimis, lässt in der historischen Hofburg und den Stallungen der Hofreitschule nicht nur die weißen Hengste ein mörderisch-betörendes Ballett tanzen.

„Ein genussreicher Krimi mit reichhaltigem Personeninventar und k.u.k.-Flair."
BUCHKULTUR, Karoline Pilcz

www.haymonverlag.at

Gefördert von Stadt Wien Kultur

Auflage:
4   3   2   1
2027 2026 2025 2024

HAYMON tb **327**

Originalausgabe
© Haymon Krimi, Innsbruck-Wien 2024
www.haymonverlag.at

Alle Rechte vorbehalten. Kein Teil des Werkes darf in
irgendeiner Form (Druck, Fotokopie, Mikrofilm oder in einem
anderen Verfahren) ohne schriftliche Genehmigung des Verlages
reproduziert oder unter Verwendung elektronischer Systeme
verarbeitet, vervielfältigt oder verbreitet werden.
Der Verlag behält sich das Text- und Data-Mining nach § 42h UrhG vor,
was hiermit Dritten ohne Zustimmung des Verlages untersagt ist.

ISBN 978-3-7099-7958-7

Inhaltliche Betreuung, Lektorat, Projektleitung:
Haymon Krimi/Verena Friedl
Buchinnengestaltung nach Entwürfen von himmel.
Studio für Design und Kommunikation, Innsbruck / Scheffau –
www.himmel.co.at
Umschlaggestaltung und Satz Umschlag: Katharina Netolitzky
unter Verwendung der folgenden Bildelemente: „Reflection Of The
Sunset In A Parisian Skylight Window" von Vera Lair/Stoksy;
„Black clouds and storm" von peangdao/Freepik
Satz Innenteil: Dörlemann Satz, Lemförde
Autorinnenfoto: Yasmina Haddad

Gedruckt auf umweltfreundlichem,
chlor- und säurefrei gebleichtem Papier.